Jean-Marie Laclavetine

Le pouvoir
des fleurs

Gallimard

Jean-Marie Laclavetine est né à Bordeaux en 1954. Auteur de romans et de nouvelles, il est également traducteur d'italien et membre du comité de lecture des Éditions Gallimard.

PREMIÈRE PARTIE

1968

1

La femme vient de loin

— La femme vient de loin.

— Quelle femme ? demande Fonfon.

— Arrête de tirer comme ça, tu chauffes le joint, marmonne Chris sur le point de s'endormir.

Long soupir fumeux de Michel.

— Quelle femme… La femme, quoi. Vient de très très loin.

— Même Lola ?

— Même Lola. Quand je dis la femme, c'est les femmes. Tu me laisses parler, d'accord ?

— Alors pourquoi tu dis pas les femmes ? proteste Fonfon.

— Tu ferais bien d'y aller doucement là-dessus, fait Michel en retirant le joint des doigts de son frère. En fait, elle est venue il y a très, très longtemps. Avant, on était seuls.

— Qui était seul ? s'enquiert Nico en se laissant tomber sur un pouf informe en skaï, rempli de boules de polystyrène.

La tendance, en ce début d'année 1968, est au pouf mou rempli de polystyrène, on ne peut pas y échapper. Il y en a sept ou huit qui dérivent dans la pièce comme des épaves, investis par des formes vagues qu'on distingue mal à travers l'épaisse fumée. Quelqu'un a poussé le chauffage à fond, il fait une chaleur atroce. On va encore s'attirer les remarques du propriétaire au moment de la facture, mais on s'en fout de la facture. Et de la propriété, donc ! On s'en fout, on prépare un monde d'amour.

C'est un assez vaste salon, naguère irréprochablement bourgeois. L'appartement de la rue des Canettes est occupé depuis septembre par un nombre imprécis de jeunes gens, étudiants pour la plupart. Le paiement du loyer donne lieu à de déchirantes scènes de retournement de poches et de tiroirs ; on parvient en général à réunir la somme désirée grâce à la participation discrète mais substantielle de Marie-Laurence Volponi, dite Lola, bien qu'elle ne vive pas ici. C'est une vieille de vingt-huit ans, elle semble ne pas avoir de problèmes de finances, cependant personne ne sait de quoi elle vit, et elle ne répond jamais aux questions, la vache. Les murs ont été repeints en violet et orange. Ernesto Guevara, Léon Trotski et Joan Baez veillent sur le bon déroulement de la journée qu'on pourra sous peu appeler soirée. Personne ne se soucie de l'heure. Pas de montres aux poignets : le temps est un allié objectif de la bourgeoisie peine-à-jouir, tout le monde sait ça. Dans un coin, sur un matelas, un couple à moitié nu tente de copuler, encouragé par le voisinage. L'affaire se présente molle. *Get my heart back together*, supplie Jimi Hendrix à fond les grelots, soutenu par une guitare vitricide.

— Les hommes étaient seuls, répond Michel. Avant.

— Avant quoi ?

Michel réfléchit.

— Avant quoi… Attends, j'en suis où déjà ? On m'interrompt tout le temps ! Avant, quoi. Et alors la femme est arrivée, elle venait d'une autre planète.

— Pff, dit Fonfon.

— J'invente rien, c'est dans un livre hindou. Tibétain. Je sais plus.

— Me dis pas qu'y a plus rien à fumer, gémit Nico qui déjà se relève et se dirige vers la cuisine.

— Les hommes étaient tranquilles. Et cons. Tranquillement cons. Et voilà qu'elles arrivent. Les femmes.

— Comment elles viennent ?

— C'est pas dit dans le livre. Les hommes se reproduisaient entre eux, avant.

— N'importe quoi.

— Te jure. Ils se reproduisaient simplement par le sperme, tu vois, ils éjaculaient dans un creux de rocher, au fond de la caverne, et hop, une semaine plus tard ça faisait un tas d'asticots, on laissait ça pousser un peu, et puis on choisissait le plus beau, le plus gras, on jetait les autres. Mais les femmes, elles avaient un problème de reproduction, justement, c'est pour ça qu'elles envahissaient. Elles ont compris très vite qu'elles étaient tombées sur la bonne

13

planète, depuis le temps qu'elles cherchaient. Oh, Fonfon, tu m'écoutes ?

— Crie pas, merde. Nico a raison, y a plus rien à fumer dans ce gourbi.

— Je t'ai déjà dit d'y aller mollo. T'as que dix-huit ans, mon pote.

— Pas chier. Attends-moi là, je reviens.

Trois mètres plus loin, Fonfon tombe dans l'embuscade tendue par un pouf mou. Il vacille, tourne un peu sur lui-même, bascule à la renverse dans la masse sombre qui l'engloutit. Les deux bras restent un moment émergés, puis disparaissent len-tement. Michel, lui-même pris en otage par son siège, assiste impuissant au naufrage.

Zab, le cheveu en bataille, rampe jusqu'à ses pieds.

— Une extraterrestre ! s'écrie Michel avec une grimace d'horreur.

— Meuh non, dit-elle, et une main insinuante remonte le long du mollet du garçon. À cette heure pâle de fin du jour, Zab est particulièrement sexy, pour une extraterrestre.

Quelques instants plus tard, Zab sur ses genoux, il reprend le récit de la Genèse.

— … Alors elles négocient avec les hommes, font valoir tous les avantages d'une vie commune. Ils pourront se reproduire d'une nouvelle façon, beaucoup plus agréable. Pour les petits on fera moitié hommes, moitié femmes, y a pas de raison. Et que je te fustige les lugubres pratiques onanistes, et que je te vante les prestiges de l'accouplement, et

14

que je te fais des démonstrations convaincantes. Elles sont très en avance sur les hommes, ce sont des génies génétiques. Et voilà, c'est parti pour les emmerdements.

La langue de Zab s'insinue dans l'oreille droite de Michel.

— C'était il y a longtemps. Arrête, ça chatouille. Mais elles sont restées des extraterrestres, tout au fond d'elles-mêmes. Petit à petit, elles deviennent plus nombreuses. Arrête, je te dis. Et un jour, quand elles seront assez fortes, qu'elles auront pris tous les leviers de commande de la planète, vous nous éliminerez, vous ne garderez que quelques reproducteurs. Repartirez sur votre astéroïde, peut-être bien, et ici, ruine et désolation. Je l'ai lu dans un livre chinois.

—'Rête tes conneries, susurre Zab en mordillant le cou de Michel.

Pendant ce temps, le Butterfield Blues Band affirme sans preuves que *Everything's gonna be all right*. Ses tonk-a-tonk font vibrer les cloisons, tandis que Michel, subverti par l'extraterrestre, renonce à toute préoccupation ontologique. Jusqu'au moment où une main vient arracher Zab à son travail de colonisation. Celle de François, son copain, pas encore complètement libéré, le pauvre. Et même carrément jaloux. Va avoir du mal, dans les mois qui viennent. Zab se laisse emmener sans protester, ce n'est pas grave, rien n'est grave, et de toute façon elle plane complètement.

Plus tard, Lola apporte une énorme gamelle fumante pleine de chili con carne. Chacun, armé d'une cuillère, pioche dans le plat. Puis on fait circuler des gâteaux empestant le haschisch, de l'alcool, du thé. L'excitation monte, des filles dansent, des garçons beuglent. On propose d'aller attaquer le ministère de l'Intérieur mais, pour juste qu'elle soit, cette action est jugée encore un peu prématurée par les stratèges présents. C'est que les événements n'ont pas encore eu lieu, le printemps sera long à venir. Dans leurs chambres à coucher et leurs salles de rédaction, les bourgeois se persuadent que la France s'ennuie. De toute façon il fait un froid à ne pas mettre un garde rouge dehors.

Et puis il y a cet instant de la soirée où tout s'apaise, un vrai miracle. La voix de Melanie se répand, *Birthday of the sun*, on a retrouvé du shit, une bouteille de tequila passe de main en main, les conciliabules se font tendres et mouillés, les ricanements s'éteignent. Dans un coin de la pièce, Chris et Michel discutent de Ginsberg et Leary, planifient l'émancipation universelle des peuples, des races, des sexes, des animaux.

— Non, les animaux peut-être pas tout de suite, tempère Michel.

S'il continue comme ça, ce garçon finira social-démocrate. Fonfon fait des efforts pour avoir l'air d'écouter, mais il a trop fumé et son corps est secoué à intervalles réguliers d'un rire épileptique et silencieux. À un moment, Nico revient. Ils conspirent tous les quatre au bonheur du monde à venir, règlent les derniers détails concernant l'amour libre et l'abolition de l'argent, puis Nico sort de sa poche une petite boîte en métal qu'il ouvre comme un tabernacle. Elle contient plusieurs cônes violets : ce sont les billets pour le premier voyage psychédélique de leur existence.

Une heure après, Fonfon constate que ça ne lui fait rien du tout.

Il décide d'en informer honnêtement ses camarades, qui pour leur part prennent un air concentré et terrible.

— Ça me fait rien du tout, les gars.

— Attends, attends, tu vas voir, le rassure Nico, tout de même un peu inquiet parce que ça ne lui fait rien non plus.

Le gros Gérard a bien précisé que ça pouvait prendre un peu de temps, mais il serait bien du genre à lui avoir fourgué des bonbons à la violette.

Le salon se vide peu à peu. Des couples se forment, s'éloignent, dévalent l'escalier en riant ou s'enferment dans une chambre. D'autres s'allongent sans façon sur les matelas ou les poufs, et s'endorment. Sans doute est-il très tard, ils restent seuls éveillés, Michel, Chris, Fonfon, Nico, désespérément penchés sur eux-mêmes, guettant la première sensation, qui ne vient pas. Tout juste un reste d'ivresse, haschisch et tequila, qui les rend cotonneux. La lumière qui dégouline des lampes couvertes de tissus indiens dénonce le désordre, les cendriers renversés sur les tapis, les vêtements en tas, les pots de confiture ouverts, les miettes de pain et de gâteau, les flammèches de papier d'alu. Une main de dormeur trempe dans un bol de thé.

Et puis d'un seul coup, ça part.

Michel voit nettement les visages des affiches froncer des sourcils en regardant la pièce. Trotski et Guevara contemplent, écœurés, la jeune garde décimée. On va pas aller loin, avec cette bande de bras cassés, déplore le Che. T'enverrais ça en usine, moi, et vite fait, renchérit Léon, qui sans ce maudit coup de piolet aurait remis en état de marche la IVe Internationale, autre chose que ce ramassis de fils à papa complètement dézingués. Compte là-dessus pour dresser des barricades, tiens. Seule Joan Baez est aux anges. D'ailleurs c'est elle qui chante, *Sweet sir Galahad* car, bien que tout le monde dorme, la platine est mystérieusement approvisionnée en galettes de vinyle.

Dans la cuisine, Lola veille sur le sommeil commun. Elle accompagne Joan Baez d'un filet de voix cristallin en mimant les gestes de la vaisselle. Elle berce quelques assiettes dans l'eau savonneuse, les caresse en chantonnant, puis elle les abandonne. Ça attendra. Ça attend depuis plusieurs jours. Piles de vaisselle, monceaux de couverts, tours penchantes de verres.

Elle retourne dans le salon, marche pieds nus entre les corps abandonnés, passe les doigts sur une épaule, sur une joue, une main. Les chevelures sont emmêlées, toutes longues, on ne distingue pas les filles des garçons. Nous sommes de tendres agneaux. Repos, repos pour la nation des faibles et des doux. Tout à l'heure, nous dirons bonjour au soleil.

18

Les quatre garçons voient la jeune femme traverser le salon. Elle marche à un mètre du sol, elle ne les regarde pas. Il y a dans la précision de ses gestes, dans la grâce de ses pas, quelque chose qui manque aux filles de leur âge. Elle a ce mouvement de la tête léger et lent qui rend les hommes rêveurs, ces mains aux doigts interminables, ces petits cheveux sur la nuque qui exhument des tendresses d'enfance. Même à vingt mètres de distance on comprend qu'elle sent bon et que sa peau est douce. Aucun homme ne s'y trompe, pourtant elle semble ne pas s'en apercevoir. Elle flotte, légère comme un fil de la Vierge, légère et blanche, Lola.

Lola fait le tour de la pièce qui est devenue ronde. Elle s'enroule dans un châle, se blottit sur un pouf resté vacant, et disparaît.

— Vous avez vu ? demande Fonfon.

Personne ne lui répond. Il se tourne vers les trois autres : leurs canines ont poussé, des poils leur couvrent le visage, mais ça ne dure pas. Bientôt ils se transforment en baudruches, l'espace se remplit de formes géométriques colorées dans les tons à la mode. Rugissements d'étoiles, tintements, explosions molles, tourbillons. Et ce goût de fer dans la bouche. Il ne faut surtout pas sortir d'ici. La porte les attire, pourtant, ils savent que, derrière, l'innommable les guette, le grand clown dévoreur, ils s'en approchent en riant. Michel tient la main de Fonfon. J'ai une sonnerie dans le crâne, comment je l'éteins ? Elle est en caoutchouc, constate Nico en tapant sur ce qui, tout compte fait, n'est pas une porte. Le temps se dilate avec des grands bruits de ressort. Je veux que ça s'arrête, déclare Fonfon. Les autres sont occupés à découper le tapis en carrés égaux avec un couteau de cuisine. Sortez-moi de là, je veux que ça s'arrête.

— Calme, Fonfon, dit Michel, mais Fonfon ne le voit plus.

Il se laisse tomber sur le plancher, il ne voit plus rien, un gong fait vibrer les parois de sa poitrine, il faudrait que les autres l'entendent mais ils sont occupés. Ça dure des jours et des jours. À un moment, la lumière revient, trouble, orangée. Il voit Lola nue allongée par terre. On est où, les gars ? Une voix haletante dit viens, Fonfon, viens. Il voit Michel et Nico qui maintiennent le corps de Lola sur deux ou trois poufs rassemblés, Nico caresse le front de la jeune femme, qui ne dit rien. Elle a les yeux ouverts, elle regarde le plafond, elle est peut-être morte. Mais non, c'est une extraterrestre, on dirait qu'elle sourit. Viens. Des mains s'emparent de Fonfon de nouveau aveugle, défont sa ceinture, puis plus rien.

Longtemps, plus rien. Tout à coup, il entend des claquements secs, comme des branches qu'on casse. Reviens, Fonfon. Quelqu'un le gifle, il n'a pas mal. Une forme au-dessus de lui, dans un halo jaune. Il nage à toute force pour la rejoindre. J'arrive, attendez-moi, les mecs. Fonfon nage, ses oreilles s'emplissent d'un grésillement strident. Hébété, il voit les trois autres penchés sur lui, qui l'appellent.

Ils se sont réfugiés dans la petite chambre du fond, loin du corps de Lola roulé en boule, les yeux fermés. Ils ont peur, maintenant, ils ont froid. Ils ont emmené Fonfon inconscient. Il fait toujours nuit. La lumière sale des réverbères pénètre par la fenêtre étroite. Ils sont assis par terre, dos au mur, grelottants.

— Pourquoi vous dites rien ?

Fonfon a peur, il sent une nausée monter en lui, il a juste le temps de s'emparer d'une corbeille à papier pour vomir dedans.

Soudain la porte s'ouvre, la lumière s'allume.

Lola.

L'ange du Jugement. Les garçons baissent la tête. Leurs corps se recroquevillent, deviennent minuscules, petites taches de honte le long de la plinthe.

Pourtant Lola sourit. Elle leur demande d'une voix douce de s'habiller et de la suivre.

Ils marchent à ses côtés au milieu des rues, dans Paris désert. Les maisons sont de grands animaux bien droits qui les surveillent. Le froid griffe et mord, le ciel est lacéré de giboulées mauves. Lola sourit.

Ils ont soif, mal à la gorge, le ventre noué. Ils ne se souviennent plus bien de ce qui s'est passé, avec Lola.

D'un seul coup elle est là, devant eux, la Tour. Elle danse lourdement sur ses quatre grosses pattes, au milieu du Champ-de-Mars. Fonfon serre fort la main de Lola, il a peur, un filet d'acide lysergique court en circuit fermé dans les rigoles de son cerveau.

Lola les entraîne vers une petite porte grillagée, dans le pilier nord. Elle sort une clé de son sac, fait entrer la petite troupe, referme derrière elle.

Ils gravissent l'escalier. Leurs poumons goudronnés sifflent comme des bouilloires, les marches sous leurs pas sonnent l'angélus. Premier étage, désert. Les rideaux sont tirés sur les échoppes, les vitres noires du restaurant leur renvoient des images de fantômes. Ils continuent leur ascension jusqu'au deuxième, vont s'accouder à la rambarde, face à l'est. Lola a un geste du bras qui semble signifier : voilà, c'est à vous, c'est à nous. Derrière eux, à l'ouest, au-delà du bois de Boulogne, au-delà de Saint-Cloud et Marly, des nuages anthracite se tordent comme des linges dans la première clarté d'une aube liquide.

Ils se donnent la main face au soleil qui se lève. Nous ne nous quitterons jamais, dit Lola, et ils la croient. Ils ne sont pas en état de douter.

Ils ne se quitteront jamais. Ils ont entre dix-huit et vingt-deux ans, Lola en a vingt-huit, l'avenir est à eux, ils sentent que dans cette aube la vie commence vraiment.

Cette nuit, Lola a choisi. L'époque est aux grandes décisions, aux branle-bas intimes, aux révolutions amoureuses. Jusqu'à présent, elle n'a jamais franchi le pas. Toujours en marge, depuis la rencontre des quatre garçons, il y a quelques mois. Pas voulu venir partager leur vie en commun. Elle a gardé le secret sur l'essentiel de son existence, elle n'a jamais cédé aux instances érotiques des uns et des autres. Pourtant la jeunesse d'Occident baigne déjà dans la toute-puissance du désir et l'omniprésence du plaisir. Rien n'est interdit à personne, bien que la chose ne soit pas encore de notoriété publique — et pendant ce temps, dans ses retranchements, déjà, le réel fourbit les armes de la revanche.

À l'écart, toujours. Jusqu'à cette nuit. Ils étaient là, tous les quatre, dans un coin du salon, délirants, joyeux. Ils se sont emparés d'elle, elle les a laissés faire. Elle aimait la force nouvelle qu'elle découvrait en eux, elle aimait cette folie qui les tenait. Elle s'est sentie soulevée par une tendresse paroxystique, un élan glorieux, un ravissement.

Choisir, tirer un trait. C'est l'heure. Quelque chose va se déchirer. Il faudra parler à Pedro. Il faudra régler le problème qui est en train de grandir dans son ventre. Il faudra faire mal et avoir mal. La vie nouvelle, avec ces quatre fous. Je ne renoncerai pas à ça.

— Je suis enceinte, annonce-t-elle, les yeux fermés face au soleil qui pointe.

— Déjà ? demande Nico, effaré.

— Pas de vous, précise doucement Lola. Je ne suis pas enceinte de vous. Je ne sais pas ce que je vais faire.

Ils descendent lentement l'escalier, dégrisés, abasourdis. Lola a déjà vécu dix vies, alors qu'ils entament à peine la leur. Ils ne savent même pas ce que signifie ce mot : avortement.

Sur l'esplanade, ils l'embrassent tour à tour.

Fonfon demande :

— Tu vas le quitter ?

— Le quitter ?

— Le père de l'enfant, tu vas le quitter ?

— Je ne sais pas, Fonfon.

— Si tu le quittes, je veux bien être le père, moi. Les autres aussi, ils veulent bien être les pères, pas vrai ?

Les autres regardent le bout de leurs chaussures. Lola passe un doigt sur la joue de Fonfon.

— Faites attention à lui, dit-elle avant de s'éloigner.

2

Paris fait la roue
autour de la Tour

Le ventre de Paris commence à gargouiller. Il est quatre heures et demie, les pavillons de Baltard aspirent avec un bruit infernal de klaxons, de moteurs de camions grondants, de cris, de chocs métalliques, tout ce que la province peut offrir de comestible. Poissons de Bretagne et de Normandie, légumes des grandes plaines maraîchères, fruits, quartiers de viande, tout est avalé pour être recraché au fil de la journée dans des camionnettes, des coffres de voiture, des triporteurs motorisés ou non. L'appareil digestif répand sur la capitale un parfum de plus en plus insistant que le froid réprime et que la brise nocturne se chargera de balayer ce soir.

Frank arpente les allées poissonnières, dégoulinantes de glace fondue. L'air est froid et humide, des caisses de bois disposées en colonnes servent d'étals. Dans les bacs, les mains rougies des employés disposent les poissons scintillants de néon, les crustacés vernis. Soles, bars, merlus, rascasses, céteaux, lottes et turbots, mulets, lieus, cabillauds, truites, saumons attendent, bien alignés, le geste de l'acheteur qui hésite, soucieux et réticent. Frank saisit les bestioles, éprouve leur fraîcheur, la souplesse et la résistance de la chair. Les marchands, hommes et femmes, le saluent tout en s'activant. Sur l'éventaire des coquillages et crustacés, il inspecte les langoustines, leur hume le ventre, repère infailliblement la plus petite trace d'ammoniaque, choisit, hoche la tête, rejette sans commentaire. Quelques kilos de bigorneaux, de praires, d'amandes, de palourdes, quatre homards aux pinces ligotées qu'il mettra dans l'aquarium dès son arrivée. Il paie tout en liquide, sur-le-champ. Le premier chariot rempli, il part le décharger dans la camionnette, revient pour les légumes et la viande. Les carottes de pré-salé font toujours leur effet dans l'assiette. Huit kilos, elles se conservent bien.

Dans une chambre froide, Frank inspecte les quartiers de bœuf dressés comme des menhirs sanglants. L'odeur âcre de la viande prend à la gorge. Il passe des commandes précises et laconiques.

À six heures, il referme la portière arrière de la camionnette, et se dirige vers chez Jeannette, à l'angle de la rue du Jour. Au comptoir, un poulet froid mayo et un ballon de côtes, pour le petit coup de pompe. Dix minutes plus tard, le voilà de nouveau d'aplomb. Il ne faut pas traîner : il doit décharger avant sept heures.

À neuf heures, le chef arrive, en même temps que tout le personnel de cuisine. Frank discute avec lui du menu.

— J'ai une pièce de bœuf superbe. Regarde un peu.

— J'aurais plutôt vu les cailles, il en reste pas mal. On peut les faire partir en plat du jour.

Les pianos se réveillent, les casseroles tintent. Dire à Dédé de voir cette hotte qui vibre. Et les pommes pont-neuf, par pitié, vous me les coupez pas comme des allumettes, les clients râlent.

Frank passe en salle, s'installe à une table pour refaire les comptes de la veille. Quelque chose qui cloche dans les entrées. Un café, deux trois coups de fil, et il est déjà dix heures, l'heure à laquelle Lola embauche.

Elle arrive, fraîche, pimpante, les cheveux bruns ramassés en queue-de-cheval, l'œil plus noir et brillant que jamais, salut papa. Comment j'ai pu faire une beauté pareille. Elle porte un tailleur gris perle, élégant mais discret — il ne faut pas paraître plus que les clients — et un bustier cramoisi. Sa mère n'avait pas autant de formes. Incroyable comme elle fait dame, ma grande.

Elle n'a pratiquement pas dormi. Elle s'est longuement occupée de l'aquarium d'Ambroise, chez qui elle vit. Ambroise est l'ami de Frank, vieille histoire, son second père comme il dit. Momentanément ravi à l'affection de ses poissons rares par décision de la justice française, qui est drôlement sévère. Elle habite chez lui, ne pouvant se décider à partager à demeure le bordel communautaire des garçons. L'aquarium abrite quelques phénomènes qui requièrent un soin jaloux. Surveiller la tempéra-

ture — 24 degrés en permanence, les veinards —,
les lampes à U.V. allumées douze heures par jour
afin de détruire les bactéries et les microalgues qui
pourraient nuire à la santé fragile des chéris, distribuer la nourriture. Sur le sol de quartz fin, un
bouillonnement d'elodea densa, de fougères de
Sumatra et d'anubias assure un décor digne des
lagons les plus chics. Les pensionnaires y mènent
une vie de rentier : les peckoltias noirs à pois blancs
nettoient les vitres comme d'autres joueraient au
golf, tandis que les guppys se promènent en famille.
Le poisson-hachette et madame, d'un gris élégant,
affublés d'un goitre notarial, gardent la tête à ras de
la surface. Les botia macronta, surnommés poissons-clowns à cause de leur habit en effet légèrement excentrique, ont des caprices de divas : ils se
nourrissent exclusivement d'escargots, ce qui n'est
pas le moindre des soucis de Lola. Quant aux barbus
de Sumatra, il a fallu les reléguer dans une partie
séparée grâce à une cloison de verre : ces petits far-
ceurs ont un jeu de prédilection, qui consiste à
foncer les uns dans les autres tête baissée. Les autres
espèces, dépourvues de casque, supportent mal cette
variante aquatique du football américain, et meurent
au bout de quelques chocs, ce qui n'est pas de jeu.
Tout cela, Lola a dû l'apprendre patiemment, dans
le parloir de la prison où Ambroise, fébrile, lui faisait la leçon.

Paris fait la roue autour de la Tour, dans la glorieuse lumière hivernale. Lola traverse la salle en
souriant à l'adresse de Frank, qui la regarde appro-

cher, un carnet de comptes à la main. Pauvre papa. Je n'aime pas ces cernes sombres, ce cheveu en bataille, ces yeux rougis. Il faudra bien que tu te remettes, un jour. Elle n'est plus là, bon, elle n'est plus là, c'est tout. Elle nous a salement laissés tomber, oui… Pas une raison pour ruminer ton malheur nuit après nuit… Et encore, tu ne sais pas tout. Tu ne sais pas que j'ai dans le ventre une bestiole qui n'a qu'une hâte, c'est de venir sauter sur tes genoux. Tu ne sais pas que tout à l'heure j'ai rendez-vous avec le père, et que j'ai l'intention de le quitter. Tu ne sais pas que ce Pedro, contrairement à toi, lit rarement *Le Figaro* — encore que, sait-on jamais, dans l'exercice de ses obscures fonctions de sentinelle du socialisme caraïbe… Tu ne sais pas non plus ce que j'ai fait cette nuit, mon Dieu, ni qui je fréquente ni comment je m'habille quand je sors d'ici… Eux non plus, d'ailleurs, mes amoureux, ils n'ont pas idée de ce à quoi ma vie ressemble, chaque matin… Il faudra bien pourtant qu'un jour je t'annonce tout ou partie de ces bonnes nouvelles… Comme ça tu arrêteras de me reprocher d'être toujours célibataire à mon âge, pauvre petit père.

— Comment va l'aquarium ?

— Pas trop mal. Les guppys ont fait des petits.

— Ne les néglige pas, hein. Si tu lui occis le moindre alevin, Ambroise te tord le cou dès sa sortie de prison, et il en prend pour perpète.

— Il peut dormir tranquille. Tu me fais un café ?

On sacrifie au rite du café de dix heures, siroté en silence, l'œil fixé sur les baies vitrées à travers lesquelles on voit luire les toits de Paris sous un reste de crachin glacé, de part et d'autre du dôme des Invalides. Sur la plate-forme du premier étage, les touristes affluent, Pentax en bandoulière. Ceux-là achèteront des sandwiches aux marchands ambulants, sur le Champ-de-Mars. Les clients du restaurant sont plutôt gras et riches, hommes d'affaires venus se rincer des miasmes de la grande ville ou Japonais en mal de clichés.

Et maintenant, au boulot. Tandis que Frank réintègre la cuisine, Lola passe en revue les tables, qui ont été préparées la veille au soir. Disposition et propreté des verres et des couverts, des nappes et surnappes, des serviettes. Elle scrute chaque recoin de la salle et des toilettes. Vérifie l'approvisionnement des frigos du bar, les bouteilles d'alcool, la cave à vins, le tiroir-caisse. À onze heures et demie, le personnel de salle arrive. Lola salue chacun sans cordialité excessive, fait remarquer une poche de tablier décousue, une tache sur une veste : elle n'est anarchiste qu'à mi-temps. À midi, elle déverrouille les portes vitrées. Les premiers clients ne tarderont pas à arriver, elle les accueillera, les placera à leur convenance, les fera patienter en leur offrant une coupe ou un verre, discutera un moment avec les habitués, puis ira s'installer au comptoir, derrière la caisse, d'où elle surveillera le bon déroulement des repas.

Frank apparaît de temps à autre, jette un coup d'œil circulaire, disparaît. Au dessert, il offre un cognac à M. Lavallette, un cigare à son convive.

Progressivement le rythme du travail se ralentit, elle va pouvoir libérer pour leur coupure trois des neuf serveurs ainsi que le sommelier : il est quatorze heures. À quinze heures, les derniers clients sont partis, hormis M. Lavallette mais on a l'habitude, il met toujours une éternité à finir son dessert. Elle peut libérer le reste du personnel. Tout le monde reviendra à dix-huit heures. Lola sera remplacée par Philippe, qui assure le service du soir. À quinze heures trente, elle prendra une douche et se changera : il faut qu'elle parle avec Pedro.

3

L'Éphémère

Je suis l'Éphémère. Celui qui n'a duré qu'un jour. Effacé, sans doute, de ta mémoire, Lola. Ce n'est pas grave. J'ai tout mon temps. J'entame aujourd'hui une nouvelle existence. Comme la larve de l'éphémère, je resterai enfoui aussi longtemps qu'il le faudra, afin d'éclore un jour dans ta vie, de nouveau, pour quelques heures de grande lumière. J'ai souffert. Mais toute peine trouve son sens.

Je détruirai d'abord ce qui t'entoure. Peuple d'insectes, vermines, j'ai tout mon temps.

J'ai commencé lentement, prudemment. Je n'étais pas né pour semer la mort, mais tu as fait de moi cet obscur bourreau. Je suis l'Éphémère, la larve des ténèbres. Je suis là, invisible, je vais ronger ta vie. Lentement, prudemment. Ma patience est atroce.

J'ai commencé avec la blatte. Je l'ai laissée approcher, elle fuyait le froid de ton absence. Comme je comprenais cela ! Pauvre créature maladroite, traînant son abdomen mou sur le sol de silex, accablée sous ses élytres inutiles, comme je la comprenais !

La blatte remonte au carbonifère. Elle est facile à saisir. Elle trouve sa place dans les fentes et les trous, d'où elle sort à la nuit tombée, peu encline à exhiber au grand jour son triste pronotum et sa tête hypognathe. Lamentable dictyoptère ! Elle est venue vers moi sans appréhension, frotter sa cuticule brune à ma douleur brûlante, elle est venue en toute confiance se réfugier dans ma main qui n'aspirait qu'à l'écraser. Je l'ai laissée venir, j'ai pris soin de calmer ses craintes. J'ai le temps, tout le temps, grâce à toi, ne l'oublie pas. Rien ne peut plus m'arriver. J'anéantirai patiemment tout ce à quoi tu tiens. Je détruirai ceux que tu aimes comme on arrache les ailes d'une mouche. J'observe, je t'observe, et tu ne me vois pas. Je suis seul, invisible, éphémère, éternel. Jusqu'à la fin je serai là.

4

Electric ladyland

— Quelle nuit, hein, dit Fonfon, bien qu'il ne se souvienne pas de grand-chose et qu'il soit deux heures de l'après-midi.

Michel ne répond pas. Il est à la recherche de n'importe quoi de comestible, mais les placards offrent un spectacle de famine et de dépression, le frigo contient quelques légumes moisis, du lait caillé et un dé de margarine. On se croirait dans une cuisine géorgienne en 1933. Pas de pain, bien entendu. Café, inutile d'en parler. Deux trois haricots rouges traînent leur vague à l'âme dans un fond de gamelle. Et avec ça je n'ai plus une seule clope.

— Tu sais quoi ? J'ai rêvé qu'on montait à la tour Eiffel, cette nuit. Avec Lola.

Fonfon a ajouté les deux derniers mots à mi-voix, et guette la réaction de son frère. Voudrait bien être sûr qu'il n'a pas rêvé. Michel ouvre un tiroir, le referme, ouvre de nouveau le placard du fond, en sort une bouteille de Viandox, met de l'eau à chauffer.

— C'est marrant, non ? La tour Eiffel !

— Tu peux te taire une minute ? Juste une minute, Fonfon, demande Michel en plissant les yeux.

Il verse un fond de Viandox dans deux bols, les remplit d'eau chaude.

— Putain, Fonfon, tu vas pas commencer dès le réveil ? Où est-ce que tu as trouvé ça ?

Michel tente d'arracher le joint des doigts de son frère, mais celui-ci a vu venir le geste et lui tourne le dos.

— Je fais ce que je veux, merde ! J'ai dix-huit ans !

— Oui, ben dix-huit ans, c'est pas la majorité. Continue comme ça, et je te renvoie chez les parents. Tu finiras par avoir un cendrier à la place du cerveau. Allez, donne.

Fonfon obtempère de mauvaise grâce. Les deux frères avalent leur breuvage sans un mot.

À trois heures, ils quittent l'appartement, et marchent en se pressant vers la bouche de métro. Ils sont vêtus de la même façon, seules les couleurs changent : pantalons à pattes d'éléphant, parka et musette de l'U.S. Army pour l'un, manteau afghan pour l'autre, tee-shirts teints maison sous des pulls de grosse laine, pataugas trouées. Une demi-heure plus tard, ils sont à Saint-Ouen, au marché aux puces. Fonfon est à la remorque, un mètre derrière son frère. Michel a rendez-vous avec son fournisseur de fripes, dépositaire d'un stock apparemment inépuisable de vêtements militaires. De Gaulle a rudement bien fait de virer les Amerloques : on récupère à bas prix les déguisements de leurs trou-fions. Avec sa longue tignasse qui pendouille, sa peau tavelée comme une écorce, Gilou a tout du saule pleureur. Il est le meilleur spécialiste sur la place des enregistrements pirates de concerts rock — et Michel est son client favori. À chaque visite, il l'attire derrière une couverture kaki faisant office de tenture pour lui montrer ses dernières trouvailles, qu'il extrait de ses doigts bruns de nicotine d'une cantine cadenassée. Ce sont des « blancs », des disques à pochettes vierges, généralement pressés clandestinement au Japon. Gilou a promis pour aujourd'hui l'enregistrement de l'un des quarante-sept concerts donnés par le Jimi Hendrix Experience en cinquante-quatre jours, cet hiver.

— Du grand, grand, grand rock, siffle Gilou à tra-vers ses dents noires. Ce type est un génie. Mozart, à côté, c'est Petula Clark. Et puis, enregistrement impeccable, tu peux te fier aux Japs. Des morceaux que t'es pas près d'oublier, mon pote. *Electric lady-land*, *Voodoo chile*… Je devrais pas te le vendre, parce que dans dix ans, avec ça, je me fais des couilles en or… Mais bon, c'est pour toi. Évidem-ment, je peux pas te le faire au prix habituel, hein, tu penses bien…

Michel sort le vinyle de sa pochette, vérifie l'état des sillons, les titres des morceaux — heureusement en anglais : il arrive qu'ils soient en japonais.

— Tu as autre chose ?

Gilou propose Jefferson Airplane, *Surrealistic pillow*, en live à Detroit. Du solide, introuvable en

36

France. Y aura des amateurs, fais-moi confiance. Un single de Jeff Beck. Quoi, encore… Un classique, mais on ne le trouve pas en disque : Dylan au festival de Newport, quand il a bravé son public folk en débarquant en blouson noir, avec une stratocaster électrique autour du cou… Vingt minutes d'affilée sous les huées du public, à jouer les deux mêmes accords, les premiers de *Balad of a thin man*, vingt minutes ! Le fucking bras de fer… Et au bout de vingt minutes, le silence qui se fait : c'est gagné… Oh, putain… Ce mec-là, dans trente ans, il continuera à nous envoyer dans les étoiles, je te le dis. Tu le veux ?

— Vingt minutes pour deux accords, ça fait cher de l'accord. Et puis moi, Dylan… Ou alors tu me fais un prix.

— Allez, je suis pas chien, je te le fais à cinquante pour cent. Si tu me prends les autres. Tu regretteras pas.

Une demi-heure et deux joints plus tard, Michel et Fonfon quittent les puces, musettes chargées. Gilou a tenté en vain de placer un blanc unique : Stan Getz, Miles Davis et Gerry Mulligan faisant un bœuf dans une boîte de Londres, l'été dernier. Le jazz, c'est une clientèle à part. Les emplettes ont coûté plus cher que prévu, mais on devrait arriver à quadrupler la mise. Faut vivre ! Et la communauté est dépensière.

Direction Montrouge, Fonfon toujours sur les talons du grand frère. Un immeuble en béton aveugle, une porte en fer. Au fond d'un couloir, une autre porte. Michel frappe deux coups et entre. Le studio d'enregistrement est presque désert : penché sur le boîtier ouvert d'un appareil électronique, Jean-Jacques en fait jaillir un feu d'artifice de fils multicolores.

— Si je tenais le connard qui a inventé l'électricité, crois-moi… On était peinards, au temps des lampes à huile… Fonfon, mon sauveur, t'as bien un petit pétard pour ton copain Jean-Jacques ?

Avec un sourire triomphant en direction de son frère, Fonfon sort un joint tordu d'une poche intérieure et l'allume. Michel tend les pirates à Jean-Jacques.

— Cinquante de chaque. Et tu me mets des cassettes neuves, Jean-Jacques, pas comme la dernière fois…

— Qu'est-ce que tu racontes. Tu me fais de la peine, là. Bon, fais voir… Pas mal, pas mal… Tu m'en laisses dix de chaque ?

— Ben voyons. Cinq, c'est déjà beaucoup.

— Dix.

— Cinq.

— Dix.

— Sept. Tu fais chier. Les Canned Heat sont prêtes ?

— Les voilà, tu peux compter. Je te fais celles-ci pour vendredi. Salut Fonfon… Merci pour la fumette…

Le métro, de nouveau. Direction Saint-Germain-des-Prés. Rendez-vous avec Nico dans un café de la rue Bonaparte. On écluse quelques demis, on mange quelques sandwiches, on fumaille, on bavasse au milieu des étudiants en goguette. Il est dix-neuf heures. Michel donne quelques cassettes à Nico, qui les prend et se lève.

— Tu emmènes Fonfon ? J'ai des trucs à faire.

Nico fait signe à Fonfon de le suivre. Fonfon est ravi : on va faire de la moto.

Michel traîne pendant une heure ou deux dans le Quartier latin. Il a ses entrées chez certains disquaires très pointus avec qui il pourra parler de Mike Bloomfield, de Mark Naftalin ou des Everly Brothers, et à qui il fourguera au prix fort certaines des cassettes qu'il a gardées dans sa musette. Il conserve les plus rares pour quelques clients exigeants et fortunés, dont il ne parle à personne. Il faut bien gagner sa vie. Et puis on a un monde à changer, nous autres, et ce n'est pas mains nues et poches vides qu'on y arrivera. La guerre est comme Fonfon : elle a ses nerfs.

Pendant ce temps, Nico fonce sur le boulevard Sébastopol en direction de Pigalle, Fonfon hilare accroché à sa taille. La moto fait un vacarme d'enfer. C'est une antique Ariel 350 monocylindre 4 temps, qui a dû croiser les taxis de la Marne, et qui roulera encore au siècle prochain pour peu qu'il y ait encore du carburant. Méfiance tout de même avec le kick, capable de vous envoyer au plafond avec ses méchants retours après vous avoir broyé le tibia et le péroné. À part ça, pas de problème : le moteur monté sur une armature en fer sans doute forgée par un maréchal-ferrant turc est capable de vous tirer à l'aise un wagon lesté de lingots de plomb. Ce qui ne sera pas nécessaire ce soir, étant donné la légèreté des marchandises que l'on va chercher : quelques barrettes du meilleur afghan, de l'herbe à brouter en communauté, et diverses gâteries garanties psyché-déliques en forme de champignons ou de pilules roses. Nico n'est pas du genre à lésiner, surtout flanqué de Fonfon qui pousse à la consommation, et il risque fort encore une fois de dilapider le bénéfice des cassettes en fumées diverses. Quitte à se faire souffler dans les bronches au retour par Michel, qui ne l'autorise à dépenser qu'une petite partie de la somme obtenue chez Régis, le dealer mélomane.

Régis les reçoit dans un studio puant le tabac froid et la vieille chaussette. Il est vêtu d'une robe de chambre en laine des Pyrénées vert amande, et chaussé de babouches sans doute taillées dans du cuir de putois.

— Po, po, po... Dis-moi, dis-moi... Canned Heat live in Minneapolis... *Amphetamine Annie*... C'est mes potes, ceux-là, tu sais... Bob Hite « the Bear », Al Wilson « Blind Owl »... Tu crois que c'est des musiciens, mais c'est des savants ! Ethnomusico-logues... Possèdent à eux deux des dizaines de milliers de disques ultra-rares, des race records... Moi, je suis un minable amateur, à côté... Et les autres, Larry « the Mole » Taylor, Henry « Sunflower » Vestine... Vestine, c'est pas un guitariste, c'est un ange ! Bon, vous voulez quoi, les gars ? C'est mon jour de bonté. Vingt grammes de marocain, ça ira ?

— T'es vachement drôle, Régis.

— Quoi, quoi ? Oh, Nico, faut pas te monter le bourrichon ! Canned Heat, c'est quand même pas la perle rare ! Vingt grammes pour un disque pirate, c'est déjà le pactole. À qui tu veux que je revende ça ? Je le garde pour ma collec, c'est tout... Trente grammes, allez.

— Viens, Fonfon, on se tire. On a des courses à faire.

Deux minutes plus tard, Nico et Fonfon dévalent l'escalier, se ruent sur la moto, démarrent en trombe.

— Qu'est-ce qui t'a pris, putain, qu'est-ce qui t'a pris ? hurle Nico.

Fonfon ne répond pas. À un moment, Régis les a traités de petits merdeux, ça il s'en souvient. Et puis Nico a vu Fonfon plonger tête baissée sur le ventre du type, et ses poings s'enfoncer comme des bielles dans la laine des Pyrénées vert amande. Heureusement, Nico a eu le temps d'intervenir avant que Régis ne soit transformé en chair à saucisse. Le pauvre type hurlait comme un goret.

— Et où est-ce qu'on va trouver du shit, maintenant ? crie Nico, toujours furieux.

— Chez Dieudonné, suggère Fonfon.

Ce n'est même pas une mauvaise idée, putain.

Il s'est passé quelque chose, cette nuit. Fonfon sent que son esprit glisse comme un savon, il peine à se fixer sur un souvenir ou une pensée.

Arrivé devant chez Dieudonné, Nico pose la moto sur sa béquille. Ils sonnent. La porte tarde à s'ouvrir.

— Tu sais quoi ? dit Fonfon. Cette nuit, j'ai rêvé qu'on montait à la tour Eiffel. Avec Lola...

Ils se retrouvent tous vers une heure du matin à l'appartement. Chris est là, en compagnie de quelques zonzons qui tapent l'incruste, et qu'il punit en leur lisant l'intégralité du tract rédigé aujourd'hui chez Michelle, au cours d'une réunion houleuse.

— « C'est l'unité de la misère qui se cache sous les oppositions spectaculaires. Si des formes diverses de la même aliénation se combattent sous les masques du choix total, c'est parce qu'elles sont toutes édifiées sur les contradictions réelles refoulées. »

— Ben évidemment, confirme une rousse à lunettes. Tout est politique.

— Ouais. Faudrait distribuer ça à la porte des usines. J'aime bien comment c'est écrit.

It's not easy, déplore Mick Jagger du fond de son baffle.

— « La perte de la qualité, poursuit Chris, si évidente à tous les niveaux du langage spectaculaire, des objets qu'il loue et des conduites qu'il règle, ne fait que traduire les caractères fondamentaux de la production réelle qui écarte la réalité. » Enfin ça, c'est pas sûr qu'on le laisse, dans le groupe tout le monde est pas d'accord.

— Moi je le laisserais, dit la rousse. C'est vachement, vachement fort. La perte de la qualité. C'est vachement vrai. Enfin, au niveau idéologique, je veux dire.

— Ouais. Tout est politique. Même ce joint, il est politique. Passe-le-moi, tiens.

Michel, Nico et Fonfon débarquent presque en même temps. On leur fait une place sur les poufs. Chris reprend sa lecture.

— Je recommence au début, sinon vous allez être largués.

Fonfon, allongé à même le parquet, les yeux écarquillés, tire sur une relique de pétard millimétrique avec une telle force que ses joues se rejoignent. Puis il expire interminablement, captivé par la voix de Chris comme si on lui racontait Peter Pan. Les autres guettent les réactions de Nico et Michel, d'un air de dire : « Vous avez entendu ? Ça, c'est envoyé ! » Même Riton, un garçon brun et velu comme un mérinos, qui après un passage à la J.O.C. balance désormais entre Trotski et le président Mao, ce qui donne un peu mal au cœur, semble impressionné.

— « L'organisation révolutionnaire est l'expression cohérente de la théorie de la praxis entrant en communication non unilatérale avec les luttes pratiques, en devenir vers la théorie pratique »…

— Si on faisait une sangria ? propose quelqu'un.

— Hé, laissez-le finir ! Juste au moment où ça devenait passionnant !

— Une sangria ! Une sangria !

— Vachement subversif… Vachement, vachement fort…

— Suis pas certain d'être d'accord, moi… C'est le coup de la théorie pratique, tu vois…

— Je peux finir, oui ? s'énerve Chris.

— Y a plus de rhum, on va mettre le fond de vodka.

Che Guevara crache par terre avec une moue dégoûtée. La tête de ces petits gringos est aussi bien organisée qu'un plan quinquennal cubain. Et dire que je suis mort pour ça. Lev Davidovitch ne dit rien, mais n'en pense pas moins. Il souffre d'une migraine épouvantable, séquelle du coup de piolet.

— Eh, si on mettait du shit avec le jus d'orange ?

— Bon, j'arrête, annonce Chris.

— Je t'écoute, moi ! dit Fonfon.

Mais Chris a déjà rangé ses feuilles manuscrites. Il va aller les taper sur un stencil. Il faut que ça tienne sur une page recto verso. Ensuite il ira à la cave imprimer les tracts sur la ronéo volée une nuit dans un local de la C.G.T.

On a fait la sangria avec ce qu'on a trouvé : une orange, une mandarine, un litre de vin, le fond de vodka, du madère pour sauces et un reste de guignolet kirsch. Quelqu'un a ajouté le contenu de la poivrière et une poignée de clous de girofle.

Une fille entonne l'appel du Komintern, pour rire. Fonfon, Nico et Michel se taisent. Quelque chose ne va pas. Ils ont un creux entre plexus et estomac. Ils aimeraient bien appuyer sur la touche rewind, sauter d'une nuit en arrière, être avec Lola.

5

Le ventre de Lola

Pedro Delgado pose une main sur le ventre de
Lola. Autour d'eux, la rumeur du bar forme un
cocon de bruits. Grognements du moulin à café et du
percolateur, tintements des tasses dans les sou-
coupes, éclats de voix, grincements des portes à ressorts. Tout baigne dans une odeur de café, de bière,
de tabac et de sciure.

— Je te l'ai déjà dit, Pedro, je ne viendrai pas.

Elle écarte sans brusquerie la main de l'homme
de son ventre.

— Qu'est-ce que j'irais faire à Cuba ?

Pedro ne la croit pas. Elle est enceinte de moi, elle
me suivra.

Pour commencer, elle va venir habiter avec lui
pour les mois qui lui restent à travailler à Paris. Il ne
supporte plus cette vie séparée, cette ridicule lubie
d'indépendance. Imagine-t-elle qu'il acceptera de
vivre, plus tard, séparé de son enfant, comme un
divorcé ? Autant cohabiter dès maintenant, puisqu'il
faudra de toute façon le faire après l'accouchement.
L'appartement de fonction attribué par l'ambassade

est petit et sans grand confort, mais ce sera tout de même mieux que cet insupportable entre-deux. Il veut pouvoir serrer Lola contre lui à tout moment, la trouver à la maison en rentrant le soir, partager avec elle une intimité au long cours, et non ces heures presque clandestines qu'elle lui concède.

— Viens vivre avec moi. Ne parlons pas de Cuba pour l'instant, mais viens vivre avec moi.

Lola secoue la tête. Elle adore l'accent de ce type, ses mains qui la font trembler, ses yeux fondants de petite gouape de Guantánamo. Que faire ? Elle l'aime, ce brave pion de la révolution castriste, elle porte un enfant de lui, et pourtant elle va le quitter. Le monde bouge. Tu devrais le comprendre, compañero. Le monde craque et se libère. Le Viêt-minh a lancé la victorieuse offensive du Têt contre un million de soldats yankees et sud-vietnamiens, et ton Libertador ne va pas tarder à avoir chaud aux fesses, avec sa manie de mettre l'opposition aux fers. Je vais te quitter, parce que j'ai vingt-huit ans, la vie devant moi, et que je désire faire ce que je veux, quand je le veux. Pauvre petit macho latino que j'aimais, pauvre petit espion cubain, je vais partir. Si tu savais ce que j'ai vécu cette nuit, tu deviendrais fou. Tu irais couper la gorge ou pire à ces quatre garçons. Je ne t'oublierai pas. Je parlerai de toi à notre enfant. Tu seras son héros. Tu pourras le voir si tu viens en France. Mais je ne mettrai jamais les pieds à Cuba, et lui non plus. Tu auras mal, bien sûr, tu vas souffrir. Moi aussi, Pedro. Mais nous sommes jeunes, les cicatrices à notre âge se referment vite.

— Lola, arrête ton cinéma. Sois simple. Sois normale.

— Je suis sûre que ton appartement est truffé de micros de fabrication soviétique. Ils doivent se régaler, les camarades du K.G.B. cubain, quand on est au lit. C'est ça, une vie normale ?

— Ça suffit, Lola. Ne te moque pas de mon pays. Je souhaite au tien d'avoir un jour un régime aussi juste, humain et intelligent que le nôtre. Vous me faites marrer, petits gauchistes de mes deux, à donner des leçons au monde entier en vivant aux crochets de papa.

— Laisse mon père tranquille. Le pauvre, s'il apprenait que je suis enceinte d'un espion communiste !

— Je ne suis pas un espion, ¡ carajo !

— C'est que tu ne possèdes pas encore parfaitement la langue : « consejero técnico », en français, ça se dit espion.

— D'accord. Très bien. Tu as raison. Je peux obtenir beaucoup de renseignements, beaucoup plus même que tu ne crois, lâche Pedro d'une voix nouée.

Il pourrait savoir où elle était ces derniers jours, qu'il a passés à attendre un signe d'elle. Après tout, il a le droit de savoir, non ? Elle porte un morceau de lui dans son ventre !

Pedro Delgado est blême, une rage l'habite, inhabituelle, moche à voir.

La jeune femme s'est levée. Elle laisse une poignée de pièces sur la table pour payer les consommations et quitte le café.

Il la rejoint sur le trottoir, tente de la retenir, lui serre le bras à faire mal, la supplie, l'injurie, ne comprend pas que tout est fini.

— C'est toi qui as choisi, Pedro.

Voix froide de Lola, regard froid de Lola.

— Depuis le début tu as décidé de repartir, et de m'emmener. Nous avons été fous, cette grossesse est une folie, mais c'est désormais *ma* folie. *Mon* enfant, *mon* ventre. Tu trouveras une belle Cubaine qui te fera une jolie nichée de petits socialistes. Tu seras bien plus heureux qu'avec moi.

Il a beau dire que cet enfant est aussi à lui, qu'il ne la laissera pas le lui voler, Lola n'entend plus. Elle est déjà partie. Dans le regard de Pedro Delgado il y a autre chose que du malheur.

6

La Ribambelle

Pedro a disparu de sa vie. Déjà quinze jours, et elle s'habitue au manque ; la brûlure est moins vive. Ce lundi, vers treize heures, Lola entre à La Ribambelle. C'est son jour de repos, elle a décidé de le passer en compagnie des garçons. Ils se retrouvent toujours ici, dans ce petit bar tenu par Jacqueline, rue des Canettes, à quelques mètres de leur immeuble. Elle s'est réveillée tard, a pris le temps de soigner les géraniums et surtout les poissons, en attendant la fin de la cure d'eau plate que l'État français a offerte à Ambroise.

Le bar est presque désert. Il est encore un peu tôt, pour la jeune garde qui a passé la nuit à envisager les conséquences d'une future légalisation de la marijuana. Certains ont peut-être même consacré leur soirée à la révision des cours : avec eux, les hypothèses les plus folles sont à envisager.

Lola prend place sur un tabouret, commande un chocolat chaud, jette un coup d'œil circulaire sur la salle. Au-dessus du juke-box actuellement silencieux, des messages sont écrits à la craie sur un tableau noir : « Juju veut aller à Bordeaux cette semaine. Anybody pour l'emmener ? » « Soirée chez Arlette mardi soir. Chacun apporte une bouteille ou un plat. » « HELP ! J'ai un matelas à déménager. Qui peut m'aider ? Kronenbourg à volonté, Jérôme. »

Jacqueline, habituée à une clientèle de retraités du quartier, a mis du temps à accepter les énergumènes qui avaient élu domicile dans son bar. Fainéants, beatniks et compagnie. Jean Nocher en a parlé à la radio : « Ce ne sont pas leurs cheveux longs qui me dérangent, mais les poux qui y habitent. » Et toc. Et ces filles qui ne portent pas de soutien-gorge ! On le voit bien, malgré les pulls d'hiver. Toutefois, le commerce incline à la tolérance. Le client est roi, comme disait son père pendant la guerre, servant d'un air digne la goutte aux soldats boches en villégiature dans la capitale. Mettre son nez dans les affaires des autres, c'est bon quand on est dans la politique, pas dans la limonade.

Et ainsi, peu à peu, elle a compris que ces jeunes n'étaient pas si méchants, puisqu'ils étaient prêts à lâcher chaque jour, de café en demi pression, un petit flot de picaillons non négligeable, de ceux qui font les moyennes rivières. Du coup, elle s'est même prise d'affection pour eux, Jacqueline. Son cœur de mère inemployé a concédé de petites pulsations humides. Ils peuvent bien avoir les cheveux longs, des tatouages scandaleux et tenir des propos païens ; à cheval donné on ne regarde pas les dents. Elle se prend souvent, désormais, à trouver les mati-

50

nées bien longues, dans la seule compagnie de son mainate déplumé et d'un quarteron de fossiles qui tentent de jouer à la belote malgré leurs mains qui tremblent, leurs yeux qui pleurent et leurs cervelles imbibées de blanc-cass qui mettent cinq minutes à distinguer un carreau d'un trèfle. Et puis ça a son charme, une belle chevelure d'homme, songe Jacqueline qui n'a plus que deux poils sur le caillou, artistiquement gonflés en choucroute par le merlan du coin.

C'est ici, dans ce bar où elle était entrée au hasard d'une averse, en novembre dernier, que Lola a connu les garçons. Ils habitent juste en face.

À dire vrai, ils ont presque tous les droits. Sauf au moment du décompte des consommations, Jacqueline est devenue très permissive.

— Vous leur avez tapé dans l'œil, dit la patronne, plus émue qu'envieuse. Faut voir comme ils vous regardent… Mais vous, hein, vous restez discrète…

Un silence.

— C'est bien, la discrétion. Ah, moi, les gens qui vous débagoulent tout leur frusquin intime à la moindre occasion, ça, non. Et Dieu sait que j'en entends des vertes et des pas mûres. Mais vous, Lola, hein, pour savoir de quel côté votre cœur balance, comme on dit…

Un silence.

— Buvez-le donc, ce chocolat, il va être froid. Moi, si j'avais à choisir… Ce qu'à Dieu ne plaise… Je crois bien que je choisirais le petit Nicolas. Enfin, Nico. Pas vous ?

Jacqueline n'est pas curieuse, mais elle aime bien savoir. Et elle a du mal à se repérer dans ce va-et-vient de filles et de garçons qu'on peine à différencier. Ça se bécote comme ça se mouche, ça se connaît depuis cinq minutes que déjà ça se pelote sur la banquette. Autres temps, autres mœurs, et le client est roi, n'empêche qu'elle aimerait bien savoir avec qui la jolie Lola… Elle l'a bien vue embrasser Nico sur la bouche, l'autre fois, mais de nos jours ça ne veut rien dire. D'autant que la veille, c'est plutôt Michel qui tenait la corde. Quant à Chris, il a une petite amie, Béné — mais ça non plus, ça ne veut rien dire, que voulez-vous.

Fonfon arrive le premier. Il sourit en voyant Lola. Elle s'installe avec lui à une table, près de la fenêtre embuée. Tout intimidé, il lui montre les plans de son prochain cerf-volant. C'est sa passion, à Fonfon. Chez ses parents, en province, il en a une pièce pleine, tous fabriqués de ses propres mains. Il les faisait voler le dimanche. Ses plans, sur papier millimétré, sont très précis. À Paris, il ne peut pas, c'est interdit. Il a essayé au Luxembourg : les flics ont confisqué l'engin.

— Je n'ai pas choisi la couleur, encore.

— Dis-moi, Fonfon, tes partiels d'anglais…

Fonfon se rembrunit. N'aime pas qu'on lui parle de ça.

— Il pourra voler haut, celui-là. Il me manque juste l'argent pour acheter la corde.

Il se tait un instant, jette à Lola un regard de cocker.

— Tu pourrais pas m'avancer un peu de fric ? Je
te le rends à la fin de l'année…

— À la fin de l'année, répond Lola. Quand tes
parents t'auront coupé les vivres et que tu bosseras
comme arpète sur un chantier, t'en auras, des sous…

Vexé, Fonfon se lève, va mettre une pièce dans le
flipper et commence à jouer. Lola s'approche de lui,
passe une main sur ses épaules, le force à la
regarder, l'embrasse calmement sur la bouche, et le
pauvre gars manque de faire tilt car, bon Dieu, elle a
mis la langue. Jacqueline, qui nettoie son comptoir
avec des mouvements d'essuie-glace, n'en perd pas
une ; elle est assez satisfaite d'avoir la réponse à ses
interrogations. Il n'est pas mal, Fonfon. Un peu tête
en l'air, mais pas mal. Un peu jeune, aussi, cela dit
le client est roi. De toute façon, pas d'emballement,
tout ça demande confirmation. Lola et Fonfon finissent la partie à deux. Après la dernière balle, ratée
par excès de nervosité, Fonfon trouve le courage
d'embrasser à son tour Lola. Qui se laisse faire, ma
foi, assez volontiers. Ah, la belle époque ! Liberté,
égalité, love and peace ! Les fleurs ont pris le pouvoir, et la patronne se sent chose.

Peu à peu, le bar se remplit. Chris est venu avec
son amie, Bénédicte, une blonde à cheveux courts et
au nez retroussé, toujours en salopette. Béné reste à
l'écart de Lola. Pas jalouse : inquiète. À cet âge, dix
ans d'écart paraissent un abîme. Pas jalouse mais,
lorsque Chris lui a annoncé qu'il avait couché avec
cette vieille, elle aurait bien été lui arracher un œil
ou deux, histoire de la renvoyer à l'hospice — réac-

tion immédiatement jugée et condamnée dans le secret de son tribunal intérieur : possessivité petite-bourgeoise, antilibéralisme sexuel, conception archaïque des rapports amoureux, ça peut aller chercher bonbon. Elle a écopé d'une peine avec sursis. Elle s'est placée elle-même sous haute surveillance.

Ils arrivent par petits groupes, bruyants et empanachés de fumées aux étranges senteurs. Enfermés dans le juke-box, les Bee Gees beuglent *Massachusetts*. Manège quotidien : ils ont repéré le bouton du volume situé derrière l'appareil et augmentent le son, que régulièrement Jacqueline vient diminuer avec force menaces.

Quand Michel débarque, la musette pleine de disques pirates, bien qu'il soit encore tôt dans l'après-midi, on se demande ce qu'on va bien pouvoir manger ce soir, et où.

Nico a entrepris une nouvelle fresque. C'est devenu un rituel : il passe le grand miroir du fond au blanc d'Espagne, et dessine sur la surface blanche en grattant avec divers ustensils, faisant apparaître des traits de miroir qui scintillent. Aujourd'hui, c'est une palmeraie psychédélique traversée par des chameaux volants.

Michel brandit un quarante-cinq tours dans sa pochette blanche. Tout autour, ça piaille dur. Qu'est-ce que c'est, qu'est-ce que c'est ? Surprise.

Sans façon, il se penche au-dessus du comptoir, prend dans le tiroir-caisse les clés du juke-box, et malgré les protestations de la patronne va ouvrir l'appareil afin de remplacer le 45T de Pascal Danel par sa dernière emplette, écoutez-moi ça, les enfants. *Get on top !* La voix diabolique de Tim Buckley s'élève, rauque, insinuante. On est loin, d'un seul coup, des états d'âme roses et melliflues du flower-power. Ça vibre, ça shunte, ça racle, ça démange, ça postillonne du vitriol. Et ce n'est rien : sur l'autre face, *Good-bye and hello*, titre d'une audace et d'une violence rares, enregistré en 67 lors d'un concert historique à Chicago, jamais commercialisé ! Annoncé et commenté par Michel, Buckley déverse illico sur l'assemblée ses décibels bruts. Ouf ! Ça gigote dans le tréfonds. Après la fin du morceau, pour rasséréner Jacqueline qui se tient la gorge à deux mains comme si on lui avait fait boire un bouillon d'onze heures, un index miséricordieux appuie sur la touche E 11 : Marcel Azzola, *Le bal à Nogent*. Nico, ayant achevé sa fresque, entraîne la patronne dans une valse approximative, qui lui fait pousser des petits couinements de hamster. Elle finit par se dégager pour aller se tapir derrière son comptoir. Plus de son âge, ces galipettes ! Nico a saisi Lola, ils tournent en rigolant, on repousse les tables, roulez jeunesse.

Une heure plus tard, l'ambiance est plus calme. Deux couples conspirent à voix basse dans un coin, la musique s'est tue. Beaucoup sont partis à la fac, d'autres ont été aspirés par un courant d'air. Entouré d'une petite cour, Chris lit la dernière mouture de son tract.

— « L'illusion léniniste n'a plus d'autre base actuelle que dans les diverses tendances trotskistes, où l'identification du projet prolétarien à une organisation hiérarchique de l'idéologie survit inébranlablement à l'expérience de tous ses résultats. »

Bravo ! On applaudit, des verres se lèvent. Il a dit quoi ? Laisse, tu peux pas comprendre. Me prends pas pour une conne, pauvre phallocrate. Je comprends mieux que toi. À bas Trotski !

— « Le temps général du non-développement existe aussi sous l'aspect d'un temps consommable qui retourne vers la vie quotidienne, à partir de cette production déterminée, comme un temps pseudo-cyclique. »

Va donc prouver le contraire. Les filles le dévorent des yeux. Qu'est-ce qu'il écrit bien, Chris ! Et quelle voix ! Bénédicte, assise à côté de lui, prend bien soin de ne pas avoir l'air de veiller au grain, tout en laissant pendre ostensiblement sa main sur l'épaule de son homme, lequel jette de temps à autre un regard vers Lola, pour voir si elle écoute. Mais Lola, présentement, écoute plutôt Michel, Fonfon et deux filles, qui parlent de contraception. Michel et Fonfon, tout en discutant, regardent le ventre à peine arrondi de Lola, sur lequel elle a croisé les mains. Elle a le vertige. Elle ne sait pas au bord de quel gouffre elle avance.

Les filles aussi regardent Lola. Elle est la femme de bientôt trente ans, expérimentée et sûre d'elle, qu'elles aimeraient être avant l'heure. Depuis quelques semaines, depuis que les liens se sont resserrés entre Lola et les quatre garçons, leur communauté énigmatique s'entoure, aux yeux des autres, d'un halo persistant et enviable. Pourtant, ni Michel, ni Chris, ni Nico ne sauraient, et Fonfon encore moins, définir la nature de ce qui les unit. Lola, elle, s'abandonne à un vacillement délicieux entre son corps et les leurs, entre sa vie et les leurs, ses secrets et leurs mystères.

— Comment ça, pas libéré ? demande Chris. Tu veux dire quoi, là ?

— Je veux dire ce que je veux dire, persiste Pitou, un étudiant en économie qui a bien du mal à laisser, comme il se doit désormais, le col de sa chemise ouvert, et qui n'en peut plus d'être toujours puceau à dix-neuf ans. Tu fais de la théorie, mais dans la pratique, hein, dans la pratique, on fait comment pour se libérer ? Ça tu le dis pas. On sera libérés quand les prolétaires quitteront les usines pour baiser sur les trottoirs. Pas avant. Alors moi je pense que tu l'es pas tant que ça, libéré. Et nous non plus, je veux dire, personne. C'est pas contre toi, Chris, conclut-il en rougissant sous le regard froncé de Bénédicte.

Sans un mot, avec la dignité de Saint-Just montant à l'échafaud, Chris grimpe sur une table, et entreprend de se déshabiller entièrement. Pas libéré, on va bien voir.

— Ah non, ça c'est trop, dit Jacqueline — assez discrètement cependant pour ne pas être entendue.

Quelques secondes plus tard, dans un silence suffoqué, Chris prend la pose du discobole, totalement à poil. Pas libéré, mon cul. Phidias, sans doute, n'aurait pas été emballé par ce modèle maigrelet, aux côtes saillantes ; mais dans un café de la rue des Canettes, la chose ne manque pas de classe.

Lola se marre. Cette vie est trop gaie, il est hors de question que tout cela ait une fin. Elle rit, Lola, elle rit, jusqu'au moment où, à travers la vitre du bistrot, elle découvre le visage de Pedro, engoncé dans le col relevé de son manteau, dégoût et fureur mêlés. On ne rit plus. En silence, elle se couvre et sort le rejoindre.

— C'est pour ça que tu me quittes. Pour cet échantillon de racaille occidentale décadente. Je m'étais vraiment trompé sur ton compte.

— Pourquoi tu me suis, Pedro ? Qu'est-ce que tu veux ?

— Viens avec moi. Ça suffit. Viens.

— Lâche-moi… Je ne dépends pas de ta juridiction, petit commissaire du peuple… Et tu ne me connais pas. Va-t'en.

— Je sais tout. Je te l'avais dit : j'ai les moyens de me renseigner. Je sais tout. Je connais leurs noms, leurs activités.

— Et la longueur de leur bite ? interroge Lola, curieuse.

Elle a vu partir la gifle, a décidé de ne pas bouger.

Pendant ce temps, Chris s'est rhabillé. Le spectacle est maintenant dans la rue, on va voir si Lola a besoin d'aide.

Qui c'est, ce type ?

Ils se sont approchés, ils sont à quelques mètres du couple quand Lola reçoit la gifle. Pedro est aussitôt entouré. Lola tente de les éloigner, je me débrouille seule, laissez-nous, en vain.

Pedro Delgado regarde ces gamins un par un. Il est anéanti. C'est à cause de ça que je perds ma femme. À cause de ça que je vais perdre mon enfant. De ces chevelus pathétiques à peine sortis des langes, qui prennent la lutte des classes pour un jeu de société. Ce n'est pas possible.

Et pourtant, si, c'est possible : en quelques secondes, les chevelus pathétiques ont séparé Pedro de Lola, ils le repoussent en silence vers le haut de la rue, en direction du boulevard, vers Cuba. Il ne se défend pas, ne résiste pas, accepte de disparaître. Il n'existe plus.

7

L'Éphémère

Il m'a trouvé facilement. C'est un brave insecte, doté du sens de l'organisation qui tient lieu d'intelligence à ces créatures. Je n'ai pas encore décidé de l'embranchement dans lequel je vais le ranger. Orthoptère, zoraptère, grylloblattodea ? Phasmatodea, siphonaptère, névroptère ? Nous étudierons cela.

Comme tu l'as abîmé ! Il tremblait sur ses petites pattes en entrant dans le cabinet, après avoir patienté dans la salle d'attente, tandis que j'enregistrais les plaintes et les geignements d'un de ses congénères éclopé et souffrant. Écouter souffrir les autres : voilà à quoi j'occupe les heures que je ne passe pas en compagnie de ton spectre. C'est une activité instructive et fortement rémunératrice. Personnellement, je vaporiserais volontiers la dose létale d'insecticide sur tous ces petits êtres que le souci d'eux-mêmes rend inutiles et assez répugnants, mais je dois poursuivre mon œuvre : tu me coûteras cher, je ne l'ignore pas. Si je veux correctement gâcher ta vie, autant faire les choses avec la lenteur qui convient.

Celui-ci, bien entendu, je ne l'ai pas fait payer. Brave Pedro, il m'apportait des informations fort utiles sur ta vie. Il voulait comprendre. Il a cru qu'il te posséderait, il a cru à ta douceur, à ton amour, et il s'est retrouvé le cul par terre, à frotter ses petites brosses fémorales sur ses yeux, comme un hanneton éberlué... C'est à se tordre, non ?

Des informations très utiles. Il voulait me faire parler, figure-toi. Savoir qui tu étais vraiment, ce que j'avais vécu avec toi. C'est lui qui s'est livré, bien sûr. Mes antennes de glorieux éphémère ne sont pas encore suffisamment développées pour détecter les éléments indispensables à ma mission. Je reste à l'état larvaire, qui chez les êtres de mon espèce peut durer des années. Des années avant l'éclosion... Pedro m'a apporté presque sans s'en apercevoir les renseignements dont j'avais besoin. Providentiel petit insecte !

Pour un peu, j'aurais ignoré que tu étais enceinte. Ton père ne m'en avait rien dit. Je le fréquente toujours, sais-tu ? Ton père, le mari de la blatte. Non, tu ne le sais pas. Je lui ai instamment demandé de ne jamais te parler de moi, et il me fait une confiance absolue. Les gens, ordinairement, me font confiance. C'est assez mystérieux, il faut bien le dire. Je vois ton père, je le conseille, je le soutiens. Pendant ton absence, je l'ai aidé à surmonter le deuil de la blatte que j'avais poussée dans le vide. C'est une image. Oh, rien de bien sorcier, tu sais. Je te raconterai, un jour.

Toi-même, pour peu que tu ne m'aies pas oublié, tu es loin de te douter de ce que je suis en réalité. À la suite de nos noces de cauchemar, tu m'as quitté, je crois, parce que tu avais peur de la vie que je te proposais. J'étais trop doux, trop faible, je t'ai laissée partir. Ta fuite m'a fait naître à moi-même. Je saurai t'en remercier le moment venu.

Pas une heure, pas un instant où le ferraillement obstiné des boggies ne massacre en moi la moindre parcelle de quiétude. Je n'avais rien vu venir. Ton corps sur le drap froissé de la couchette, dans le wagon-lit du retour du voyage de noces. La dernière fois où nous avons fait l'amour. L'amour ! Ce mot pue la charogne. Je le crache comme une morve. Ce long gémissement, puis tes yeux qui s'ouvrent lentement, tes mains qui se détachent de moi, ce silence interminable, ton regard dans le mien, immobile, mort. Aucune des putains que j'utilise depuis ne m'a regardé avec une telle froideur. Je te revois, je te revis : inaccessible, déjà loin, et tes mots, tandis que mon sexe se recroqueville, écœurant mollusque. L'humiliation m'anéantit, mais ce n'est rien encore. Tout à l'heure, il faudra affronter les familles qui nous attendent sur le quai.

Ma vie pourrait n'être qu'un hurlement. Il faut que je reprenne mes esprits. Accomplir ma mission. Pedro, donc, le pauvre et lamentable Pedro Delgado. Il voudrait que je lui explique ce que tu es, comment une telle créature est possible. Je sais faire parler les gens, c'est mon métier. Je ne lui dis rien, ne lui explique rien — qu'y aurait-il à expliquer ? — et je retire du magma de mots douloureux qu'il étale devant moi avec une complaisance abjecte les informations dont j'ai besoin. Il me raconte comment tu vis, avec ces débris d'humanité, ces clampins ridicules, ces crétins chevelus. Ton père ignore tout cela, le pauvre homme.

Pedro est sorti tout requinqué de mon cabinet. Je lui ai montré la voie à suivre. Comment pouvait-il envisager de te laisser la charge de votre enfant ? Abandonner à une mère irresponsable cette innocente créature ? Il a fallu du temps, mais pour finir je pense l'avoir convaincu. Voyons, Marie-Laurence. Tu ne pouvais tout de même pas imaginer vivre tranquille et heureuse avec un enfant qui n'est pas de moi. Tu vas souffrir beaucoup, longtemps. Ce n'est que le début de notre histoire. Il est toujours possible de souffrir davantage. Et lorsque tu verras enfin la lumière au bout du tunnel, ce sera hélas celle du train arrivant sur toi.

8

Plus jamais Claudel

On s'en souviendra, de ce mois de mai. Petit-Jean a donné ses premiers coups de pied dans mon ventre. Accessoirement, le vieux monde explose. Dans trente ou quarante ans, plus personne ne saura ce qu'était la vie en France avant cette explosion de fraîcheur libertaire. L'ennui, le plomb des conventions, les générations autistes, le gaullisme autoritaire et corrompu, l'atrophie d'une société qui se ratatine dans l'ombre de ses deux figures tutélaires : le censeur et la faiseuse d'anges.

Le hall A de la faculté de Nanterre empeste indéniablement le cannabis froid. *Plus jamais Claudel*, prévient un mur. Et sur celui-ci : *Mur baignant infiniment dans sa propre gloire*. Un petit attroupement s'est créé autour d'un chevelu qui a étalé devant lui les œuvres complètes de Lanza del Vasto : *Vinôbâ ou Le nouveau pèlerinage*, *L'Arche avait pour voilure une vigne*, *La technique de la non-violence*, *Le pèlerinage aux sources*… Un allumé du Parti Nationaliste Occitan qui arrive en stop de Toulouse-Le Mirail vante pour sa part les théories de François

Fontan en brandissant l'opuscule tout frais sorti d'une imprimerie de Bagnols-sur-Cèze : *Ethnisme : vers un nationalisme humaniste*. Si avec ça les lendemains ne chantent pas…

Chris et Bénédicte marchent trop vite. Lola peine un peu à les suivre. *Y a-t-il une vie avant la mort ?* Son ventre a gonflé tout d'un coup, Petit-Jean est désormais bien installé dans une bulle d'eau tiède cachée sous l'ample robe à fleurs. Si papa me voyait ! Il ne s'est aperçu de rien.

Elle a repoussé le moment d'annoncer la nouvelle à Frank. Il va bien falloir pourtant y consentir : l'outrage devient trop visible. *Mettez un flic sous votre moteur.* Dix ans ou presque la séparent de tous ces gens qui s'agitent dans les couloirs de la fac, collent des affiches, discutent assis en rond par terre, s'interpellent d'un étage à l'autre. Quelques vieillards de quarante ans, ci-devant enseignants, tentent de faire oublier leur différence en chaussant des tongs africaines, avec l'air de supplier les étudiants de leur apprendre le nouveau monde. *Le respect se perd, n'allez pas le chercher.*

Lola n'a jamais connu une telle gaieté. Ses vingt ans à elle ont été plus rudes et plus solitaires, ses vingt ans de fugueuse. Elle retrouve dans cette effervescence printanière ce qu'elle aime chez les garçons : une folie qui la distrait d'elle-même et de tout. Est-elle d'accord avec ce qu'une jeunesse exagéreuse proclame ici, à Paris, et dans la France entière ? Elle n'en sait rien. Le mouvement lui plaît ; quant aux discours, ils ne font que passer. Et puis sa culture est bien lacunaire : elle a même oublié de lire le *Traité de savoir-vivre à l'usage des jeunes générations*, best-seller de la communauté (si l'on excepte les romans de Philip K. Dick, Tolkien, Ballard ou Philip J. Farmer), dont chacun des garçons lui a successivement murmuré le titre, sur l'oreiller, comme un merveilleux secret. Même Fonfon, l'adorable linotte à l'odeur poivrée, qui croit que c'est un livre comique.

La réunion a lieu dans une petite salle de cours. Elle a pour thème : « Prolongements dans l'action de la pensée radicale ».

— Je ne suis pas sûr qu'on ait le droit de parler au nom des prolétaires, avoue un barbu.

— Qui est prolétaire ? répond une blonde aux seins ravageurs sous le débardeur orange. Est prolétaire celui qui n'a aucun pouvoir sur l'emploi de sa vie, et qui le sait. Dans une certaine mesure, nous sommes tous des prolétaires.

— Même si on vit dans un trois-pièces sur l'île Saint-Louis ?

— Ça n'a rien à voir. C'est vraiment dégueulasse, comme argument.

Ils sont une quinzaine, mais à les entendre on dirait qu'ils sont cent. Chris et Bénédicte plongent dans la mêlée avec ferveur.

— Si vous voulez les voir, les prolétaires, vous n'avez qu'à venir avec moi distribuer le journal à la sortie des boîtes.

Une blonde se porte volontaire, puis deux autres.

— Rendez-vous à cinq heures porte de Vanves, demain matin, propose Chris au milieu du vacarme.

Au bout d'un moment, Lola sent qu'il faut ouvrir à Petit-Jean d'autres perspectives théoriques. Il règne ici une telle confusion que le pauvre risque d'y perdre ses repères. Elle part à l'aventure dans les couloirs enfumés toutes portes ouvertes. Elle monte et descend des escaliers, traverse des bureaux vides, des ateliers où jadis on travailla, se retrouve dans un amphi à moitié rempli.

— Je n'ai jamais dit que Cuba est le paradis sur terre, proteste une jeune brune. Je dis simplement que si on veut avoir une idée précise de ce que peut être le socialisme, c'est là qu'il faut aller voir.

Elle y est allée, elle n'en est visiblement pas revenue. Lola, intéressée, s'assoit dans une travée. Petit-Jean a bien le droit d'être informé sur la patrie de son papa.

La fille parle de ce qui s'est passé le 9 octobre dernier, à La Higuera : Mario Terrán et Felix Ramos, agents de la C.I.A., ont criblé de balles le corps du comandante Che Guevara, croyant ainsi détruire d'un coup de gâchette l'espoir et la révolte des opprimés du monde. Rien n'y fera, camarades gringos : vous ne sortirez pas vivants du tribunal de l'Histoire.

Elle en rajoute un peu, mais elle est belle à voir, la brunette. Elle raconte l'embargo infâme qui tente d'étrangler le peuple cubain depuis le 3 février 1962. L'embargo touche également les produits alimentaires et pharmaceutiques destinés aux enfants !

Elle décrit une île de délices et de courage, où la Révolution va de pair avec une sexualité libre, joyeuse et responsable. (Surtout responsable, en fait. Pour les besoins de sa démonstration, elle oublie de préciser qu'elle a travaillé au Campamento 5 de Mayo à Pinar del Río durant plusieurs mois, à couper les cannes à sucre et planter du café, comme quelques dizaines d'autres jeunes sympathisants occidentaux, et que les relations sexuelles y étaient strictement interdites avec les indigènes. C'est bien normal : ils étaient encore tout infectés d'une conception bourgeoise de l'amour, et ne devaient pas contaminer la jeune Révolution.) Elle évoque les problèmes que l'on rencontre au Paradis : absence de viande, de lait pour les enfants, de pièces détachées pour les voitures et les machines… Mais elle précise que le peuple souriant se moque de l'embargo, et que sur les cartes de rationnement les cigares sont inclus. ¡ Hay que luchar ! crie-t-elle pour terminer en levant le poing, saluée par des vivats.

Un vent de Caraïbes souffle sur l'assemblée, vanille et cannelle, à peine alourdi d'une senteur de bortsch soviétique. Tandis que la brunette continue de vanter les prestiges du socialisme tropical, Lola se laisse emporter par une vague de souvenirs. Ses parents ont eu pour elle des rêves grandioses. Études de droit, tant qu'à faire : un jour, ma fille, tu seras une avocate en vue, en charge de nos florissantes affaires. Ils venaient d'acquérir (grâce aux rogatons de la fortune familiale maternelle, qui leur avaient permis de séduire un banquier) Le Nautilus, le restaurant de la tour Eiffel. Ils en payaient le prix de perpétuelle angoisse, d'épuisement précoce, de panique devant les traites himalayennes. Mais leur fille, si belle et travailleuse, leur offrait l'image d'un avenir sans nuages. Tu seras avocate, tu épouseras le beau jeune homme qui t'attend quelque part, il est sans doute riche, et nous vivrons ensemble…

Elle a trouvé le beau jeune homme, en effet. Presque médecin, futur héritier d'une fortune amassée par papa qui fabrique des capsules en aluminium. Pas de doute, a confirmé Frank, c'est bien lui. Brave garçon, qui plus est : il enveloppait Lola d'une douceur confite, amoureux jusqu'à la bêtise, prêt à tout pour lui être agréable. En apparence, du moins. Et que fait-on, quand on a trouvé le prince et ses charmes ? On se marie, non ? On s'est donc mariés, en juin 1961, à l'église de la Trinité, sans blague. La mariée était tout juste adulte, et sa conception de l'indépendance cadrait mal avec la robe blanche, mais à cet âge on se laisse aveugler par quelques caresses. Devant elle : un avenir de têtes blondes et de bel appartement, les déjeuners du dimanche au restaurant panoramique, et quelques avantages secondaires dont elle n'avait pas encore l'idée. L'époux s'appelait Jacques, belles mains fortes, jolies dents, le regard bleu qui ne ment pas. On a décidé de passer la lune de miel dans les Alpes, et Lola est devenue femme, comme on dit, sous un baldaquin de neiges éternelles.

C'est dans le train du retour que Lola a annoncé à Jacques qu'elle le quittait. Il ne s'y attendait pas, mais elle non plus. Il n'avait commis aucune faute de goût, ne l'avait pas assignée à résidence entre la cuisine et la chambre à coucher, s'était montré d'une prévenance irréprochable, l'avait couverte de compliments et de baisers. Mais il avait des projets pour elle, et elle se savait condamnée à une procréation rapide et féconde, en l'absence de tout moyen fiable de contraception. Elle avait eu le temps d'imaginer quel père il ferait pour leur future marmaille, et c'est la marmaille qui l'avait décidée. Elle était à l'âge où l'on peut encore tout briser sur un coup de tête, par ignorance des séquelles. Pas de marmaille, non, jamais. Elle était trop curieuse, trop affamée du monde et de ses habitants. Dans les bras de Jacques, et à son insu, elle s'était découvert un désir d'ogresse : elle voulait tout voir, tout connaître. Le plaisir qu'elle éprouvait avec lui était si soudain, si violent, si inattendu, qu'elle ne pouvait concevoir qu'il fût limité aux frontières étroites du terrain conjugal.

Il y avait autre chose. À quelques détails fugitifs, elle avait pu entrevoir un éclat inflexible dans le regard bleu, une raideur des gestes, les indices presque imperceptibles d'une violence enfouie — lorsqu'une jeune serveuse de l'hôtel, par exemple, avait renversé sur sa veste une goutte de vin rouge, il avait fourni des efforts tellement visibles pour ne pas hurler et frapper que Lola en était restée interdite —, vétilles qui sur le coup l'avaient troublée, instillant en elle une inquiétude sourde. Qui était vraiment cet homme ? Jusqu'où irait-il pour la posséder entièrement ? Que sait-on des gens, dans le fond ? Ces questions, elle ne se les formulait pas avec autant de clarté mais, tout au long du voyage de noces, la décision s'était formée dans la pénombre de son esprit, pour éclater au grand jour à l'approche de la gare de Lyon. Les quatre parents attendaient sur le quai. Ils avaient reçu d'excellentes nouvelles de leurs enfants : le séjour dans les Alpes avait levé les derniers doutes sur l'harmonie de cette union, et l'on pouvait désormais penser sérieusement au futur. Ils virent descendre du train un couple livide. Jacques avançait, les mains vides, raide comme un cadavre, le regard fixe. Lola descendit juste après lui, les bouscula et partit en courant. Jacques et ses parents conservèrent d'elle cette dernière image : une folle aux cheveux défaits courant à toutes jambes sur le quai encombré d'une gare parisienne, heurtant les voyageurs à chaque pas, bientôt engloutie par la foule.

Il ne fallait pas qu'elle pense au mal qu'elle faisait à ses parents, et elle n'y pensa pas. Elle se laissa glisser dans une errance folle vers l'Espagne, dont la langue l'attirait depuis ses années de lycée. Elle rencontra une première fois Pedro Delgado à Madrid, qui s'y trouvait en détachement auprès de l'ambassade cubaine. Mais ce premier grand incendie sentimental ne fut pas suffisant pour la retenir dans sa course. Elle fuit une deuxième fois l'amour, gagna l'Amérique centrale, où elle connut quelques personnes de bonne compagnie. En se laissant porter au hasard des rencontres et des offres d'emploi, elle descendit en Patagonie, séjourna au Chili. Sur l'île de Chiloé, elle travailla comme poinçonneuse sur un bac qu'utilisaient les autobus d'ouvriers pour traverser des bras de mer. À Viña del Mar, enfin, elle se fixa durant quelques mois dans une communauté de fous qui avaient construit un embryon de ville utopique sur une dune, face à l'océan Pacifique. Ils l'avaient nommée Ciudad Abierta. Jamais elle n'alla jusqu'à Cuba, où se déroulaient pourtant tous ses rêves nocturnes, auprès de Pedro.

La tour Eiffel était un grand piquet auquel la reliait une invisible laisse. Toute à son enchantement de globe-trotteuse, elle n'avait pas prévu que la nostalgie, un matin, sur un quai de Coquimbo où elle regardait jouer les phoques et les pélicans parmi les carcasses rouillées des chalutiers, la saisirait par la nuque pour la ramener au bercail.

En deux ans, elle n'avait envoyé qu'une carte postale de Quito, n'avait jamais téléphoné ni donné d'autres nouvelles. Le 13 octobre 1963, lorsqu'elle revint à Paris, elle trouva son père anéanti par la mort de sa femme. Toute sa vie, Lola porterait en elle la culpabilité qu'elle ressentit alors. Elle resta auprès de Frank, qui l'accueillit sans reproches et sans gémissements, comme on accueille sa fille au retour d'un long voyage, simplement. Elle ne serait pas avocate de l'entreprise familiale, qui entretemps avait connu quelques déboires financiers et ne se maintenait à flot qu'à coups de prêts et de res-

72

trictions ; mais lorsqu'il lui proposa de travailler avec lui, elle ne trouva pas la force de refuser, malgré son désir hurlant de repartir vers la langue espagnole. Elle obtint juste de ne travailler qu'à mi-temps.

9

Ma fille est folle

Pas trop mal, allons, pour mes cinquante-trois balais. Les ridules en éventail aux coins des yeux, que ma fille adore parce qu'elles me font sourire même quand je gueule, à ce qu'elle dit. Le veuf a bonne mine, sous la couche de mousse à raser qui lui couvre joues et menton. Il est très tôt. Frank s'est levé par habitude, bien que la France soit empêchée de travailler par une poignée de crétins hirsutes et crasseux. Tout ça me fatigue.

En avalant un café, il écoute Europe 1 qui donne des nouvelles du front. C'est pas vrai, mais c'est pas vrai ! Vont tout foutre en l'air. Le Quartier latin dévasté. Des barricades, maintenant ! Bien la peine d'avoir fait la paix avec les Boches, si c'est pour se laisser emmerder par nos propres gamins. Et les ouvriers qui suivent. Le pays paralysé. Mes clients n'auront rien à bouffer, encore aujourd'hui. Pauvre M. Lavallette, tintin pour les profiteroles. Les quais sont bloqués, c'est la panique. Ils ont passé la nuit à dépaver les rues, ah les cons.

Frank a préféré prendre la mobylette du Nautilus, avec son caisson de bois à l'arrière, pour aller faire un tour aux Halles. De toute façon, il n'y a presque plus d'essence dans la camionnette, et il ne faut pas compter trouver une pompe ouverte : la France n'a plus rien dans le réservoir.

Désolation dans les pavillons de Baltard. Quelques restaurateurs errent, comme lui, parmi les étals vides. Des groupes se sont formés, on discute : on est pour, on est contre, on n'est pas content. Inutile d'espérer. Frank ne pourrait même pas fournir des sandwiches convenables à sa clientèle. Les chambres froides sont ouvertes, quelques grossistes profitent de l'occasion pour faire un nettoyage en grand. Les Halles, privées de l'animation et des cris habituels, résonnent comme un sépulcre.

Chez Jeannette, il reste du rouge, quand même, et de l'andouillette pour le vague à l'âme. Mais pas question de participer aux conversations sur l'actualité. Tout cela est fortement déprimant. Six heures du matin. Qu'est-ce que je vais bien pouvoir foutre de ma journée ? Étudiants de mes couilles.

Sans savoir comment, il se retrouve, tout dépeigné par le vent doux, sur le palier de son ami Ambroise. Derrière cette porte vivent les poissons chéris du bandit maladroit. Et ma fille Lola. Qui à cette heure inhumaine doit dormir à poings fermés, a-t-on idée de sonner chez les gens quand le soleil se lève à peine ? Le doigt de Frank, pourtant, presque malgré lui, appuie sur le bouton.

Elle ouvre, en chemise de nuit quasi transparente, ma fille, encore à moitié dans son rêve, comme elle est jolie. Sans comprendre pourquoi, Frank est troublé. La ressemblance avec sa mère, peut-être ? Non, c'est autre chose. Un détail qui cloche.

— Reste pas planté là, entre, dit Lola avec un sourire ensommeillé.

Un détail étrange. Cette démarche inhabituelle. Cette cambrure. Dans cet appareil simple, sans le carcan des tailleurs stricts qu'elle met pour travailler au restaurant, le corps de Lola apparaît différent. Un fruit mûr, prêt à s'ouvrir. Qu'est-ce que je raconte. Allons.

Lola a enfilé un kimono, et dans le geste qu'a fait son bras pour aller chercher une manche en arrière, Frank a pu voir, non je rêve, la proéminence irrécusable de son ventre.

Il a vu. Elle a vu qu'il a vu. Ils restent empotés, face à face. Lola attend la colère bleue, les cris, les reproches, les anathèmes. Elle lève les yeux enfin vers le visage de son père, qu'est-ce que tu attends, vas-y, cogne. Mais Frank sourit aux anges. On dirait sainte Thérèse transverbérée.

Il se laisse tomber dans un fauteuil. Pour une surprise... Un enfant ! Être grand-père... Dans un éclair il se voit, vieilli, tenant par la main un gamin blondinet, sur le bord de la Marne, le sac de cannes à pêche en bandoulière.

Lola s'est assise sur la table basse, près de son père. Eh bien voilà, maintenant tu sais. Je n'arrivais pas à t'en parler. Je n'aurais pas pu continuer long-temps à me comprimer le bidon, de toute façon…

D'un seul coup, Frank se redresse. Le père ! Il faut bien que je pose la question ! Une série d'hypo-thèses défile dans son esprit. Il ne lui connaît pas de prétendant. Elle ne me dit rien de sa vie.

Il ignore qu'en sortant du restaurant Lola vient ici pour se changer, avant d'aller rejoindre les garçons dans une cambuse enfumée de haschisch, qu'elle quitte son uniforme de pimpante bourgeoise pour celui de femme libérée, sabots de bois et robes indiennes.

— Je t'en prie, papa, ne me demande pas qui est le père.

— Je vais me gêner.

— S'il te plaît…

Frank a toujours son sourire extatique, mais on peut y lire désormais un soupçon d'inquiétude. Pour quand, l'accouchement ?

— Septembre. Mon bébé va naître avec la Révo-lution.

Lola a eu une petite intonation espiègle. Pourtant, il n'y a pas de quoi sourire.

— Ne dis pas de conneries, Marie-Laurence. Ce bordel n'a rien à voir avec une révolution, Dieu merci. Bon, maintenant, tu me dis qui est le père. J'ai le droit de savoir. Et ne t'inquiète pas, quoi qu'il en soit, je serai content. Je me doute qu'il ne sera pas aussi bien que ce pauvre Jacques, mais ça ne m'empêchera pas de prendre l'apéro avec lui.

Lola se résout à parler. Inutile de tergiverser. Un peu dur à passer au début, sans doute, mais il va falloir s'habituer aux changements radicaux, dans la période qui s'annonce.

— Ça va te coûter cher en apéritifs, papa.

Silence.

— Ne crie pas, hein. Alors voilà.

Silence.

— Il y a plusieurs pères.

Silence.

— Quatre, en fait.

Quatre pères ! Elle a dit quatre. On se bat, on trime, on aime une femme, on a une fille, on acquiert une affaire prometteuse : la femme meurt, l'affaire coûte autant qu'elle rapporte, la fille devient folle. Elle dit quatre, c'est pour me ménager. Ils sont sans doute davantage. Elle s'est fait faire un enfant par un régiment de parachutistes. Une troupe de scouts de France. Un séminaire. Une cellule du Parti. Une caserne de pompiers. L'équipe du Red Star. Oh bon Dieu non, pas le Red Star, cette bande de canards boiteux. Qu'est-ce que je raconte.

— Ils sont adorables, papa. Tu vas les aimer. Je sais bien que c'est dur à admettre, mais les temps changent… Ne t'en fais pas, je continuerai à m'occuper des poissons d'Ambroise.

— En effet, c'était mon principal souci, dit Frank.

Ma fille est folle, mais ce n'est pas grave. J'élèverai l'enfant comme si c'était le mien, bien droit, dans les règles, j'en ferai quelqu'un de solide.

— Je vais prendre une douche, annonce Lola en posant la main sur le genou de son père atterré, avec un demi-sourire consolant. Fais-nous un café, si tu veux…

Un café ! C'est du bromure qu'il te faudrait, ma pauvre fille. Lola s'est éclipsée. Quatre pères. Avisant le sac à main qui traîne sur une chaise, Frank s'en empare. Sauver ce qui peut être sauvé. Voyons. Cigarettes, rouge à lèvres, clés. Tiens, qu'est-ce que c'est que cette clé ? Connais pas. Continuons. Un portefeuille. À l'intérieur, une feuille de papier pliée en quatre. Frank entend couler l'eau de la douche. Heureusement, les bolcheviques n'ont pas coupé le gaz, on peut encore avoir de l'eau chaude. Voyons cette feuille. *Merci pour hier soir. Fonfon.* Un des pères, sans doute. Mon petit-fils a quatre pères, dont l'un s'appelle Fonfon. N'est-ce pas merveilleux ? Et ce document, là. Une quittance. Syndic, gestion de biens… Veuillez trouver ci-dessous… Eau et charges de l'immeuble… 3, rue des Canettes… Bien bien bien. Un carnet de chèques. Frank feuillette les talons, petites sommes, petits achats. Un chèque a été fait du montant de la facture de la rue des Canettes, qui n'est pourtant pas au nom de Lola. De mieux en mieux. Elle règle les factures d'un appartement où elle ne vit pas. Que je sache. Sans doute son poulailler à pères. Voilà une journée qui commence bien.

Une heure plus tard, il est rue des Canettes. Depuis une table de La Ribambelle, il surveille l'entrée du n° 3. Il est parti de chez Ambroise pendant que Lola était encore sous la douche. Il a payé d'avance son demi pression à la patronne, de façon à pouvoir quitter les lieux en urgence. La porte de l'immeuble s'ouvre de temps en temps, laissant passer quelques habitants d'allure respectable, mais aussi un nombre considérable de beatniks qui vont et viennent. Vers onze heures, une bande de six ou sept individus franchit le seuil. Ils semblent assez énervés. Patibulaires et velus. Peut-être eux ? Il les suit à distance, en direction du boulevard Saint-Michel. Pas de circulation dans les rues. Il y a des policiers partout. Et là, je rêve ! Une barricade. En plein milieu de la rue Gay-Lussac.

Tout ce petit monde s'affaire : on entasse des pavés, des grilles de fonte, des objets divers. Aux fenêtres et aux balcons, les riverains sont au spectacle. Ils voient la jeunesse de France qui enfin se met au travail. Ils voient la police de France, casquée et bottée, bloquer les deux extrémités de la rue. Ils voient les boucliers de plastique luire sous le soleil rieur. Ils voient un quinquagénaire bien mis, planté comme un piquet, qui observe les trublions, l'air hagard.

On a décidé de renverser une voiture. À plusieurs, ce n'est pas un problème, et personne ne ménage sa peine pour qu'advienne un monde meilleur. Fonfon, hors de lui, saute d'un côté à l'autre de la barricade en poussant des cris de guerre.

Chris, tout en débouchant le réservoir de la Dauphine qui gît sur le flanc, demande à Michel qui peut bien être le vieux, là, qui les espionne. Il n'a pas une tête de flic, mais va savoir. Nico n'en a aucune idée, lui non plus, mais il a horreur qu'on l'observe. Il irait bien ordonner au type de choisir son camp. Parce que tout le monde va devoir choisir son camp, camarade, et très vite. Ils n'ont pas le temps de discuter davantage : la première grenade lacrymogène éclate au moment même où la Dauphine prend feu. Confusion, courses, cris, on est prêts à donner sa vie pour la Révolution, mais peut-être pas tout de suite. En attendant, certains se réfugient dans des halls d'immeuble.

Le quinquagénaire a disparu dans un nuage de fumée chlorée. Il est allé demander asile au troisième étage d'un immeuble ; vu sa mine sage et prospère, on n'a pas fait de difficulté pour l'accueillir. Il se trouve maintenant au balcon, en compagnie de la propriétaire de l'appartement, et il continue d'observer le remue-ménage en contrebas. Sans aucun doute, les quatre pères de mon petit-enfant s'apprêtent à se faire matraquer par des C.R.S. en furie. Cela ne pourra leur faire que du bien.

Michel, en bas, a aperçu Frank, à l'abri auprès d'une bourgeoise, aux premières loges pour l'hallali. Il a l'air content, le fumier. Une sale tête, vraiment. On n'aimerait pas avoir ça pour beau-père. Mais il n'a pas le temps de méditer plus longtemps : l'ordre de charger vient d'être donné, et la flicaille déchaînée crie maintenant plus fort que les émeutiers. Ça fera de beaux souvenirs, si on n'en sort pas trop cabossés.

10

Je t'ai sauvé de l'Europe

Ce sera un garçon. L'aide-soignante, à l'entrée, a été catégorique : vous avez le ventre pointu. Elle doit dire ça à toutes les parturientes, croyant faire plaisir. En ce moment précis, pourtant, Lola préférerait avoir une souris ; fille ou garçon, ça fait trop mal. Et l'autre, penchée entre ses jambes, qui lui crie de pousser, de respirer, de pousser, faudrait savoir. Le sang afflue à son visage, elle a l'impression que sa tête va exploser, que son sexe va se déchirer, elle maudit Pedro Delgado et les hommes, elle ne veut plus de cet enfant, qu'on me laisse dormir, je renonce.

Et puis une grosse salamandre tiède rampe sur son ventre et ses seins. Elle a entendu un cri aigrelet, ridicule, mon enfant, elle croit avoir entendu la voix de la sage-femme lui confirmer que c'est un garçon, elle s'en fout, elle pleure. Mon bébé.

On a mis l'enfant dans une boîte en plastique, à côté de son lit. Elle ne peut pas le quitter des yeux. Mon bébé, mon bébé. C'est une stupeur, un affolement, un miracle. Elle essaie, mais impossible : son regard est aimanté par la créature rouge qui tète à grand bruit un mamelon imaginaire, elle la fixe pendant des heures entières, s'empare d'elle dès qu'elle commence à manifester un semblant de faim ou d'insatisfaction. On lui a dit de laisser le bébé un peu tranquille, mais elle a du mal. Elle le tient contre elle, toute à la surprise de son ventre vacant, et la fenêtre peut bien donner sur un mur sale, il peut bien pleuvoir à verse en ce début d'automne 1968, rien ne peut l'atteindre, elle a un fils. Pedro avait décidé qu'il s'appellerait Ramón, elle l'a baptisé Jean. Un vague remords l'a poussée à garder Ramón en deuxième prénom. Petit-Jean. Mon fils !

Elle est à la maternité depuis trois jours. Elle a hâte de se retrouver seule avec lui. Ils sont tous les deux dans une bulle de délice mystérieuse et presque hermétique. Toute intrusion est pénible, même celle de Frank, qui vient chaque après-midi entre deux services, même celle des garçons, à qui elle a fixé une heure de visite en soirée pour éviter toute rencontre gênante. Il faut les voir, les pauvres bougres, désemparés, débordant de sentiments contradictoires et inconfortables, penchés au-dessus du berceau comme s'il s'agissait d'un chaudron de sorcière. Seul Fonfon frétille d'une émotion quasi paternelle. Lola doit toujours avoir l'œil sur lui car il ne cesse de saisir le nouveau-né pour le serrer contre sa poitrine, en la regardant d'un air dévot. Il est même venu tout seul, un matin, et elle a dû le chasser de peur qu'il ne s'installe à demeure.

La chambre regorge de fleurs qu'il faut mettre dans le couloir, la nuit, pour ne pas connaître une fin d'empereur romain. Les cadeaux apportés par Frank s'entassent un peu partout ; le brave homme est transfiguré, il en accepterait presque l'idée d'avoir une nichée de gendres.

Elle pourrait, dans son ravissement, envisager l'avenir avec Petit-Jean : l'organisation nouvelle des journées, le choix de la nourrice ou de la crèche, l'école, les discussions avec les institutrices, les anniversaires, les fêtes, le premier Noël à la tour Eiffel. Mais non. Lola s'abîme dans une contemplation bovine, une prostration quiète de bête brute, pendant des heures, mon fils, et même la nuit, à la lueur de la veilleuse. Quand elle émerge de sa torpeur, c'est pour penser avec impatience à mercredi, jour prévu pour la sortie. Tout est prêt, le couffin, les habits, les produits inutiles offerts par les laboratoires pharmaceutiques, la demi-tonne de layette. Impatiente, et intimidée à l'idée du premier tête-à-tête. Elle voudrait que personne ne vienne la chercher, prendre un taxi avec son Jean, s'installer avec lui dans l'appartement d'Ambroise, lui faire les honneurs de l'aquarium, regarde, Petit-Jean, ça ce sont les guppys, commencer une vie de petit couple.

Par moments, elle éprouve un remords vis-à-vis des garçons, elle craint qu'ils ne se sentent abandonnés. Alors elle prévoit pour eux des répliques douces, des projets rassurants, elle leur explique comment la vie va changer, en mieux. Car leur vie va changer. La famille va se souder autour de Jean.

Il va falloir mieux s'écouter, mieux se comprendre, trouver des rythmes et des accords, se calmer un peu, faire moins de bruit.

Mardi, dans l'après-midi, on vient la chercher pour l'emmener au secrétariat : quelques problèmes d'ordre administratif à régler avant son départ, concernant le remboursement par la Sécurité sociale. Lola s'arrache à grand-peine au fils qui dort dans son radeau de plastique. Les formalités sont longues : elle n'entre pas dans les bonnes cases.

Une heure plus tard, elle croise dans le couloir une infirmière avec qui elle a sympathisé, qui la félicite pour la beauté du papa. Un sacré beau garçon, dit l'infirmière qui semble s'y connaître. Fonfon, pense immédiatement Lola. Qu'est-ce qu'il a encore fait. Mais Fonfon n'est pas si beau…

Une morsure glacée dans le ventre.

Elle sent ses jambes trembler, n'ose pas se mettre à courir, comme si elle pouvait par là précipiter quelque malheur, mais son corps se propulse malgré elle à grande allure le long du couloir, grimpe l'escalier, premier étage, dernière chambre à gauche, la porte est ouverte.

Une femme en blouse blanche la regarde d'un air inquiet. Quelque chose d'anormal. Lola est dans la chambre, face au berceau vide. Ne pas hurler. Elle fouille partout du regard. Jean. Il a été emmené pour une dernière pesée. Mon fils. Elle se retrouve face à la femme en blouse blanche, franchement soucieuse maintenant.

— Vous étiez encore là ? On vous croyait en bas, nous avons donné l'enfant à son père, il doit vous attendre dans le hall…

Son père.

— Quelque chose ne va pas ? Il est venu, il nous a montré le certificat… Nous pensions…

Son père.

Elle se fait donner une description de l'homme : grand, le type espagnol, il avait tous les papiers en règle, sans quoi nous n'aurions pas.

Pedro.

Lola s'habille comme une folle, quitte la chambre en courant, se retrouve sur le trottoir sans savoir où aller, sans savoir s'il faut crier ou pleurer, tandis que dans un taxi qui file en direction d'Orly, Pedro Delgado regarde son fils dormir dans le couffin d'osier. L'affaire n'a pas présenté de difficultés. Il a fait surveiller Lola au cours des dernières semaines, a suivi la grossesse à distance. Dès qu'il a su dans quelle maternité elle allait accoucher — elle s'est rendue à plusieurs visites prénatales —, il est allé à la mairie reconnaître l'enfant par anticipation, prétextant un déplacement à l'étranger au moment de la naissance. La France est un pays formidable : on n'y envisage pas une seule seconde qu'un homme puisse reconnaître un enfant sans y être contraint et forcé. Le premier venu peut déclarer sien un bébé à naître — mais qui aurait cette idée absurde ? Il a ainsi obtenu le certificat qui lui a permis de prendre le petit à la maternité, à la faveur d'une convocation de Lola au secrétariat, assez facilement provoquée par ses soins.

Elle peut chercher. Déjà, dans une caravelle d'Iberia Airlines, Petit-Jean tète benoîtement un sein qui, pour n'être pas celui de sa mère, n'en présente pas moins des avantages palpables. Le sein appartient, comme son jumeau, à une nourrice de Camagüey exilée à Paris, où Pedro, conseillé par un ami de l'ambassade, l'a contactée voici plusieurs semaines. Petit-Jean — mais désormais seule sa mère l'appellera ainsi, dans le désespoir de ses nuits, et il n'en saura rien : tout le monde le connaîtra sous le nom de Ramón — s'endort déjà, apaisé. Une goutte de lait cubain perle à la commissure de ses lèvres. Il restera à Madrid pendant quelques jours, dans un appartement situé au huitième étage d'un gratte-ciel de la Gran Vía proche de la Telefónica, en attendant le long-courrier de Habana Tours qui les emportera bientôt avec la nourrice jusqu'à La Havane. Pedro est appelé à occuper là-bas de nouvelles fonctions dans quelque sous-département des services secrets. En regardant son fils, il se sent heureux et fier. J'ai eu mal, j'aurai mal, mais je t'ai sauvé de l'Europe.

Les quatre garçons ont débarqué à la maternité à l'heure convenue. Durant le trajet, Fonfon avait négocié avec les autres le privilège de porter le couffin avec son chargement jusqu'à l'appartement de Lola. Ils trouvent la chambre vide, et dans le couloir une infirmière revêche qui ne s'estime ni en mesure ni en devoir de leur expliquer pourquoi Lola est partie en laissant ses affaires. Une autre blouse blanche de passage leur indique que le papa est venu chercher l'enfant, et que la maman, dans sa hâte de les rejoindre, a sans doute omis de ramasser ses effets : quelques livres, des sous-vêtements, trois plantes vertes, une trousse de toilette.

Le résidu de L.S.D. qui stagne à jamais dans les replis du cerveau reptilien de Fonfon depuis la première nuit à la tour Eiffel déclenche alors une explosion incontrôlable. Il faut dire que l'infirmière n'aurait pas dû lui refuser d'emporter au moins les plantes vertes : c'est moi qui les ai offertes à Lola, connasse. Et le machaerocereus, le carnegiea, le leuchtenbergia, choisis avec soin dans un numéro spécial plantes décoratives de l'*Ami des Jardins*, s'envolent soudain pour faire éclore sur le mur d'inattendues fleurs de terreau. Il s'en faut de peu qu'une fleur d'infirmière ajoute au bouquet une touche grenat ; mais Michel, aidé par les deux autres, s'est précipité sur son frère. On l'entraîne dans le couloir tout en s'excusant, on l'exhorte à ne pas pousser de tels beuglements par égard pour les nouveau-nés qui pourraient regretter de l'être.

Ils se retrouvent sur le trottoir, dans le soleil écœurant, et que faire, bon Dieu, que se passe-t-il ? L'infirmière a parlé du papa ! Le papa ? Il n'existe plus, le papa !

Ils voudraient courir chez Lola, mais elle a toujours voulu tenir l'adresse secrète malgré leur insistance. Cette vérité les assomme : dans le fond, que connaissons-nous d'elle ? Direction la rue des Canettes, on ne sait jamais. Personne. À La Ribambelle, Jacqueline n'a vu ni la mère ni le petit.

Ils ne savent rien du type qui a giflé Lola, l'autre jour. Le probable père de notre enfant. Un Espagnol, pense Nico. Bolivien, affirme Chris. De toute façon, comment le retrouver ?

— La tour Eiffel, dit Fonfon.

Au commissariat où Lola s'est précipitée, le fonctionnaire n'a été d'aucune aide. Un enfant enlevé à la maternité ? La maternité, contactée par téléphone, a précisé que le petit Jean, Ramón Delgado, fils de Pedro Antonio Delgado, a bien quitté l'établissement à seize heures quarante-sept aujourd'hui, en compagnie de son père à qui il a été confié au vu d'un certificat de paternité en bonne et due forme, et d'un passeport régulier de la République cubaine. Le père, précise-t-on, était parfaitement correct, et même charmant. Ce monsieur, indique le fonctionnaire, n'a commis aucune infraction à la législation. Le fonctionnaire ne trouve pas, pour sa part, que la jeune femme en robe multicolore, en sandales indiennes et aux cheveux défaits qui se trouve devant lui soit vraiment correcte, encore moins charmante. On a beau ne pas apprécier les étrangers, on aime encore moins les hippies, et l'enfant sera sans doute mieux entre les mains de son père, qui d'ailleurs est lui aussi fonctionnaire, et dans une ambassade s'il vous plaît. Je veux bien, oui, appeler le commissaire, mais ça ne sert à rien de s'énerver comme ça, ma petite demoiselle. Il va falloir attendre, car Monsieur le commissaire est en réunion au Quai, il passera sans doute dans une heure ou deux. Et si je peux me permettre, le papa, là, vous ne vivez pas avec lui ?

À l'ambassade cubaine, c'est le blocus. Pas question d'entrer, non, M. Delgado n'est pas là, d'ailleurs nous ne connaissons pas de M. Delgado, mademoiselle, au revoir.

Et les garçons ? Ils ont dû passer à la maternité. Où sont-ils ? Je vais rue des Canettes. Non, c'est inutile, ils ne peuvent rien faire. Lola décide d'aller voir son père.

Le Nautilus s'agite en prévision du service du soir. Frank donne des ordres, circule entre les tables, jette un œil en cuisine.

Marie-Laurence ? Qu'est-ce qu'elle fait là, ma fille ? Elle devait…

Elle devait, oui, aller directement avec le petiot chez Ambroise où elle avait accepté qu'il lui rende une visite en coup de vent pendant le service.

Elle n'a pas besoin de parler, il suffit de la regarder pour comprendre : il s'est passé quelque chose. Quelque chose de grave. Il l'emmène vers une petite table à l'écart, près de la vitre.

— Il me l'a pris, papa… Il me l'a enlevé ! Il faut que tu m'aides. Je suis sûre, je ne veux pas y croire mais je suis sûre qu'il l'a emmené à Cuba. À Cuba !

Je vais avoir besoin d'argent. Je suis sûre. Il faut que j'y aille…

Frank la calme, lui parle doucement. Il préférerait qu'elle pleure. De l'argent, nous voilà bien ! On n'en finira jamais.

Ils sont obligés d'emprunter l'ascenseur, comme de vulgaires touristes. Les autres fois, Lola les a fait entrer par la petite porte grillagée dont elle possède la clé. Fonfon est prêt à croire que la tour Eiffel appartient à Lola, pourquoi pas ? Plusieurs petits matins, à regarder le soleil se lever sur Paris depuis la Tour déserte. Le monde était à nous. Aujourd'hui, comme des touristes. C'est peut-être la fin d'une parenthèse que la vie leur a offerte, un cadeau véné-neux qu'ils porteront désormais en eux.

Ils ne savent pas ce qu'ils viennent chercher ici, mais il n'y a pas d'autre endroit où chercher. Ils sont à peine sortis de l'enfance, Lola appartient à un autre monde, à un autre âge, celui où l'on a prise sur la vie. Ce lieu a été désigné comme celui des rendez-vous à venir. Et ils ont raison : elle est là, Lola.

C'est Michel qui l'a aperçue le premier, à travers la vitre du restaurant. Elle parle en tête à tête avec un vieux. C'est le flic, dit Fonfon. Le flic ? répète Chris. Le type qui les espionnait l'autre jour rue Gay-Lussac.

Sans savoir pourquoi, ils se dissimulent, obser-vent la scène, emplis d'un sentiment de trahison absurde et torturant. Que fait-elle, Lola, dans ce décor bourgeois et décadent, en compagnie d'un homme en complet veston qui fait sans doute partie de nos ennemis ? Nous avons un monde à changer, nous ne pouvons pas transiger ! Tu transiges, Lola, bon Dieu, tu transiges ! Regarde comme elle lui parle !

— Ta gueule, Chris, murmure Fonfon. Tu sais pas, c'est peut-être son père…

— Son père ? Arrête !

— Ben ouais, tu sais pas.

Alors là, ils en restent comme plusieurs ronds de flan. Ils n'avaient pas imaginé qu'elle pût avoir un père, Lola. Ce n'est pourtant pas de l'ordre de l'impossible. Il aurait l'âge, ce vieux con. Vise un peu la dégaine. Le petit foulard en soie, ma chère. Abonné au *Figaro*, à tous les coups. Enfant de Pétain. Qu'est-ce qu'ils se racontent ?

Lola quitte le restaurant un peu rassurée. Frank lui a promis de faire son possible, il aura de l'argent ce soir. Un peu d'argent. De quoi prendre un billet aller-retour Paris-La Havane. Sur place, elle se débrouillera. Elle se sent tellement forte, tellement enragée. Tu n'avais pas le droit, Pedro Delgado, pas le droit de faire ça. Tu vas payer.

Mais l'argent n'est pas le problème principal, explique Lola à Ambroise, qui a l'air bien fatigué dans la lumière blanchâtre du parloir. Elle l'a vu apparaître derrière la vitre, accompagné d'un gardien aussi vieux et fatigué que lui. Il a fallu attendre trois ou quatre minutes, jusqu'à ce que la porte s'ouvre dans le claquement du verrou automatique et que l'ami de papa pénètre dans le box meublé d'une table en formica et de deux chaises d'écolier, en même temps que tous les autres prisonniers dans les cagibis adjacents. On entend des cris d'enfants, des pleurs de femmes. Quarante-cinq minutes de visite ; les voix se précipitent, on a peur de manquer de temps, on sait que tout sera fini avant même d'avoir commencé.

Ambroise n'a pas besoin qu'on lui fasse un dessin. Eh, petite, je suis bien placé pour le savoir, que l'argent n'est qu'un des problèmes, dans la vie, oh putain oui.

Ambroise, l'ami d'enfance de Frank, a toujours marché à l'instinct, mais son instinct se trompait tout le temps. Il sait, oh putain oui, que l'argent n'est qu'une des données du merdier général. Sa chance, en un sens, est de n'avoir pas eu d'imagination : il aurait inventé dix autres manières de se faire gauler.

— Alors voilà ce que tu vas faire, dit-il en baissant la voix, car l'endroit est plein d'oreilles malintentionnées. Mais ça m'embête de te laisser t'embarquer seule là-dedans. Tu te rends pas compte, ma petiote, ce que les gens sont méchants.

— Abrège, Ambroise, t'es pas mon père.

— Bon. Alors voilà.

Et Ambroise donne un nom, une adresse, un genre de mot de passe, tout ce qu'il faut pour obtenir moyennant finances un passeport tout neuf, de quoi ne pas te faire repérer dès ton arrivée par l'infâme kidnappeur d'enfant, qui doit avoir tous les flics de Cuba dans sa poche, et Dieu sait s'il y en a, sans parler des douaniers, fais gaffe à toi ma petiote, fais gaffe à toi.

— Il faudra mettre mon fils, sur le passeport.

— Autant d'enfants que tu voudras, ma chérie. C'est pas ce que ça coûte. Maintenant, donne-moi des nouvelles de mes poissons.

11

¿ Estudiante, verdad ?

La tour Eiffel, La Ribambelle, les garçons, papa, Orly, les poissons d'Ambroise viennent de disparaître sous un couvercle de nuages blanc crème, étincelants, ourlés de rose, une réussite. Bientôt nous survolerons l'océan. La première fois que je l'ai traversé, c'était pour ma fugue de noces, l'adieu à la vie conjugale, et devant moi j'imaginais un printemps d'aventures et d'amours. Ce fut Pedro. Moins de dix ans plus tard, je pars retrouver mon enfant volé.

Sur le passeport artistiquement vieilli, Lola contemple la photo d'un bébé qui fait semblant d'être son fils. Mon Petit-Jean ne ressemble pas à ça. Il n'a pas ces grosses lèvres, cet air buté. Où est-ce qu'ils sont allés le pêcher, celui-là ? Peu importe, au retour les douaniers ne feront pas la différence avec l'enfant qu'elle tiendra dans ses bras.

Au-dessus de sa photo à elle, son nouveau nom : je m'appelle Céline Martel, je prépare une thèse de doctorat sur la place de la femme dans le renouveau du système pédagogique cubain, j'ai soif de connaître de visu les acteurs de cette nouvelle et merveilleuse page de l'histoire humaine. Une soif, vous pouvez pas savoir.

Elle ne le voyait pas ainsi, l'aéroport José-Martí. C'est une sorte de terrain vague assorti de parkings tremblants dans la chaleur brumeuse, de hangars en tôle, de carrés d'herbe défraîchie. De vieux coucous sont piqués sur le bitume comme des papillons. Elle se sent brumeuse, elle aussi, épuisée par le voyage. Elle traverse à pied le tarmac en compagnie des autres voyageurs, le ventre noué : il n'est pas prouvé qu'elle ira plus loin que ce bâtiment où ont lieu les contrôles.

Dans le bâtiment, l'attente est interminable. Chaque passeport est étudié à la loupe par un jeune douanier visiblement analphabète, qui appelle son chef toutes les vingt secondes. Le chef sort de son bureau, jette un regard méprisant sur les documents, hésite, regarde le propriétaire avec une expression profondément dubitative, puis un mouvement imperceptible de sa visière indique que le passage est libre. Le hall est rempli de militaires débraillés et indolents, nonchalamment appuyés sur leurs mitraillettes en bandoulière comme sur un comptoir de bar. Ce sont des gosses, pour la plupart, ils font une pause avant de recommencer à jouer.

Céline Martel, mm, mm. Le chef appelé à la rescousse pour déchiffrer le passeport tient le document à distance respectable, à hauteur du bas-ventre, les paupières presque fermées. S'il n'était pas debout, on croirait qu'il dort. ¿ Estudiante, verdad ?

Perfecto, perfecto, approuve-t-il sans pour autant lui rendre ses papiers. Mm, mm. Les paupières se lèvent avec une lenteur de persiennes, et Lola sent son regard en limace se promener sur sa poitrine. Un signe de la tête : incroyable, elle peut passer ! Elle prend garde de résister à son envie de courir en traversant le hall, tout en essuyant machinalement son passeport pour enlever toute trace de sueur militaire.

Dehors, pas de bus. Il n'existe pas de navette jusqu'à la capitale. Le prolétariat tropical a droit aux taxis. Ou alors le prolétariat tropical ne prend pas l'avion, c'est possible aussi.

L'espagnol lui revient naturellement et, malgré l'accent à couper à la machette du chauffeur, elle comprend tout ce qu'il lui dit. Elle sent qu'elle va pouvoir profiter durant son séjour de la sympathie qu'inspire à tout mâle cubain une jeune femme seule en balade sur l'île. Un petit hôtel pas cher ? Pas de problème. Mais vous devriez plutôt venir chez ma mère, elle vous soignera bien, et elle fait la cuisine, qu'il faut aller se confesser après chaque repas tellement c'est bon. Je plaisante. On ne va plus à la messe, vous savez, Fidel nous a débarrassés de tout ça. Enfin presque. Manioc farci à la viande, bœuf en guenilles, la vraie cuisine cubaine ! Manioc en salsa, avec l'orange amère… Vous connaissez le picadillo, bien pimenté ? Non, vous ne connaissez pas le picadillo, ça se voit. Les gens qui ne connaissent pas le picadillo ont tous le même petit air triste. La señorita préfère malgré tout un petit hôtel ? Dans le Vedado ? Une pension, alors, juste à côté du Vedado, enfin pas très loin, c'est un cousin qui la tient, elle ne sera pas déçue.

El Vedado. *Calle 15, 21, entre 18 y 20.* C'est là qu'elle doit retrouver le contact prévu par les amis d'Ambroise. C'est quand même pratique, d'avoir des relations. Tu demandes Tercero de ma part, c'est une vieille connaissance, a dit Ambroise. Quelqu'un de sûr, très efficace, il t'aidera. Il est déjà en train de pister ton gamin, quand tu arriveras là-bas il pourra te guider, tout sera prêt pour l'enlèvement.

Pedro ! Qui sait où il a enfermé mon fils. Salaud, salaud. D'après ce qu'elle a cru saisir, le Tercero en question a été un partenaire d'Ambroise dans des opérations plus ou moins réussies de trafic de havanes. Tercero était sans doute, dans les années soixante, le seul gangster castriste opérant dans l'Hexagone : une partie de ses gains était dédiée aux bonnes œuvres de Fidel. Ambroise a réussi à l'exfiltrer vers Cuba, son pays d'origine, juste à temps pour échapper à un piège de la D.S.T., dette morale que Tercero se fera un devoir de rembourser.

La vieille Studebaker avance avec une majesté de steamer sur la route défoncée, vers l'Avenida de la Independencia. De petites collines émergent de la plaine, dans un paysage progressivement plus escarpé. Un vent tiède, chargé d'odeurs, s'engouffre par les vitres ouvertes, et Lola est sur le point de se laisser envahir par la torpeur lorsqu'une jeep commence à les doubler sur la gauche, et se maintient à leur hauteur. Depuis la jeep, un officier observe

Lola, tout en faisant signe à son jeune conducteur de ne pas aller trop vite.

Le chauffeur de taxi s'est tendu. Il gratte la barbe de son cou, se passe la main dans les cheveux, effectuant les mimiques universelles de ceux qui préféreraient ne pas avoir été remarqués ; pour un peu, il siffloterait *La cucaracha*. Mais aucune manœuvre propitiatoire ne suffira, cette fois, à détourner le cours du destin : le véhicule militaire se porte vers l'avant de la Studebaker, un index impérieux désigne le bas-côté, et les voilà debout, la Française et le chauffeur de taxi, face à l'officier qui étudie patente et papiers. C'est un homme robuste, barbu comme il se doit, pas trop mal fagoté dans son battle-dress, colt 45 à la ceinture.

— Vous allez devoir me suivre, mademoiselle. Toi, tu files.

Et Lola voit la grosse américaine s'éloigner avec des dandinements désolés, tandis qu'on la fait monter à l'arrière de la jeep avec son sac.

— Je m'appelle Jorge Rivera, dit-il en français. Ne vous inquiétez pas, je ne veux que faciliter votre séjour.

Il a un bon franc sourire, des dents très blanches, on le croirait sur parole, mais je ne vois pas bien en quoi un militaire cubain pourrait faciliter mon séjour. Nous sommes en route pour les vrais emmerdements. L'autre continue de parcourir les documents établis sur papier à en-tête de la faculté de Vincennes, indiquant le sujet de son voyage d'études.

— Ainsi vous êtes venue étudier nos programmes éducatifs révolutionnaires, apprécie Jorge. La place de la femme dans le renouveau du système pédagogique cubain, c'est un excellent sujet. Nous vous attendions. Votre demande de visa a suscité l'intérêt de notre ministère de l'Éducation populaire. Nous avons besoin de gens comme vous pour contrer la propagande réactionnaire des pays occidentaux. Nous vous avons trouvé un logement commode. Il y a beaucoup de choses à voir.

Ce salopard parle parfaitement le français.

De part et d'autre de la route, de petites collines volcaniques, couvertes de végétation, émergent au milieu des champs de canne à sucre.

— Ce sera la zafra du siècle, promet Jorge. Regardez-moi tous ces champs ! Dix millions de tonnes de sucre ! Et l'an prochain, ce sera encore davantage. Les yankees ne peuvent rien contre l'enthousiasme du peuple cubain. Nous ferons toujours mieux et plus !

— Hasta la victoria, approuve Lola. Félicitations.

On arrive en ville. Avenida de la Independencia, plaza de la Revolución, el palacio de la Revolución, Jorge commente les merveilles conjuguées de l'architecture baroque et du socialisme en marche. Votre résidence est un peu à l'écart, vous serez plus tranquille.

— Je pensais aller à l'hôtel. Je ne voudrais pas déranger, dit Lola.

— Allons, mademoiselle Martel. Vous êtes notre invitée, n'ayez pas de scrupules. Vous verrez, c'est un endroit idéal pour réfléchir.

La jeep, après avoir traversé d'interminables faubourgs aux immeubles inachevés, s'engage dans une allée. Au bout, une villa entourée de jacarandas et d'une foule de végétaux qui mettent un point d'honneur à se montrer convenablement exubérants. Lola est accueillie avec une joie touchante par le personnel : on prend son sac, on la guide à travers des pièces chichement meublées, on l'installe dans une chambre, au fond.

— Le jardin est à votre disposition, il est très agréable, indique Jorge. Évitez d'aller jusqu'à la route, la circulation y est rapide... Je vous laisse vous installer, vous reposer, prendre une douche. Je viendrai vous chercher ce soir pour dîner.

Et sur un dernier clin d'œil il laisse Lola seule avec son sac, dans la chambre aux murs blanchis. Merde, merde, merde. Ce bellâtre en tenue léopard va la chaperonner durant les dix jours annoncés de son voyage d'études. Bravo Ambroise, tes faux papiers étaient du tonnerre, mais tu n'avais pas pensé à l'ineffable hospitalité cubaine.

En observant à travers les barreaux de la fenêtre les jacarandas qui bleuissent dans l'ombre du soir, face à la montagne, elle tente d'analyser la situation. Ne pas s'affoler, surtout. Ils veulent tout simplement me faciliter la tâche. Qu'est-ce que tu imaginais ? Qu'on va et vient dans une démocratie socialiste comme dans un moulin libéral ? Tu trouveras bien un moyen de fausser compagnie au barbu. *Calle 15, 21, entre 18 y 20...*

Est-il possible qu'ils aient compris qui tu es, dès la demande de visa ? Ont-ils vérifié ton billet d'avion ? Tu as acheté un billet aller-retour pour un dénommé Ramón Jean Delgado, profession : nourrisson. Or à l'aller ce billet n'a pas été utilisé. Si Pedro est au courant de ma présence ici, je suis perdue, comme on dit dans les romans.

Elle n'a pas entendu le bruit du verrou, mais ils seraient capables de l'avoir enfermée. Elle va jusqu'à la porte, l'ouvre sans difficulté. Sur le palier, une jeune sentinelle en armes lui adresse un grand sourire. Tous ces gens sont tellement aimables.

La salle de bains est rustique mais propre. Tuyaux rouillés d'où s'écoule une eau trouble, carrelage défoncé. Merde, merde, merde, répète Lola en écrasant un petit scorpion qui patientait près de la bonde. Je suis à des kilomètres du centre. Elle sort de la chambre, demande à la sentinelle s'il y a moyen d'aller en ville dès maintenant, mais le soldat est vraiment désolé : le chauffeur vient de repartir avec le lieutenant Rivera. Est-ce que la señorita désire boire quelque chose ? Punch, maté ? Je prendrais bien un Coca-Cola, si vous avez. Laissant l'autre à son effarement, elle referme la porte, s'allonge sur le lit, s'endort.

À huit heures, on lui annonce que le dîner est prêt. Jorge l'attend sur la terrasse, où une petite table a été dressée. Le barbu se lève avec empressement. Il a quitté son déguisement de guérillero pour une tenue plus amène : chemisette bleu ciel, pantalon de toile.

Le teniente Rivera pose quelques questions. Vous êtes déjà venue à Cuba ? Vous parlez aussi bien l'espagnol que moi le français, nous n'aurons pas de problèmes de communication, au moins… Ainsi vous êtes inscrite à l'université de Vincennes… Quels sont les noms des professeurs ? Vous êtes mariée ? Des enfants ? Tout cela sur le ton de la conversation mondaine, sous les auspices de la courtoisie la plus affable, bien entendu. Tu connais les réponses, sale flic, arrête ton cinéma, pense Lola en répliquant sur le même ton. Pas d'enfants, non. Et vous ? Ni mariée, vous savez ce que c'est. Le travail, les études… Vincennes, oui, vous connaissez Paris ?

On leur a servi deux assiettes de riz et de poulet, une salade de concombres, quelques fruits. L'air du soir est paisible et doux. Demain, vous connaîtrez notre Université. Vous avez beaucoup de choses à découvrir ! Je vais vous faire rencontrer le conseiller Ferrer, dit Jorge, la mine gourmande.

Allongée sur le lit, Lola pense à son fils. Où es-tu ? Qui te donne à manger, qui te caresse, qui lave tes langes ? Elle se souvient de ses cris de goret à la maternité quand il avait faim, elle se souvient du pincement de ses gencives sur le bout du sein, dans le halètement panique des premières gorgées. Tu buvais à t'en étouffer, petit monstre. Mes seins m'ont fait un mal de chienne, il a fallu que je coupe les montées de lait, comment s'est débrouillé ton ordure de père pour te nourrir ? Demain, je m'échappe, je te retrouve, je te rejoins. Ne pleure pas, idiote.

Elle n'a pas allumé la lumière. Les montagnes se découpent durement dans la nuit claire balayée par un alizé. La folie de son expédition lui apparaît brusquement, l'angoisse la submerge. Les garçons ne sont pas là pour la soutenir, ni son père ni personne : elle est seule face à rien, face au fantôme d'un homme qu'elle a aimé et qui la torture, face au fantôme de son fils qu'elle ne reverra peut-être jamais.

12

L'Éphémère

Mon petit doigt me dit que tu es partie là-bas, à la recherche de ton cher enfant. Le brave Pedro a fait du bon travail. Sincèrement, Lola, je suis désolé d'avoir à t'infliger ces petites épreuves, mais que veux-tu, il faut que justice se fasse. Nous pourrions, à l'instant présent, vivre une vie jolie de petit couple, dans une maison jolie remplie d'enfants et de fleurs. Tu as préféré le malheur. C'est étrange. Qui dira le mystère insondable du cœur de la femme ? Quoi qu'il en soit, je me vois contraint d'organiser ton désastre ; je me passerais bien de ces soucis, de ces pertes de temps, mais tu me connais : comment pourrais-je envisager de me dérober à mon devoir ? Peut-être dans la douleur trouveras-tu le salut, comme le pensait la blatte, ta mère ? À propos, je t'ai promis de t'expliquer sa fin. Pauvre gros dictyoptère encombré par sa carapace de bienséance et de bigoterie... Dans un grincement d'antennes elle est venue vers moi, elle m'a confié sa peine, et vois comme je suis bon : je l'ai accueillie. Je l'ai laissée parler comme une patiente ordinaire, *j'ai accouché ses plaintes et ses lamentations, à raison de deux séances par semaine. Oh, rassure-toi, je ne lui demandais pas d'argent ; mais la gratuité n'étant pas compatible avec ce type de relations, j'exigeais qu'elle m'apporte chaque semaine un objet t'ayant appartenu. Ainsi la maison de tes pauvres parents s'est peu à peu vidée de ces humbles reliques, que j'ai installées chez moi dans une pièce particulière. Un sanctuaire où je me recueille tous les matins, au moment d'accomplir mes besoins naturels, en contemplant tes poupées, tes hochets, tes lettres de vacances, les photos de tes bains d'été à Saint-Jean-de-Monts, la timbale en argent de ton baptême, le musée de l'amour que tu as pu susciter dans des cœurs faibles et qui n'aura laissé que ces épaves dérisoires.*

Très vite, j'ai dû la mettre sous Tofranil. La pauvre blatte souffrait trop. Elle se sentait coupable de ton départ et de notre rupture : quel cœur exquis ! Le Tofranil est un déshinibiteur qui permet de ne pas laisser croupir en soi les vieilles et vivaces souffrances. Il convient de l'associer systématiquement à un anxiolytique, faute de quoi la douleur et la culpabilité sans cesse convoquées peuvent conduire aux pires extrémités. Quand elle n'a plus rien eu à m'apporter, quand elle a eu épuisé le stock de tes jouets, de tes livres et de tes vêtements — et ton père qui n'osait rien dire lorsqu'il voyait disparaître ton portrait de la commode du salon ! les pauvres vieux étaient en deuil, ils n'espéraient plus te revoir ! ils se demandaient quelle faute ils avaient commise ! —, je lui ai fait savoir que la cure produisait son effet, et qu'elle pouvait désormais interrompre le traitement de Librium, et ne continuer que le Tofranil, en augmentant les doses. Tu aurais bien ri en voyant l'affolement de la vieille chose, au bout d'une semaine ! Bouffées d'angoisse et de délire, appels désespérés au milieu de la nuit, vacillements de la raison... Je la rassurais, lui expliquais qu'elle subissait le contrecoup salutaire de la thérapie, et que cette dernière épreuve la conduirait à la paix. Elle pleurait, geignait, criait. Elle s'est mise à maigrir, à déraisonner. Ton père faisait ce qu'il pouvait pour la soulager, elle rejetait sur lui le flot de sa terreur, sous forme d'injures, de paroles blessantes, d'accusations affreuses. J'ai encore un peu augmenté les doses de Tofranil. Elle a eu l'élégance de ne pas se jeter depuis la tour Eiffel, ce qui aurait porté préjudice au petit commerce familial. L'eau de la Seine, en janvier, est tout aussi efficace, et beaucoup moins salissante. Mais je te choque, peut-être. Tu es si sensible.

Laissons donc en paix la mémoire de la blatte aux ternes élytres, et parlons un peu de ton ami Nicolas. Mais oui, je le connais ! Rien de ce que tu vis ne m'est étranger. Le brave Pedro m'avait donné toutes les informations nécessaires. J'ai profité de ton départ à Cuba pour faire sa connaissance. C'est un garçon très intéressant. J'espère que les autres pères de ton fils le sont tout autant : il faudra que je m'occupe d'eux, plus tard.

13

Je ne savais pas que Khrouchtchev était cubain

Elle s'est réveillée tôt, a pris un café sur la terrasse. Jorge est là, impeccable, affichant ce sourire qu'elle lui arracherait volontiers avec les ongles.

Dans l'antique Falcón qui les transporte en ville, l'intarissable préposé rajoute quelques louches de louanges sur la vaillance du peuple cubain et le génie du líder máximo. Des chantiers, en effet, sortent de terre un peu partout. Bâtiments de briques et de broques, pour la plupart inachevés. Jorge explique qu'on manque de ciment, faute de fuel pour faire fonctionner les fours à chaux. Maudits gringos ! Il fait faire un détour au chauffeur, afin d'emprunter le Malecón. Des piles de béton émergent d'un terrain vague : ce sera le plus grand stade du monde ! Mieux que le Parc des Princes ! Le Malecón longe l'océan gris ; des chars de combat sont alignés tout du long, attendant de chenilles fermes le prochain débarquement de marines.

Nous y sommes. Un immeuble colonial de belle allure, dont le porche est le lieu d'un trafic impressionnant : hommes et femmes de tous âges entrent et sortent, l'air affairé.

— Le peuple entier se met au service de notre Révolution, constate, attendri, le teniente Rivera. Nous allons rencontrer Ferrer, le conseiller de Celia Manduley.

— J'ai vraiment de la chance, apprécie Lola.

Le quartier général de la grande Celia est dans son état habituel d'effervescence. Le vaste appartement est encombré de bureaux installés un peu partout. Cartons, piles de tracts et de journaux, pots de peinture, rouleaux d'affiches, sacs militaires, postes de radio, râteliers de fusils de chasse, téléphones grelottants, Underwood crépitantes, ronéos hystériques. Les tables de travail sont recouvertes de plans, de documents dactylographiés, de stencils, de verres vides, de tasses de café. Aux murs, des photos de Fidel dans tous ses états, d'un naturel admirable. On introduit Lola et Jorge dans un bureau. Un petit homme en civil les reçoit : barbe irrégulière, grosses lunettes, un havane n° 3 planté entre les dents. L'homme désigne deux chaises.

— Señorita, nous sommes disposés à tout faire pour faciliter votre travail. J'ai lu le rapport des camarades qui ont étudié votre dossier. Très intéressant.

L'homme a une voix aiguë, éraillée, et parle un espagnol fortement teinté d'un accent que Lola ne sait pas identifier — argentin, peut-être. Il est agité de soubresauts permanents, ne tient pas en place sur son siège, et sa bouche s'arrondit sans cesse en

109

tuyau d'échappement pour envoyer d'épaisses volutes en direction des visiteurs ou du plafond. Très intéressant, mon cul. Ils me prennent vraiment pour une étudiante, ma parole. Pedro me déçoit, il ne m'a pas repérée. Ils veulent me mener par le bout du nez, me faire avaler leurs saintes vérités et surtout éviter que je furète là où il ne faut pas. Ça va être coton.

— Que désirez-vous visiter en premier ? Les plantations ? Les élevages ? Les chantiers ?

— Je m'intéresse à la pédagogie, monsieur Ferrer.

— Bien, bien, formidable. Les écoles, donc. Mais tout est lié, vous savez. Il a fallu rééduquer tout le monde. Les mentalités infectées par des siècles de colonialisme, vous imaginez bien. La mafia tenait l'île. Lansky, Luciano… Tout reprendre de zéro ! Savez-vous quelle était la principale source de revenus de notre pays, avant la Révolution ?

— La langouste, je suppose, répond poliment Lola.

— La prostitution. Cette ville, mademoiselle, était le plus grand bordel d'Amérique latine. Un peuple de putains et de maquereaux, voilà ce que nous étions devenus ! L'argent sale coulait à flots, Cuba se désintéressait de sa propre culture, même les plantations de canne à sucre étaient à l'abandon ! Mais aujourd'hui, la page est tournée. Nous produisons des milliers de tonnes de sucre, nous en produirons des millions ! Le sucre cubain, le meilleur du monde, sera dans toutes les tasses de la planète, et adoucira l'existence du prolétariat mondial ! Tout le monde s'y est mis. Les artistes, les musiciens, tous travaillent pour soutenir le gigantesque effort du peuple cubain. Nous avons une société à reconstruire, des défis à relever. Nous vaincrons, mademoiselle, parce que nous avons raison. Comme le dit si justement Celia Manduley : ici, demain s'inscrit dans l'éternité !

Épuisé, le conseiller Ferrer retombe sur son siège, au-dessus duquel il lévitait depuis quelques instants. Je vous laisse aller, maintenant. Vous êtes en bonnes mains. Je vous souhaite un beau séjour dans notre pays. Nous comptons sur vous !

Quand ils quittent l'immeuble, il est déjà l'heure de déjeuner. Il faut prendre des forces, nous allons beaucoup rouler, cet après-midi ! Je vous emmène à la Bodeguita. On ne peut pas venir à La Havane sans aller à la Bodeguita, n'est-ce pas ?

Il y règne un tumulte infernal. Les murs sont couverts de graffitis, d'affiches, de banderoles, de photos, de dessins, de poèmes, de drapeaux, de coupures de journaux, d'écussons sportifs, de publicités, au milieu de quoi trônent les portraits d'Errol Flynn, de Nat King Cole, d'Alejo Carpentier, de Pablo Neruda. La cantine du papa Hemingway est fidèle à sa légende. Sur une estrade, quatre musiciens jouent des morceaux de Celia Cruz, Cheo Feliciano, Ruben Blades. Qu'est-ce que je fais là ? Qu'est-ce que je fais là ?

Elle n'a pas le temps de se poser une troisième fois la question. À peine avalé le café, Jorge l'entraîne vers la Ford Falcón. À la Bodeguita, Lola a payé sa part, en dollars, un peu cher pour trois bananes sautées, mais c'est pour le bien de la Revolución.

Il ne la lâchera pas d'une semelle, c'est sûr et certain. La première halte de l'après-midi est la visite d'une école modèle, du côté de Luyano. L'institutrice les guide d'une pièce à l'autre. Des écoliers en tablier se lèvent à leur approche, saluent en chœur. Ici, la salle d'expression artistique. Ici, la salle de musique. Là, une fresque dédiée spontanément par nos petits élèves aux héros du peuple cubain. Je ne savais pas que Khrouchtchev était cubain, s'étonne Lola. Voici la salle des travaux manuels, et l'institutrice désigne une salle où des enfants se penchent sur d'affreuses tentatives de poteries.

— Le lieutenant Rivera nous a prévenus un peu tard, mais nous avons eu le temps de préparer un petit spectacle pour vous, dit la pédagogue en tirant frénétiquement sur le cordon d'une cloche.

Dix minutes après, tous les enfants de l'école, en rangs dans la cour, entonnent l'hymne national en tendant vers la visiteuse leurs frimousses convaincues. Puis c'est le goûter, galettes de maïs et morceaux de sucre. Puis c'est l'entretien avec le directeur, qui expose en détail les objectifs pédagogiques de l'établissement et les étapes successives du plan. *L'éducation est le moteur du renouveau. C'est l'alphabétisation qui assurera la pérennité de l'indépendance nationale.* Et on voudrait que je laisse mon fils aux mains de ces guignols.

— La señorita Martel est très touchée par votre accueil, camarades, mais nous devons encore visiter la bibliothèque du lycée Engels et rencontrer le professeur Puentes, finit par dire Jorge.

Déjà la Falcón traverse La Havane en sens inverse, parmi les embouteillages, les ruelles encombrées, à la vitesse d'un homme au pas, tandis que Jorge bavasse sans interruption. Pour la dérider, il lui raconte l'histoire du chauffeur de taxi cubain à qui le passager, impatienté, demande s'il ne peut pas aller plus vite : « Je pourrais, bien sûr, mais je n'ai pas le droit d'abandonner mon véhicule. » Impayable.

Tout ce qu'on peut dire de la bibliothèque du lycée Engels, c'est que c'est une bibliothèque, et qu'on y trouve des livres. Toutefois le bibliothécaire pense qu'il y a beaucoup d'autres choses à dire à propos de la bibliothèque du lycée Engels, et il ne s'en prive pas. Une heure passe : les rayonnages, les fichiers, le classement, les statistiques, les titres fournis aux élèves, parmi lesquels Lola note la présence de *Zazie dans le métro*. Nous devons mettre à la disposition de la jeunesse les ouvrages indispensables à une solide formation politique *et* culturelle, j'insiste sur le *et*. Putain ce que ces types sont bavards. Et de nouveau la Falcón, les embouteillages. Lola sent la nausée l'envahir peu à peu. L'entretien avec le professeur Puentes est de trop. Je ne vais pas pouvoir m'empêcher de vomir sur sa salopette pédagogique.

Pourtant, non : elle tient le coup, Lola. Ses tripes refusent de collaborer, même lorsqu'elle entend, oh non, le professeur Puentes entonner la tirade décisive sur la place prépondérante de la femme dans la pédagogie nouvelle. Le professeur Puentes est une femme, justement, et elle en connaît un rayon sur la pédagogie nouvelle. Le problème, c'est que c'est un peu long à expliquer. Vous me permettrez de commencer par un bref rappel historique : la place de la femme dans les civilisations caraïbes a toujours été complexe et ambiguë…

Rien de moins complexe et ambigu que le professeur Puentes, à part ça, calme bloc de granit que nul questionnement ne saurait altérer, se dit Lola de retour dans sa chambre, épuisée. Elle a du mal à se débarrasser du vertige nauséeux qui l'a tenue durant une bonne partie de la journée. *Calle 15, 21, entre 18 y 20.* Je ne vais pas moisir dix jours entre ces quatre murs, et repartir sans avoir rien pu tenter. Mais comment fausser compagnie à d'aussi affables cerbères ? Demain, peut-être, je trouverai une faille. Fidel lui-même ne saura pas m'empêcher de retrouver mon fils.

Le lendemain, cependant, le teniente Jorge Rivera accélère la cadence. C'est qu'il y en a, des écoles à visiter, des centres de vacances, des orphelinats, des lycées modèles, des instituts d'alphabétisation ! Les mauvaises langues prétendent que les prisons de Castro sont pleines, mais au moins les futures générations de détenus seront capables de lire dans le texte la Déclaration des droits de l'homme. Une journée à toute allure, sans reprendre souffle ; et le soir Lola en sanglots demande conseil à son oreiller, qui ne lui répond pas.

14

Divine aiguille

Des guêpes d'acier sifflent autour de lui. Des faisceaux de couleurs vives balaient les murs sombres où, sous la peinture boursouflée, courent des bataillons de cloportes. Nico observe en riant la farandole des éclairs, sous un bombardement de musiques inouïes, une fanfare de lumières. Le génie court dans ses veines en circuit fermé à la vitesse de l'électricité.

Divine aiguille ! Un monde nouveau arrive par le fin tunnel de métal, envahit les vieilles demeures, fait éclater les cadres.

Une lente cataracte de lumière sale entre par les verrières. Nicolas peint sur de grandes toiles carrées posées à même le sol. Pour atteindre le centre de la toile, il utilise des pinceaux fixés au bout de manches à balai. Autour de lui, les pigments disposés dans des sacs en plastique éventrés : l'univers en attente. Près du mur, la cuillère noircie, le garrot, le sachet vide. La chance est en lui.

Il va venir, Nico le sait, il lui apportera ce dont il a besoin. Je ne suis pas possédé par la neige. Je domine le monde, je domine mon art et mes désirs. Incroyable chance. Il est arrivé dans ma vie par hasard, il a compris ma peinture, il est prêt à m'aider. Il m'a installé ici, dans cet atelier. La poudre, je peux m'en passer. Je suis libre. J'arrête quand je veux, si je veux. Il me la fait moitié moins cher, et quand je n'ai pas de quoi, comme la dernière fois, ce n'est pas grave. Il croit en moi.

Sur la toile, un paysage lunaire prend forme, ocre cerné de bleu nuit, grêlé de cratères, parsemé de rocs inquiétants. Là, des traces de pas, homme ou bête, qui se perdent.

Une voix, derrière Nico. Il ne l'entend pas. Jacques s'approche, lui pose la main sur le bras.

— Je suis là.

Nico a eu peur. Un sourire éclaire son visage.

Jacques fait le tour du tableau posé au sol, lentement, en hochant la tête. Magnifique. Magnifique, semble-t-il dire, mais il ne dit rien.

Jacques continue de tourner. Il plane en rond comme un busard au-dessus du champ desséché que laboure Nico.

— Un grand peintre, dit-il enfin.

Et c'est une certitude calme, une vérité indiscutable.

Jacques est content. Il a trouvé cet atelier, il y a installé ce pauvre garçon qui se prend pour Pollock ou pour Rauschenberg. Il vient le voir tous les jours, lui prodigue des compliments et du poison, raccourcit très lentement, centimètre par centimètre, la laisse avec laquelle il le tient, et qui l'éloignera de Lola. Elle est absente, en ce moment, elle voyage, Lola, très loin de Paris. Elle a raison.

Plus tard, lorsque Nico épuisé et tremblant fait une pause, il lui passe un bras sur l'épaule, agite un sachet sous ses yeux.

— Je préférerais deux, murmure Nico. Juste pour en avoir un en sécurité. Je n'en ai pas besoin, mais ça m'aide quand je peins, alors si un jour vous ne veniez pas… J'aime autant…

Jacques secoue la tête, navré.

— Je ne veux pas que tu t'abîmes. Ce n'est pas bon pour la santé, tu sais ça ? Tu pourrais être tenté d'abuser, et ce serait ma faute…

Le jeune peintre baisse la tête.

— Et puis il y a autre chose. Tu vois ce que je veux dire.

— Mais je vais avoir l'argent ! Je vous l'ai déjà dit. J'ai téléphoné à ma sœur, elle m'envoie un mandat.

— Une semaine déjà, mon petit Nico. Tu sais combien ça fait ?

— Bien sûr je sais. Mais puisque je vous le dis, je vous le jure, proteste Nico avec des hochements de tête désordonnés.

— Non. Et crois-moi, ce n'est pas une question d'argent. Tu es un grand, Nico. Un grand artiste. Je sais que tôt ou tard tu auras de quoi me rembourser au centuple. Mais je ne peux pas.

Il lui glisse le sachet dans la main, tout en lui tapotant la joue. On en reparlera demain. Et n'oublie pas : tu ne dois parler de moi à personne, ni de cet endroit ni de tes tableaux. Le moment venu, nous ferons éclater ton génie aux yeux du monde. En attendant, travaille.

15

Comment est ta vie, Amelia ?

Les heures passent, les jours passent, sans que la cordiale pression des camarades ne se relâche. Deux, trois, quatre jours. Je vais devenir folle.

Le mercredi, Lola fait la rencontre d'Amelia Huydobro. Lorsqu'elle voit pour la première fois cette fluette institutrice, elle est loin d'imaginer la place que celle-ci va prendre dans son existence. Quel âge peut-elle avoir ? Vingt-cinq ans ? Difficile à dire, tant sa physionomie est imprégnée de cet air sérieux, préoccupé, courant chez les missionnaires et les militants, qui donne à leurs interlocuteurs le sentiment de n'être pas encore sortis de l'enfance. Elle dirige une école en lointaine banlieue, où quatre cents rejetons de coupeurs de canne viennent s'imprégner des mystères de la langue espagnole, du calcul mental et de la réforme agraire. Le bulletin du quartier a fait d'elle une Jeanne d'Arc tropicale, acharnée à bouter hors de l'île le démon de l'analphabétisme, obscur allié du capitalisme planétaire. Douze institutrices collaborent avec Amelia pour mener à bien ce travail d'Hercule, et l'école est devenue un modèle fréquemment cité lorsqu'il s'agit d'évoquer le rôle des femmes dans l'édification de la société nouvelle. Les mères de famille participent activement à l'œuvre éducative. Incontestablement, il règne ici une atmosphère d'enthousiasme qui donne envie de croire à l'avenir radieux des démocraties populaires.

On invite Lola à assister à la dernière classe du matin, entre la récréation et le déjeuner. On l'a installée au fond de la salle et, de temps à autre, les caboches brunes se retournent furtivement vers elle avec une mine intriguée ou hilare. Amelia ne hausse jamais le ton : sa voix ferme semble faite pour rassurer et calmer. Comment est ta vie, Amelia ? As-tu des amis, des amants ? Plairais-tu à mes quatre fiancés ? As-tu conservé quelque disposition pour l'analyse critique, ou es-tu réellement dupe de l'optimisme des discours officiels dont tu retrouves de temps à autre les accents ? Comme j'envie cette foi qui t'éclaire, cette force que tu as de penser à l'avenir de ton peuple, tandis que je reste égoïstement obsédée par la recherche de mon unique enfant ! Car ce n'est pas du bonheur de Jean qu'il s'agit, mais du mien ! Qui sait si mon petit ne serait pas mille fois plus heureux ici, entre les mains d'une admirable institutrice comme toi, Amelia ? Qui sait si tu ne saurais pas mille fois mieux que moi lui donner la force de se tenir droit ?

Au tableau, des oranges, des bananes et des pommes s'accumulent pour composer une macédoine arithmétique que les enfants avalent sans broncher.

Je vais lui demander de m'aider.

L'idée l'a traversée brusquement, et dès lors elle ne la laisse plus en paix. Je vais demander à cette jeune femme de m'aider. Elle ne peut pas rester insensible au sort qui m'est fait. Elle croit à la justice, à la morale, à toutes ces choses formidables. Elle comprendra, j'en suis certaine. Les jours filent, et je ne peux plus continuer à me laisser mener en bateau par le teniente Rivera, risquer d'être démasquée et reconduite à l'aéroport sans avoir pu tenter de joindre Tercero et de retrouver mon fils.

Et trois quarts d'heure plus tard, Lola, tremblante, au bord des larmes, est face à Amelia, dans les toilettes de l'établissement où elle l'a entraînée sous un prétexte d'ordre physiologique. Elle lui a pris les mains, elle lui a tout raconté dans un espagnol torrentueux qui charriait des mots de français et d'anglais, elle l'a suppliée de contacter Tercero au plus vite, il faut qu'il vienne me chercher, qu'il retrouve mon fils et me l'amène à l'aéroport, mon avion part samedi, je préférerais mourir plutôt que de quitter Cuba sans Petit-Jean, le père est un fou, un criminel, je ne peux rien contre lui car il a des appuis partout, Rivera me surveille, il ne me quitte pas d'une semelle, aidez-moi, je vous en supplie, aidez-moi, je préférerais mourir…

Stupeur d'Amelia. Elle reste bras ballants, bouche ouverte. La situation n'entre pas dans ses catégories, avez-vous besoin d'une aspirine, de quelque chose,

120

dites. Elle voudrait ne pas avoir entendu. J'ai besoin de vous, répète Lola. Mon fils est en danger. Vous pouvez m'aider à le retrouver. Je vous en prie.

Amelia hésite, se frotte les mains, cherche une réponse. S'il s'agit d'un enlèvement, pourquoi n'allez-vous pas voir la police ? Vous m'avez bien dit que son père… Son père est un agent diplomatique cubain, c'est cela ?

Toute sa physionomie exprime la panique : qu'on puisse mettre en doute la vertu d'un agent de la Révolution, cela dépasse l'entendement. Il faut profiter de cette inquiétude, tenter d'élargir la brèche. Lola explique de nouveau, plus calme. Très vite cependant elle sent que la tâche dépassera ses forces : on ne soulève pas avec quelques mots des herses mentales aussi solidement installées. Elle griffonne sur un papier le nom et l'adresse de Tercero, allez-y ce soir, qu'il emmène mon fils à l'aéroport à l'heure de mon départ, ensuite je me débrouillerai. Vous êtes ma seule chance. Puis-je vous joindre par téléphone ? Amelia fait un signe de tête négatif. Puis elle dit : chez ma mère. Elle a le téléphone, elle habite à côté de chez moi.

Lola a enregistré le numéro, glissé le papier dans la main de l'institutrice, s'est essuyé les yeux d'un revers de manche, et la voilà dehors, dans le soleil blessant. Rivera l'attend, tout sourire, pour la suite de la tournée.

La Ford Falcón longe des plages désertes, traverse des banlieues chaotiques, des plantations immenses. Quand j'étais petite, nous allions en vacances dans un village du Pays basque espagnol. Le soir, on mangeait des churros en se promenant sur le paseo. Je voudrais être une petite fille, manger des churros et de la guimauve, essuyer mes doigts gras sur ma jupe et me faire gronder par maman. Tu débloques, Lola. Ne fais pas ta mémé nostalgie, regarde devant toi. Tes parents rêvaient pour leur fille d'un avenir en tailleurs Chanel, réceptions, mari fortuné, petit nid d'amour pour jolis mouflets ; te voilà fiancée à quatre zozos faméliques et drogués, sillonnant un pays marxiste sous une fausse identité à la recherche d'un enfant naturel enlevé par son père espion : c'est quand même beaucoup plus marrant.

De retour à la villa, le soir, Lola refuse de dîner. Elle s'allonge sur son lit et plonge dans un sommeil de brute. Elle se réveille en nage, à deux heures du matin, dans une solitude atroce. Pourquoi est-elle venue seule ? Elle voudrait être avec Michel ou Chris, sentir leurs bras se refermer sur elle. Elle pense à cette émission écoutée à la radio avec Michel, une nuit, récemment : le récit du voyage de Janis Joplin et Travis Rivers, partis il y a deux ans d'Austin, au Texas, pour rejoindre la Californie et leurs rêves de rock. L'interminable route dans la Chevrolet Bel-Air à travers le Nouveau-Mexique, l'Arizona, les montagnes désertes, les lacs étincelants, les chaos de roches rouges — El Paso, Tucson, San Diego, L.A., San Francisco, enfin. Big Brother & The Holding Company, les concerts, la gloire déchirante, le bonheur tout proche. Janis

aurait pu mener une vie paisible d'institutrice à
Austin ou Port Arthur. En 1965, elle avait abandonné la musique et les drogues, s'était résolue à
entrer dans le moule… Jusqu'à l'arrivée de Travis
qui devait la ramener vers son destin. Janis chantant
dans la Chevrolet, à tue-tête, des jours durant, la
chanson que venait de composer Powell St John,
Bye bye baby bye bye. La voix foudroyée de Janis
hante la nuit de Lola. Où es-tu en ce moment, Janis ?
Sur une scène de Frisco, peut-être, ou dans un hôtel
de Paris, dans un car bourré de musiciens qui file sur
une autoroute anglaise… Retrouver la force de
Janis, cette sauvagerie qui lui a permis d'aller
jusqu'au bout. Rien n'aurait pu l'empêcher de
chanter. Rien ni personne ne m'empêchera de
retrouver mon fils.

— Je suis heureux de vous revoir, señorita Martel, dit le conseiller Ferrer. Jorge me dit que vous
êtes infatigable.

Erreur, monsieur le conseiller. Je suis très fatiguée. De vous et de vos clowneries, entre autres.
Mon avion part après-demain, j'ai pu appeler
subrepticement Amelia hier, d'un téléphone public,
pendant que mon ange gardien se fournissait en
cigarettes. La voix atone d'Amelia, gênée, un peu
froide :

— Non, je n'ai pas pu. J'avais trop à faire… Vous
devriez parler à la police, je vous assure… Je ne suis
qu'une institutrice, je n'ai pas de pouvoir…

Lola a préféré raccrocher. Cela ne servait à rien. Et ce matin, la voilà dans le bureau de Ferrer, épuisée, malade. Il va encore falloir s'appuyer ses fadaises, demain s'inscrit dans l'éternité, le gigantesque effort du peuple cubain, nous vaincrons parce que nous avons raison.

Le bondissant apparatchik est plus bref que prévu. Après un exposé succinct sur l'avenir de la canne à sucre et l'éducation du prolétariat cubain, il s'enquiert du travail de la señorita Martel, pose des questions sur les grandes lignes de son étude, auxquelles Lola répond sans grande difficulté. Il n'est pas très compliqué de savoir ce qu'il faut dire, ces gens-là sont tellement prévisibles.

— J'ai une faveur à vous demander, señor Ferrer, conclut-elle. J'aimerais disposer d'une journée pour flâner dans La Havane. J'ai beaucoup travaillé, et… Je pense que mon camarade Jorge Rivera, lui aussi, a bien mérité une journée de repos…

— Quand repartez-vous ?

— Après-demain.

— Dans ce cas, je crains que cela ne soit impossible. J'en suis désolé, mais je tiens absolument à ce que vous visitiez notre université populaire. Le travail spécifique accompli par les femmes y est du premier intérêt pour votre étude. Vous ne le regretterez pas. La visite vous prendra bien la journée.

Les voilà déjà sur le seuil du bureau, où le conseiller les a raccompagnés avec force félicitations et prédictions mirifiques. Jorge arbore toujours son petit sourire impénétrable. Ils traversent les pièces encombrées, ils ont presque atteint la sortie lorsque la voix de Ferrer retentit.

— Rivera ! Reviens une seconde, je te prie.

Jorge se retourne, rebrousse chemin. Le moment ou jamais. Elle poursuit jusqu'à la sortie, arrive sur le palier, dévale l'escalier. Une fois arrivée sous le porche, elle noue un foulard sur ses cheveux, enlève la chemise rouge qu'elle portait comme une veste et la fait disparaître dans son sac. Éviter de se faire remarquer par le chauffeur qui les attend. Par chance, il est en train de tailler une bavette avec un collègue. Les deux hommes sont appuyés contre la voiture, cigarettes aux lèvres. Calle 15, 21, entre 18 y 20. S'éloigner un peu d'ici, trouver le Vedado, Tercero, enfin.

L'amabilité des Havanais aidant, elle se retrouve moins d'une demi-heure plus tard devant l'immeuble où vit le vieil ami d'Ambroise, le truand marxiste, Tercero, un gaillard haut en couleur, paraît-il, un vrai colosse qui vous avale sa bouteille de rhum dans la soirée sans que cela lui fasse plus d'effet qu'une infusion de camomille. La cour intérieure de l'immeuble est un patio défoncé où poussent dans un désordre enthousiaste les plantes les plus inattendues. Des poules inquiètes cherchent leur pitance entre les dalles défoncées. Sur quatre étages, des coursives donnent accès aux appartements — surpeuplés, si l'on en juge par le nombre de liquettes et de caleçons qui tentent de sécher dans l'air moite. Quand on pourra faire fonctionner les fours à chaux, bloqués par l'oncle Sam, et fabriquer enfin du béton pour les habitations populaires, on pourra respirer. En attendant, il faut sourire, dire qu'on s'en moque, et siffloter d'un air insouciant *La paloma del sol* en faisant la queue devant la porte des toilettes communes. Des enfants piaillent dans les caoutchoucs, il en sort de partout. Lola arrête une petite fille, s'enquiert de Miguel Tercero, mais la fillette ne connaît personne de ce nom. Pas plus de succès avec d'autres gamins. Elle décide de monter aux étages et de frapper à la première porte venue. Une femme lui ouvre, et lui indique l'appartement de Tercero. Chaque pas que je fais me rapproche de mon enfant.

16

*Ils vont peut-être
me couper l'autre*

— Ils vont peut-être me couper l'autre, précise
Tercero en montrant la jambe de son pantalon
refermée à mi-cuisse par une épingle de nourrice. Le
diabète… Avec tout le rhum que j'ai bu, se faire
baiser par le sirop de canne ! Vous ne direz rien à
Ambroise. Je ne pouvais pas lui avouer la vérité,
quand il m'a fait contacter. Sur ma jambe, ni sur le
reste… Il est en prison, Ambroise, pas la peine de lui
saper le moral… Le problème, c'est qu'il me croit
riche et bien portant, alors que je n'ai rien à boire et
que je ne bouge plus de ce fauteuil !

Le colosse n'a pas bonne mine. Joues flasques
mangées de barbe grise, deux poches d'encre sous
les yeux, il respire difficilement. Dans la pénombre
de la chambre aussi délabrée que le gros corps de
Tercero, deux perruches en cage commentent les
événements.

— Au début, les affaires étaient bonnes. Mais il faut
se faire une raison : la Révolution s'accorde mal avec
le commerce. Trop de fonctionnaires, trop de règle-
ments… Le peuple cubain est une grande famille,

chacun pouvait trouver sa place. Je ne voyais pas les choses comme ça. Qu'un peu d'argent circule dans toute cette misère, ça ne pouvait pas faire de mal, à mon sens... Fidel a voulu trop bien faire. Mais je me lamente... Parle-moi plutôt d'Ambroise. Tu es dans les affaires avec lui ?

Les affaires d'Ambroise, tu parles. Mais je ne suis pas venue rendre visite à un vieillard infirme, moi. Tu devais m'aider, Tercero ! Lola sent le découragement l'envahir comme une mort, tandis que les perruches socialistes approuvent des deux becs les propos sur la famille nombreuse, et qu'en bas les enfants hurlent joyeusement en jouant à la baie des Cochons.

— Pour ton fils, dit Tercero, qui a dû sentir le désespoir de Lola.

Un silence, plutôt long.

— Je n'ai plus les possibilités d'autrefois. Pas seulement à cause des jambes. J'aurais pu organiser quelque chose, mais aujourd'hui... Difficile, tu sais.

Il est en train de me dire que je ne reverrai pas Petit-Jean. Voilà ce qu'il est en train de me dire, l'unijambiste ratatiné. Ambroise, tu es encore plus minable que je ne le pensais.

— Alors j'ai confié l'affaire à quelqu'un. C'est le beau-frère d'un vieux copain. Je suis sûr qu'il est bien, tu sais. Dans mon état, je ne pouvais rien faire de plus... On l'appelle Bel-Air, parce qu'il aime les vieilles bagnoles. Je suis sûr qu'il aura fait du bon travail. Tu vas aller le voir.

Bel-Air est en train de réparer un moteur d'autobus, d'un modèle qui sans doute était déjà obsolète quand Batista tétait sa mère. Le moteur est suspendu à des chaînes, au-dessus du museau de l'engin jaune et rouge.

Le taxi l'a abandonnée à l'entrée d'un terrain on ne peut plus vague. Montagnes de pneus, épaves à moitié dépiautées d'américaines hors d'âge, sièges crevés, entassements de tôles. Au milieu du capharnaüm, une baraque peinte de couleurs vives, due au génie d'un architecte vraisemblablement ivre. Devant la baraque, une splendide Bel-Air Acapulco bleu ciel a des rutilements discrets de princesse en visite chez les gueux. L'œuvre de sa vie, l'a prévenu Tercero. Émerveillement obligatoire, avec utilisation insistante de superlatifs, si l'on veut être dans les papiers du maître des lieux. Lequel a à peine levé la tête à l'arrivée de la visiteuse.

— C'est vous que Tercero m'envoie. Dès qu'il s'agit de m'attirer des ennuis, le vieux, il se pose là.

La voix râpeuse se fraie un chemin à travers un amoncellement de durites exténuées, de pistons mités, de gaines graisseuses. Patiemment, Lola attend que l'autre s'extraie du moteur. Plusieurs minutes passent, qu'elle met à profit pour observer les lieux, et il y a de quoi faire.

— Elle est belle, votre voiture, là. On dirait une princesse.

La tête de Bel-Air s'élève lentement au-dessus du moteur, jusqu'à aller cogner la tôle du capot ouvert.

Dans le visage luisant de cambouis, les yeux écarquillés font des appels de phares.

Quelques instants plus tard, ils sont dans la bicoque, assis de part et d'autre d'une toile cirée. Deux verres bien remplis, rhum ou kérosène, va savoir. Le type a quand même pris le temps de se laver les bras avant de servir.

— Pour le petit, dit Bel-Air, c'est un peu compliqué.

Lola goûte le rhum. Oh putain ça chauffe.

— C'est du bon, précise Bel-Air, satisfait par les variations chromatiques du visage de Lola. Je le fais moi-même. Je fais tout moi-même. Pas besoin de l'avis du comité de quartier pour aller pisser. Bon. Je sais où est le petit.

Elle avale son verre d'un coup, manque de s'étrangler.

— J'ai suivi le señor Delgado à sa sortie du boulot. Travaille au ministère de l'Information, vous savez ? Services secrets, quoi. Tu aurais pu te méfier, quand même. Moi, je n'épouserais pas un type qui fait ce genre de boulot, même s'il me promet un voyage de noces en Aston Martin.

— Où est mon fils ?

Mon fils dans des mains mercenaires, pendant que Pedro installe des écoutes téléphoniques pour préserver l'avenir radieux du régime.

— Chez une nourrice, du côté de Casablanca. Il va bien, ne t'en fais pas. Elle le sort tous les jours. Son père lui rend visite le soir. Horaires variables. Travaillent beaucoup, au ministère.

130

— Allons le chercher.

— C'est ça, allons le chercher. Mais en attendant, on va reprendre un petit verre, hein. Parce que ça ne se fait pas comme ça, un enlèvement, comme on prend un taxi, tu vois ? Va falloir attendre la nuit.

Une heure plus tard, Lola dort dans un fauteuil auquel il manque un pied. Lorsque sa tête roule sur le côté, c'est l'ensemble qui bascule, la réveillant en sursaut, puis elle se rétablit, se rendort, ainsi de suite, une clepsydre fonctionnant au sang chaud. Pendant ce temps, Bel-Air s'affaire sur son vieux coucou. Il fait nuit quand il la réveille. Il a préparé deux assiettes, un repas fruste, du café. On ne rigole plus.

— On va prendre la Bel-Air, ce sera plus confortable pour le gosse, non ?

Lola acquiesce, l'autre se marre. Je blaguais. Je pense qu'on va choisir un véhicule moins voyant. Il faut l'élever à la dure, ce petit. Tu veux en faire un maricón, ou quoi ?

Avec des amortisseurs pareils, en effet, Petit-Jean aura le cuir tanné. La camionnette Ford ahane sur une route déserte, traverse de sombres faubourgs.

— Ça vous arrive souvent, d'enlever des enfants ?

— C'est mon premier. Il était temps, à mon âge. Pourquoi tu me demandes ça ?

— Vous avez l'air sûr de vous. C'est assez inquiétant.

— Rassure-toi, je n'ai aucune idée de la façon dont on va s'y prendre.

— Je ne comprends pas pourquoi vous m'aidez.

— Je ne t'aide pas, señorita. J'aide Tercero. Je l'aime bien. Et puis j'ai quelques dettes à rembourser. Laisse-moi réfléchir, maintenant.

Bel-Air allume une cigarette. Un air doux s'engouffre par la fenêtre ouverte.

Papa, si tu me voyais.

— La chambre est au premier, murmure Bel-Air.

Ils sont en face de la maison. Un jacaranda déploie sur eux sa coupole compréhensive. Des nuages rapides comme des torchons essuient le blanc de lune. Mon fils dort dans cette maison. Dans quelques instants peut-être je le serrerai contre moi. Et ensuite, pourrai-je sortir de cette île de fous sans être repérée ? Son compagnon lui presse le bras : une lumière vient de s'allumer au rez-de-chaussée. On voit une grosse femme passer dans le rectangle de lumière. Elle éteint le plafonnier, passe dans la pièce suivante dont les stores sont baissés.

— Elle se couche. Elle a donné la dernière tétée. C'est tous les soirs comme ça.

Sa dernière tétée ! Pour qui elle se prend ? Lola sent monter la colère.

— On va attendre un peu. Une heure ou deux.

Ils retournent dans la camionnette. Bel-Air allume une cigarette, sort une flasque du vide-poches, la propose à Lola qui refuse, boit une gorgée.

— Je passerai par la fenêtre du premier, c'est facile. Mais j'ai peur que le bébé aboie. Alors tu m'attendras devant la porte d'en bas, je viendrai t'ouvrir, et tu monteras le chercher. Avec toi il ne pleurera pas, si ?

Mon fils pleurera-t-il quand je le prendrai dans mes bras ? Est-ce qu'il reconnaîtra mon odeur ? Ces Cubains me paieront le mal qu'ils nous ont fait.

Deux heures ont passé, et pas loin d'une flasque. L'habitacle empeste le rhum, mais Bel-Air reste parfaitement impavide, maître de lui, ses doigts ne tremblent pas.

— On y va. C'est l'heure des retrouvailles.

Rue vide, sans réverbères, sans trottoirs, façades obtuses, le monde entier semble couvert d'une poussière grise. Ils poussent le portail en bois, s'avancent dans l'allée à pas comptés. Ce jardin est mal tenu, un vrai bazar. Je suis sûre que la baraque est infestée de souris. De rats, peut-être, tout est plus gros sous les tropiques. Ils me le paieront.

Bel-Air, d'une pression sur l'avant-bras de Lola, lui indique la porte d'entrée ; lui-même va faire le tour du bâtiment pour grimper au premier en profitant des branches d'un bougainvillier.

Elle entend des craquements discrets de l'autre côté de la maison, pas trop de bruit, je t'en supplie, une voiture passe lentement dans la rue et disparaît. Lola reste immobile dans le renfoncement de la porte. Les minutes passent. Qu'est-ce qu'il fout, bon

Dieu ? Elle tend l'oreille, en vain. Peut-être n'est-il pas parvenu à ouvrir la fenêtre ? Et si la nourrice le surprend ? Comment être sûrs qu'elle dort ? Elle anticipe les gestes qu'il lui faudra accomplir, tout à l'heure, au-dessus du berceau ou du lit. Je me pencherai sur toi, je t'envelopperai de mes bras, de mon haleine, tu ne te réveilleras pas. Combien pèse-t-il, maintenant ? Il faisait trois kilos six à la naissance. Guère plus aujourd'hui : il a dû perdre un peu de poids, puis se remettre à prospérer, pour peu que ces sauvages l'aient correctement nourri. Lola a le ventre noué. L'appréhension des retrouvailles, mais surtout une sensation qu'elle n'avait pas éprouvée depuis son enfance : la peur.

Un déclic, enfin. La poignée de la porte s'abaisse, Bel-Air apparaît dans la pénombre, il lui prend le bras, l'entraîne à l'intérieur. La porte se referme. La lumière s'allume.

Éblouie, Lola ne comprend pas, tout d'abord, ce qui se passe. Le garagiste est devant elle, il la regarde d'un air étrange. Il y a d'autres personnes derrière lui, des silhouettes qui se révèlent peu à peu sur sa rétine aveugle.

Heureusement, je suis en train de faire un cauchemar. Parce que si ce que je vois maintenant était vrai, il y aurait de quoi douter de l'existence d'un Dieu gentil, de l'existence même de Fidel. Ne nous réveillons pas tout de suite, voyons plutôt jusqu'où mon inconscient malade est capable de se laisser aller. Bel-Air s'écarte, et c'est bien Pedro qui apparaît en face de moi, le beau Pedro. Et allez donc. Il est flanqué de deux types franchement costauds. La Révolution est bien gardée, même en songe.

— Ne me dis pas que tu espérais vraiment récupérer mon fils, dit la créature qui joue Pedro dans le rêve.

Il affiche un air dégoûté, ou navré, on ne sait pas. Bon, ça commence à devenir un peu pénible. Maintenant je vais me réveiller, je suis encore devant la porte fermée à attendre Bel-Air, l'opération se déroule comme prévu, dans un instant je vais revoir Petit-Jean.

Mais la créature qui joue Pedro ne semble pas décidée à décrocher aussi facilement. Pour bien marquer que nous sommes dans un cauchemar dur de dur, elle prononce quelques phrases démoniaques.

— Je te suis pas à pas depuis ton départ de Paris, ma pauvre fille. Tu t'es laissé mener par le bout du nez, c'est à peine croyable. Tu ne voudrais quand même pas que je confie mon fils à la garde d'une pareille idiote. Tu n'en avais pas marre, de visiter les écoles ? Ce pauvre Rivera a failli craquer, il n'en revenait pas.

Lola sent quelque chose entre ses jambes, une tiédeur familière qui évoque des souvenirs d'enfance. Elle est en train de se pisser dessus. Et puis elle choisit de quitter le cauchemar d'une façon originale : elle s'endort.

C'est une odeur de cigare qui la réveille. Elle est à demi allongée sur la banquette arrière d'une voiture qui fonce sur une route déserte. Des étoiles tremblent derrière la vitre, dessinant des tracés d'électro-cardiogrammes peu encourageants. Attention, je vais hurler. Mais la bouche s'ouvre sur une absence de son, et sa vision se brouille. Tout à l'heure, on lui a fait avaler deux comprimés avec un verre d'eau, elle croit s'en souvenir. Elle n'est pas encore sortie du cauchemar. La vache, il est vraiment long, celui-ci.

Tellement long qu'au petit matin il n'est pas encore terminé. Lola est assise sur une chaise en bois, dans un petit bureau de l'aéroport, en compagnie de trois barbus armés qui la regardent sans amour. Par terre, il y a son sac de voyage, mystérieusement arrivé jusqu'ici. Tout semble véridique jusque dans le moindre détail : les murs jaunâtres, la vieille machine à écrire, les gueules de ces pauvres types, les nuages qui filent dans la lumière de l'aube, l'odeur d'urine et de transpiration dans laquelle elle patauge. Par la fenêtre, elle voit un avion atterrir. Le cauchemar se déroule maintenant à l'aéroport. Elle se sent cotonneuse, envahie par une nausée diffuse.

Il faut croire qu'elle s'est rendormie, puisque maintenant la voilà installée dans un siège d'avion. Elle a envie de vomir, et sa voisine n'a pas le temps de lui passer le sachet de papier destiné à cet effet : une gerbe nauséabonde vient asperger le dossier du siège devant elle. Hôtesse et steward se précipitent. Allez vous faire foutre. Allez vous faire foutre ! Lola se met à hurler, elle se lève, écumante, la chemise et le menton maculés, elle veut tuer quelqu'un, là, tout de suite, on ne l'en empêchera pas, elle arrache une touffe de cheveux, griffe une joue, mord une main, elle appelle son fils, son père, ses amis, j'emmerde votre Révolution, assassins, kidnappeurs, et puis soudain il fait noir, on lui a mis une couverture sur la tête, on la traîne dans l'allée centrale jusque dans la cabine de pilotage, quelqu'un lui a donné une gifle, deux gifles, on lui verse de l'eau sur le visage tandis que des mains la maintiennent fermement sur le sol, on lui parle d'une voix douce et froide. Le mieux que j'aie à faire, maintenant, c'est de me mettre à pleurer.

DEUXIÈME PARTIE

Les années 70

17

La nuit je le vois

Paris, le 14 avril 1969

Amelia,

Nous ne nous sommes vues qu'une fois. Pourtant, j'ai immédiatement compris que je trouverais en vous un soutien, une amie peut-être. Je vous ai raconté mon histoire et celle de mon enfant. Notre lamentable et triste histoire. Je ne peux en dire plus par courrier, entrer dans le détail des actes humains qui nous ont conduits là. Je ne peux nommer personne. Je ne peux même pas nommer mon fils : j'ignore comment il s'appelle aujourd'hui, on a sans doute changé son nom. Imaginez la vie sans bras, sans jambes, sans yeux, avec juste les organes qui nous servent à souffrir. La nuit je le vois. Il est assis dans le jardin de cette maison près de La Havane. Il joue avec des morceaux de bois sales, il les porte à sa bouche et personne n'intervient. L'homme qui m'a fait ça, je voudrais qu'à son tour il n'ait plus de bras, plus de jambes, juste les organes qui servent à souffrir. Ne pensez pas que je sois folle, Amelia. J'ai vu votre regard dans cette école, quand nous étions face à face. Vous aviez peur, mais vous avez compris. Je ne peux compter que sur vous pour savoir ce que vit cet enfant sans mère, mon Petit-Jean. Comment il s'appelle. Si la nourriture cubaine lui convient. Oh vous avez raison je deviens folle. Le moindre renseignement me rendrait la vie. Parlez-moi aussi de vous, je vous en prie. Vous êtes la seule personne humaine que j'aie rencontrée sur cette île de vautours et de monstres. Tôt ou tard je retrouverai mon fils. Je me bats pour hâter ce moment. Il aura une vie normale et belle. Vous m'aiderez, je sais que vous m'aiderez.

> *Céline Martel,*
> *3, rue des Canettes à Paris*

18

Six mois plus tard

Dans un film, on verrait apparaître un carton : « *Six mois plus tard...* » Mais pour Lola, le temps n'a pas passé. Il ne reprendra son cours que lorsqu'elle aura récupéré son enfant.

Frank, tout en vérifiant les rouleaux imprimés de la caisse enregistreuse, coule des regards vers sa fille qui écrit et qui pleure, au fond de la salle déserte. J'aurais dû lui refuser ce deuxième cognac. En bas, la capitale baigne dans un flot de lumières clignotantes, un vent aigre fait trembler les vitres du Nautilus. À qui écrit-elle ? Peut-être à personne. Elle pense à son fils, bien sûr. Comme j'y pense. Elle veut retourner là-bas. C'est de la folie. Elle m'a demandé de l'argent, mais j'ai donné tout ce que je pouvais donner. Je ne veux pas te perdre, Lola. Frank reprend de zéro pour la troisième fois le décompte des repas de la soirée. Il n'y a que trois desserts pour cinq à la table 18, qu'est-ce que c'est encore que ce travail, ils m'ont oublié les deux crèmes brûlées.

Lola plie soigneusement la lettre en quatre après avoir inscrit ses coordonnées en bas de la page, et la glisse dans l'enveloppe. Señorita Amelia Huydobro, Escuela elementar Simón Bolívar, El Prado, Cuba. Envole-toi comme une mouette, comme une colombe, va te poser là-bas, dans la cour de récréation où la douce Amelia veille sur les héritiers de la Révolution.

Ce matin, Lola est allée voir Ambroise dans sa résidence secondaire. Au parloir, le visage d'Ambroise flottait comme une lune grise. Il a fallu lui donner des nouvelles de Cuba. Sans pleurer. Et de ces putains de guppys : deux morts à déplorer, deux petits cadavres, deux morves à la surface de l'aquarium. Et ne pas laisser voir que je n'en ai vraiment, mais vraiment rien à foutre.

— Je suis désolé, ma petite, tellement désolé, a dit Ambroise. Jamais je n'aurais dû t'aider à partir.

— Je serais partie de toute façon. Et je vais te dire autre chose, Ambroise : je retournerai là-bas. Et cette fois, tu m'aideras *vraiment*. Pas en me donnant l'adresse d'un hémiplégique dépressif tout juste capable de me fourrer dans les pattes d'un traître. Bon, quand est-ce que tu rentres ? Tes poissons te réclament.

— Mon avocat a l'air de penser qu'ils peuvent attendre. Ne me lâche pas, s'il te plaît. Ça risque de traîner un peu.

Tellement désemparé, ce pauvre Ambroise. Et toi, Lola, tellement découragée. Il faut tout reprendre de zéro, gagner de l'argent, repartir à l'assaut de cette maudite île, parce que j'y retournerai, je retrouverai mon fils, je fais provision d'amour pour le jour où il reviendra vivre avec moi.

— Ce n'est pas plus mal, dans le fond. Ça va te laisser le temps de chiffrer l'opération.

— L'opération ?

— Le retour à Cuba. Tu me mets ça sur pied, tu réfléchis aux moyens à utiliser pour s'introduire sur l'île, retrouver Petit-Jean, le rapatrier. Combien de temps, de personnes, d'argent.

Ambroise a eu beau protester, se lamenter, tenter de démontrer qu'il n'y avait plus rien à faire, il a bien fallu qu'il promette.

Frank a fini ses calculs. Il vient s'asseoir à la table, en essayant de ne pas regarder l'adresse sur l'enveloppe. Leurs mains se rejoignent sur la nappe blanche. La Tour gémit sous le vent nord-ouest, leurs regards se perdent vers l'horizon crépitant de néons ; ils vont faire tout leur possible pour que cet instant dure.

Et puis il faut bien se quitter, demain matin à la première heure Frank arpentera les allées des Halles, fera la moue en tâtant le ventre des turbots, sentira les quartiers de viande, fera des remarques sur les asperges marocaines. Lola n'a pas le courage de rentrer chez les guppys. Envie de dormir rue des Canettes, près de ses gentils fiancés. L'appartement est encore plein, malgré l'heure tardive. Regarde un peu ce souk ! Des corps traînent partout, vaguement emballés dans des tissus à fleurs. Planant au-dessus d'une houle consistante de fumée, la voix de Melanie chevrote *My beautiful people*. Lola, brusquement, ne supporte plus ces clampins apathiques qui s'incrustent, leurs idées vagues, leur certitude d'être du bon côté.

Depuis quelque temps, Nico fait comme elle : il s'éclipse dans la journée, reste parfois absent durant deux ou trois jours. Il revient hâve, les yeux cernés, sale, inquiétant. Lola sait où il va : il le lui a dit. Il part peindre sur des murs, dans un atelier désaffecté du côté de la porte de Bagnolet. Nico va mal, il abuse de toutes sortes de carburants illicites. Qui les lui fournit ? Contre quel argent ?

Fonfon, dans un coin, est aux prises avec une hippie maigrelette habillée de longs cheveux teints au henné et de quelques morceaux de voilage en soie synthétique, qui veut à tout prix lui piquer son joint. Les autres sont des parasites familiers, ils ne repartiront qu'à l'aube qui pour eux se situe aux alentours de midi, après avoir pillé les placards et le frigidaire. Quelques discussions tournent comme de vieux microsillons : sur quatre poufs on vante l'éducation sans tabous — par bonheur, aucun d'entre eux n'est en condition d'appliquer une pédagogie aussi généreusement destructrice, faute de progéniture, ce qui n'empêchera pas les enfants de Woodstock d'encombrer d'ici vingt ans les hôpitaux psychiatriques et les maisons d'arrêt —, dans l'autre coin, autour de Chris, l'esclavage salarial suscite une controverse.

Michel est seul, près de la fenêtre, absorbé par

l'observation d'on ne sait quoi, dans la rue. Lola s'approche de lui, pose sur son épaule une main, puis la tête, en biais. De ses quatre mousquetaires, celui-ci, avec ses airs de grand frère raisonnable, est peut-être le plus énigmatique. Ils se parlent peu, échangent en général quelques gestes tendres et silencieux. Seules les galettes de vinyle, d'ailleurs, paraissent capables de lui faire perdre son calme. Elle essaie de distinguer à travers la vitre embuée ce qui le fascine ainsi, mais rien dans la rue des Canettes ne semble vraiment remarquable.

— Écoute…

Michel penche l'oreille vers la vitre, entraînant la tête de Lola. Écoute… Elle entend alors un grésillement léger, rythmé, comme un air très lointain de blues joué au kazoo. C'est la circulation du boulevard, à quelques dizaines de mètres, qui fait vibrer le verre dans son antique scellement de mastic. Michel est émerveillé par le phénomène. Il leur en faut peu, à mes zozos. Entre les cerfs-volants de l'un, les idées fumailleuses de l'autre, les barbouillages du troisième et la musique élémentaire de celui-ci, j'ai de quoi former la fanfare pour le prochain bal à Sainte-Anne.

19

D'abord l'argent

Rien n'est impossible : même Ambroise, un jour, récupérera ses guppys, ses peckoltias et ses poissons-clowns. Lola espère aller plus vite : elle est habitée d'un désir de vengeance extrêmement précis et lucide.

D'abord, l'argent. Il va lui en falloir beaucoup, et ce ne sont pas les garçons qui pourront l'aider à en trouver. Ambroise, du fond de son trou, a de nouveau sollicité ses contacts, moins douteux à Paris qu'à Cuba. Le même fournisseur de faux papiers que la première fois lui a procuré une palette intéressante de passeports et de cartes d'identité. Sur chaque document, elle apparaît dans une tenue différente, en blonde, en brune, frisée ou permanentée, lunettes, maquillage… Dès que Petit-Jean sera revenu, elle fera du cinéma, ou du théâtre : elle se sent une vocation rentrée.

C'est parti. La voilà dans un train de banlieue, pimpante et décidée. Elle descend à Garges-lès-Gonesse. La rue Jacques-Ange-Gabriel n'est pas trop loin mais, avec des talons aiguilles, la marche à pied relève du sport de combat. Lola est vêtue d'un tailleur gris souris, ses cheveux sont tirés en un chignon impeccable, elle porte des lunettes épaisses qui donnent le vertige, tient une serviette en peau de porc peu ostentatoire mais d'allure sérieuse. Elle pénètre dans le hall d'un immeuble, vérifie les plaques des occupants, se dirige vers le fond du hall où une porte vitrée porte la mention recherchée : *ImmoNet, vente et location de locaux professionnels.* On a peine à croire qu'un tel négoce puisse prospérer dans le coin, et pourtant.

— Vous avez rendez-vous ? gazouille une jeune femme qui lui ressemble comme deux gouttes d'eau, hormis les yeux bleus.

On la fait asseoir sur une chaise en skaï, mais à peine deux secondes plus tard elle doit se relever et manque de se tordre une cheville en s'avançant vers le directeur de l'agence.

Les affaires ne traînent pas, à Garges-lès-Gonesse : il ne s'est pas écoulé une heure entre le moment où elle a signé les papiers de la location (« lu et approuvé, Caroline Chartier », deux C entrecroisés agrémentés d'un grigri genre ressort) et celui où, après avoir donné congé au loueur, elle se retrouve seule dans *son* bureau. C'est une pièce de seize mètres carrés, moquettée marron, aux fenêtres sales donnant sur une arrière-cour. Un bureau métallique, un téléphone, aux murs des reproductions de Toffoli. Ne nous plaignons pas, nous avons échappé à Bernard Buffet.

Lola extrait de sa serviette une plaque en matière plastique gravée à son nouveau nom :

> *C.C.C.*
> *Caroline Chartier Conseil*
> *Entreprise en nom propre*

Ça fait du bien, d'être chez soi.

Tellement de bien, que ça serait dommage de se priver. On va remettre ça. Après avoir avalé un sandwich et un café dans une brasserie proche, elle reprend le train jusqu'à Paris, passe chez elle afin de se confectionner une nouvelle identité (cheveux tenus par un bandeau blanc, fond de teint pâle, pull à col rond, jupe écossaise, mocassins) puis descend dans le métro, direction Mairie-de-Montreuil.

L'agence Locabur est plus riante, mais l'employée n'a pas le charme de celle de Garges. Qu'importe, je suis prête à trouver l'humanité magnifique, aujourd'hui. Simplement, je ne supporterai pas le moindre grain de sable.

— Comment, pas là ? s'insurge Lola. J'avais rendez-vous avec lui à quinze heures !

Sceptique, la dame en gilet beige consulte un agenda.

— M. Gillard ne m'a rien dit, je regrette. Il est en visite. Je doute qu'il revienne avant dix-sept heures.

Heureusement, la voix aigre et puissante de M. Gillard retentit soudain tandis qu'il fait son apparition, tout essoufflé : Madame Subervie, ah, madame Subervie, j'ai failli vous oublier ! Il se marre, ce con. Le genre à prendre systématiquement la vie du bon côté, rien de plus exaspérant. Je vous en prie, je vous en prie, crie-t-il en l'entraînant vers son bureau. Je ne suis pas sourde, bon Dieu.

— Le local vous attend. Je m'étais un peu trompé sur la surface, n'est-ce pas, rien de bien méchant, quinze mètres carrés et non pas vingt. Mais il est tout à fait fonctionnel. Et charmant. Vous serez bien installée, vous verrez.

Sur le prix, tu ne t'étais pas trompé, en revanche, mon salaud. Ce n'est pas grave, tu ne perds rien pour attendre. Aujourd'hui, l'humanité est belle. Quand même, quatre cent mille francs de caution pour quinze mètres carrés, on ne se mouche pas avec les doigts, à Montreuil.

— Quatre mille, si je peux me permettre. Je parle en nouveaux francs, pas vous ? s'amuse Gillard.

— J'ai du mal à m'y faire, j'avoue, répond Lola sur le même ton.

— Dans les affaires, pourtant, vous allez devoir faire un effort ! dit Gillard en riant franchement.

Il y a de quoi rire, pauvre abruti ? Montre-moi plutôt mon bureau.

— Si cela ne vous dérange pas, j'aimerais prendre possession des lieux tout de suite, dit Lola après s'être acquittée de la caution et du premier loyer en déposant un tas de billets sur la table.

Papa s'est saigné aux quatre veines, encore une fois, mais il sera vite remboursé. Quant à ces salopards de propriétaires et d'agents immobiliers, ils peuvent toujours attendre la rallonge mensuelle. Gardez la monnaie des cautions, bande de vautours, vous en aurez besoin pour payer les lettres recommandées et les rappels d'huissiers à Mme Subervie et à ses éphémères consœurs.

Sur la porte du bureau, Isabelle Subervie, une fois seule, appose sa raison sociale :

É & É
Études et Évaluations
SARL

Non, sans blague, ça fait du bien d'être chez soi.

Ça fait du bien mais il faut qu'elle se presse, si elle veut être à l'heure à Nanterre. C'est que j'ai un local à inaugurer, moi.

Et à dix-huit heures trente, Mlle Véronique Le Normand, une jolie blonde platinée dont la perruque fait vraiment authentique, vêtue d'un pantalon bleu, d'un pull marin et d'une veste en tweed, tout à fait le genre à faire craquer les play-boys (mais M. Mélançon, de l'agence Impact Immobilier, n'est pas un play-boy, oh non), appose sur la porte de son nouveau bureau la plaque qu'elle a tirée de sa sacoche :

```
F & M
Fournitures et Matériel
SARL
```

Après ce montage un peu long et compliqué, les vraies affaires vont pouvoir commencer.

Bon. Ce n'est pas que je ne sois pas bien chez moi, mais il faut que je rentre à la maison. Les garçons m'attendent, et je dois encore enlever ce déguisement. Pas question qu'ils me voient comme ça, ils seraient capables d'apprécier le changement.

20

Les Chinois déjà

Les Chinois déjà, marmonne Fonfon. Et les Romains. J'ai vu une photo d'une céramique napolitaine sur laquelle une fillette tient un cerf-volant. Cro-Magnon, si ça se trouve, en faisait avec des peaux d'iguane, papillotes en vessie d'auroch. Un accord entre l'homme et le vent, un fil tendu vers le cosmos, tout ça. Comment il s'appelait, l'autre, Benjamin Franklin, avec l'aiguille à la pointe de l'engin, un piège à foudre. Fallait le faire, il aurait pu prendre une sacrée châtaigne.

Fonfon soliloque en montant sa structure compliquée sur le plancher du salon. Les panneaux de nylon multicolores doivent être enfilés sur les baguettes avant l'encollage. Ce sont des tronçons de bambou qui s'emboîtent les uns dans les autres comme des morceaux de canne à pêche ; mais leur assemblage est complexe, et Fonfon utilise une colle à bois surpuissante qui les soude définitivement les uns aux autres. C'est le plus grand cerf-volant qu'il ait jamais construit. C'est même le plus grand qu'il ait jamais vu : l'engin occupe presque toute la surface du salon. Les autres seront épatés. La beauté vient de la simplicité : trois axes en éventail, reliés par un réseau de bambous qui rigidifie le tout. La toile est savamment percée de soufflets trapézoïdaux. L'élégance de l'ensemble, déjà, inspire le respect.

Fonfon a repoussé les poufs, les objets divers, la table basse, le vieux tapis qui encombraient le sol. Il a entassé contre un mur quelques toiles de Nico en cours d'achèvement, face contre face, alors que la peinture n'était pas sèche. Il a dû repousser également devant l'entrée de la cuisine, non sans mal, la commode achetée chez Emmaüs par la communauté, bloquant ainsi l'accès à la cafetière et au frigo. Vont gueuler, mais je n'avais pas le choix, se justifie Fonfon en tirant sur un reste de joint. Il n'y en a pas pour longtemps. Quand ils le verront voler, ils la fermeront, c'est sûr.

Le problème, c'est ce canapé, là. Il n'est pas gros, mais il m'emmerde.

Tu me fais du bien, confie au même instant dans la pièce voisine Bénédicte à l'oreille de Chris, lequel, à l'apogée de son effort, n'est plus vraiment maître de ses pensées ni en mesure d'apprécier le compliment. Penché au-dessus d'elle, il lui maintient les avant-bras contre le matelas, et se donne joyeusement de la peine tandis qu'elle balance sa tête de droite à gauche en chantant ses louanges. Hélas, le destin se plaît à déjouer les projets humains les plus doux à l'instant même de leur accomplissement ; ainsi va le monde ; et le gémissement d'extase qui s'exhalait du double corps mouvant est brusquement interrompu par un cri.

C'est Bénédicte qui a hurlé, en voyant s'ouvrir à la volée la double porte séparant la chambre du salon, sous la poussée du postérieur de Fonfon, lequel tire le canapé à grands renforts de *hanng* et de *mmeuh*.

Chris et Béné, figés : on dirait les amants de Pompéi. Et Fonfon a beau prétendre qu'il faut faire comme s'il n'était pas là, il a beau s'éclipser rapidement sans regarder le couple en suspens, enfin presque sans regarder, la double porte reste ouverte, le canapé en travers. Le degré d'intimité a brusquement chuté, et avec lui l'excitation érotique, en tout cas celle de Bénédicte, ce qui prouve bien que, même en cette époque de grands bouleversements, l'hypocrite pudeur judéo-chrétienne reste ancrée dans les comportements, c'est vraiment consternant. Chris se gondole, à présent. Dans le fond c'est une bonne nature. Il essaie de donner un dernier coup, pour la forme, mais Bénédicte n'est plus d'humeur à jouir. Elle repousse Chris violemment, se lève comme une furie en hurlant le prénom de Fonfon, suivi d'une considérable quantité d'adjectifs.

Fonfon, lui, est retourné dans le salon, près de son chef-d'œuvre.

— Attention, Béné, c'est fragile, prévient-il comme elle avance sans précaution en direction du cerf-volant en cours de montage.

Et il faut bien dire que si Chris ne la retenait pas, elle piétinerait maintenant cette superbe création aéronautique, volontairement et sans remords. Les gens font peur, parfois, ils ne se contrôlent pas.

Chris entraîne Bénédicte vers le lit, tout en riant et en l'embrassant. Allez viens, mais viens donc, laisse-le, sois pas teigne… Elle ne se laisse pas faire, se débat, crie, proteste. Toujours nus, sous les yeux de Fonfon, ils se mélangent, se repoussent, s'éloignent en zigzag vers la chambre. On en était où, déjà ? Hmm ? Chris a des gloussements idiots, Béné résiste en acceptant. Fous-moi la paix, sale phallocrate. Bas les pattes. J'ai dit non. Non, j'ai dit. Tu me chatouilles. Arrête. Ne me touche pas. Ferme la porte, au moins. Peux pas, il y a le canapé, mais t'inquiète il ne regarde pas… Et là, ça vous fait quoi ?

Fonfon, de fait, s'est remis à l'ouvrage sans trop se soucier du remue-ménage amoureux de la pièce voisine. (Quoique. Certains bruits provoquent en lui un furieux et inconscient ramdam d'hormones ; il attribue ce trouble à la beauté de son œuvre.)

Bénédicte tente de se laisser aller, en surveillant tout de même de temps en temps la porte ouverte, tandis que Chris pousse son avantage, avance en terrain conquis, retrouve les humidités exquises où Béné enfin s'abandonne. Elle glisse, étourdie, ferme un instant les yeux.

Erreur. Quand elle les ouvre de nouveau, Fonfon est à côté du lit, pas content.

— Chris, c'est toi qui m'as pris mon cutter. Oh, Chris, tu m'entends ? J'ai besoin de mon cutter.

— J'en ai marre de cette baraque de fous, crie Bénédicte, qui bondit hors du lit et quitte la pièce enveloppée dans le drap du dessus. Il va falloir que tu réfléchisses, Chris. S'il n'y a pas moyen d'avoir un minimum d'intimité…

Elle disparaît, réapparaît une seconde plus tard pour prendre ses habits naguère fiévreusement éparpillés sur le plancher, disparaît pour de bon. Écœuré par une revendication aussi typiquement petite-bourgeoise, Chris se prend le crâne à deux mains. Avec ça, on n'est pas près de la faire, la Révolution. Entre ses jambes, un reproche tendu comme un doigt désigne l'endroit par où Béné a disparu.

— Elle est vachement nerveuse, déplore Fonfon.

Chris préfère ne plus penser, en attendant que son corps se résolve à prendre acte du départ de la jeune fille. Bénédicte a tort, avec ses principes étriqués, mais il faut bien avouer que Fonfon nous emmerde. Un manque affreux dans le bas-ventre. Je me demande si Lénine aurait accepté de se laisser déranger comme ça, après tout.

Peu à peu, l'indice viril affiche une nette tendance au repli sur les valeurs boursières. Chris se lève, se dirige vers la platine, y installe un pirate dégoté à grand-peine par Michel : Mike Bloomfield, *Between the high place and the ground*. Le saphir atterrit en douceur sur le premier sillon. C'est l'apogée du génial guitariste ; bientôt, il en sera réduit, lui qui a accompagné Dylan sur *Like a Rolling Stone* ainsi qu'au festival historique de Newport, à interpréter des bandes-son de films pornographiques. Pas de place pour les purs en ce monde. Chris se lance dans la rédaction d'un nouveau tract, qui devrait faire date. À demi allongé sur le lit, un cahier posé sur les genoux, il se laisse aller au gré de ses pensées, soutenu par les glissandos bluesy de Bloomfield.

Chris a allumé un joint, il a du mal à se concentrer. Il aimerait bien placer le mot « réification », qui sonne vraiment bien, mais ce n'est pas facile. Bénédicte partie, le désir reste comme une plaie ouverte, et met du temps à s'apaiser. Est-ce que je préfère faire l'amour avec elle, ou avec Lola ? Il s'en veut de s'être posé la question. « La réification des désirs collectifs »… Revenir aux idées. C'est dur, de penser. Casser la gangue qui nous emprisonne. Préjugés, vieilles lunes, tout ce catéchisme inculqué dès le berceau. Encore plus dur de penser les couilles pleines : le cerveau reste sous pression.

Fonfon ajuste, rectifie, coupe, colle, fignole. L'engin est splendide. Il le voit déjà voler dans l'azur, transpercer les nuages. Il faudra trouver un endroit tranquille, ou inventer un moyen pour neutraliser les gardiens de square. Sinon, tant pis, on ira à la campagne. Il a trouvé, grâce à Michel, cinq cents mètres de cordage nylon sur enrouleur : de quoi aller caresser la lune.

« À l'heure où la marchandise et l'être se confondent… » Non. « Nous sommes le problème, soyons la solution. » Ça c'est un bon titre. Avec Lola, c'est un monde vertigineux, inquiétant, une guerre avec soi, une traque, une inquiétude, un bonheur subtil et cruel qui à chaque seconde se remet en cause. Une autre vérité, plus profonde, dangereuse, fascinante. Avec Bénédicte… Avec Béné, une prairie, un nuage léger, un bonheur simple et frais, qui laisse dans la bouche un goût de menthe ou de grenadine : une nouvelle enfance qui renaît à chaque caresse. Eh bien, te voilà poète, mon vieux. Ferais mieux de travailler. « Le capitalisme n'a pas installé ses quartiers seulement à la Bourse, dans les usines, dans les centres industriels. Le capitalisme règne dans nos têtes, dans nos gestes, dans nos corps, dans nos sexes… » Le sexe de Lola serait-il vraiment capitaliste ? Si doux pourtant, il me va comme un gant… Et dire qu'un enfant est passé par là… Où est-il, maintenant ? Elle ne nous en parle plus, mais elle ne pense qu'à lui.

Peu à peu, Chris sent ses pensées se disperser dans une somnolence diffuse. Des images se forment, se déforment, se transforment, souvenirs de couleurs, de sons, d'odeurs, Bénédicte surtout, le corps de Bénédicte, le souffle de sa voix dans l'oreille, le parfum de sa voix…

— J'ai fini ! dit-elle. Chris, viens voir, j'ai fini !

Mais ce n'est pas la voix de Bénédicte. Fonfon lui secoue l'épaule, tout excité. Viens voir !

Chris soupire. Il récupère le cahier qui a glissé par terre, relit les dernières phrases raturées tandis que Fonfon s'impatiente.

— Écoute ça, Fonfon. « À l'heure où la marchandise et l'être se confondent… »

Étrangement, Fonfon se calme dans l'instant. La voix de Chris a toujours le même effet lénifiant sur lui. Il reste immobile, les yeux fixes, comme un lapin suspendu par les oreilles. Puis un joint apparaît entre ses doigts, et il continue d'écouter la voix, aspirant régulièrement de longues bouffées qu'il conserve un temps infini dans ses poumons.

— C'est bien, dit-il à la fin de la lecture. Moi, ça me plaît. Tu viens voir mon cerf-volant ?

Chris enfile un pantalon. Déjà six heures du soir, il n'a pas vu le temps passer.

Le salon est méconnaissable, il faut dire. L'engin de Fonfon occupe presque toute la pièce. Il faudra un sacré mistral, pour soulever ça.

— Mais non, il ne pèse pas deux kilos ! Et c'est du résistant. Le plus dur, en fait, ce sera de ne pas s'envoler avec lui !

Magnifique. Incontestablement. Quelque chose chiffonne Chris, pourtant. Mais quoi ? Les couleurs, peut-être ? Franchement criardes, je n'aurais pas choisi celles-là, cependant c'est autre chose. L'armature est mince, mais elle doit être solide, on peut faire confiance à Fonfon.

Il n'a pas le loisir de s'interroger plus longtemps : des pas dans l'escalier, des voix, la porte d'entrée s'ouvre, sans doute Nico, ou Michel…. Un peu tôt pour Lola.

Michel et Nico, interloqués, s'arrêtent au seuil du salon, et contemplent l'appareil volant.

— Qu'est-ce que c'est, un tipi extra-plat ? Les Cheyennes ont débarqué ?

L'interrogation goguenarde de Michel est suivie d'un rugissement. Il vient d'apercevoir ses précieux disques entassés sous la fenêtre, contre le radiateur. Une douille d'obus qui sert de cendrier est posée sur la pile. Oh le con, oh le con.

— Et ça ? Nico, regarde ! Regarde comment il a rangé tes toiles !

Nico fait le tour du cerf-volant, saisit deux de ses toiles collées l'une contre l'autre. Il écarte les deux panneaux, contemple le résultat de couleurs mélangées : pas inintéressant. En tout cas, il ne proteste pas. Nico est un peu bizarre, en ce moment. Pendant ce temps, Michel, délicatement, s'empare de ses disques, les remet à la verticale.

— Tu ne peux pas arrêter, cinq minutes ? Juste cinq minutes, Fonfon, tu arrêtes de faire des conneries. Ça va nous reposer…

— Regarde, au lieu de gueuler. C'est moi qui ai fait le plan. Ultraléger, super costaud, avec ça, je gagne tous les concours !

Ça y est. Chris vient de comprendre ce qui cloche.

— Fonfon… Tu comptes bien faire voler ce machin ?

— Évidemment, répond l'autre en levant les yeux au ciel.

— Et tu sais déjà où, je suppose.

— Je voudrais essayer à Paris. Ce serait beau, même pas longtemps… On pourrait suspendre une banderole avec un texte de toi, bien saignant… Avant que les flics interviennent, on a le temps

162

d'épater les foules ! J'ai quelques idées de diversion, conclut-il d'un air entendu.

— Très bien, très bien. Mais dis-moi, Fonfon…
Tu es certain d'avoir pensé à tout ?

Un silence. Long. Au terme duquel Michel pouffe, puis éclate de rire. Il a compris, lui aussi.

— Et comment tu le sors, ton aéronef, pauvre pomme ? Comment tu le sors d'ici, s'il est entièrement collé ? Tu as vu la taille des fenêtres ?

Chris se marre, lui aussi. Nico sourit, l'air absent.
Fonfon reste interdit. Merde, merde. C'est trop idiot.
Ça m'a coûté un max de pognon.

On contemple le cerf-volant comme la dépouille d'un oiseau mort. Qu'est-ce qu'on va faire de ce machin ? Indémontable. Va falloir scier, Fonfon. Je t'ai dit de ne pas forcer autant sur les pétards, tu vois le résultat.

— Des heures de boulot, vous ne vous rendez pas compte ! Je ne vous laisserai pas faire !

Le ton monte, et quand Lola débarque, revenue à son apparence usuelle après ses démarches immobilières, ils sont prêts à en venir aux poings. Elle remarque tout de suite l'air absent de Nico. Ce n'est pas la première fois : il va falloir que je le surveille. Dans le meilleur des cas, il est amoureux. Dans le pire… Lola n'aime pas l'idée que Nico puisse être amoureux. Elle n'aime rien de ce qui risque de les séparer. Elle se force à supporter la présence de Bénédicte, officiellement parce que l'heure est à la liberté, en réalité parce qu'elle sent que la jeune fille n'est pas un réel danger.

— Arrêtez de vous chamailler, ce n'est pas bien grave. Et puis ce cerf-volant est de toute beauté. Jamais vu une chose pareille.

Fonfon boit du petit lait.

— Magnifique, oui, dit Michel, amer. Il suffira de bazarder les meubles et de marcher autour. C'est fragile, en plus.

Il fait mine de frapper son frère. Lola réfléchit un moment, suggère de fixer le cerf-volant au plafond, et parvient à faire coopérer les trois garçons à la réalisation du projet. Le résultat n'est pas sans intérêt, genre baldaquin chinois.

— Je pourrai même ajouter la traîne avec les papillotes, se réjouit Fonfon.

Regard noir de Chris et Michel. On a remis les meubles en place, Nico est affalé dans un fauteuil, le regard vague, le teint pâle.

Lola déballe dans la cuisine les provisions qu'elle a rapportées du restaurant. Tout à l'heure, elle a parlé avec son père, longuement. Lui aussi pense à Petit-Jean. Il ne comprend pas. Mais il n'y a rien à comprendre, papa.

Après le repas, Michel part à la chasse aux pirates. On lui a parlé d'un enregistrement de *For your love* par les Yardbirds, dans une version rock psychédélique dirigée par Jeff Beck, après le départ de Clapton. Encore un que le cher Régis n'aura pas, si je me débrouille bien. Fonfon part dans son sillage ; Nico également, mais on ne sait pas où il va. Lola se retrouve seule avec Chris. Un peu de rangement dans ce foutoir, et j'irai me coucher. Cette journée en contenait quatre. Elle voulait écrire à Amelia, c'est un projet qu'elle traîne depuis des mois, et qu'elle repousse de jour en jour. Ce soir encore elle sent qu'elle n'en aura pas le courage.

Ce n'est pourtant pas cette nuit qu'elle aura son compte d'heures de sommeil. À peine s'est-elle glissée entre les draps, dans la chambre du fond, qu'elle voit Chris approcher dans la pénombre. Il se sent seul, Bénédicte est partie à cause de Fonfon, il voudrait bien rester avec elle, un peu. Lola ne dit rien, elle écarte les draps et la couverture, et se pousse contre le mur pour laisser de la place à Chris.

21

L'Éphémère

Comme chaque jour, je suis allé rendre visite à mon petit artiste dans sa prison de verre dépoli. Les tableaux achevés s'empilent contre les murs : il travaille avec zèle pour la postérité. Il se pourrait que Nicolas soit un bon peintre, après tout. Cela n'a vraiment aucune importance.

Malgré mes consignes, ce petit imbécile n'a pas pu s'empêcher de te parler de son travail. Pis : il t'a emmenée ici avec les larves infectes qui partagent ton lit et ta vie. Oh, si tu savais de quel prix tu paieras cette honte, cette luxure, ce déni de toute beauté ! Tu te traîneras à mes pieds en pleurant, en criant que c'est trop cher... Mais rien ne sera jamais assez cher pour ce que tu as volé, pour ce que tu as détruit.

Il m'a avoué ta venue avec une candeur enfantine. Tellement peur que je le punisse ! Mais je ne l'ai pas puni car je suis bon, vois-tu. Je me suis contenté de le gronder, de lui faire prendre conscience de sa faute, puis je lui ai procuré la dose qu'il attendait. A-t-il seulement conscience de son addiction ? Il ne la distingue pas de l'acte de peindre. J'ai toutes les peines du monde à l'empêcher de sombrer dans une toxicomanie déréglée, excessive, dont il associe la tentation au désir de créer. Mais tout doit se dérouler avec la lenteur qui convient. J'y veille.

Il n'a plus d'argent. Tu ne lui donnes rien, il gagne à peine de quoi manger avec ses petits trafics, et il a épuisé la bonne volonté de sa sœur. Je ne peux tout de même pas cesser de lui prodiguer la substance dont il a tant besoin pour bâtir l'œuvre qui émerveillera le monde ! Une femme sensible comme toi peut comprendre cela. D'autant que vous vous êtes paraît-il extasiés, toi et tes larves, devant ces toiles qui dépassent en beauté tout ce qui s'est peint depuis Bruegel l'Ancien. J'ai donc trouvé un arrangement. C'est ma modeste contribution à l'enrichissement du patrimoine mondial. Pour que Nico puisse continuer à peindre sans avoir à mendier, je me paie en nature. Je suis désormais le propriétaire exclusif de son travail, sous le nom de Jérôme Delas. Qu'en penses-tu ? J'ai eu beaucoup de frais. Tout ce qu'il a peint, tout ce qu'il peindra ou dessinera m'appartient. Je suis allé jusqu'à rédiger un contrat, qu'il a signé en pleurnichant de reconnaissance.

Une fois réglés ces détails triviaux, je l'ai incité à redoubler d'ardeur. Il faut qu'il prépare la grande exposition qui révélera son talent. J'ai déjà fait retenir par un prête-nom une belle et grande galerie, rue de Seine. Il faut bien que les fortunes déboursées par mes malades pour que je prête une oreille à leurs misères servent à quelque chose. Le vernissage sera un grand jour, tu verras.

22

La petite entreprise
n'est pas encouragée

Garges-lès-Gonesse, sous le soleil, est d'une tristesse à couper le souffle. Je m'en moque, je vais voir mon banquier pour lui annoncer de bonnes nouvelles.

Caroline Chartier est particulièrement élégante, aujourd'hui. Va-t-elle passer au bureau, avant de se rendre à l'agence locale du Crédit Lyonnais, où elle a rendez-vous avec le directeur, M. Lelièvre ? Non. Elle n'a rien à y faire. Tiroirs vides, armoire déserte, morne moquette, le local de Caroline Chartier Conseil ne respire pas le dynamisme entrepreneurial. Et pourtant, Caroline C. a de l'allant, M. Lelièvre ne devrait pas tarder à s'en rendre compte.

Si papa apprend ça, il me tue, puis il tue Ambroise pour m'avoir conseillée, puis il se jette du premier étage de la Tour.

La semaine dernière, deux jours après avoir signé le bail du bureau C.C.C., Caroline Chartier est allée ouvrir un compte professionnel au Crédit Lyonnais, en déposant une somme modique, mais suffisante.

— Trois cent mille francs, a-t-elle annoncé.

L'employée lui a jeté un regard empli de déférence et d'autres sentiments lamentables.

— Je veux dire, trois cent mille centimes. Je ne me ferai jamais à vos nouveaux francs.

Regard soudain moins respectueux de l'employée.

— Je suis sûre que dans vingt ans j'en serai toujours au même point.

Petit raclement de gorge gêné. Pas vraiment remarquable, comme entrée en matière. Il faudra faire attention quand je rencontrerai le directeur, s'est dit Lola en sortant de l'agence.

Au cours de la semaine suivante, le compte de Caroline Chartier Conseil a reçu trois versements relativement importants (merci, papa, tu seras remboursé au centuple), émanant de la société Études & Évaluations, installée à Montreuil et dirigée par une Mme Subervie. Ces versements de É & É correspondent paraît-il à des études réalisées par C.C.C.

Caroline Chartier a donc des arguments pour convaincre M. Lelièvre : sa petite entreprise est sur la bonne voie, il suffit de regarder les comptes ! Elle a juste besoin d'un coup de pouce.

— Un coup de pouce, comme vous y allez, dit froidement M. Lelièvre.

Visiblement, c'est un *tough guy*. Quatre ans à Garges, ça vous tanne le cuir. Il éprouve une suspicion particulière, pas de chance, à l'égard des jeunes et des femmes. Un atout, cependant : Caroline Chartier n'est pas arabe, on devrait pouvoir discuter.

— Je manque de garanties, fait le directeur avec une moue hautaine.

— Je commence à peine, répond Lola avec un sourire. Ma société est toute récente, mais les premiers résultats sont encourageants. J'ai beaucoup travaillé, j'ai préparé le terrain. Déjà trois contrats réalisés et intégralement payés. J'ai beaucoup de projets, monsieur Lelièvre. La société É & É est tellement satisfaite de mon travail qu'elle m'a commandé une étude de grande envergure sur le marché allemand des circuits imprimés. Vous pouvez m'aider à réaliser ce projet. Nous serons gagnants tous les deux.

— Je serai gagnant si vos projets aboutissent. Or vous commencez à peine, c'est vous-même qui le dites. Rien ne m'assure que votre entreprise est viable à long ni même à moyen terme.

— Ce pays est incroyable, constate Caroline Chartier. Aux États-Unis, les banquiers se battent pour aider les jeunes entreprises. Nous sommes vraiment le vieux continent.

M. Lelièvre est piqué au vif. Il vénère les États-Unis, et il considère que l'Europe, pour peu qu'elle le veuille, est capable de suivre ce grand exemple. Lola le toise avec une nuance de mépris ou de colère, allez savoir. Une étincelle s'allume dans l'œil bleu du banquier. Vais pas me laisser donner des leçons d'audace par une morveuse. Une jolie morveuse. Tudieu, il ne sera pas dit que l'industrie bancaire française est incapable de prendre des risques. Un moment de silence solennel, les yeux

170

dans les yeux, au terme duquel il frappe du poing sur la table.

— Mademoiselle Chartier, je vais faire un pari sur l'avenir. J'accepte de vous faire confiance. Cinquante mille francs, sur dix ans, annonce-t-il avec grandeur.

— Ça fait combien, en briques ? demande Mlle Chartier.

— Cinq. Je veux dire, cinq millions anciens, cinquante mille nouveaux francs, nous ne comptons pas en briques, précise Lelièvre, un peu décontenancé.

— Avec ça, je pourrai toujours acheter des crayons Bic pour signer le dépôt de bilan. Je vous remercie. Veuillez m'excuser, j'ai un rendez-vous à la Société Générale.

— Attendez, attendez. Vous êtes très enflammée, mademoiselle Chartier. C'est une qualité. Étudions plus précisément votre proposition. Je peux éventuellement faire un effort, si quelqu'un est prêt à se porter caution, par exemple. Asseyez-vous, je vous en prie, envisageons calmement la situation…

Caroline, qui s'était levée, consent à poser une fesse au bord de la chaise. Le vrai combat commence. Elle est décidée à demander six cent mille. Mais attention, pas sans contrepartie : elle veut bien négocier sur le taux du prêt, étant donné qu'elle n'a pas l'intention de rembourser un centime. Quant à la caution d'un tiers, Monsieur le directeur peut se la carrer dans l'oignon.

— Il n'y aura pas de caution, monsieur Lelièvre. Je veux assumer seule tout ce que je fais. Mais n'ayez aucune crainte. Je suis énergique, décidée, j'ai beaucoup d'idées, et déjà des résultats. Je vous demande simplement de m'ouvrir la porte, vous ne le regretterez pas.

Suit une explication détaillée sur le marché des circuits imprimés en Allemagne, chiffres à l'appui, dossier en main, car on n'est pas venue les mains vides.

— Je dois embaucher, investir dans du matériel. La commande de É & É est ferme. J'ai besoin d'une grosse somme.

— Une grosse somme, répète le banquier.

— Six cent mille francs.

Lelièvre en perd ses couleurs.

— Je représente l'avenir, Monsieur le directeur. Il y a en France des centaines de jeunes entrepreneurs prêts à relever le défi que nous lance le continent américain. Ensemble, nous pouvons étonner le monde.

Monsieur le directeur n'avait jamais songé à étonner le monde en compagnie d'une aussi charmante emprunteuse. Malheureusement, tout cela n'est pas raisonnable.

— À quel taux comptiez-vous me prêter les cinquante mille francs ? insiste Lola.

— Nous pratiquons quinze cinquante. Pour vous, je peux descendre à… disons treize vingt-cinq, mais certainement pas sur la somme que vous demandez.

— Monsieur Lelièvre, je sais que mon entreprise sera gagnante. C'est pourquoi je suis prête à de gros sacrifices dans les premières années. Vous prenez un risque, il est donc normal que vous exigiez en

172

contrepartie un taux substantiel. Si vous m'accordez l'argent dont j'ai besoin, j'accepte des rembourse-ments sur cinq ans à quinze pour cent.

— Six cent mille à quinze pour cent, s'amuse Lelièvre. Vous pensez pouvoir rembourser six cent mille à quinze pour cent sur cinq ans.

Il hoche la tête, presse le bouton de l'interphone, convoque sa secrétaire, lui demande de calculer le montant des remboursements. J'en ai pour un petit quart d'heure, minaude la secrétaire.

Un quart d'heure plus tard, le marché des circuits imprimés allemands n'offre plus le moindre mystère à M. Lelièvre ; Lola s'est fait un plaisir d'éclairer sa robuste lanterne. La secrétaire revient, pose sans un mot l'échéancier sur le bureau, s'éclipse.

Une heure après, Mlle Chartier quitte enfin Garges-lès-Gonesse, ses parkings, sa gare, son Crédit Lyonnais. Quatre cent cinquante mille francs en liquidités, c'est bien tout ce que je pouvais espérer de ce grigou, se dit Lola. La petite entreprise n'est pas encouragée.

Elle aurait bien pris un taxi, pour fêter sa victoire, mais il est préférable d'utiliser les transports en commun. Moins on verra Mlle Chartier, qui dans une heure n'existera plus, mieux cela vaudra. Elle n'a pas une confiance absolue dans son art du déguisement.

Les étapes suivantes sont déjà programmées. Dès que les fonds alloués par ce brave Lelièvre seront disponibles, la société de Caroline Chartier, C.C.C., achètera pour quatre cent cinquante mille francs de matériel fictif à la société Fourniture & Matériels, dont le siège modeste mais convenable se trouve à Nanterre. Cela ne devrait pas poser de problème : Caroline connaît très bien la gérante, Véronique Le Normand. L'argent ne fera qu'un très bref séjour sur le compte de F & M : il sera immédiatement transféré sur celui de É & É, la société dirigée de main de maître par une Mme Subervie, excellente amie des deux autres, en paiement d'une grosse facture. Le compte de É & É sera ensuite vidé, les trois sociétés liquidées, leurs sièges sociaux abandonnés. Les loueurs de locaux, pas plus que l'infortuné Lelièvre, n'auront aucun moyen de remonter la filière. Tous les papiers fournis étaient faux, l'apparence de Lola sérieusement trafiquée.

Ensuite, nous attaquerons la province. Opérations identiques, dans les mois qui viennent, à Toulouse, Bordeaux, Nice, grâce à une partie des quatre cent cinquante mille francs, qui permettront de rembourser Frank et d'amorcer la pompe. Les sommes ainsi collectées seront chaque fois dispersées sur différents comptes, et rendront possible l'acquisition de titres au porteur anonymes, qu'elle pourra ensuite déposer sous son vrai nom. Bientôt, ma vieille, tu seras riche. Tu auras les moyens de retrouver ton fils.

Elle sait que ce sera long, atroce, interminable. Des années, peut-être. Mais rien ne l'empêchera de réussir. En attendant, il faut se dépêcher : son père l'attend au Nautilus, elle ne peut pas le laisser tomber, d'autant que Philippe, le chef de l'équipe du soir, a chopé une pneumonie en allant fumer son meccarillo à la sauvette en plein courant d'air.

23

Escuela elementar
Simón Bolívar

El Prado, le 26 mai 1969

Chère madame Martel,

J'ai bien reçu votre lettre. J'aimerais vous aider,
mais je ne le peux pas. Je ne comprends pas comment une telle situation est possible. Le seul conseil
que je puisse vous donner est de tenter la voie
légale. Contrairement à ce que vous pensez, notre
pays est un pays de justice. Je suis désolée de ne
pouvoir vous en dire plus. Je suis sûre que vous connaîtrez bientôt le réconfort. Si je trouve un moyen un
jour de vous aider, je le ferai, mais j'ignore même le
nom de votre petit garçon. Ayez du courage.

Amelia Huydobro,
Escuela elementar Simón Bolívar,
El Prado,
Cuba

24

Nous, on s'assoit

— Entre, quoi, insiste Chris, et saisissant le bras de Béné il l'attire à l'intérieur de l'appartement.

Fonfon accourt pour l'embrasser. Il semble content de la revoir. Il a complètement oublié les circonstances de leur dernière rencontre. Sous le cerf-volant qui plane au plafond du salon, assis en lotus sur un pouf en skaï, Gilles, un copain de passage, est en train de rouler un pétard gros comme un saucisson. À côté de lui, une fille dodeline au rythme de Frank Zappa qui fait vibrer les baffles. Sa tête est enveloppée dans un torchon maculé de taches verdâtres, à l'intérieur duquel la chevelure barbote dans une décoction de henné. Elle ne le sait pas encore, mais elle porte dans son ventre un embryon qui dans quinze ans se promènera avec une crête violette et un blouson clouté en chantant des hymnes nazis. Il règne sur l'endroit une odeur entêtante de patchouli, d'encens, de haschisch, de tabac et de sauce bolognaise : quatre heures de l'après-midi, on songe à déjeuner.

Un quart d'heure plus tard, une odeur de brûlé supplante les autres : la sauce bolognaise est carbonisée, car c'est Gilles qui avait mis la tambouille en route et, requis par d'autres priorités, il n'a pas assuré le suivi de l'opération. On ouvre les fenêtres, on gueule, on se marre. Plus précisément, les garçons se marrent en organisant un courant d'air pour évacuer la fumée, les filles gueulent car elles ont le pressentiment que c'est à elles qu'incombera le récurage du fond de la gamelle. Les filles voient le mal partout. Et puis elles avaient faim, merde.

— Arrêtez de bramer, dit Chris. Je la laverai, moi, votre casserole.

— *Notre* casserole ? hurle le chœur des filles.

Et c'est parti. C'est la discussion favorite de ces années-là, un refrain à succès, un gimmick. La mauvaise foi des garçons ne connaît pas de bornes, la frénésie des filles non plus. Certaines d'entre elles ont constitué un groupe-femmes fièrement baptisé *Moi d'abord*, dont la ligne théorique est encore un peu floue. Toutes ne sont pas d'accord, par exemple, pour l'émasculation systématique des phallocrates. Gaffe, quand même. D'autres prônent une vie séparée, copiée sur celle des mouflonnes qui rejoignent leurs mouflons une fois par an pour copuler. En attendant de trancher dans le vif, elles continuent de faire le ménage de l'appartement, puisque les hommes ont décrété que l'hygiène est une vertu bourgeoise.

— Tu vas la laver, *notre* gamelle ? Je ris, affirme Bénédicte sans rire. Dans trois jours, elle est encore dans l'évier.

Chris lève les yeux au ciel, de même que Gilles, qui a avalé une bouffée tellement monstrueuse que la fumée de son pétard lui ressort par les oreilles. Ils savent bien qu'elle n'y sera plus, la gamelle, dans trois jours. Avec un peu de chance, une fille s'en sera chargée. Elles font ça sans s'en apercevoir.

— C'est comme les chiottes, lance Fanchette, la fille au torchon dont les mèches boueuses commencent à se libérer du turban comme de petits serpents. Qui est le dernier mec à avoir nettoyé les chiottes, ici ?

Le dernier, personne ne le connaît, et pour cause.

— Pourtant, qui arrose copieusement le sol et les murs en allant pisser ? Pas nous, renchérit Béné. Nous, on s'assoit. Et il faut qu'après on se tape le passage de la serpillière. Vous pouvez prôner la révolution, mais la révolution, elle commence dans les chiottes !

Une heure plus tard, on n'a toujours pas mangé, mais on a voté une motion stipulant que tous les garçons qui fréquentent l'appartement, désormais, s'engagent à pisser assis sur le siège. Même Chris a voté pour, ça ne mange pas de pain.

Lola arrive sur ces entrefaites, épuisée. Elle saisit d'emblée le tableau : Michel, allongé sur le tapis, a mis les écouteurs pour s'injecter une dose de Soft Machine, *Why are we sleeping ?*, à l'abri des piaillements ; les filles sont dressées sur leurs ergots, les garçons vautrés dans leur bonne conscience radicale, les cendriers débordent, le tapis est taché, c'est le bordel, elle voulait juste se reposer. Mais où

178

aller ? Elle ne peut tout de même pas se réfugier chez son père ; quant aux guppys d'Ambroise, elle les a pris en horreur, ils lui rappellent trop sa situation, enfermés dans leur prison transparente.

Elle n'a pas le temps de se poser : déjà, Bénédicte la tient au courant des avancées de la cause des femmes et lui demande de mettre dans la balance le poids de ses trente ans. Lola n'aime pas les débats théoriques. Dans les discussions, le problème n'est jamais où on prétend qu'il est. Le problème de Béné, par exemple, n'est pas de savoir si Chris doit pisser debout ou assis, mais si elle pourra enfin un jour l'avoir pour elle seule, et ne plus le partager avec une femme qui la domine en tout. Chacun est aux prises avec son propre destin, et Lola Volponi a assez à faire avec le sien. Il n'y a plus de place en elle pour la jalousie ou les querelles amoureuses : elle a un fils à retrouver.

Lola va dans la cuisine, réussit par miracle à trouver un bol propre. Elle y verse de l'eau chaude directement tirée du robinet, y trempe un sachet de thé. Par le carreau embué, elle regarde la rue des Canettes pendant que les autres dans le salon aboient et se mordillent comme des chiots.

— Ça va ?

La voix de Fonfon. Une main timide s'est posée sur son épaule. Lola pose son bol, prend Fonfon dans ses bras, se serre contre lui.

Une clameur les tire de la torpeur où ils se sont oubliés. Dans le salon, on salue un nouvel arrivant, qui vient d'annoncer une grande nouvelle.

C'est Nico. Joues creuses, cernes noirs, doigts bruns de nicotine, regard brillant, il sourit pour la première fois depuis longtemps.

— Une exposition !

Une exposition, oui. Le vernissage est prévu dans six mois. Trente toiles, plus une série de dessins à la craie sur papier goudronné ! Un truc énorme. J'arrive pas à y croire.

Lola a du mal, elle aussi. Comment Nico a-t-il pu trouver une galerie ? Déjà, cet atelier où il travaille est une chance incroyable. Il ne veut jamais répondre quand on lui pose des questions. Où trouve-t-il l'argent du loyer ? Comment paie-t-il son matériel ? Et la poudre ? Car Lola voit bien qu'il ne se contente pas de fumer des joints. Il est fuyant, insaisissable. Ce qui est à craindre, c'est qu'il ait signé n'importe quoi et se retrouve pieds et poings liés à un marchand sans scrupule. Nico est un vrai peintre. Elle est profane en la matière pourtant elle en est sûre, les garçons aussi, depuis qu'ils sont allés voir ses toiles à l'atelier. Mais à chaque jour suffit son lot d'emmerdements. Autant se réjouir : il sera toujours temps de se mordre les doigts. Elle prend la main de Fonfon : viens, on va acheter du vin.

Quelqu'un a sorti une barrette de marocain. On roule deux pétards, et Michel décide de fêter la nouvelle à sa façon en déposant sur la platine un Captain Beefheart des familles.

Au fur et à mesure que la soirée avance, de nouveaux envahisseurs piétinent les tapis, vident les placards, s'affalent sur les poufs ou les lits. À minuit, Lola et Bénédicte s'éclipsent, laissant la meute à ses jeux bruyants. Demain, la journée sera rude. Elles avaient envie de dormir, et Béné a proposé l'hospitalité à Lola. Chez elle, c'est petit, un lit, un lavabo, et ce n'est pas chauffé, mais il n'y aura pas de musique, de fumée ni de garçons.

25

J'ai cru que tu étais
quelqu'un

Ils vont voir ce qu'ils vont voir. Le vent a dissipé
la fumée des derniers pétards de Mai. Chacun est
rentré chez son automobile, l'Europe déprime,
l'Amérique s'enfonce dans le bourbier vietnamien,
Nico s'en fout, Nico travaille. Une commande de
trente toiles ! Trente toiles carrées, de plus petit
format que les précédentes, 95 x 95, pour un accrochage cistercien, selon le mot du commanditaire.
Sans compter les dessins à la craie. Un travail
énorme, auquel il a consacré tous ses après-midi et
soirées depuis février. Le matin, il se lève tard, rôde
un peu après une première injection pour glaner
quelques sous, mais il n'a pas besoin de grand-
chose. Son bienfaiteur veille à sa subsistance.
M. Jérôme Delas apporte chaque soir à l'atelier des
provisions et de la bière, les Gitane sans filtre, le
matériel nécessaire à la préparation de l'exposition.
Jérôme ne veut pas voir les toiles, exigeant qu'à son
arrivée elles soient retournées contre le mur. Il veut
avoir la surprise de la découverte quand tout sera
fini.

Nico vit dans l'inquiétude de son jugement. Il travaille sur la dernière toile, les dessins sur papier goudronné sont terminés. Jérôme a pris dans sa vie une importance incalculable, peu à peu sa silhouette a envahi l'horizon, sa voix, ses phrases brèves et cassantes tournent dans le crâne de Nico, son regard brûlant semble conduire la main du garçon à distance quand il peint, seul dans l'atelier. Jérôme a accepté d'augmenter les doses. Ce n'était plus possible autrement. Nico a le sentiment d'appartenir à un monde supérieur, il regarde ses amis désormais comme on regarde des enfants, avec indulgence et ennui. Même Lola ? Non. Lola, c'est autre chose. Elle comprend. On ne sait pas quoi, mais elle comprend. Elle observe Nico, on dirait que ce qu'elle voit la met en colère, mais elle ne dit rien. Bientôt elle saura qui il est vraiment. L'autre jour, dans la cuisine de la rue des Canettes, elle l'a tiré brusquement dans le coin, entre le frigo et le placard, elle lui a bloqué le poignet et a remonté la manche de sa chemise. Puis elle a passé sans rien dire le bout de ses doigts sur l'avant-bras du garçon, lentement, longuement, comme absorbée dans une pensée sans fin, une pensée triste.

Ils vont voir ce qu'ils vont voir, tous. Chris et ses tracts à la mords-moi-le-nœud. Michel qui s'encoconne dans ses bandes magnétiques comme une momie dans ses bandelettes. Fonfon et ses jouets volants de gosse. Fiers de moi, bientôt.

Trois doses par jour, mais elles sont petites. C'est pour ça qu'il a fallu un peu augmenter. Nico se sentait trop mal. Un seul sachet de papier cristal, mais suffisamment rempli, de quoi assurer trois prises, un lendemain de paix et de travail. Dire que ma mère me prend pour un fainéant !

Arrive le jour où Jérôme doit prendre livraison des travaux qui lui appartiennent. Il viendra dans l'après-midi, pour bénéficier de la lumière naturelle. Nico tourne comme un loup en cage. Ne pouvant accrocher les tableaux sur les murs trop délabrés, il les a posés à intervalles réguliers au pied des parois. Vingt fois il a changé l'agencement. L'équilibre doit être parfait, il suffit d'un rien. Jérôme n'en reviendra pas. Il aimait mes grands tableaux du début, mais là…

En bon toxicomane, Nico voue à son pourvoyeur une confiance sans bornes. Jérôme est devenu la seule référence et la seule autorité, le véritable étalon de l'amour : lui seul prend soin de lui jour après jour avec une constance infaillible, lui seul lui procure les moyens de vivre une vie délivrée des contingences. La drogue ? La drogue n'est pas une contingence. C'est le cheval splendide, la cavale qui bondit par-dessus les montagnes.

Il ne tient plus en place. Déjà trois heures et demie. Il fait une chaleur étouffante, mais il commence à avoir froid. Un bruit inhabituel attire son attention, qui lui rappelle ces morceaux de carton qu'il fixait sur la fourche de son vélo, gamin, et qui produisaient un crépitement de crécelle au contact des rayons. Il lui faut un long moment pour s'apercevoir que ce sont ses dents qui claquent. Le dernier fix remonte à midi. Sans doute trop faiblement dosé. Il s'impose depuis le début une discipline assez stricte quant à l'horaire des prises, mais aujourd'hui n'est pas un jour comme les autres. Il faut que je sois en forme quand Jérôme arrivera. Je peux couper en deux la dose de ce soir. Demain, je reprends le rythme normal. Je sais que Jérôme n'aime pas ça, mais aujourd'hui, quand même...

Accroupi, le dos au mur, Nico verse un peu de poudre dans une cuillère. Jérôme insiste beaucoup sur la propreté des ustensiles. Je ne veux pas que tu ailles attraper une saloperie. Il lui a indiqué la marche à suivre, très précisément. L'aiguille de la seringue a bouilli sur le réchaud à gaz dans sa boîte en fer-blanc, ainsi que la cuillère. Après s'être garrotté le bras gauche, il dépose un peu de poudre dans la cuillère. Un peu plus de la demi-dose, tant pis. Il replie avec soin la pochette de papier cristal, mouille la poudre avec de l'eau bouillie prélevée à l'aide de la seringue, chauffe le mélange au-dessus du gaz jusqu'à dilution complète, puis le pompe à travers un tampon d'ouate stérile destiné à filtrer les impuretés. Jérôme lui a montré tout cela, c'est même lui qui a pratiqué la première injection. Ne jamais rien laisser au hasard. Nico enfonce l'aiguille dans la veine gonflée. Un panache de sang se déploie dans le liquide transparent. C'est mon drapeau rouge, mon œillet, ma fleur au fusil. Il appuie sur le piston. Aussitôt, une chaleur intense envahit son corps. Les premières fois, il était pris de haut-le-cœur, il a même vomi tripes et boyaux juste après une injection. Cela ne lui arrive plus. Il s'est détaché de son corps, grâce à Jérôme. Il mange n'importe quoi, n'importe quand, sans appétit. Il ne se lave plus, ou presque : l'eau lui fait horreur. Une douche rapide de temps à autre, quand les copains de la rue des Canettes ne supportent plus son odeur.

Il se sent bien, il se sent plein. Une force invincible rayonne de lui. À genoux au milieu de l'atelier, encerclé par ses toiles, il lève son visage vers le plafond, écarte les bras, ferme les yeux, reste en apnée, la poitrine gonflée. Vrombissements d'avions, chocs formidables d'astéroïdes !

Quand il ouvre les yeux, Jérôme est au-dessus de lui. Nico se dégonfle d'un seul coup. Le regard de Jérôme est glacial. Il désigne du menton le matériel qui traîne.

— À cette heure ?

Un ange très fatigué, très vieux, très lent, passe.

— Et tu ne nettoies même pas le matériel. Mon pauvre Nicolas. À ce rythme tu ne feras pas long feu. Tu seras pourri avant d'avoir pu peindre un vrai tableau. Et j'aurai gaspillé mon argent et mon temps pour un tocard égoïste.

Jérôme soupire, l'air franchement dégoûté, tandis que Nico se relève, abasourdi. Ce n'est rien, voyons, je vais nettoyer, je fais très attention… J'ai fini le dernier tableau, c'est pour ça…

L'autre ne prête aucune attention aux balbutiements du garçon. Il semble s'apercevoir soudain de la présence des toiles le long des murs. Il commence à les inspecter une à une, faisant interminablement le tour de la pièce. Nicolas, pétrifié, n'ose pas en profiter pour faire sa petite vaisselle.

Ayant bouclé la boucle, Jérôme repart pour une nouvelle tournée. Longtemps après, il rejoint le jeune peintre au milieu de la pièce.

— Alors, c'était ça.

L'expression de son visage est indéchiffrable.

— C'est pour ça que tu m'as fait attendre. J'ai payé ta nourriture, j'ai payé tes cigarettes, j'ai payé ton héroïne au risque de me retrouver en prison, j'ai réservé une galerie à prix d'or, j'ai sacrifié mon temps, mon énergie, pour ça.

C'est le ton d'un constat, absolument neutre et froid. Jérôme repart pour un tour, encore plus lent que les précédents, s'arrête devant une toile à dominante rouge, s'immobilise. Il reste un long moment en contemplation, les bras pendant le long du corps. Et soudain son pied part, défonce le tableau.

— Pour ça !

Jérôme a crié. Il répète les deux mots, s'acharne sur la toile qu'il prend à pleines mains et fracasse sur le sol.

Nicolas est incapable de faire un geste.

La crise ne dure que quelques secondes. Jérôme retrouve son calme aussi brusquement qu'il l'avait perdu, et revient vers Nico. Ses yeux brillent d'un éclat dur, insupportable, mais sa voix a recouvré sa tonalité neutre.

— Excuse-moi. Ce n'était pas à moi de détruire cette chose, bien qu'elle m'appartienne.

Silence. Nicolas flotte dans une eau glacée, c'est une noyade qui n'en finit pas. Ses muscles le maintiennent debout par simple manie.

— C'est à toi de le faire. Vas-y. Détruis ces objets indignes de toi. Indignes de nous. Tu m'as trahi, Nicolas. Je suis effroyablement triste.

Nicolas secoue la tête. Non, non, non…

Jérôme sort deux sachets de sa poche.

— Tu vas tout détruire. Ensuite, je te donnerai ceci. Je ne te dois rien, mais après tout c'est aussi mon erreur. J'ai cru que j'avais découvert un peintre. J'ai cru que tu étais quelqu'un.

Nico tremble de tous ses membres. Oh, s'il pouvait revenir d'une heure à peine en arrière, revenir au moment précis où l'aiguille s'enfonçait dans la veine, où il vidait la seringue dans le sang bouillonnant ! S'il pouvait ne pas avoir entendu, ne pas avoir vu ! Mais il sait bien qu'il lui faut maintenant obéir, s'il veut conserver une chance, même infime, de reconquérir la confiance de Jérôme. Il a besoin de lui, il a besoin de son aide, il est faible et seul, l'idée de ne plus le voir chaque soir l'épouvante. Il a besoin de ces sachets qui le font vivre, qui lui permettent de peindre. Se peut-il qu'il se soit trompé à ce point ?

Jérôme le pousse vers une toile. Vas-y ! Lavenous de ces immondices ! Libère-nous !

Jérôme montre l'exemple : un coup de pied, un encouragement. Nicolas serre les dents, frappe à son

188

tour, en hésitant. Les exhortations pressantes de Jérôme lui donnent la force de continuer. Ses gestes gagnent en violence. Il se met à lacérer méthodiquement sa toile, brise le cadre, passe à la suivante. Il sent monter en lui une fureur inconnue, contre lui-même, contre la peinture, contre le monde, une fureur qui l'emplit et le transporte. Un à un, les tableaux explosent. Ses mains sont en sang, écorchées aux clous des cadres. Bientôt il ne reste plus qu'un amas de lambeaux et de morceaux de bois, que Jérôme l'aide à rassembler au milieu de la pièce. Haletant, il contemple le résultat de plusieurs mois de travail et d'angoisse, et il éclate de rire.

Jérôme lui tend les sachets.

— Tu devrais en prendre un maintenant. Tu en as besoin.

C'est ce qu'il a dû faire car, lorsqu'il ouvre les yeux, la nuit a envahi l'atelier, faiblement éclairé par la lumière diffuse de la rue, et par la flamme du réchaud à gaz. Nico regarde autour de lui. La casserole est tombée par terre, avec son contenu. La seringue en verre a éclaté sur le ciment. Heureusement, le deuxième sachet est là, intact. De quoi tenir jusqu'à demain soir. Et il lui reste aussi un peu de poudre dans le sachet de cet après-midi. Nicolas se lève en titubant. Sa tête est pleine de hurlements stridents. Il se retrouve sans transition sous la statue de Danton habillée de pigeons et de fientes. Les trottoirs sont pleins de couples enlacés. Une horloge indique qu'il est à peine minuit. Il ne sait pas quoi faire, ni où aller. Il doit trouver une seringue. Ne pas attendre le manque.

Deux visages se penchent sur lui. Michel et Fonfon. Il est dans l'escalier de la rue des Canettes, bizarrement couché sur les marches. Qu'est-ce que je fais là. L'univers ne tourne pas rond. Encore un noir, et cette fois il est dans la chambre. On essaie de lui faire boire un verre d'eau. Laissez-moi, laissez-moi, je faisais un rêve. Je voudrais qu'on arrête la roue. D'autres visages au-dessus de lui. Il sent que les gens s'inquiètent. Ils ont tort. Tout va bien. Je suis propre, je suis libre, j'ai tout nettoyé.

Autour de lui, en effet, on s'affole. Bernard, un étudiant en médecine, calme les esprits. D'après lui, Nico ne risque plus rien. Ce qui est à redouter, c'est la crise de manque… Il faut le laisser se reposer quelques heures. Demain, on l'emmènera voir un médecin spécialisé dans ce genre de conneries.

Mais le lendemain, Nico n'est plus là.

26

Deux ans !

Le temps a passé comme un charme. Dans quelques semaines, le 30 septembre 1970, Petit-Jean aura deux ans. J'ai eu beau compter les jours, tenter de les retenir un par un, le sable des heures m'a filé entre les doigts. Chaque moment qui passe agrandit le fossé entre nous. Deux ans ! Il marche, il commence à parler, il joue avec d'autres enfants, et je ne le vois pas, et je ne l'entends pas, et je ne peux pas lui donner de noms ridicules et tendres. Deux ans sans passer ma main dans ses cheveux, sans me pencher sur lui dans son sommeil.

Je ne sais pas à quoi mon enfant ressemble. Je ne sais pas qui le soigne quand il est malade, combien il a de dents, s'il a toujours les cheveux bruns. Plusieurs lettres à Pedro, et pas une réponse. On n'a pas le droit. Cuba n'est peut-être qu'un cauchemar, le trou noir en chacun où vont s'ensevelir les espoirs et les rêves. Seule la lettre d'Amelia, écriture de petite fille, espagnol impeccable, lui assure que cette île existe.

Elle tente, comme chaque jour, de fermer les portes à cette douleur qui entre en elle comme dans un moulin, qui s'installe et se vautre. Dans le train qui l'emporte de Toulouse à Bordeaux, elle tente aussi d'oublier ce qui a pu arriver à Nico. On ne l'a plus revu depuis un mois. On l'a cherché partout pendant une semaine, dans la consternation et l'affolement, jusqu'à ce coup de fil à deux heures du matin, ne me cherchez pas, ne vous inquiétez pas, s'il vous plaît laissez-moi.

Fonfon a ce regard de chien battu qui la bouleverse. Avec son air fêlé, ses crises délirantes, ses mines d'extraterrestre, il parvient pourtant à mener sa barque. Il fréquente depuis peu un groupe de météorologues, qu'il a connus Dieu sait comment et convaincus de l'aider dans son projet de construire un ascenseur éolien. Fonfon lui a expliqué à plusieurs reprises ce qu'est un ascenseur éolien mais elle n'a toujours pas compris. Sans doute une manière de cerf-volant particulièrement prétentieuse.

Michel reste égal à lui-même, imperturbable et réservé. Il s'est procuré un Nagra, et passe ses journées à la recherche de sons inouïs. Le soir, dans l'appartement de la rue des Canettes désormais moins fréquenté, il fait écouter ses créations étranges, ces morceaux de vie délicatement recueillis dans des endroits pas racontables.

Chris est de plus en plus accaparé par ses activités militantes. Il a décidé de s'établir en usine, comme un certain nombre de ses camarades en pleine déprime post-coïtale : le joli mois de mai a laissé un goût d'amande dans la bouche de tous ces jeunes gens. Le monde civilisé est de nouveau entré dans un tunnel glacial et gris, après tant de proclamations optimistes, tant de fêtes, tant de débordements d'énergie primale, un vrai feu d'artifice de yin et de yang.

Hormis Fonfon, les garçons sont à peu près indépendants financièrement. Lola peut laisser dormir le magot récolté après l'opération Garges-Montreuil-Nanterre. Quatre cent cinquante mille francs en bons anonymes au porteur reposent dans un coffre de banque. Il lui manque le triple de cette somme, selon les calculs d'Ambroise, pour mettre sur pied l'opération qui lui permettra de retrouver son fils et de le rapatrier en France. Quatre cent cinquante mille, moins les cent mille convertis en liquide voici quatre mois pour financer la bataille de Toulouse, qu'elle vient de remporter.

Lola regarde défiler le paysage tremblant de chaleur, les méandres vert sombre de la Garonne, les rampes d'arrosage qui jouent à saute-mouton au-dessus des maïs. Ne pas se laisser envahir par les silhouettes des absents. Petit-Jean. Nico. Sa mère. Pedro. Comme un charme le temps a passé, comme un souffle léger, comme une larme sur ta joue d'enfant, deux ans, et nous sommes toujours séparés, je suis une outre vide d'où s'échappe un vent froid.

À Toulouse, cet après-midi, un peu avant la fermeture, elle est entrée dans l'agence bancaire du cours Alsace-Lorraine où la société D & D (*Dynamisme et Détermination*, prononcer Di and Di) disposait d'un compte créditeur de un million de francs…

L'affaire a été menée sans bavures. Cela pourrait finir par devenir une routine. Pour commencer, ouverture de trois bureaux successivement à Blagnac, Balma et Castanet-Tolosan par trois jeunes femmes pleines d'allant, de même taille et de même corpulence mais très différentes d'aspect, au nom de trois entreprises prometteuses : D & D, P & P (*Prospérité et Performances*) et R & R (*Rationalité et Rendement*). Patricia Pourreau, pour P & P, a ouvert un compte à la B.N.P., qui a été crédité des cent mille francs provenant de l'opération parisienne. Favorablement impressionné par le dynamisme et la détermination de la jolie Patricia, visibles à l'œil nu sous le chemisier en lin, M. Castanède, directeur de l'agence de la B.N.P., a consenti un prêt important. Un prêt très important. M. Castanède veut favoriser l'esprit d'entreprise, c'est plus fort que lui, il aime les jeunes qui vont de l'avant. Et puis il y avait tous ces documents, cette assise confortable (cent mille francs, tout de même, par les temps qui courent !), ces commandes de travaux et d'études en bonne et due forme, ces promesses de règlement : toutes choses attestant le sérieux de cette petite maison qui, grâce à lui, il n'en doutait pas, deviendrait grande, pour le plus grand profit de la banque et du secteur tertiaire français. Sans parler de l'encouragement par l'exemple pour notre jeunesse déboussolée. Le taux des intérêts pouvait certes paraître élevé, mais il était proportionnel aux risques pris, n'est-ce pas ? Mlle

Pourreau l'avait d'ailleurs accepté sans trop rechigner.

Dès que le million (le million !) a été débloqué, Patricia Pourreau a décidé d'acheter de nombreuses fournitures à Raphaëlle Rétiveau, une belle brune qui dirige R & R. C'est fou, le prix des fournitures, de nos jours. Un million, pas loin, car pour réussir dans le secteur tertiaire, il ne faut surtout pas lésiner. Dès réception de la somme, Raphaëlle Rétiveau l'a immédiatement reversée sur le compte d'une entreprise avec laquelle elle collabore, D & D, une boîte solide et fiable, vraiment, d'ailleurs dirigée par une amie personnelle, Danièle Dorizon.

Cette personne de confiance est donc entrée tout à l'heure dans l'agence du cours Alsace-Lorraine, munie d'un chèque au porteur de un million de francs ou presque, qu'elle souhaitait retirer pour la plus grande part en bons anonymes. Elle avait, plusieurs jours auparavant, prévenu la banque de son passage, et refusé l'escorte qu'on lui avait poliment proposée.

Dure loi de la survie dans un système capitaliste : les trois sociétés, pourtant si prometteuses, ont hélas cessé toute activité. Leurs bureaux sont désormais déserts. À vrai dire ils n'avaient jamais été occupés, mais c'est tout de même triste. M. Castanède ignorera pour quelque temps encore son infortune, cependant il est probable qu'il perdra sous peu sa confiance dans la jeunesse occidentale lorsque, après bien des courriers sans réponses et des coups de fil dans le vide, il découvrira l'horrible vérité. Il aura beau chercher et faire rechercher Mlle Pourreau, il ne trouvera personne de ce nom à qui faire part de sa déception. Il se persuadera qu'il a eu affaire à un ennemi supérieur en nombre et en ruse, car seuls les bolcheviques et les francs-maçons, avec leur réseau souterrain poussant ses ramifications dans tous les recoins du monde libre, sont capables d'une telle duplicité.

Ces opérations ont duré plusieurs mois. Ni Lola ni ses doubles — Patricia, Raphaëlle, Danièle — n'ont noté quoi que ce soit d'inquiétant, au cours de leurs déplacements dans la ville rose et dans ses banlieues. Pourtant, un regard plus attentif leur aurait permis de remarquer une silhouette présente à chacun de leurs déplacements, marchant à vingt mètres en retrait sur les trottoirs, assise dans les mêmes autobus et dans les mêmes trains. Qui sait, l'une d'entre elles l'aurait peut-être même reconnue. Une ombre massive, obstinée, dont il émanait quelque chose de franchement hostile.

Le million est sur les genoux de Lola, à l'intérieur d'un sac informe en toile imprimée, souvenir rapporté d'Afghanistan par un copain de la bande, Gilles, qui n'est pas seulement amateur de haschisch, mais s'avère également assez doué pour le petit commerce. À bord de son combi VW, il sillonne les routes de pays dont les gens ordinaires ignorent l'existence, d'où il revient chargé comme une mule de colifichets en plastique coloré et de sandales en cuir puant : un empire du prêt-à-porter, mine de rien, est en train de naître. On retrouvera Gilles, d'ici quelques années, vêtu d'un costume Kenzo dans l'une de ses cinq boutiques parisiennes, évoquant sa jeunesse vagabonde avec un sourire rêveur pour des journalistes people.

Comme un charme, oui, le temps a passé. Deux ans ! Lola se souvient de ces mois minuscules et infinis, elle se souvient de l'assassinat de Sharon Tate, du visage de Trintignant dans *Z*, du Nobel de Beckett, des flammes autour de Jan Palach, de la trace d'une grosse tatane sur la poussière lunaire, du *Satyricon* qui a fait grand bruit, de Merckx exclu l'année dernière du Giro pour dopage, événement longuement commenté par les garçons, de l'élection d'Allende dans ce pays qu'elle a aimé, du forcené de Cestas, de la vaste silhouette du grand Charles qui se fond dans l'ingrat oubli, des prouesses du président Mao, des couvertures de *Hara-Kiri*, du mandat d'amener contre Frank Sinatra convaincu d'appartenir à la Mafia, de la fermeture de la fac de Nanterre à la suite de heurts violents entre ses copains et les fâcheux fachos, de la dissolution de la Gauche prolétarienne et de l'interpellation de Sartre, des manifestations du M.L.F., de Belfast soulevée, du transfert des Halles à Rungis qui a tant fait pester son père, de l'évasion de Baader d'une prison berlinoise grâce à Ulrike Meinhof, de Willy Brandt agenouillé en larmes à Varsovie devant le monument aux morts du ghetto, de l'invasion du Cambodge par les Américains, de l'envol du Concorde comme une raie manta dans le lagon du ciel, Lola se souvient des morts innombrables de ces mois somnambules — Elsa Triolet, Unica Zürn, De Gaulle, Giono, Kerenski, Bourvil, Daladier, Adamov, Jimi Hendrix qui a fait couler des larmes d'acide, Nasser, Luis Mariano, Mishima dont la tête n'en finit pas de se détacher du tronc sous les coups de sabre du disciple maladroit, Mauriac, Limbour, Mac Orlan, Rothko, Dos Passos, deux années d'hécatombe, d'autres encore, Lola se souvient, les noms tournent dans sa tête, et les images, deux ans, tant de morts et d'événements décisifs, deux ans et c'est comme si rien ne s'était passé, hormis la disparition d'un enfant.

27

Chalet Lyrique

Le train glisse le long d'un fleuve couleur café au lait. Une colonie d'enfants en fin de vacances est montée à Langon, et leurs piaillements ont mis un terme à la rêverie de Lola, qui tente maintenant de se concentrer sur l'opération bordelaise. Bègles, Gradignan, Cenon : elle a déjà choisi ses lieux d'implantation en périphérie. Reste à trouver les locaux. Elle a pris divers rendez-vous téléphoniques avec des agences immobilières. Elle dispose de peu de temps : son père l'attend sans faute au restaurant à la fin de la semaine, car deux employés partent en congé. Une fois installés les sièges sociaux de ses entreprises, elle laissera passer un peu de temps et reviendra afin de séduire les banquiers indigènes. Pour la centième fois, Lola refait ses comptes, additionne les frais, calcule les bénéfices, prévoit un pourcentage d'impondérables, compare ses résultats avec les prévisions d'Ambroise. Si Bordeaux rapporte autant que Toulouse, il ne manquera plus qu'une opération, à Nice, pour réunir les fonds nécessaires. Restera alors à organiser l'expédition dans ses moindres détails. Il est long, le chemin vers mon fils. Chaque fois que la pensée de l'enfant revient la hanter, elle se laisse ronger par l'obsédant remords : elle n'aurait pas dû quitter sa chambre, à la maternité, quand on l'a convoquée pour régler des broutilles administratives, elle n'aurait pas dû, elle n'aurait pas dû… Tandis qu'on lui faisait remplir des papiers inutiles, Pedro… C'est une pensée insupportable, l'image de Pedro guettant le moment pour emporter le couffin devant les infirmières souriantes…

Avant que le train arrive en gare Saint-Jean, Lola change de wagon et s'enferme dans les toilettes. Du sac, elle tire une perruque blond cendré et un nécessaire de maquillage. Autant modifier dès à présent son apparence. Elle a réservé une chambre au Chalet Lyrique, à Gradignan. Elle espère y recevoir, ce soir ou demain, un message rassurant des garçons concernant Nico.

À vrai dire, l'établissement n'a rien de lyrique, mais il est tranquille et discret. Vers minuit, elle reçoit un appel de Michel. Dans sa solitude nerveuse, la voix du garçon est un apaisement. Elle voudrait qu'il soit là, contre elle, elle voudrait se baigner dans son silence. Michel a un corps étrange, tourmenté, qui l'attendrit. Pas de nouvelles de Nico, mais Bénédicte s'est souvenue de l'avoir vu, il y a un mois ou deux, faire brûler dans la cuisine de la rue des Canettes un document militaire. Elle s'en est inquiétée, car de nombreux garçons de leur âge ont des problèmes, parfois graves, avec l'armée, mais il l'a envoyée balader. Certains, comme Fonfon, ont eu la chance d'être exemptés ; d'autres, comme Chris, ont demandé un statut d'objecteur de conscience, et refusé ensuite l'incorporation pour le service civil : ils sont dès lors insoumis, et susceptibles d'être arrêtés à n'importe quel moment. Beaucoup de jeunes dans cette situation, cependant, ne sont pas poursuivis. L'institution frappe au hasard, de temps à autre, à des fins de dissuasion. Michel, lui, a fait son service ; il a devancé l'appel à dix-huit ans. Il en a maintenant vingt-deux. Nico a toujours refusé de parler de sa situation vis-à-vis de l'armée. Sans doute a-t-il eu un sursis jusqu'à l'année dernière mais, n'ayant pas jugé nécessaire de se réinscrire aux Beaux-Arts, il est désormais incorporable. Bénédicte pense que c'est la raison de sa disparition.

Lola n'est pas convaincue. Il y a autre chose dans la vie de Nicolas. Les marques violacées sur ses avant-bras. Ses regards vides, ses mains qui tremblent. Ce naufrage corps et biens dans la peinture.

— Et toi, Michel ? Tu vas ?

Elle voudrait qu'il parle de lui. Autant demander à un guppy de chanter l'air de Faust. Au téléphone, les silences s'étirent. Quand elle raccroche, elle a l'impression d'avoir passé une heure en apnée dans l'eau tiède.

Matin sur Gradignan : tuiles luisantes de pluie sur les maisons basses, asphalte scintillant, gros cylindres sombres des nuages laminant un ciel pâle. De nombreuses entreprises, ici comme partout, ont déserté le centre urbain pour occuper à la périphérie des zones moins coûteuses. Des immeubles de bureaux agrémentent l'ordinaire pavillonnaire. Il y aura bien une place pour moi là-dedans. Mme Beyle, de l'agence Avis, acquiesce d'un air las. J'ai trois ou quatre produits à vous proposer. Bien qu'elle n'ait pas envie de loger dans un produit, Lola demande à voir. Pour le temps qu'elle y passera…

Et le soir, après plusieurs changements acrobatiques de vêtements et d'apparence, de nombreux kilomètres parcourus à pied et en bus entre Gradignan, Bègles et Cenon, des flots de paroles déversés dans ses oreilles, un certain nombre de mains serrées, un sandwich avalé en vitesse sur le coup de trois heures, Lola, locataire de trois bureaux convenables sous trois identités distinctes dans la périphérie bordelaise, peut enfin se déshabiller, se traîner jusqu'à la douche et rester longuement sous l'eau fraîche avant de s'écrouler sur son lit. Elle s'endort dans le roulement de la circulation qui pénètre par la fenêtre ouverte.

Quelques coups frappés à la porte la réveillent.

Lola fait un saut de carpe. Ma perruque. Mon maquillage.

Ce n'est que le réceptionniste, qui lui indique à travers la porte qu'un pli a été déposé pour elle. Dois-je le glisser sous la porte ?

Une enveloppe en papier kraft. Saisie d'un pressentiment, Lola hésite à l'ouvrir. Sur l'enveloppe, le nom qu'elle a donné en arrivant : Sophie Serreules. Qui peut savoir ? Personne ne connaît ce nom, hormis les petits camarades d'Ambroise qui ont confectionné les faux papiers. Et quand bien même elle serait descendue sous son vrai nom, elle n'a prévenu personne de son séjour à Gradignan.

Ouvre cette enveloppe, Lola.

Son cœur bat la chamade. Elle pressent un obstacle entre elle et Petit-Jean, un obstacle énorme qui va jaillir entre ses doigts.

Quelques photos. Tout d'abord, elle ne comprend pas. Ce sont des murs blancs, un couloir anonyme. Une sensation familière, pourtant. Gros plan sur une porte : cette fois-ci, elle y est. D & D. *Dynamisme et Détermination.* La pancarte apposée sur la porte d'un de ses bureaux toulousains. Sur une autre photo, la plaque en plastique gravé de P & P. Le local de Patricia Pourreau. Et là, celui de Raphaëlle Rétiveau. On l'a espionnée. On l'a suivie. Mais qui ? Sa pensée tourne à grande vitesse à l'intérieur de son crâne, cherchant une lumière, un indice. Qui ? Elle n'a rien vu. Les visites aux banques se sont déroulées normalement.

Quelqu'un sait tout. Quelqu'un veut lui faire peur, la faire chanter. Quelqu'un veut l'empêcher de rejoindre son fils.

Lola se précipite à la fenêtre. La rue est déserte. En face de l'hôtel, dans la clarté lugubre de quelques réverbères, une des voitures stationnées semble être occupée. Lola croit distinguer le point rouge d'une cigarette.

Elle sent une rage incontrôlable monter en elle. Qui que tu sois, tu vas m'entendre. Salopard. Elle ajuste sa perruque, s'habille en vitesse, dévale l'escalier, passe en trombe devant le bureau d'accueil, s'apprête à traverser la rue. Elle n'a pas le temps de distinguer le visage du conducteur : à peine a-t-elle mis le pied sur la chaussée que la voiture démarre dans un crissement de pneus. Lola, les photos à la main, regarde s'éloigner les deux lanternes rouges.

— C'est agaçant, ces gens qui disparaissent quand on a besoin de leur parler, dit une voix.

Un homme en veston est adossé à l'acacia, à deux mètres d'elle.

— Si vous cherchez à restituer ces photos à leur propriétaire, inutile de courir après la voiture, continue l'homme en s'approchant. Il suffit de me les rendre, mademoiselle Chartier.

Qu'est-ce que c'est que ce clown ? Dans la pénombre, elle a du mal à distinguer ses traits, mais sa voix ne lui est pas inconnue. Mademoiselle Chartier. Des souvenirs affluent : quand je m'appelais Chartier, j'étais une jolie brune à lunettes. Jupe écossaise, mocassins, un air sérieux qui me faisait rire. Montreuil. Non, Garges. Mais où est-ce que j'ai vu ce type ?

La banque ! Elle revoit le bureau, l'interminable négociation pied à pied, sa première victoire.

Lelièvre. M. Lelièvre, chef d'agence bancaire à Garges-lès-Gonesse. Si un jour mon fils ressemble à ça, je le tue de mes mains.

Lola soupire. Elle jette les photos aux pieds du banquier.

— Je ne veux pas savoir comment vous avez fait pour me retrouver. Mais n'espérez pas me faire chanter, je préférerais crever.

Lelièvre ramasse ses photos avec force gémissements. Monsieur manque de souplesse. Il se relève rouge comme une citrouille, souriant néanmoins. Allons, mademoiselle Chartier. Je vous invite à boire un verre. Je suis tellement heureux de pouvoir bavarder à nouveau avec vous !

Sans répondre, Lola lui tourne le dos et rentre à l'hôtel. Lelièvre ne fait pas un geste pour la retenir mais, quand elle arrive dans sa chambre, le téléphone sonne déjà.

— Vous n'êtes pas vraiment en situation de refuser… Je vous attends près de la cabine téléphonique. À tout de suite, mademoiselle Chartier.

— Tu peux toujours attendre, sale porc, dit-elle, mais il a raccroché.

Elle laisse pendre le combiné et va prendre une douche. Même en insistant, le jet d'eau ne parvient pas à effacer l'image de Lelièvre, ses grosses lèvres presque violettes, son regard mesquin, ses bajoues, sa petite moustache martiale. Comment, mais comment m'a-t-il retrouvée, putain de merde ? Et qui était dans la voiture ?

Quand elle sort de la douche, il est là, installé dans un fauteuil, il la regarde d'un air faussement humble, ses mains trapues font un geste fataliste. Vous n'aviez pas fermé la porte à clé, alors forcément.

Enveloppée dans le drap de bain, Lola ferme les yeux, reste un moment immobile. Ce type est un mirage, il aura disparu quand j'ouvrirai les yeux.

Mais non. Elle entre à reculons dans la salle de bains, ferme la porte sur elle. La rouvre dix secondes plus tard.

— Qu'est-ce que vous voulez ?

— Boire un verre avec vous en ville. Habillez-vous vite ! fait le banquier avec un petit geste joyeux d'applaudissement.

Lola contemple son Bloody Mary d'un air dégoûté. Lelièvre aspire bruyamment de petites lampées de pastis en regardant, satisfait, les filles qui déambulent sur les allées de Tourny.

— C'est non, dit enfin Lola.

— Oh, mais je ne vous demande pas de me répondre tout de suite ! dit l'autre, conciliant. Vous avez beaucoup à faire, ces jours-ci, je ne voudrais pas vous perturber. Je connais le directeur de l'agence du Crédit Lyonnais de Gradignan, si c'est lui que vous comptez plumer. Un coriace, je vous préviens. Pas comme moi.

Double lampée de pastis.

— Moi, je suis un tendre, conclut Lelièvre, de plus en plus satisfait.

Vingt-cinq pour cent. Cette ordure réclame vingt-cinq pour cent. Un quart de mes efforts, de mon travail, un quart de l'argent qui m'est indispensable pour rejoindre mon fils. Il veut me voler un quart du

temps que j'ai réussi à gagner. Et si j'accepte, pourquoi ne demanderait-il pas davantage ? Un chancre
s'installe dans ma vie, une moisissure galopante, un
termite, un bacille infect.

— Ah, ça n'a pas été simple de vous retrouver,
mademoiselle Chartier. Vous permettez que je vous
appelle Caroline ? À moins que vous ne préfériez un
autre prénom, il suffit de me le dire. Pas simple, non.
J'avais tout mon temps, remarquez bien, puisque
grâce à vous j'ai été libéré de mes obligations professionnelles. Vous aviez fait un sacré trou dans le
budget de mon agence, vous savez. Ils n'ont aucun
sens de l'humour, au siège central.

Le chancre parle tranquillement, en effaçant du
revers de l'index la buée de son verre, et en suivant
du regard les Bordelaises noctambules.

— N'ayant rien d'autre à faire, je me suis repassé
un certain nombre de fois le film de notre rencontre.
Image et son. Un jour, un détail m'est revenu. Pendant que ma secrétaire préparait le contrat, vous
aviez beaucoup parlé. De vous, de votre vie sup-
posée… Vous aviez évoqué votre passion des
poissons rares. Je vous avais même fait répéter le
nom de certains d'entre eux : peckoltias, botia
macronta… Vous voyez, j'ai de la mémoire, à
défaut d'avoir du flair. J'ai donc rendu visite aux
quelques commerçants parisiens spécialisés dans
l'aquariophilie de pointe. J'ai posé des questions.
Ces gens ont peu de clientes jeunes et jolies : ils font
plutôt dans le vieux célibataire maniaque. Je suis
resté en planque devant le magasin de l'un d'entre

eux, qui avait laissé échapper des détails prometteurs. Ces petites bestioles nécessitent un soin constant, des produits spéciaux, une nourriture particulière… Une rente pour le petit négoce ! Autre chose que la banque, croyez-moi. Et un matin je vous ai vue arriver. Et je vous ai suivie. À propos, je vous préfère en brune. Le seul point inquiétant, c'est cette voiture, tout à l'heure. Je ne suis pas seul à vous suivre. Il faudra régler ça.

Il en rajoute pour m'inquiéter. Cette voiture n'avait rien à voir avec moi. Ce serait trop, là.

— Vous ne buvez pas votre verre ? Vous ne vous sentez pas bien ?

Mon verre, je le balancerais bien sur le tubercule qui te sert de pif. Mais Lola n'en fait rien, elle reste silencieuse, paralysée.

— À force de vous suivre, j'ai appris un certain nombre de choses. Le restaurant de votre père, vos deux appartements, vos petits amis chevelus… Pas très reluisants, entre nous soit dit. Vous êtes d'une autre classe… Ce que je me demande, c'est pourquoi.

— Pourquoi quoi, soupire Lola en s'appliquant à mettre dans sa voix tout le mépris dont elle est capable.

— Pourquoi vous avez bousillé ma vie tranquille. Pourquoi vous avez tant besoin d'argent. Ça ne me regarde pas, remarquez. De toute façon, j'ai tout intérêt à ce que vous ayez besoin d'argent. Je pourrais même vous filer un petit coup de main, à l'occasion. Oh, j'allais oublier de préciser, mais cela va de

208

soi : les vingt-cinq pour cent concernent les gains à venir, mais également les sommes déjà ramassées, à compter de la remarquable opération de Garges. J'ai fait un calcul approximatif, une estimation. Si je suis en dessous de la vérité, je sais que vous me le direz, je vous fais confiance. Vous n'êtes pas du genre à escroquer un associé. Dès que vous en aurez fini avec vos affaires bordelaises, nous irons récupérer ce qui m'est dû. Je suis certain que vous avez fait les choses intelligemment, et que l'argent est disponible en liquide ou en bons au porteur. N'est-ce pas ? Ensuite, bien entendu, il faudra aussi prévoir une petite mensualité, j'ai beaucoup de frais. Mais je parle, je parle, je dois vous saouler.

Une heure plus tard, Lola, penchée sur le lavabo dans sa chambre d'hôtel, tente de vomir sans y parvenir. L'odeur de Lelièvre la poursuit, anis, tabac froid, une horreur. Elle essaie aussi de ne pas regarder dans la glace le visage pas beau à voir de celle qui a cédé à un maître chanteur. Pedro, sale Cubain de merde, tu me paieras tout ça, promet-elle au moment où le téléphone se met à sonner. Ça, c'est Lelièvre qui a réfléchi et qui préférerait avoir trente-cinq pour cent, pour finir la journée en beauté.

C'est Michel. Mais les nouvelles ne sont pas bonnes pour autant.

28
Fleurs de plomb,
fleurs d'acier

Deux pans d'ardoises descendant jusqu'au sol, appuyés l'un contre l'autre à 45°, entourés de grillages à moutons et dominés par une antenne gigantesque haubanée comme le mât du *Belem* : la gendarmerie défigure convenablement l'entrée du bourg. Elle aurait presque un aspect touchant, tant on l'imagine dessinée par un architecte de six ans et demi. Deux 4L bleues et une fourgonnette sont garées sur le parking. Lola a loué une Simca 1000 à Souillac ; elle a erré pendant plus de deux heures parmi les collines du Quercy que le crépuscule badigeonnait de miel. C'est tout Nico, ça. Il aurait pu tomber en rade du côté de Vitry ou de La Courneuve, mais non. Il faut qu'il continue à emmerder artistiquement son monde.

Dès le coup de fil de Michel, elle a quitté en douce son Chalet Lyrique pour sauter dans le premier train. Sauter, c'est une façon de parler : en remontant la Dordogne à la nage, elle serait allée plus vite que le tortillard. C'est avec un plaisir sans mélange qu'elle a laissé Lelièvre en plan. Il doit être en train de la chercher, âme en peine dans les rues de Gradignan — à moins qu'il ne soit remonté à Paris en toute hâte, croyant l'y retrouver. Quoi qu'il en soit, Lola ne se fait aucune illusion : elle n'a pas fini d'avoir cette sangsue sur le dos.

Le gendarme de faction n'est pas ému de voir débarquer de si loin une amie du jeune prisonnier. Il semble même décidé à la faire lanterner. Il prend des poses de moine copiste pour enregistrer les numéros de la carte d'identité, fait remplir à Lola plusieurs formulaires d'utilité douteuse, prend ses empreintes digitales au cas où elle s'aviserait d'emporter l'argenterie en partant. Fait semblant de ne pas entendre les questions qu'elle lui pose. Toute cette jeunesse avachie, semble accuser son regard froid et terne, quelle misère. Lola ronge son frein.

À un moment, elle entend des cris, des coups martelés contre un mur. Le gendarme soupire en hochant la tête. Les cris redoublent, on entend des bruits de pas, des voix, un remue-ménage étouffé, de nouveau ces cris qui ressemblent à des hurlements de chat. Est-ce la voix de Nico ? Lola interroge en vain le factionnaire. Il la prie sèchement de s'asseoir et d'attendre.

Dans une pièce sans fenêtre, deux hommes en uniforme maintiennent Nico fermement tandis qu'un médecin lui injecte un calmant. Je serais ton père, crois-moi, tu aurais déjà deux cocards et le pif en compote. Pauvre loque. Nico tremble, tout son corps est agité de soubresauts, ses yeux brillent, ses lèvres paraissent noires dans le visage blafard.

Quand on fait entrer Lola, une heure plus tard, son visage s'éclaire d'un sourire rapide. Il tremble moins, mais il est secoué d'interminables crises d'éternuements, et parvient difficilement, à grands coups de manche de chemise, à étancher le flot ininterrompu de morve qui coule de son nez. Lola s'approche, prend le garçon dans ses bras. Aussitôt il se rétracte et s'appuie contre le mur, comme si le simple contact d'un autre corps lui causait une douleur épouvantable. Ses traits sont déformés par des décharges électriques qui courent sous sa peau, une écume blanche apparaît aux commissures.

Une odeur forte émane de lui. Son corps se révolte et exsude par tous ses pores la douleur du manque. Le calmant n'a pas fait suffisamment d'effet.

— Sors-moi d'ici, Lola.

Elle se retourne vers le gendarme resté en faction près de la porte, le prie de les laisser un moment, mais il refuse.

— Ils veulent me garder.

Quelque chose terrorise Nico, comme si ses yeux voyaient ce qu'elle ne peut pas voir. Elle aimerait le rassurer, avoir des gestes doux, elle aimerait le ramener rue des Canettes, qu'il dorme et cesse de souffrir. La présence du gardien la gêne.

Nico a fait l'imbécile. Après avoir détruit ses feuilles de route, il a quitté Paris en possession de quelques doses d'héroïne qu'il était parvenu à acheter en vendant des disques rares volés à Michel. Pris d'un besoin de calme et d'oubli après l'échec de sa peinture, il est parti en stop vers le Lot, qu'un junkie de rencontre lui avait décrit comme une préfiguration du paradis terrestre, un lieu béni où les drogues circulaient librement dans des communautés rurales sans contraintes et sans règles. Il s'est fait jeter de la première communauté dans laquelle il a débarqué : dis donc, mon pote, on dirait que tu confonds poudre blanche et fromage de chèvre, on a assez d'ennuis comme ça avec le voisinage. Un peu plus tard, il a fait un esclandre dans une pharmacie de village où il prétendait obtenir de l'élixir parégorique sur présentation d'une ordonnance manifestement truquée ; c'est là que les gendarmes, alertés, l'ont ramassé. Ils n'ont pas tardé à découvrir qu'il était recherché pour désertion.

— N'aie pas peur, dit Lola. N'aie pas peur.

Sa voix est calme. Elle essaie de ne pas laisser paraître la panique qui la gagne. Des nuages noirs s'amoncellent, un tonnerre gronde. Petit-Jean, Lelièvre, Nicolas : des astres mauvais la poursuivent, elle attire le malheur. Comment te tirer de là, mon pauvre Nico ? Ils vont t'embarquer, te mettre au pas, ils vont te tondre l'intérieur de la tête, raser tous les rêves qui dépassent, et que veux-tu que je fasse ?

— Je t'avais apporté une cartouche de cigarettes, mais ils me l'ont taxée. Je crois qu'ils vident les clopes une par une pour les inspecter.

Nico s'est assis sur une chaise, Lola est près de lui, accroupie. Il se laisse tenir la main, il tremble moins. Bon Dieu qu'est-ce que tu pues, mon petit frère !

Œil morne et dégoûté du gendarme, qui pense que la prochaine guerre n'est pas gagnée, avec ce genre de lopettes.

— Demain, tu vas partir d'ici. Je n'ai pas le droit de rester, mais je garderai le contact. J'ai laissé de l'argent avec les cigarettes, n'oublie pas de le réclamer. Tout le monde t'embrasse. N'aie pas peur, Nico, tout ça va passer...

Tout va passer, oui. Mais lentement. Tout à l'heure, le gendarme lui a annoncé le programme des réjouissances. Demain, embarquement pour l'hôpital militaire Dominique-Laret, à Versailles. Il faut qu'on le soigne, votre petit copain. Il est dans un drôle d'état. Il a vomi partout. On critique la société, mais à vingt ans on a encore besoin de se faire torcher le cul par les adultes. Ne vous en faites pas, quand il sortira, il en saura un peu plus long sur la vie. Désintoxication radicale. On ne va pas prendre de gants, on n'est pas en thalasso. Ensuite ? Ensuite, c'est le Tribunal Permanent des Forces Armées qui décidera du lieu de vacances. Sans doute quelques semaines à l'ombre au camp disciplinaire de La Frileuse pour se remettre les idées en place, et puis un beau voyage, du côté de Landau ou Colditz, par exemple. Landau, jolie forteresse, escadron particulièrement sympathique. J'y ai moi-même fait mon service : vous voyez, on n'en meurt pas. Dans un an et demi deux ans, s'il ne fait pas de conneries, on vous le rend comme neuf. Vous ne le reconnaîtrez pas.

Lola sort un mouchoir de sa poche pour essuyer le nez du garçon, qui continue de couler. Gorge nouée. Que dire ? Elle sait qu'à l'hôpital militaire, où on l'emmènera demain, les visites seront interdites. Ensuite, ce sera pire. Le T.P.F.A., qui dit-on est à la justice ce que la musique militaire est à la musique, n'est pas réputé pour sa clémence, surtout en ces temps de fronde où les ganaches à fourragères se sentent des âmes de pédagogues : vais leur apprendre à vivre, moi. Il faudra attendre la première permission : combien de mois ? Nico, tu vas tenir jusque-là ?

Sur la route du retour vers Souillac, Lola revoit le visage de Nicolas, son air égaré quand elle a quitté la pièce sur ordre du gendarme. *Tu n'en reviendras pas, toi qui courais les filles / Jeune homme dont j'ai vu battre le cœur à nu...* Dans le double faisceau des phares, un blaireau court en se dandinant avant de disparaître au creux d'un fossé. Une force contre moi, contre nous, une force noire... Où est-il, ce *Flower Power*, ce pouvoir des fleurs dont rêvent encore quelques-uns de nos camarades aux longs cheveux, dans leurs maisons bleues adossées aux collines ? Nous vivons sous une pluie de pétales, mais ce sont des fleurs vénéneuses, fleurs de plomb, fleurs d'acier qui nous déchirent les doigts, qui nous blessent les yeux...

Et ça ne fait que commencer, Lola.

À Souillac, les hôtels sont pleins de touristes anglais. Elle gare la Simca sur un chemin de traverse, et tente de dormir recroquevillée sur la banquette arrière.

29

L'Éphémère

Tu t'agites beaucoup. Et malgré tout, tu restes méfiante et attentive. À Gradignan, il semblerait que tu aies repéré le véhicule de tes suiveurs, deux novices dirigés par le brave Pedro. Ce n'est pas très grave. Je lui ai suggéré de cesser la filature pendant un moment : inutile de te mettre en alerte. En revanche, tes petits amis seront surveillés de plus près. Pedro n'a pas d'argent, mais ses moyens en main-d'œuvre sont considérables. De nombreux jeunes Cubains sont prêts à venir en Europe accomplir les basses besognes des services de renseignements pour un salaire de misère, plutôt que de rester les bras croisés à regarder passer les nuages au-dessus de La Havane en se serrant chaque jour la ceinture d'un cran supplémentaire.

Cette collaboration fraternelle de deux de tes anciens fiancés n'est-elle pas extraordinairement touchante ? Pedro me fournit les renseignements que je ne saurais obtenir seul. J'aime t'observer à distance. Je te regarde au fond du bocal, tu dépenses une énergie remarquable, comme le tene-

brio molitor que j'ai étudié pendant longtemps. Comme lui tu es agile et fine, et tu te protèges sous une cuirasse élégante, articulée de façon à pouvoir épouser les mouvements les plus complexes. À propos, mieux vaut te l'avouer tout de go, au risque de te heurter : j'adhère sans hésitation à la nomenclature de Handlisch, qui ne cesse d'être stupidement contestée depuis 1906. Les autres classifications ne reposent pas sur l'étude des trachées, seul critère pourtant irréfutable — car tu m'accorderas que le trajet des nervures alaires est influencé par la pliure de l'extrémité distale, qui chez tous les insectes permet le logement de l'aile au repos sous les élytres. D'où le regrettable bazar dans les nomenclatures. Voilà, c'est dit, je crois qu'il valait mieux mettre cartes sur table. Tu n'es pas d'accord ? Ah, mais je t'ennuie peut-être. Tu préférerais que je te parle de ton cher Nicolas. Je vais y venir.

L'éphémère est le plus élégant de tous les insectes. Bien des coléoptères le dépassent en splendeur chromatique, mais sa beauté est insurpassable, elle est métaphysique. C'est sa brièveté qui éblouit, la fulgurance de son passage sur la terre. Je suis l'éphémère, tu n'as pas su comprendre la forme particulière de ma beauté. Toutefois, ma modestie, mon humilité m'imposent de temps à autre de m'apparenter à des catégories plus populaires. Je ne rechigne pas à m'identifier aux obscurs silphidés ou géotrupidés, qui débarrassent la planète, par un labeur difficile, incessant et hautement spécialisé, de toutes les déjections qui la souillent. L'*aphodius cervorum* recherche les excréments du cerf ; l'*ammoecius elevatus*, ceux de l'homme ; *onthophagus drescheri*, ceux du tigre… Pour ma part, je m'attaque à une catégorie particulièrement répugnante, cette fange ontologique dans laquelle tu te vautres. Nicolas est une de ces déjections dont j'ai contribué à débarrasser la planète. Certes, ma tâche n'est pas achevée, et tout ne s'est pas déroulé exactement selon mes plans. Je n'avais pas prévu qu'il résisterait aux épreuves que j'avais placées sur son chemin. Il aurait dû, d'après mes calculs, succomber à une dose excessive de stupéfiant, après le navrant échec de sa période « arts plastiques ». Ce n'est que partie remise. Je l'ai incité, pendant tout le temps de notre liaison amicale, à vouer le mépris qui convient aux réquisitions de l'ordre social. Les papiers militaires qu'il recevait n'étaient-ils pas une insulte à la grandeur de son génie ? Pouvait-il se laisser dicter ses actes par des pantins en uniforme ?

Il faudra tout de même, à l'avenir, que je me méfie de ma force de persuasion : ce jeune esprit influençable n'a pas hésité à suivre mes conseils, et à détruire ses feuilles de route. Effrayant, non ? Ne me le reproche pas, je suis assez tourmenté quand je pense que par ma faute il croupit dans un cachot mal chauffé près de la frontière allemande. Mon Dieu, mon Dieu. Que dis-tu, Lola ? Que ce pauvre Nicolas risque de ne pas supporter la dure réclusion et la vie en collectivité ? C'est bien possible, en *effet. Je me prépare à assumer la responsabilité morale d'un pénible événement qui pourrait survenir dans les semaines qui viennent. Je commence d'ailleurs à me couvrir la tête de cendres. Et pourtant ! Il faudra bien, malgré mon remords, que je me remette au travail : le nettoyage est loin d'être achevé.*

30

Je ne sais pas
ce qui est bien

El Prado, le 10 mars 1971

Chère madame Martel,

Je relis votre lettre. J'ai tellement pensé à vous au cours des mois passés ! Je ne sais pas où est mon devoir. Je ne sais pas comment vous aider, je ne sais pas ce qui est bien. Je crois qu'une mère ne doit pas être séparée de son enfant. C'est sans doute la vérité la plus simple, la plus honnête. Mais comment faire ? Je ne sais pas, je ne sais pas ! Vous avez le droit au moins d'avoir des nouvelles de votre garçon. Votre histoire est tellement difficile à comprendre, et à accepter ! J'ignore ce qui s'est réellement passé. Mais je promets de faire mon possible pour vous venir en aide. J'ai pensé à ceci : votre garçon entrera à l'école quand il aura six ans. Dans notre pays, l'éducation est un droit pour tous les enfants. Peut-être que certains hommes à Cuba ne sont pas justes, car il y a des hommes mauvais partout. Mais notre pays est juste. Ce n'est pas un pays de vautours et de monstres. Quand votre enfant sera scolarisé, je ferai tout pour connaître son nouveau nom, et celui de son école. Ainsi vous pourrez savoir s'il est heureux, s'il n'a pas de problèmes. Je crois pouvoir m'arranger pour obtenir ces renseignements. Mais ce sera très long, il faudra avoir beaucoup de patience. De très longs mois encore. J'espère parvenir à cela, pour que vous trouviez un peu de paix. Je vous demande de croire à mon amitié. Moi non plus je n'oublie pas votre regard lors de notre première rencontre. Vous ne mentez pas. Vous n'avez pas peur. Si vous le voulez bien, parlez-moi de votre vie. Peut-être que cela vous aidera.

Amelia

31
Un gars qui a des facilités

Cette bourgeoise en tailleur strict, au regard glacial, c'est moi, constate Lola en observant son
double de passage devant le miroir des toilettes du
restaurant.

C'est peut-être elle. À force de changer d'apparence, son image est devenue vague, imprécise,
mouvante. Est-elle la brune aux lèvres peintes qui
s'apprête à rejoindre son poste dans la salle que
sillonnent en silence les serveurs et les sommeliers ?
Ou la jeune femme d'affaires au physique un brin
provocant qui tient tête aux banquiers et leur
extorque des prêts déraisonnables ? N'est-elle pas
plutôt la fille aux cheveux défaits qui porte des jupes
longues en tissus indiens et des chemises d'homme
déboutonnées jusqu'au nombril sur une poitrine
sans soutien-gorge, marchant pieds nus dans des
appartements en désordre, les chevilles ornées de
bracelets multicolores ?

— Lola, qu'est-ce que tu fous ? s'inquiète Frank
en passant la tête par l'entrebâillement. La 13 attend
son addition !

Est-ce que je vais passer ma vie à taper des additions pour des Japonais en goguette et des Américains rouge brique ? se demande Lola en enfonçant les touches de la caisse automatique, qui répond par un insondable ding. Ma mère devrait être à ma place. Elle serait là, près de son époux, fidèle et efficace. Je viendrais les voir de temps à autre avec mon fils et mes maris. Nous mangerions des îles flottantes en regardant Paris. Pas des îles flottantes, non. Petit-Jean est allergique au blanc d'œuf. Il faudra que je l'emmène chez un pédiatre. Je m'inquiète trop pour cet enfant, il n'y a pas de raison de s'en faire, il est en parfaite santé. Quand il entrera en maternelle, j'ai peur qu'il ne fasse l'objet de persécutions, avec une mère comme moi. Dévergondée, hors de mes gonds, je suis une porte qui bat sur du vide. Ni ouverte ni fermée : c'est moi. Je me battrai. Ma liberté, je l'imposerai. Et Petit-Jean n'est pas de ces enfants souffre-douleur qui se laissent terroriser par le groupe. Il est calme, doux, volontaire. J'aime son air sérieux, ses cheveux noirs. Il a le charme de son salaud de père. Tous les autres voudront l'avoir pour ami. Il a des dons pour la musique. C'est normal, il en écoute beaucoup à la maison, les garçons ne laissent pas refroidir la chaîne.

— Lola, putain de moine, le chèque de la 11 n'était pas signé ! J'ai envoyé Ferdinand à leur poursuite. S'il ne les rattrape pas, on est dedans de cent vingt mille balles !

Frank a murmuré pour ne pas affoler la clientèle, mais sa voix est chargée de rogne — la preuve : il a parlé en anciens francs.

— C'est de ma faute, je suis en train de virer dingue, papa, dit Lola deux heures plus tard, après la fermeture, en pleurant sur l'épaule de son père.

Mais qui saurait la consoler ? Pas Frank, il ne peut que partager les chagrins.

Pas Chris, qui attend Lola en bas de la Tour avec une tête d'enterrement.

C'est la première fois qu'il vient la chercher seul à la fin du service. De temps à autre il passe accompagné de Bénédicte et de Fonfon, parfois de Michel, et ils rentrent ensemble rue des Canettes tassés dans la Coccinelle de Béné. Depuis l'affectation de Nico dans un régiment basé en Allemagne, l'atmosphère a changé dans l'appartement. L'air est moins léger, moins frivole, les nuits blanches enfumées sont plus rares, on accepte de temps à autre de baisser le volume du zinzin dans lequel Kevin Ayers ou Black Sabbath se déchaînent.

Ils marchent le long de la rue Saint-Dominique, côte à côte. Arrivés sur le boulevard, Chris entraîne Lola dans un bar. Il a quelque chose à lui annoncer. Ce n'est pas facile à dire.

— Je vais vous quitter.

Lola regarde Chris, ses yeux clairs, son front dégarni, cette allure soucieuse qu'il a même dans les javas les plus cannabisées. Elle hoche la tête. Elle ne semble pas surprise. Tout la quitte, c'est une fatalité, une donnée objective.

— Je ne vais pas loin, remarque. Je continuerai à vous voir. Mais j'aurai besoin de tranquillité, surtout la nuit.

Chris a passé un entretien d'embauche dans une grande usine d'automobiles, et il a été pris grâce à ses mensonges et à son air sage. Aux questions qui lui étaient posées, il a répondu par la négative : non, pas de diplômes, non, pas d'obligations militaires, non, pas d'enfants, non, pas d'expérience professionnelle, sinon quelques mois de manutention dans l'épicerie de mon oncle à Laval. Le zéro parfait, exactement ce que nous recherchons, a paru dire le contremaître. Tu as la chance de n'être ni africain ni maghrébin, comme la plupart de tes compagnons dans la file d'embauche : tu ne seras pas manœuvre, mais O.S., mon fils. Ouvrier Spécialisé ! Ça, c'est de la promotion sociale. Et Chris a ressenti l'humiliation de ceux qui se retrouvent comme ça, les mains vides et pas moyen de les balancer à la gueule de celui qui est en face.

Il a trouvé une chambre, septième étage sans ascenseur. De temps à autre il dormira chez Bénédicte, et puis il passera souvent rue des Canettes.

— Ça ne pouvait plus durer, Lola. Me sentir vide, impuissant, inutile. Je commence lundi.

Le lundi à sept heures, Chris se présente à la grille de l'usine de Javel. Ils sont des centaines à avancer silencieusement dans la clarté douteuse de l'aube. Il ne fait pas chaud, en cette matinée de janvier 1971, on serre les cols des anoraks sur un reste de tiédeur de lit, sur le souvenir de la peau d'un corps de femme auquel on a dû s'arracher.

Depuis six mois, Chris a quitté le groupe de zozos anarcho-chics pour qui il gaspillait son talent dans la rédaction de tracts amphigouriques, ronéotés sur la vieille bécane planquée dans la cave de la rue des Canettes. Besoin d'une vie plus solide et argumentée, besoin de se heurter au réel. Et pour cela, avec la logique propre à son âge, il a choisi de rejoindre les moins réalistes des militants politiques, ceux qui ont remplacé dans leur mythologie groupusculaire la traversée de la mer Rouge par la Longue Marche, Jésus en croix par le prolétariat martyrisé, *Chez nous soyez reine* par *L'appel du Komintern* et les vignettes sulpiciennes par celles, très joliment colorées elles aussi, des miraculeuses récoltes consécutives à l'apparition du socialisme dans les campagnes du Sin-Kiang.

Ils sont quelques centaines en France à avoir décidé de porter la parole révolutionnaire au cœur d'une classe laborieuse considérée comme un gigantesque paquet de fulmicoton. La Révolution est pour bientôt, nous sommes à la veille de l'embrasement universel et de l'avènement d'une société sans classes, sans argent, sans débauche, sans rien. Le décadent Nino Ferrer a beau chanter que *le quart de rouge c'est la boisson du garde rouge*, ces jeunes gens en pincent pour l'ascétisme à l'eau minérale prôné par un vieillard à casquette qui, pendant ce temps, se tape des gamines de treize ans dans les cagibis de la Cité interdite. Chris n'est pas dupe de l'ambiguïté de sa démarche, et il lui arrive de saisir le comique gênant de certaines situations, lorsqu'il participe par exemple à l'instauration d'un tribunal du peuple à Liévin après un accident de mine, et qu'il entend ses camarades aux mains blanches donner des leçons de courage à des mineurs silicosés, ou entonner dans le bus des airs martiaux aux étranges relents. Mais il n'est plus temps pour lui de tergiverser, de promener sur la rive gauche de la Seine sa révolte élégamment nouée en écharpe. Agir, même si cela coûte cher. S'enfoncer dans la nuit commune, avec la seule certitude qu'on n'aura pas failli, qu'on sera resté dans l'honnêteté simple de ses convictions. Il existe une ivresse du dévouement. Ses effets sont puissants, bien que généralement brefs.

Voire très brefs : Chris n'aura pas l'occasion de tester dans la durée les vertus de son *établissement*. À l'entrée du hangar C, où il a rendez-vous avec un ouvrier chargé de l'introduire aux enchantements de la soudure à l'arc, deux vigiles l'attendent, et lui demandent de les suivre. Par le grand portail entrouvert, il voit tourner sur la chaîne la lente farandole des carrosseries, monstrueux cloportes qui se dandinent dans l'incandescence des chalumeaux. Il ignore que ce sera sa dernière vision concrète du monde ouvrier : une plongée fulgurante du regard dans le ventre du dragon capitaliste.

Le contremaître qui l'avait reçu lors de l'embauche l'attend dans son bureau, sous la lumière sale et tremblante du néon. L'air franchement mauvais. Il y a là également deux primates aux bras gros comme des cuisses, en provenance directe du zoo de Vincennes.

— Primo, annonce sans transition le contremaître, j'ai horreur qu'on me prenne pour un con. Deuzio, la classe ouvrière emmerde les révolutionnaires en peau de lapin qui viennent se faire des frissons et foutre notre travail en l'air, avant de reprendre les études payées par papa. Troisio, dis-toi bien, mon pote, que t'es pas près de nous faire bouffer du potage pékinois et des nids d'hirondelle.

Les deux gorilles ont l'air d'apprécier l'humour sous-patronal : leurs babines se sont légèrement retroussées sur des dents jaunes en désordre. Sur la table, Chris reconnaît certains tracts à la rédaction desquels il a participé.

— Christian Flogier, né en 1950 à Saint-Maixent-l'École, lit le chef sur une feuille libre. Maîtrise de philosophie, s'il vous plaît. Avec mention, mais il paraît que de nos jours il suffit de la demander. *Pertinence des concepts de Hegel dans l'analyse des rapports de forces au sein de l'institution scolaire*. Oh putain. Qui c'est, ce Hegel ? Un copain de Thierry Le Luron ? Obligations militaires : a demandé le statut d'objecteur de conscience et ne s'est pas présenté pour accomplir son service civique. Insoumis depuis à l'objection de conscience. Opinions politiques : fréquente les groupes subversifs dits situationnistes depuis le mois d'octobre 1967. Adhère fin 70 à un groupuscule marxiste-léniniste prochinois, le Parti communiste révolutionnaire. Parce qu'il l'est pas, révolutionnaire, l'autre Parti communiste ? J'y comprends rien, moi. Tu pourrais m'expliquer, mais en fait ça m'intéresse pas tellement, tu vois. Heureusement que des gens ont à cœur de nous informer en temps utile quand un parasite dans ton genre essaie de s'infiltrer dans nos ateliers. On tente bien de dissuader tes copains en leur frottant un peu le museau quand ils viennent distribuer leurs torchons à l'embauche, mais apparemment ça ne suffit pas.

Ce type n'a même pas une sale tête. Il pourrait être mon père. Chris attend patiemment la fin de l'homélie en guettant du coin de l'œil les deux autres. Ces derniers temps, un certain nombre de copains se sont fait tabasser aux grilles de l'usine en allant distribuer l'évangile. Il n'aimerait pas faire partie des martyrs de la cause avant même d'avoir commencé son travail d'apôtre. Mais les deux bestiaux semblent calmes, ils ruminent des chewing-gums qui font des vagues paisibles et synchrones sur leurs maxillaires.

— Ta carrière chez Citroën est terminée. Dégage. Ces messieurs vont te raccompagner.

— Vous ne me tapez pas un peu dessus ? s'étonne Chris, légèrement mortifié. À trois, vous auriez vos chances, pourtant.

— On ne va pas s'attirer des ennuis à cause d'un minable comme toi. Ça n'est pas l'envie qui manque mais, dans l'enceinte de l'usine, ce serait un coup à voir rappliquer tes copains journalistes. On ne peut plus éduquer la jeunesse selon les bons principes, de nos jours. Faut voir ce que ça donne. Allez, foutez-moi ça à la porte. Inutile de tenter le coup ailleurs, à propos. Ton portrait va circuler chez tous les employeurs, tu peux compter sur moi.

Les hominoïdes entraînent sans brutalité le garçon vers une voiture garée devant le bâtiment. On va te raccompagner jusqu'à la grille, des fois que tu aurais l'idée d'organiser un soulèvement populaire avant de sortir, ah ah.

Dans la voiture, un troisième homme les attend, assez semblable aux autres, tout juste un peu plus réussi dans le design simiesque avec son nez aplati et ses arcades en saillie. La voiture démarre, franchit les grilles mais, au lieu de s'arrêter pour débarquer Chris, file à toute allure le long de quais grisâtres, traverse des terrains plus que vagues hérissés de cheminées noires qui crachent les poumons de la terre, s'enfonce dans une banlieue qui semble avoir été bombardée à coups de parpaings et de tôles, une apocalypse de gris et de brun, et s'immobilise enfin entre deux hangars désaffectés.

— En ce moment, nous trois, explique le chauffeur une fois le moteur éteint, on est en train de travailler à l'usine. Qu'est-ce que tu dis de ça ?

— Je ne comprends pas bien, admet Chris.

— Ça ne m'étonne pas. Faut tout leur dire, à ces philosophes. Si on est tous les trois à l'usine en ce moment, avec des tas de témoins dignes de foi, ça veut dire qu'on ne peut pas être ici. Tu captes ?

Chris hoche la tête avec une moue résignée. Le raisonnement lui paraît juste, il n'y a rien à faire

231

contre ça. Il n'a même pas la possibilité de renier sa foi pour sauver sa peau, comme cela se faisait autrefois.

— Mais comme on veut pas que tu sois venu pour rien, on va faire comme si on était vraiment là. On va t'apprendre un peu du métier, toi qui rêvais d'entrer chez Citroën. Tu sais où on a commencé, tous les trois ? À l'emboutissage. Sors un peu de là, qu'on te montre.

L'apprentissage est rapide, efficace, très technique. Chris, qui est beaucoup moins résistant qu'une tôle de DS 19, enregistre sans peine toutes les informations. Un quart d'heure d'emboutissage, et on peut passer à la soudure ; heureusement, ils ont oublié le chalumeau. La carrosserie du garçon est peinte d'un rouge brillant, avec des taches mauves psychédéliques, tout à fait dans l'air du temps.

— C'est fou ce que tu apprends vite, dit un des professeurs. Ça fait plaisir à voir, un gars qui a des facilités.

Chris aimerait bien demander à Béné de cesser de répéter que ces salauds auraient pu le tuer, mais il a du mal à bouger ses lèvres tuméfiées. Déjà, raconter l'essentiel de l'histoire a été un supplice. Il voudrait aussi qu'elle arrête de lui passer ce coton imbibé de vitriol sur la peau. Même son souffle lui fait mal.

— Quelqu'un t'a dénoncé. Qui leur a filé ces tracts, et tous ces renseignements ?

Béné pense à voix haute. Les copains du P.C.R., elle ne l'exclut pas, sans y croire. Elle était contre l'adhésion de Chris à cette clique. Tant qu'à virer mao, elle aurait préféré qu'il aille vers un mouvement comptant plus de vingt inscrits, un immense parti genre P.C.M.L.F. Voire vers des maos plus spontex, vers la Gauche prolétarienne, ou Vive la Révolution, des agités du bocal qui brassent suffisamment d'air et de mots pour donner l'apparence du nombre. Ce ne sont pas les défenseurs du peuple qui manquent, tout de même. Béné est gauchiste par gentillesse. Elle ne veut froisser personne, surtout pas Chris. Mais elle a conservé de ses origines paysannes un scepticisme instinctif, et elle a du mal à prendre tout à fait au sérieux des gens dont toute l'expérience du travail salarié tient dans la lecture du *Capital* et du petit catéchisme rouge, et qui sur la foi de ce bagage rudimentaire ont entrepris de sauver la planète. Ils sont généreux, bien sûr. Et sincères. C'est justement ça qui fait peur.

Qui a pu dénoncer Chris ? Pour autant, elle n'imagine pas en délateurs à la solde du patronat ces types un peu énervés qui passent leur temps à scander dans les cortèges des slogans aussi inventifs que : *Marx ! Engels ! Lénine-Staline-Mao !* Dire que certains, plus tard, feront carrière dans la publicité !

Mais alors qui ? Et dans quel but ? Un nom tourne autour d'eux, elle voudrait ne pas le prononcer, mais il faut bien épuiser toutes les hypothèses.

— Tu n'avais pas confié du matériel à Lola, le mois dernier ?

À peine prononcé ce prénom, elle regrette. Chris a un haussement d'épaules qui lui arrache une grimace, laquelle à son tour lui fait pousser un gémissement. Si Bénédicte pouvait arrêter de parler, il dormirait volontiers, après avoir avalé un ou deux tubes d'aspirine. Lola ! N'importe quoi.

Il lui a confié des stencils, des tracts et des affiches, en effet, et alors ?

Béné soupire à son tour. Laissons tomber. Elle ne va pas aborder le sujet Lola maintenant. Surtout pas maintenant. Ce n'est pas une voleuse, elle ne force rien ni personne, elle ne veut posséder que son fils. Béné n'aurait pas dû parler de Lola, qui est une aimable plaie, un emmerdement fascinant, une écharde cruelle dans le couple qu'elle aimerait bien former avec Chris. Le couple ? Oui, merde, le couple !

— Il faudra bien que tu choisisses.

— Uh ah ah euh er u ène ? gargouille Chris, désespéré.

— Mais non, je ne vais pas te faire une scène.

Assise sur le bord du lit, Bénédicte se rapproche du corps souffrant allongé sur la couverture. Son visage à l'aplomb de celui de Chris, elle capte son regard. Exigeante, têtue.

— Que tu choisisses. Pas entre Lola et moi, je sais bien qu'il n'est pas question de ça. Elle n'est pas du genre à se laisser choisir. Que tu choisisses entre toi et nous.

234

De l'aspirine, bon Dieu. Elle me donne mal à la tête.

— Tu as peut-être des ennemis. Le grand Patronat. Les espions, les indics, poursuit Béné en levant les yeux au ciel, avant de replonger son regard dans la fente qui luit entre les paupières tuméfiées de Chris. Mais si tu continues, tu vas avoir un autre ennemi. Un vrai.

Une main passe dans ses cheveux, doucement, interminablement. Le temps se fige.

— Je suis enceinte, crétin.

32

Un coin de ciel gris
mal tendu

Je m'appelle Raymond Lelièvre, annonce Raymond Lelièvre.

Il s'adresse au micro d'un petit magnétophone à cassettes posé sur la table, chez lui sans doute. En tout cas l'endroit lui ressemble : odeur de pastis, de tabac, lumière triste et moche, désordre sans âme.

Je m'appelle Raymond Lelièvre, inutile de dissimuler mon identité, je voudrais que cet enregistrement soit marqué au double sceau de la sincérité et de la pondération.

L'orateur, pas mécontent de son envoi, appuie sur pause, le temps d'allumer une Gauloise et de faire carillonner les glaçons dans son verre. Il est assis sur une chaise en formica, son regard s'échappe par la vitre sale vers un coin de ciel gris mal tendu sur un hérissement d'antennes comme une antique toile de yourte.

Ce qui va suivre vous concerne très personnellement, monsieur Apostolos, aussi je vous
suggère de rester à l'écoute jusqu'au bout. Voici
quelque temps, j'ai été amené à m'intéresser à
l'existence d'une certaine Marie-Laurence Volponi, dite Lola, fille de Frank Volponi, restaurateur à Paris, et de Simone Gestède, feu son
épouse. Nous sommes, d'une certaine manière,
associés dans des affaires qu'il n'est pas utile de
détailler ici. Or, afin d'asseoir cette coopération,
j'ai dû, pour m'assurer de la fiabilité de ma partenaire, la soumettre à une surveillance assez
stricte.

Nouvelle pause, longue inspiration tabagique.
M. Lelièvre aime la langue française. Ses supérieurs, lorsqu'il travaillait dans la banque, ont toujours loué la précision et l'élégance de ses rapports.
À l'école déjà, il faisait la fierté de ses maîtres. En
classe de dixième élémentaire, le petit Raymond a
même obtenu le prix de « gentil babillage », et qui
sait s'il ne serait pas devenu un poète appréciable
sans l'acharnement de Mme Lelièvre mère à lui
faire suivre des études de commerce.

J'ai donc discrètement suivi Mlle Volponi
lors de certains déplacements en province,
notamment à Toulouse et dans la banlieue bordelaise. Quelles ne furent pas ma surprise et
mon inquiétude lorsque je constatai que mon
associée faisait l'objet d'une autre filature !

Surprise et inquiétude que vous-même ressentez en ce moment, je le suppose et le déplore. Ne soyez pas inquiet, monsieur Apostolos. Je ne désire pas la guerre, mais la paix et la prospérité pour tous.

Comme vous le savez, la vie de Lola Volponi est originale. Je l'ai connue dans le cadre d'activités professionnelles où faisaient merveille son sérieux, son dynamisme et sa détermination de femme d'affaires. Par la suite j'ai découvert des facettes inattendues, voire un peu déroutantes de sa personnalité. Mais je ne vous apprends rien.

Mon associée était donc filée. Je n'ai pu faire moins, vous le comprendrez, que de suivre ses suiveurs. J'ai constaté que ceux-ci s'intéressaient non seulement à elle, mais également à ses jeunes colocataires, pour employer un euphémisme, de la rue des Canettes. Et c'est ainsi, tout naturellement si j'ose dire, qu'en suivant un suiveur alors qu'il allait faire son rapport, j'ai fini par découvrir que le commanditaire de ces mystérieuses filatures était un certain Jacques Apostolos, psychiatre et psychanalyste à Paris. À noter que le suiveur, me croirez-vous, s'est ensuite rendu directement à l'ambassade de Cuba à Paris.

Raymond s'accorde une pause pour aller pisser dans le lavabo. Depuis quelque temps, sa vessie lui joue des tours, et l'oblige à des mictions de plus en plus fréquentes, ce qui lui a causé quelques soucis lors des filatures. Me demande ce qu'ils foutent dans le pastis. Bande d'empoisonneurs.

J'avoue que votre renommée n'a jamais franchi les portes vitrées du Crédit Lyonnais où j'officiais naguère. Un changement brusque d'activité professionnelle m'a laissé le temps de combler cette inqualifiable lacune. Vous êtes bien connu dans le monde des psychanalystes, vos articles dans les revues spécialisées font autorité. Le *Who's Who* indique que vous êtes célibataire, ce qui n'est pas tout à fait exact, et que votre passion pour l'entomologie dépasse le cadre du simple amateurisme.

De ma carrière de banquier, j'ai conservé quelques relations utiles. En particulier avec un employé de l'administration fiscale qui s'est fait un plaisir de me renseigner plus précisément sur vous, sur votre train de vie, sur tous ces petits secrets que nous confions presque sans y penser à notre feuille d'impôts...

Vous gagnez très bien votre vie, monsieur Apostolos. Permettez-moi de m'en réjouir, d'autant que vos déclarations fiscales ne laissent apparaître, vraisemblablement, qu'une partie de votre fortune, et que vous avez débuté sur de bonnes bases patrimoniales héritées de vos défunts parents. J'imagine que Mlle Volponi vous occasionne hélas beaucoup de frais. J'espère ne pas constituer à l'avenir une charge supplémentaire trop lourde dans vos finances ; mais que voulez-vous, chacun doit veiller à sa propre subsistance, et il faut bien prendre l'argent là où il est.

À propos de Mlle Volponi, j'ai aussi appris que vous avez été, si j'ose dire, son bref époux. Sincères félicitations, docteur, vous avez eu une très jolie femme. C'est certainement un avis partagé par tous ceux qui vous ont succédé. Mais trêve de plaisanteries, il est temps d'en venir au fait. En écoutant jusqu'ici cet enregistrement, vous n'aurez pas manqué de constater que je suis un homme efficace et rigoureux. Je tiens ces qualités de mon père huissier de justice. Je ne doute pas que nous puissions trouver rapidement le moyen de nous rencontrer. Ce sera pour moi l'occasion de vous restituer certains documents qui m'encombrent. Des photographies, par exemple, que j'ai prises machinalement alors que vous étiez en train de négocier des doses de produits illicites avec un pourvoyeur bien connu sur la place. Vous destiniez, si je ne me trompe, ces achats à un ami très proche de Mlle Volponi, Nicolas Delaunay. Elle serait très affectée d'apprendre que vous continuez à vous intéresser de si près à elle et à ses amis, dans un but que je n'imagine pas franchement amical, ou que vous profitez de son jour de congé hebdomadaire pour aller prendre un café et bavarder chaque lundi avec son père, dans son restaurant de la tour Eiffel. Je ne me sens pas le courage de l'en informer. Je suis certain que vous ne m'infligerez pas ce désagrément, pas plus que celui de me décharger de ces documents au profit d'un salarié de la Police nationale, geste qui me ferait horreur, croyez-le bien. Je ne veux surtout pas déranger vos plans. Je conserve à votre intention dans un endroit sûr les clichés et papiers susceptibles de vous faire envie, ainsi qu'un double de cette cassette. Pourquoi ne nous rencontrerions-nous pas jeudi prochain ? Vos consultations se terminent je crois vers dix-neuf heures ce jour-là. Disons vingt heures, rue Amelot, devant l'entrée du Cirque d'Hiver ? Je suis impatient de découvrir les propositions que vous me ferez à cette occasion, et me réjouis à l'avance de faire votre connaissance de façon moins impersonnelle.

33

Les hommes me traversent

Paris, le 25 août 1971

Amelia,

J'essaie de croire qu'il y a au monde quelqu'un qui peut m'aider à retrouver mon fils, à lui donner l'amour auquel il a droit. Ma vie est un rêve étrange, impossible à interpréter. Chaque nuit je serre Jean contre moi, c'est ma seule réalité dans ce songe malade. J'ai peur de ce vertige continuel, peur aussi de me réveiller dans un cauchemar plus méchant.

Pourtant, Amelia, je ne suis pas malheureuse. On n'est pas malheureux quand on a un enfant qu'on aime. L'amour nourrit, il efface le temps, il enveloppe les douleurs. Avez-vous des enfants ? J'essaie de croire que vous m'aiderez.

Un homme est entré dans mon ventre, un autre en est sorti, je suis un passage, une gare désaffectée, les hommes me traversent.

Ici, les jours coulent sans se ressembler. Je ne suis pas inactive. Je prépare le bonheur de demain. Le monde n'est pas dans sa forme définitive. Il faut l'aider à se mettre en lui-même. Mes amis rêvent encore que c'est possible. Je ne suis pas certaine de souhaiter qu'ils aient raison. Je voudrais être un de ces poissons que je regarde tout en vous écrivant : dans un grand aquarium bleuté, ils dansent au milieu des algues, les yeux grands ouverts dans une musique de bulles.

J'ai fait lire votre lettre à mon père. Il dit qu'il a confiance en vous, mais je sens bien qu'il ne croit pas à mon avenir avec Jean. Cent fois, les premiers mois, je suis allée à l'Ambassade de Cuba, au ministère des Affaires étrangères, en vain. Tout ce que j'ai obtenu, grâce à la complicité d'une employée du quai d'Orsay, c'est de pouvoir vous faire passer le courrier par un de ses amis, employé de l'Ambassade de France à Cuba. Mon père préférerait que j'oublie, que j'accepte, il ne me croit pas assez forte pour arriver à mes fins. Il a tort, Amelia. Je ne suis pas folle, je ne suis pas faible, je sais de quoi je suis capable. Le temps n'est pas toujours notre ennemi.

À mes amis, je ne parle pas de vous. Ils sont inquiets, mal assis, je les aime. Je vous les raconterai un jour. Il y a autour de moi des forces nuisibles, je les sens comme un air froid qui circule entre mes journées. Nicolas, un de mes amis, a été emporté par ce vent. Nous devrons le faire revenir, lui aussi. Amelia, merci de me donner la force de votre désarroi. Par moments, je suis épuisée, mais je n'arrête pas, je n'arrêterai pas. Je veux redonner au monde son unité, remettre ensemble ce qui est séparé, je compte sur vous, je serre vos mains dans les miennes.

Céline

34

Tu accoucheras
dans une poubelle en feu

Le peckoltia a du vague à l'âme. Depuis quelques jours, il ne nettoie plus avec la même ardeur les parois du grand aquarium. Du coup, le moral des autres locataires s'en ressent. Le poisson-hachette et Madame ne cessent de se chamailler, les autres traînent leur ennui entre des algues neurasthéniques. On dirait que ce petit monde a eu vent de la prolongation de peine d'Ambroise : six mois pour quelques doses d'amphétamines planquées dans un poste à transistor, franchement, la justice manque d'indulgence.

— Juste de quoi rendre service à des copains détenus, a-t-il expliqué, c'est bête, je les revendais à perte.

— Faut croire que tu n'en as pas vraiment assez de vivre entassé là-dedans, a répondu Lola. Quand tu te réincarneras, ce ne sera pas en guppy, plutôt en sardine à l'huile.

— Te moque pas, petite, te moque pas…

En attendant, il faut s'occuper du bazar. Lola plonge le bras dans l'eau, frotte les taches vertes négligées par le peckoltia, vérifie la température, nettoie le filtre de la pompe à oxygène. Elle a mis un disque de circonstance : Eric Burdon & The Animals, *House of the rising sun*. Ça ne va pas fort, côté soleil levant.

Les nouvelles de Nico ne sont pas bonnes. Elle a pu l'avoir au téléphone régulièrement ces derniers mois. La voix s'éloigne, les silences s'éternisent.

Et pour cause. Lola ignore qu'en ce moment précis, le soldat Nicolas Delaunay, du 13e bataillon disciplinaire basé à Landau, frappe à coups de poing un mur qui ne lui a rien fait. Il est seul dans une cellule un peu plus grande qu'un clapier, d'où on le sortira demain matin avant l'aurore afin d'accomplir la même punition qu'aujourd'hui. On en a maté d'autres, figurez-vous. Pour avoir omis de saluer à deux reprises un gradé dans la cour, le soldat de 2e classe Delaunay est condamné à une peine simple : il doit se livrer aux tâches et activités habituelles, mais en courant en permanence, sans jamais s'arrêter ni marcher. Et après ça, on dit que les militaires manquent d'imagination. De temps à autre, l'adjudant lui accorde une pause : une heure au garde-à-vous au milieu de la cour, dans le courant d'air vivifiant qui transforme la transpiration en vêtement de glace. C'est aux heures de repas que la punition paraît le plus dure. Il est malaisé de maintenir d'aplomb un plateau chargé de nourriture tout en courant, mais encore plus malaisé d'en consommer le contenu. Les rires qui alors résonnent dans le réfectoire ne contribuent pas au bien-être moral. Nico s'enfonce dans un puits. Il ne voit plus rien : ni le passé heureux ni l'avenir intangible : rien que le trou noir et glacial du présent.

Faute d'avoir pu intégrer l'industrie nationale, Chris a pris le chemin des salles de classe. Il évolue en apnée, au gré des remplacements, dans la vaste couronne d'épines que font à la capitale les quartiers réputés difficiles. Sur les conseils de Bénédicte, il a abandonné les rangs du P.C.R. (M.L.) pour rejoindre ceux du Mouvement pour la Liberté de l'Avortement et de la Contraception : quitte à t'agiter, au moins que ça serve à quelque chose. Ils vont ensemble aux réunions, mais elle ne veut pas coller d'affiches la nuit — pas question que les cinglés de *Laissez-les vivre* lui fassent perdre son bébé, ce qui serait un comble, en la traînant par les cheveux sur le pavé.

Car elle a décidé de le garder. *Tu fais ce que tu veux, Chris, je ne t'oblige à rien*. Dans ces cas-là, elles savent y faire. Chris a eu beau s'affoler, tempêter, raisonner, bernique.

— C'était bien la peine d'inventer la pilule si vous ne vous en servez pas ! explose Chris. Mettre un enfant dans ce monde immonde ? C'est indigne, c'est cruel, c'est absurde, c'est injuste ! Penses-y ! Tu fabriques de la chair à canon pour la vraie der des der qu'ils sont en train de nous préparer ! Tu as vu le défilé sur la place Rouge ? Voilà le choix que tu laisses à ton fils : crever sous les engins soviétiques ou exploser sous les missiles yankees ! L'Europe est le terrain de jeu où ces connards vont se foutre sur la gueule ! Le prochain Viêt-nam, c'est nous ! Mais ouvre les yeux, regarde partout : le Mur de Berlin, l'exploitation universelle, la Palestine, la corruption, la pollution, les dictatures, regarde ! Tu accoucheras dans une poubelle en feu !

— Ma mère m'a envoyé de la layette, répond Bénédicte. Tu veux voir ?

Et ça fait drôle, aussi, cette fille au ventre déjà enflé tenant la main des femmes qui viennent se faire avorter dans les séances clandestines, leur expliquant le principe de la méthode Karman (moment de panique quand elles voient apparaître la pompe à vélo dont on se sert pour créer le vide dans l'appareil) ou organisant, pour celles qui ont dépassé les six semaines de grossesse, les voyages de groupe à destination des cliniques britanniques ou genevoises — à noter que les Suisses, qui sont un peu lents, viennent tout juste d'accorder le droit de vote aux femmes, hormis celles du canton d'Appenzell, qui ne sont pas tout à fait mûres et devront attendre encore vingt ans.

Fonfon, lui, a rencontré un ingénieur météorologue, qui l'a fait embaucher comme stagiaire afin de parfaire ses connaissances en aérologie et en engins volants. Il baigne dans un état de ravissement permanent, qui culmine lorsqu'il regarde Lola. Ces derniers temps, il n'a pas fait de crise grave : on pourrait croire, mais on aurait tort, que les résidus d'acide lysergique qui provoquaient de fâcheux courts-circuits dans son système neuronal se sont enfin résorbés.

Quant à Michel… Michel, c'est une autre histoire. Une histoire qui naît, peut-être.

Lola s'essuie les bras, range la petite épuisette qu'elle a utilisée pour le ménage de l'aquarium, change le disque. Un petit Beach Boys des familles, *I get around*, Brian Wilson l'inimitable, *Good vibrations*.

On sonne. Michel, sans doute. Il est en avance. Lola file vers l'entrée avec une hâte qui la surprend elle-même.

Déception : bajoues, teint rouge, lèvres violettes entortillées sur un sourire jaunâtre, moustaches, odeur d'anis et de mégot, tout y est, c'est Raymond Lelièvre. Je ne veux pas imaginer comment il a trouvé cette adresse.

— Je vous dérange, peut-être ? Vous attendiez quelqu'un ? s'enquiert poliment l'ex-banquier.

— Vous me dérangez toujours. Ne bougez pas, je reviens, je vais chercher votre petit mois.

La façon dont elle a prononcé ces deux derniers mots aurait fait mourir d'humiliation n'importe qui ; pas Lelièvre, qui a la couenne épaisse. Il entre, referme la porte, suit Lola dans le couloir, puis dans le salon, s'installe dans un fauteuil face à l'aquarium, près des bouteilles d'apéritif. C'est là qu'elle le trouve en revenant de la chambre, un paquet de billets à la main. Elle les jette sur la table basse.

— Je vous avais demandé de ne pas entrer. Prenez ça et allez-vous-en.

— Je vous remercie, répond Lelièvre, jamais de whisky le soir. Un pastis, si vous avez. Vous n'en avez pas ? Alors un whisky.

Visiblement, il se trouve drôle.

— Qu'est-ce que vous voulez ? demande Lola, tandis que l'autre débouche la bouteille de Four Roses en cherchant des yeux un verre qu'il finit par aller prendre lui-même dans l'armoire vitrée.

Lelièvre, d'un ton conciliant, l'invite à s'asseoir et à l'écouter. Elle n'a rien à craindre, et il sera bref. Il passerait volontiers la soirée avec elle, mais il a à faire.

— Nous formons une bonne équipe, tous les deux. Vous ne trouvez pas ? Bien sûr, le partage des bénéfices n'est pas très équitable, un quart pour moi, trois quarts pour vous. Mais vous savez que j'ai toujours soutenu les initiatives de la jeunesse. Et puis il y a mon petit mois, comme vous dites, qui vient en plus. Je n'ai pas à me plaindre. Dites, je ne comprends pas ce que vous avez contre le pastis, franchement, c'est bien meilleur que cette saloperie.

Lola regarde dans le vague. Quelle heure peut-il être à Santiago de Cuba ?

— Vous vous souvenez, notre affaire de Gradignan. À propos, je garde un excellent souvenir de cette soirée. J'apprécie votre compagnie. J'aurais pu tomber sur un associé moins, enfin, vous voyez. Bref, ce que je voulais vous dire, c'est qu'après votre brusque départ, non non je ne vous reproche rien, quelque chose a continué de me tracasser. Un de ces pressentiments fréquents chez les êtres sensibles.

Curieux, comme Raymond Lelièvre se lâche, ces derniers temps. Jamais, à l'époque de sa grandeur banquière, il ne se serait laissé aller à cette pente sarcastique. On dirait qu'il s'est trouvé, grâce à la débâcle provoquée par Lola dans sa vie.

— Le pressentiment d'un danger qui pèse sur vous. Ne souriez pas, demande Lelièvre à Lola qui ne sourit pas. Vous ne m'avez pas cru quand je vous ai signalé que vous étiez suivie, à Gradignan. Cette voiture en bas de l'hôtel, rappelez-vous… Vous m'avez soupçonné de je ne sais quelle affabulation, n'est-ce pas… Eh bien j'ai voulu en avoir le cœur net. Et j'ai découvert des choses, mais alors des choses… vraiment intéressantes.

Et si ce type ne mentait pas ? Et si j'étais réellement suivie depuis longtemps ? À moins qu'il ne s'agisse de complices de Lelièvre… Mais dans quel but ? Me faire paniquer ? Les pensées de Lola tournent en rond à toute vitesse comme les guppys dans leur aquarium, sans trouver d'issue.

— Alors voilà, conclut Lelièvre. Vous êtes en danger. Je peux vous donner des renseignements susceptibles de vous tirer d'affaire. Vous dire qui vous fait suivre, et pourquoi… Vous aider ensuite à vous débarrasser des obstacles… Moyennant une augmentation substantielle de mon petit mois, évidemment. Nous avons intérêt tous les deux à ce que rien ne vienne entraver votre marche triomphale vers la fortune.

Chaque détail de ma vie a été conçu par un génial sadique. Chaque pas en avant est immédiatement sanctionné par un coup de bâton, chaque percée vers la lumière par un sale paquet de nuit. À quoi bon se battre ?

— Je ne vous demande pas de réponse sur l'heure, chère Marie-Laurence. Prenez le temps de réfléchir. Mais croyez-moi, je ne plaisante pas. Nous nous parlerons d'ici quelques jours, dit Lelièvre avant de s'éclipser et de descendre en chantonnant l'escalier : il est bien agréable, décidément, de semer l'inquiétude.

Dans le hall de l'immeuble, il croise Michel. Drôle de pistolet, celui-là. Lelièvre l'a suivi à plusieurs reprises, durant des journées entières, sans bien comprendre ce qui le faisait bouger. Toujours équipé d'un gros magnétophone porté en bandoulière, et d'une perche lestée d'un micro en peluche. Jeunesse, jeunesse... Le jour viendra où lui aussi devra se préoccuper de sa pension de retraite...

Michel ne prête pas attention à l'inconnu qui sort. Il se laisse aspirer par l'escalier vers Lola.

Un ver à bois rongeant une poutre. Le bruit d'une tranche de pain qu'on coupe avec un couteau à larges dents. Un chauffe-eau qui se met en marche.

Un frein de vélo. Un pas dans une flaque. Une portière de voiture qu'on ouvre, Dauphine, 404, je ne sais pas. Une page qu'on tourne. Un chien qui bâille, puis s'ébroue. Une grille d'ascenseur. Un Zippo ouvert, allumé puis refermé. Un liquide à bulles versé dans un verre, Coca, champagne, limonade. Du pop-corn qui explose. Une brosse métallique sur de la ferraille. Une serpillière qu'on tord.

Allongée sur le ventre au milieu des draps froissés, Lola murmure, les yeux fermés, tentant de reconnaître les bruits qui sortent des enceintes. Chaque son est isolé, sculpté, débarrassé de la gangue qui d'ordinaire l'étouffe et l'enlaidit. L'encyclopédie du monde sonore que Michel a entrepris de constituer jour après jour se complète, s'enrichit de nouvelles trouvailles. Les bruits sont des animaux qui nous entourent, ils sont partout, il faut savoir les repérer, les attraper avec délicatesse comme on enveloppe un oiseau ou un papillon dans le creux de la paume.

Un ressort de sommier qui grince. Un fermoir de poudrier. Un échappement de Harley, non, de Royal Enfield, non, de B.S.A. : là, je t'épate. Une machine à laver. Une pomme de terre qu'on pèle. Un ruisseau. Une caisse enregistreuse. Le vent dans les peupliers.

Pendant ce temps, la main de Michel se promène sur le corps nu de Lola, lentement, descend depuis la nuque vers une épaule, puis vers l'autre, de temps à autre les ongles laissent sur la peau de fines traînées blanches que la pulpe des doigts efface ensuite sans se presser. Au creux des reins la paume se pose, s'endort, repart. Cette lenteur est une torture. Lola se cambre imperceptiblement, écarte un peu les jambes pour inviter la rôdeuse à se faire plus pressante et plus vive, mais rien n'y fait. C'est toujours un balancement calme, imprévisible, comme si la main était portée par un vent indécis.

Les bruits continuent d'envahir la chambre, mais Lola ne les nomme plus. Sa voix s'est perdue, dissoute dans les sons successifs. Une enveloppe déchirée. Un rasoir qu'on affûte. Un papier de bonbon. Des œufs battus en neige. Une bouffée de cigarette. La main s'est introduite entre les cuisses, l'autre main remonte le long de la colonne vertébrale. Le corps de Lola s'ouvre, comme si l'interminable travail des caresses avait usé la fine cloison entre le dedans et le dehors. Les mains de Michel sont partout en elle et sur elle, tandis que la bande magnétique continue de lâcher dans la chambre des sons libérés de leur cause. Puis c'est le corps tout entier de Michel qui l'enveloppe et qui la happe, la recrache, la mouille, l'écartèle, la rassemble. Elle sent son souffle à tous les endroits de sa peau, elle est une maison joyeuse toutes fenêtres ouvertes au vent, nuage de pollen, explosion de pétales.

Un feu de brindilles. Des pas dans la neige. Un arc qui se détend. Un robinet qui goutte. Une pomme qu'on mord. Un carton qu'on découpe. Un pneu sur le gravier. Laisse-moi une taffe. Tu n'as pas trop chaud ? Moi je suis morte, je fonds, je suis si bien que j'ai envie de pleurer. Une balle de babyfoot. Un ciseau de coiffeur. Un lapin qui ronge. Un vêtement de soie. J'arrête. Mets ta main là.

35

Vous ne connaissez pas Benjamin Franklin ?

— On a l'air malin, maugrée Frank en donnant un quinzième coup de tatane contre la grille.

— Suis désolé, répète Fonfon pour la quinzième fois.

— Vos gueules, ponctue machinalement le policier de garde, plongé dans ses mots fléchés.

Le commissariat du septième arrondissement n'est pas particulièrement chic. Il est même crasseux, comme souvent le sont les communs dans les demeures des beaux quartiers. On les a placés en cellule pour quelques heures ; si tout se passe bien, ils devraient être libérés par la relève, vers huit heures.

N'empêche, on a l'air malin. Suis désolé. Vos gueules.

Ils n'en seraient pas là si Fonfon n'avait pas eu cette brillante idée promotionnelle. Quelque chose ne tourne pas rond chez ce garçon. Il aurait pu s'entraîner dans une de ces lugubres plaines ventées qui s'étendent au sud de Paris, mais non. Il fallait attirer l'attention du monde : une invention pareille, pensez. Il a ruminé son idée pendant des semaines, à l'insu de tous, y compris de Michel qui pourtant arrive d'ordinaire à lui tirer les vers du nez. Fonfon n'avait pas les moyens de déposer le brevet, il s'est donc mis en quête d'un lieu où l'exhibition ait toute chance d'être remarquée ; mais pas trop accessible ou surveillé, de façon à rendre possible la mise en place de l'événement.

L'idée a fini par jaillir, simple et lumineuse. Suffisait d'y penser.

Ça n'a pas été du tout cuit mais, comme disait la maman de Fonfon, quand on veut, on peut. D'abord, il a dû faucher, enfin emprunter, la clé de la petite porte par laquelle, une nuit déjà lointaine, Lola les avait introduits dans son monde. La difficulté était avant tout d'ordre moral : profiter d'un moment où Lola serait occupée, fouiller dans son sac sans se tromper de clé, courir en faire fabriquer un double, la remettre à sa place, ni vu ni connu, en évitant de se laisser submerger par l'urticant sentiment de honte et de trahison. Pour la cause de la recherche aérologique, Fonfon est prêt à affronter quelques démangeaisons. Le forfait s'est accompli un lundi après-midi, alors que Michel et Lola étaient enfermés dans une chambre — pourquoi enfermés, ça, mystère, on se demande de quoi ils peuvent bien discuter de si important et de si secret, en tout cas Michel a fait les gros yeux à son frère et lui a demandé de les laisser, ils avaient des choses à se dire. Franchement, Fonfon trouve que c'était mieux avant, au joyeux temps de l'effervescence communautaire, quand Nico et Chris étaient encore là, quand la fête était permanente, quand chaque journée était un pétard géant que l'on consommait jusqu'à la dernière fumée, quand Lola était disponible et heureuse et qu'elle n'avait pas un enfant mort dans la tête.

Enfermés, donc, dans la chambre. Le sac de Lola, une poche informe et multicolore, était posé sur le plancher du salon ; on aurait dit que le pouf en skaï avait pondu un petit en douce. Le vieux serrurier de la rue de Seine a copié en trois minutes la clé de la porte de service de la Tour.

Ensuite, choisir la date et l'heure. Vent vif souhaitable, mais pas au-delà de quatre-vingts kilomètres heure. Agir à la fine pointe de l'aube, aux environs de quatre heures en cette saison, afin de réduire les risques d'une intervention extérieure prématurée, susceptible de mettre le projet à l'eau.

Fonfon a commencé d'introduire le matériel en pièces détachées, de nuit. Quatre voyages ont suffi. Il a dissimulé les paquets, réduits à leur encombrement minimum, derrière les gaines d'aération du restaurant, au premier, sans que personne ne le remarque : aucun vigile ne semblait surveiller la plate-forme du premier étage. La date venue, il a attendu la fermeture du Nautilus et le départ du personnel et du patron, qu'il a vus sortir par la petite porte, et vers deux heures il a pénétré dans l'enceinte.

Il souffle un joli vent d'ouest, tenace mais sans violence. Paris mijote à petits bouillons dans ses néons et ses lumières. La grande nuit porte ses conseils à qui veut les entendre, pas à Fonfon.

D'abord, monter le cerf-volant. C'est un très grand losange écarlate scindé en quatre par une armature en croix, portant dans chaque case une lettre blanche : L, O, L, A. Les bobines de câble ont causé bien des soucis à Fonfon : deux fois trois cents mètres de filin d'acier, ça pèse. Il les a portées dans un sac à dos, cette nuit. Il déballe maintenant la station météo miniature : thermomètre, baromètre, altimètre. Le scénario est simple : une fois les bobines de câble arrimées au sol, il s'agira de lâcher l'engin maintenu par deux fils, le plus haut possible. Le vent étant régulier et assez puissant, le cerf-volant devrait s'éloigner de la Tour selon un angle de quarante degrés environ. Une fois les câbles dévidés, le beau losange rouge triomphalement planté sous les nuages, Fonfon installera la station météo sur un support coulissant, et la laissera grimper le long des câbles, propulsée à son tour par une aile de toile légère. Toute l'ingéniosité du système consiste en un dispositif simple : une fois la station arrivée au sommet, les appareils ayant instantanément enregistré les diverses données, un ergot disposé sur les câbles provoquera le basculement de l'aile de toile. N'étant plus portée par le vent, la station redescendra le long des câbles jusqu'au manipulateur. Il est ainsi possible de relever les données et de relancer la station aussi souvent qu'on le désire, sans avoir à redescendre le cerf-volant. Invention géniale, fortune assurée, sans compter la gloire.

L'invention est baptisée « Ascenseur Éolien Lola ». L'important est de la faire connaître, et l'opération de ce soir devrait y contribuer de façon spectaculaire.

Un plan calculé au millimètre. En toute justice, ça aurait dû marcher.

Mais il y a eu un grain de sable. Deux, en fait. Deux très gros grains de sable, munis de pistolets et accompagnés d'un berger allemand. Du genre à appartenir à une société mercenaire chargée de défendre la Propriété et les intérêts des buveurs de sang prolétaire. Des gens qui ne connaissent rien à l'aérologie, et prennent les cerfs-volants pour des jouets de gosses. À dire vrai, cela aurait quand même pu se passer sans trop de dégâts si ces brutes, après une brève altercation avec Fonfon, ne s'étaient rués sur l'attirail avec des gestes indélicats, sans écouter les explications techniques de l'inventeur ni ses mises en garde contre la foudre. Vous ne connaissez pas Benjamin Franklin, espèces de pingouins ? Pendant que l'un tirait sur un câble pour faire redescendre le cerf-volant, provoquant son déséquilibre et sa chute, l'autre balayait d'un coup de pied les éléments non encore assemblés de la station météo.

Erreur. Fonfon est un brave gars, mais il a ses humeurs. Naguère, sans l'intervention des garçons, il aurait transformé une infirmière en tapisserie murale ; ce matin, lorsqu'il se métamorphose en distributeur de horions, on ne voit pas qui pourrait le ramener à la raison, surtout en l'absence de son grand frère.

Hormis Frank, peut-être. C'est un homme mûr et calme. Le voilà justement qui arrive à l'improviste, un peu en avance sur son horaire habituel car au cours d'une insomnie il a été pris d'un doute sur le contenu de la chambre froide, et a voulu passer vérifier avant d'aller à Rungis. Il arrive au moment où, la première surprise passée, les deux vigiles manifestent claire-ment leur intention de transformer le garçon en hachis parmentier, tandis que le chien, qui voudrait bien un morceau de quelque chose, se roule sur le sol en gémissant et en essayant d'enlever sa muselière. Frank connaît les vigiles, il les croise le matin quand ils quittent leur service, leur offre parfois un café bien qu'il n'apprécie pas vraiment leur compagnie — mais il vaut mieux être en bons termes avec ces gens-là, lui a susurré le dieu du petit commerce. Il a reconnu Fonfon : au fil des mois, Lola a fini par lui faire admettre sa situation multiconjugale, elle lui a parlé de chacun des garçons, lui a montré des photos. La digestion est lente, mais il peut désormais évoquer le sujet sans hurler ni tomber en syncope.

C'est en cherchant à obtenir des éclaircissements que Frank reçoit malencontreusement un premier coup sur la tempe. Or Frank a beau être un doux, il considère que toute châtaigne reçue doit illico être rendue avec intérêts, faute de quoi on se perd dans les comptes. Voilà comment cet étage ordinairement res-pectable de la Tour connaît la première rixe san-glante de son histoire.

Selon une loi séculaire, le ramponneau engendre le gnon. Frank, peu entraîné, ne met guère en difficulté le premier vigile, qui rapidement parvient à l'étaler au sol grâce à une manchette vicieuse tandis que son collègue tente de maîtriser Fonfon. Tâche plus ardue, car Fonfon, sorte de Shiva hystérique, est parcouru de secousses démentielles, et lance tous ses membres de droite et de gauche en ordre dispersé, causant grands dommages chez l'ennemi. Selon l'usage des pacifistes de l'époque, il porte aux pieds des rangers militaires pesant trois livres chacune, ce qui donne du poids à sa conversation. Le garçon est inaccessible aux arguments que les deux autres veulent lui faire entendre : uppercuts, mandales, coups plus ou moins francs, tapes, gifles, pinçons, tentatives caractérisées de strangulation ou d'énucléation. Sa tête pivoine tourne et souffle comme une soupape d'autocuiseur, de temps à autre il pousse des cris sauvages en roulant et rebondissant à toute vitesse sur le sol, et il faut toute la science de ses adversaires, adeptes du taekwondo, pour mettre un terme à cette vaine agitation, grâce à une clé dans le dos qui fait rendre un bruit de crécelle aux articulations. Quant au chien, toujours muselé, il vient de faire une crise d'apoplexie due à un sentiment intense de frustration.

— On a l'air malin.

Cette fois, Frank n'a pas tapé dans la grille. Assis côte à côte sur le bat-flanc, ils ont le visage diversement coloré (mauve, terre-de-Sienne, rose indien, moutarde-à-l'ancienne) dans la clarté honteuse qui suinte du soupirail.

— Quand j'étais gamin j'en ai fait, des conneries. Mais alors toi, tu y vas fort. J'aurais dû les laisser te tabasser pour de bon, tiens.

Fonfon est surpris : il pensait avoir été tabassé pour de bon.

— Qu'est-ce que ma fille fabrique avec des zozos pareils. Tu peux m'expliquer ça ? Un vrai mystère.

Fonfon tenterait bien d'expliquer, mais ça tient du mystère, exactement. Frank soupire.

— La Tour a toujours attiré les cinglés dans ton genre, c'est comme qui dirait fatal. Santos-Dumont, 13 juillet 1901. Manque de s'empaler dessus avec son dirigeable. Léon Collet, un type de ton âge, y laisse sa peau en 1909 en passant entre les piliers avec son zinc. Et j'en ai d'autres en stock, si ça t'intéresse. C'est un monde, la Tour.

— On avait déjà fait le coup du cerf-volant ?

— Pas à ma connaissance. Mais le parachute, oui. Gros succès, le parachute. Enfin, en termes d'audience, parce que pour le reste… Tiens, un Allemand, un tailleur, vers 1912, se confectionne une redingote munie d'une cape montée sur ressorts pour sauter du premier étage. Après, on te dit que les Teutons ne savent pas rigoler. Il convoque la presse, le public est ameuté, il en vient de partout, tu parles. Une redingote à ressorts ! Il y a même un cinéaste, le film existe toujours. Le tailleur monte sur la rambarde du premier étage, il hésite pendant presque une heure mais le public râle. Alors bon, il finit par sauter, et s'écrase comme une crêpe sur le Champ-de-Mars. Et il y en a eu d'autres, ça ne les a pas arrêtés. D'autres parachutes géniaux, d'autres crêpes. Un de ces jours, tu verras, ils tendront un câble pour les funambules entre Chaillot et la Tour. Près d'un kilomètre dans le vide, qu'est-ce que t'en dis ?

— Moi, même monté sur une chaise j'ai le vertige. Ce qui m'intéresse, c'est les cerfs-volants.

Et la conversation s'étire dans le petit matin. Chacun raconte sa monomanie : Frank, tout petit déjà, était obsédé par la tour Eiffel. Un rêve, un mirage, un mythe. Il connaît tout sur elle.

— Tiens, pose-moi des colles.

— Quoi, comme colles ?

— Je sais pas, moi. Combien elle pèse, par exemple.

— D'accord. Combien elle pèse ?

— Dix mille tonnes. Ça commence à faire, hein. Dix mille cent, exactement. Je t'en bouche un coin, là. Pose-m'en une autre.

— Combien de boulons ?

— Ah, non, là tu triches. Faut pas exagérer. Combien de boulons, et puis quoi ! D'abord, c'est pas des boulons, c'est des rivets. Tu pourrais me demander, je ne sais pas, moi, combien de marches.

— Combien de marches ?

— Seize cent soixante-cinq. Ah ah. Tu croyais m'avoir, hein. Une autre.

— Bon, alors… La hauteur exacte. Au centimètre près, sinon ça vaut pas.

— Facile. Trois cent vingt mètres et soixante-quinze centimètres. Tu sais combien fait Notre-Dame ?

— Au pif… Cent trente-huit.

— Pff. Soixante-six. Allez, une autre. Vas-y, quoi. Par exemple, la date de l'inauguration.

— Ah ouais, tiens, quelle date ? Pas seulement l'année, hein, le jour et l'heure.

— 31 mars 1889. Et toc. Vers trois heures de l'après-midi. Allez, une autre.

Fonfon n'aura pas perdu sa nuit. Frank procède à une injection massive de science eifféllienne dans ce jeune crâne. Il n'est pas si bête, ce garçon. Il pose des questions intelligentes. Il sortira de ce putain de commissariat en sachant que le drapeau anglais a flotté sur la Tour en 38, pour accueillir George VI ; que *Le Figaro* y a imprimé une édition quotidienne durant toute la première année ; que des escrocs ont essayé de la vendre en Amérique en 1909, date prévue pour sa démolition ; que l'interception d'un message par l'antenne de la Tour a permis d'arrêter Mata-Hari pendant la guerre de 14-18 ; qu'un éléphant de Bouglione est monté jusqu'au premier étage ; que le record de l'ascension à pied est de huit minutes et demie ; que la vue porte par temps clair jusqu'à quatre-vingts kilomètres ; que des répliques — minables — de la Tour existent en Angleterre, au Japon, en Allemagne et en Chine ; que le vent et le soleil peuvent faire bouger le sommet de vingt centimètres ; qu'il faut cinquante tonnes de peinture pour la repeindre tous les sept ans ; et bien d'autres informations amusantes et indispensables.

Fonfon, de son côté, instruit le vieil ignare sur les prodiges du cerf-volant.

— Tu sais où il a été inventé ?

— Ben tiens, en Chine.

— D'accord, mais pour quoi faire ?

Le père de Lola ne pourra plus ignorer que l'engin a été inventé à des fins militaires sous la dynastie des Han : signe de reconnaissance et de ralliement, moyen de terroriser l'ennemi grâce à des sifflets, des lames de bambous, des clochettes ou des fils métalliques, mais aussi de déplacer sans bruit du matériel et même des hommes, de larguer des messages et des bombes, de donner le signal de l'attaque ou du repli…

— Des sifflets pour faire peur ! Tu rigoles ?

— Non, non. C'est un général, je ne sais plus son nom mais on s'en fout, il a fabriqué des harpes éoliennes montées sur cerfs-volants, et les Chinetoques d'en face ont détalé comme des lapins, c'est connu, c'est historique. Et puis il y a aussi cet empereur qui accrochait les condamnés à mort à un cerf-volant et il les jetait du haut d'une tour. S'ils s'en tiraient vivants, ils étaient graciés. Imagine le type qu'on sort de sa cellule, et qui constate qu'il n'y a pas un souffle de zef.

Et qu'en Chine, on fête le cerf-volant le neuvième jour du neuvième mois en lançant des engins porteurs de prières et de messages. Et que, suivant les régions et le climat, les cerfs-volants ont des formes et des usages très différents. Et qu'il est le messager des dieux, soi-disant. Et qu'au Guatemala, c'est grâce à des cerfs-volants placés au-dessus des cimetières qu'on communique avec les morts. Allô,

Tata ? Je t'avais dit de ne pas te promener du côté de la falaise, c'est malin, maintenant on ne retrouve pas les clés de l'étable, tu peux me dire où tu les as laissées, les lamas ont la dalle ! Et que c'est aussi un jeu de combat, qui consiste à faire tomber le cerf-volant de l'adversaire en le déstabilisant ou en cisaillant son fil…

— En le cisaillant ?

— Les fils sont enduits de matière abrasive. Ce sont de petits cerfs-volants, très agiles. Sauf au Japon, parce que là-bas ils ont des engins énormes, il faut être vingt ou trente pour les manier.

— Dans le fond, tu vois, on aime les belles choses inutiles, tous les deux.

Frank est étonné de cette découverte. Jamais il n'aurait pensé avoir quoi que ce soit de commun avec un hippie, un beatnik, un de ces bons à rien crasseux et mous bourrés d'idées fumeuses. Enfin, mous, faudrait demander son avis au vigile qui s'en est tiré avec un double cocard.

— Ah, mais c'est pas inutile, un cerf-volant. On s'en sert aussi pour la chasse : il ressemble à un oiseau de proie, il plane bas, il fait du surplace, alors on l'utilise pour rabattre le petit gibier. Et pour la pêche, dans les îles de l'océan Indien, à Sumatra, en y fixant une ligne on peut pêcher très loin en mer. Très utile, au contraire.

— Tu m'en diras tant. Remarque, la Tour aussi elle a son utilité. Je ne te parle pas du restaurant, mais pour la radio, l'aviation, le tourisme… C'est une sacrée trouvaille…

Et tous deux de méditer, tandis que le gardien achève avec un grognement sa grille de mots fléchés, sur l'utilité de la beauté, et sur la beauté de l'inutile, concepts difficiles à manier à cette heure pâle de l'aube, après un combat corps à corps. On est plutôt bien, finalement. On n'a pas tous les jours l'occasion de tailler une bavette avec quelqu'un qui vous comprend.

36

L'Éphémère

Marie-Laurence, je ne sais pas comment je trouve encore le temps d'écrire à ton intention sur ce cahier. Tu le liras un jour et tu seras terrassée par la grandeur de mon amour. Je suis extrêmement occupé, au point que je n'ai plus le loisir de lire les communiqués de la Société mondiale d'Entomologie, ou de rédiger l'article essentiel que j'ai en projet sur les hydrophiles phytophages. Ni même d'étudier cet intéressant spécimen de plesiocanthon gibbicollis qu'on m'a envoyé du Brésil. J'aimerais aussi faire une communication sur un staphylinidé au don mimétique remarquable, le lomechusa, qui s'installe dans les fourmilières et produit des sécrétions dont les fourmis sont si friandes qu'elles en viennent à négliger leurs propres larves, de sorte que la fourmilière dégénère : n'est-ce pas captivant et riche d'enseignements ? Nous avons tout à apprendre de nos frères insectes.

Mais comment faire ? Vous me prenez beaucoup de temps, toi et tes hommes. C'est un long ménage à faire. Tu as vu l'énergie que j'ai dû consacrer au seul Nicolas. À propos, as-tu reçu de ses nouvelles ? Comment se déroule sa villégiature allemande ? J'espère qu'il est toujours vivant, le pauvret. D'un autre côté, un geste funeste de sa part résoudrait avantageusement les problèmes auxquels il sera confronté en quittant cette épreuve : que saurait-il espérer de la vie ? Rien de bien fameux, crois-moi. Beaucoup d'amertume, de dérives et d'ennui, voilà son futur. Autant abréger, tu ne crois pas ?

Mais parlons de Christian. Je dois reconnaître qu'il m'a donné un peu moins de fil à retordre. Les idéologues sont moins compliqués que les artistes. Il n'a pas été très difficile de mettre un terme à sa carrière d'ouvrier spécialisé : il suffisait d'informer l'employeur de ses plans insurrectionnels faramineux. « Quittez les machines ! » « Dehors prolétaires ! » « Marchez, marchez, en avant pour la lutte ! » Risible, certes, mais chez Citroën on ne rit pas. Le contact avec le monde du travail a donc été un peu rugueux pour ce garçon, toutefois la vertu pédagogique de l'expérience compensera largement ces désagréments.

À propos de pédagogie, puisque ton ami a choisi par défaut la voie de l'Éducation nationale, nettement plus à la portée de sa petite cervelle et de ses compétences, permets-moi de te tenir au courant de mes projets le concernant. Tu le comprendras facilement, ma chère Lola, je ne peux admettre que l'on confie l'éducation de la jeunesse française à des individus aux mœurs incertaines, à l'intelligence chétive, à la morale vacillante, dont la principale lecture est celle d'un catéchisme rouge à l'usage des attardés mentaux. Et il faudrait placer les enfants de France entre leurs mains aux doigts jaunis de haschisch et rougis de henné ? Tu as échappé à ces tracas, grâce à ma sollicitude, en perdant la garde de ton fils. Tu me remercierais, si tu avais conscience de la dégradation effroyable du corps enseignant. Je ne suis pas communiste, mais je suis certain qu'à Cuba les enfants sont mieux encadrés.

J'ai donc décidé de procéder bientôt à la deuxième phase du laminage de ton petit philosophe. Il se pourrait, par exemple, que ses élèves trouvent sur leurs pupitres des exemplaires d'un tract pour lequel un certain docteur Carpentier vient d'être inculpé. Ce torchon s'intitule, tiens-toi bien, « Apprenons à faire l'amour ». Une simple perquisition au domicile du jeune enseignant permettrait d'en saisir une quantité importante. Apprendre à faire l'amour ! N'est-ce pas absurde ? Je me souviens que, lors de notre nuit de noces, tu n'as pas eu besoin de manuel pour inventer les gestes adéquats. Mais tu es peut-être simplement très douée. Ou tu avais pris de l'avance. La suite de ton existence témoigne de réelles dispositions, j'en conviens, bien que cela me blesse. Quoi qu'il en soit, l'Éducation nationale châtie à juste titre les professeurs qui, de plus en plus nombreux, au nom d'une idéologie répugnante et nocive, tentent de dévoyer l'âme de la jeunesse, en introduisant vicieusement dans le corps enseigné la semence d'une

269

permissivité fatale à notre civilisation. Ce n'est pas sans regret que je me vois contraint de réduire ainsi à néant l'embryon de vie professionnelle d'un individu qui t'est inexplicablement cher. Mais je trahirais mon devoir en ne le faisant pas. Christian sera montré du doigt, traîné devant un conseil de discipline, voire devant un tribunal, honteusement renvoyé, interdit d'enseignement, soupçonné d'incitation à la débauche. Après tout, l'expérience prouve qu'il y a rarement de fumée sans feu. Je doute hélas que votre amitié puisse survivre à ce deuxième coup du sort, pas plus que sa liaison avec la jeune et jolie Bénédicte, qui a tant besoin de sécurité maintenant qu'elle est mère.

Que dis-tu ? Que je me moque des principes moraux que je prétends défendre ? Que je me fiche éperdument de l'avenir des enfants de France ? Allons, la colère t'aveugle. Regarde-moi : n'importe quelle mère rêverait d'un tel père pour ses fils. Pas toi ? C'est que tu n'es pas une mère.

Par Frank, j'ai obtenu une nouvelle intéressante, qui va orienter mon travail dans les semaines à venir. J'étais jusqu'alors fort embarrassé car je ne parvenais pas à décider lequel, de Michel ou de son petit frère, ferait l'objet de mon attention une fois réglé le sort de Christian. Or ton père m'a informé que François, ridiculement surnommé Fonfon, jeune homme à la fois fragile et inventif, éprouve une passion pour les cerfs-volants. Voilà qui me rapproche curieusement de mes chers insectes. Fonfon et ton père ont eu quelques soucis récemment avec les forces de l'ordre, lors d'une expérience avortée dont Frank m'a rapporté les détails d'un air embarrassé et discrètement fier.

Le garçon a inventé un appareil ingénieux, mais il n'a pas les moyens de le faire breveter. Qu'à cela ne tienne ! Vois comme je suis bon : je vais financer le brevet. Frank était très ému que je le propose avec une telle spontanéité. Il s'est attaché à ce garçon de façon soudaine et à mon avis excessive. Lui-même a trop de soucis de comptabilité pour pouvoir avancer de l'argent ; n'ayant aucune difficulté de cet ordre, j'ai à cœur de soutenir les projets des jeunes gens entreprenants. J'ai demandé à Frank de garder le secret sur tout cela, comme il te cache nos rencontres. Il serait indécent de faire étalage de ma générosité. Bien sûr, Fonfon, croyant la propriété de son « ascenseur éolien » garantie par Frank, sera tenté d'exploiter l'invention, voire de la vendre à quelque industriel ; de mon côté, étant détenteur légitime du brevet, donc authentique inventeur de l'appareil, je risque de m'offusquer qu'on utilise frauduleusement le fruit de mon génie. Je me connais : gentil, mais plutôt soupe au lait. Fonfon pourrait donc avoir quelques contrariétés d'ordre juridique, prochainement. Je serai contraint de lui envoyer un avocat, chargé de défendre mes intérêts sous couvert d'anonymat. Il ne faudrait pas que ces jeunes gens se croient tout permis !

J'ai par ailleurs d'autres projets, concernant l'avenir, qui devraient achever de mettre le jeune Fonfon en contact avec le réel.

Mais je bavarde, je bavarde. J'en oublierais presque de te donner de mes nouvelles. Tu dois être impatiente de savoir ce que je deviens, en dehors de tout le mal que je me donne pour toi. Figure-toi que j'ai reçu un étrange courrier, provenant d'une de tes connaissances. Il s'appelle Raymond Lelièvre. Ce n'est pas un de ces faux idéalistes dont tu aimes à t'entourer. Ce monsieur a le sens du concret. Il m'a envoyé une cassette contenant un message confondant de franchise. Il joue cartes sur table, ne s'embarrasse pas de scrupules ni de politesses. Enfin un être facile à cerner !

Les choses sont claires : il te fait chanter, et s'apprête à faire de même avec moi. Malheureusement, je n'ai pas le temps de chanter, en ce moment. C'est ce que je vais devoir lui expliquer lors de l'entrevue qu'il me propose. J'ai écouté plusieurs fois la cassette. Je ne supporte pas l'idée qu'un tel parasite s'approche de toi. Une punaise ! Un aphodius ! Un onthophagus ! Une de ces créatures indignes qui pratiquent le cleptoparasitisme, en vivant aux dépens des réserves d'excréments amassées par les scarabaeus ou les géotrupes. Comme une punaise, je l'écraserai. Cette perspective m'exalte curieusement, Lola. J'ai le sentiment que cette épreuve m'est imposée afin que je puisse prouver la sincérité de mon combat. Je dois écarter de ma route tout ce qui peut perturber mes plans, tout ce qui risque d'en ternir la pureté. J'agis d'ordinaire avec lenteur, constance, précision. Cette fois, je frapperai comme la foudre. Je dois me montrer à la hauteur de mon dessein. Patiemment je te mets à nu. J'écarte à ton insu, peu à peu, toutes les salissures que la vie commune, la vie misérable, a accumulées entre nous. La souffrance m'a grandi. Tu as fait de moi un être supérieur. À mon tour de te grandir, Lola. Tu ne fais que commencer d'avoir mal.

37

Je l'ai trouvé !

El Prado, le 1ᵉʳ septembre 1974

Chère Céline,

Quand j'ai enfin trouvé le nom de votre fils sur les registres d'inscription, j'ai cru m'évanouir de joie. Je l'ai trouvé, Céline, je l'ai trouvé ! Il porte le nom de son père. Il s'appelle Ramón, il vient d'entrer à la Escuela Elementar Cumpleaños de la Decisión de Patria o Muerte, à La Havane. Je sais que le nom est compliqué, mais c'est une bonne école. Vous ne pouvez pas imaginer combien je suis heureuse. J'irai voir son institutrice et j'essaierai d'obtenir des informations. Vous n'avez pas attendu inutile-ment toutes ces années. Je vous serre dans mes bras.

Amelia Huydobro,
Escuela Simón Bolívar,
El Prado,
Cuba

P.-S. La personne de l'Ambassade de France qui transmettait nos lettres est repartie à Paris. Elle m'a indiqué un collègue qui fera la même chose. Vous pouvez avoir confiance.

38

L'odeur de mon petit

Paris, le 23 septembre 1974

Ma très chère Amelia,

Vous avez été placée sur ma route comme un soleil tardif. Je respire un air inconnu, je vois des couleurs qui n'existaient plus, l'automne qui commence a des parfums de printemps. Je sens l'odeur de mon petit, fraîche et fade et bouleversante comme à la clinique après l'accouchement. Chaque jour qui passe me rapproche de lui. Je ne saurai jamais comment vous remercier. Ma joie est-elle un cadeau suffisant ? Elle est immense, rayonnante, c'est une guirlande d'étoiles qui relie Paris à Cuba et qui se balance, vous la voyez ? Je vous la donne. Mais dites-moi vite ce que vous savez. Pas une minute ne s'écoule sans m'apporter une nouvelle interrogation. Ces questions, je les avais enfouies très loin, pour qu'elles cessent de me harceler, mais elles resurgissent aujourd'hui comme des bêtes affolées. Elles cherchent leurs réponses, elles savent qu'elles les trouveront bientôt. Je suis remplie de voix qui me demandent comment il est. De quelle couleur sont ses yeux, je ne le sais même pas. Et ses cheveux. Est-il grand ou petit, fort ou mince ? Est-il nourri correctement, et par qui ? Comment est-il habillé ? Qui l'accompagne à l'école ? Mange-t-il à la cantine ? Est-ce qu'il s'entend bien avec les autres enfants ? À quoi joue-t-il pendant les récréations ? Est-ce qu'il travaille bien ? Est-il bavard ou réservé ? Et chez lui ?

« Chez lui » : ces simples mots me déchirent. Dans quel quartier habite-t-il ? Et qu'est-ce qu'on lui apprend à l'école ? Vous connaissez les programmes, il faut me dire cela aussi. N'oubliez rien. Le moindre détail, la couleur de ses chaussures, ses grains de beauté, ses taches de rousseur, et s'il sait déjà écrire son nom, et Maman. Il perd ses premières dents de lait. Est-ce que la petite souris passe à Cuba ? J'aime le sourire édenté de mon fils. Mais qu'il puisse sourire sans connaître sa mère me fait un mal atroce. Vous irez voir sa maîtresse, n'est-ce pas ? Surtout soyez discrète, qu'on ne sache pas que je cherche à m'informer. Son père est un monstre, il est capable de tout. J'ai fait une erreur en acceptant un enfant de lui, et pourtant c'est ce qui est arrivé de plus beau dans ma vie. Écrivez-moi vite, Amelia, je vous en supplie. Je marche sur des braises en attendant votre courrier.

Ici, la vie est toujours étrange. Certains amis avec qui je vivais s'éloignent. Nicolas s'est retiré dans une communauté monastique, dans la Brenne, au centre de la France. C'est difficile à croire, mais nos existences ont pris des cours tellement étranges ! Ce siècle est fou, je crois. Nico m'écrit de longues lettres paisibles. Il peint des tableaux qui se vendent au profit de la communauté où on accueille des drogués, des alcooliques, des hommes en mal — en mal de quoi ? De sens, je suppose. Il me parle d'un des jeunes moines de l'abbaye, organiste et poète, avec des accents vibrants qui ne trompent pas.

Chris a quitté Paris avec son amie Bénédicte. Elle avait trouvé du travail à Nice, il l'a suivie. Il est employé dans un quotidien régional, où il corrige les fautes d'orthographe des journalistes. Il a monté une section de la C.N.T., pour faire simple. Son parcours politique est difficile à suivre. Lui aussi cherche le sens. Il me manque. Il me reste un ami sûr, c'est Michel et c'est plus qu'un ami. Il était près de moi, et j'ai mis si longtemps à le voir et à l'entendre vraiment, je dois être aveugle et sourde.

Nous nous sommes tous retrouvés, sauf Nico, le mois dernier sur le plateau du Larzac, à brandir des banderoles antimilitaristes, à fumer, à chanter et à taper sur des tambours comme autrefois. Nous étions des milliers, des dizaines de milliers, à nous serrer les uns contre les autres. En fermant les yeux, nous repartions six ans en arrière, c'était bon. Toute cette agitation doit paraître bien dérisoire, vue du paradis socialiste. Ici, on parle d'une loi qui devrait être votée dans les semaines qui viennent sur la libéralisation de l'avortement. Le monde change, Amelia. Votre régime changera peut-être lui aussi,

277

et je pourrai alors librement venir à Cuba, retrouver mon fils, et son père ne sera plus en mesure de m'en empêcher, et les fonctionnaires du Quai d'Orsay ne seront plus tenus de m'écarter et de me faire taire pour ne pas gêner la soi-disant action de leur gouvernement de merde. Je ne devrais pas vous écrire cela, je le sais. Mais c'est ce que j'espère. Votre pays est plein de gens de grande qualité comme vous, il n'a pas besoin de cette police et de ces bourreaux qui m'empêchent de rejoindre ce que j'ai de plus précieux au monde.

Répondez à toutes mes questions, Amelia, et même à celles que j'ai oublié de poser, je vous en supplie. Soyez remerciée de tout ce que vous faites pour me rendre à la vie. Si un jour vous pouvez voir mon fils, déposez de ma part un baiser dans le creux de sa main, sans rien dire. Je suis sûre qu'il saura d'où il vient.

Votre
Céline

39

Pensez à ceux qui restent

La rencontre a lieu à l'heure et à l'endroit prévus, sur le trottoir de la rue Amelot, devant le Cirque d'Hiver. Pas de formules de politesse, pas de poignées de main, juste quelques mots pour s'assurer de l'identité de Lelièvre, mais il n'y a guère de doute à ce sujet : le type a vraiment la tête répugnante de l'emploi. Jacques lui propose de discuter dans sa voiture, à l'abri de toute oreille ou regard indiscrets.

— Docteur Apostolos, je n'abuserai pas de votre temps, promet Lelièvre, une fois installé. Cette conversation risque d'être un peu pénible, arrangeons-nous pour qu'elle soit brève. Vous avez eu le temps de réfléchir. Quelles sont vos propositions ?

— Je préférerais que la proposition vienne de vous, répond Jacques, fermement décidé à faire traîner la transaction jusqu'à l'arrivée sur le périphérique.

On arrive place de la Bastille. Lelièvre, après s'être longtemps fait prier, finit par annoncer du côté de Bercy une somme colossale, prix de son silence.

— Comment aurai-je la garantie que vous ne recommencerez pas à me harceler ?

— Rien n'est jamais acquis à l'homme, hélas. Mais le risque est infime. Je n'ai pratiquement qu'une parole.

— Je vois. Vous demandez une somme exorbitante, et vous n'offrez rien en contrepartie. Ce n'est pas très commerçant. Avant même de discuter le prix, je veux avoir la certitude de récupérer tout le matériel que vous prétendez posséder. Y compris les négatifs des photos, si photos il y a réellement.

— Photos il y a, rassurez-vous. Je suis peut-être un maître chanteur, mais j'ai été éduqué dans l'horreur du mensonge. Tenez, dit Lelièvre en sortant de sa serviette un grand cliché en noir et blanc, sur lequel on reconnaît nettement Jacques en train de saisir ou de donner un objet indiscernable à un individu vêtu d'un battle-dress et coiffé à la rasta.

— On ne distingue pas grand-chose, fait remarquer Jacques. En fait, la photo a été prise au moment où j'étais en train d'offrir une cigarette à un sans-abri. Prouvez-moi le contraire.

— Jean-Dominique Bergali n'est pas vraiment sans abri. Il bénéficie assez régulièrement d'un logement gratuit, du côté de Fresnes. Pas sans le sou non plus : sa petite entreprise se porte à merveille, d'après ce qu'on raconte à la brigade des stupéfiants.

Le dialogue s'éternise jusqu'à la porte de Charenton, à partir de laquelle le véhicule se met en orbite autour de la capitale. Lelièvre pense tenir le bon bout — le prix finalement proposé par Jacques, quoique très en dessous de l'offre, dépasse tout de même ses prévisions — lorsque le moustique le pique.

Raymond Lelièvre se donne une méchante claque de la main gauche sur l'épaule droite, sans atteindre pour autant l'endroit recherché, situé plus loin vers l'omoplate. Incroyable qu'il y ait encore des moustiques en cette saison. Ses doigts cherchent de nouveau à atteindre le point brûlant, tandis que son torse s'agite convulsivement afin de déloger l'insecte particulièrement vorace qui parvient à piquer à travers un manteau en poil de chameau. Les doigts finissent par rencontrer ce qui n'est de toute évidence ni un moustique ni une guêpe.

Plutôt une seringue.

À n'en pas douter, oui, c'est une seringue, dont le piston, actionné par la main de Jacques, vient de libérer dans son corps 50 mg de Nozinan. En moins de temps qu'il n'en faut pour boire un pastis, l'ancien banquier se retrouve dans un état stuporeux d'assez mauvais augure. Très rapidement ses gestes se font lourds, sa pensée épaisse. Il voudrait protester, exprimer sa surprise et sa désapprobation, mais il ne parvient qu'à ânonner quelques syllabes pâteuses.

La voiture roule maintenant à une allure régulière sur le périphérique. Tout s'est passé comme prévu. Jacques avait préparé la seringue avant la rencontre, et l'avait collée à l'aide d'un ruban adhésif derrière le siège du passager. Il a attendu d'être engagé sur le périphérique. Assuré qu'il ne risquait plus de se voir contraint à l'arrêt par un feu rouge ou une priorité, il a pu ainsi agir avec une rapidité de crotale. Le Nozinan est un excellent produit.

Le voilà qui s'enfonce dans une semi-léthargie. Les sons se répercutent à l'intérieur de son crâne. Les lampadaires en procession se penchent avec sollicitude sur son passage, auréolés d'orange. Que faisons-nous sous l'eau ? Des sous-marins glissent de part et d'autre, des visages blafards flottent derrière des hublots.

— N'ayez pas peur, monsieur Lelièvre, dit une voix brouillée par un effet d'écho. Je vous ai administré un petit calmant, rien de plus.

Le banquier meugle faiblement.

— Vous dites ? demande Jacques. Excusez-moi, j'ai cru que vous me parliez. Nous allons quitter le périphérique, je sens que toutes ces lumières vous incommodent. Je vous emmène dans un endroit tranquille.

Lelièvre voudrait lever les bras, par exemple pour étrangler Jacques, mais ils pèsent trop lourd.

Pendant une heure, a calculé le docteur Apostolos, notre ami devrait être rigoureusement hors d'état de nuire ; mais son esprit reste en éveil. Il entend ce qu'on lui dit, est en mesure d'exercer un jugement de façon presque normale malgré son état prélégumineux. Excellent produit, vraiment. La civilisation humaine a parfois du bon, pour peu qu'elle imite celle des insectes. Nous avons le temps. Jacques a prévu suffisamment de neuroleptique pour pratiquer en cas de besoin des injections supplémentaires.

La voiture suit le cours d'une rivière, longe des entrepôts, des usines, des friches industrielles mijotant dans un affreux jus de nuit, emprunte des ruelles désertes, un ancien chemin de halage, s'arrête enfin près d'un embarcadère où sont amarrés d'énormes conteneurs flottants. Le grand accessoiriste, pour parfaire le tableau, fait tomber sur le décor un crachin poisseux.

— Voici mon projet, dit Jacques en rattrapant tranquillement Lelièvre qui, dans un effort terrible, a réussi à ouvrir sa portière et tente de s'extraire de la voiture. Je voudrais vraiment savoir où se trouvent les originaux des documents que vous m'avez apportés ce soir. Vous allez me le dire. J'irai les récupérer, vous m'attendrez ici. Je reviendrai vous chercher quand tout sera réglé.

De nouveau, Lelièvre meugle, mais sans conviction. Jacques a tiré de sous le siège une cordelette de nylon. Il dépouille son passager, qui se débat au ralenti, du beau manteau en poil de chameau, vide toutes ses poches, et commence à le ficeler avec soin.

— Ne vous inquiétez pas, vous serez bien à l'abri dans un pare-abattage.

Lelièvre lève vers lui des yeux de veau, humides et tristes. Visiblement, il ignore ce qu'est un pare-abattage.

— Ce sont ces empilements de pneus que vous voyez attachés le long des conteneurs. Ils sont destinés à amortir les chocs. Les conteneurs sont en réalité des bennes à ordures flottantes. Tôt le matin, elles partent recueillir les déjections de la capitale. Je vais vous installer à l'intérieur d'un de ces pare-abattage, donc. Vous serez invisible, suspendu comme un saucisson, c'est amusant. Nous n'avons pas beaucoup de temps : vers trois heures du matin, l'endroit commence à s'animer. Si par malheur je n'avais pas la possibilité de venir vous récupérer assez tôt, vous partiriez en balade sur la rivière. Hélas, les heurts sont très fréquents, inévitables, recherchés même par les pilotes qui dirigent ainsi les convois. Après avoir été piqué, vous risqueriez d'être pincé très fort. Aïe. Mauvaise soirée.

La tête de Lelièvre dodeline. On le sent plein de consternation amère. Il n'y aura pas besoin de le menacer beaucoup pour le faire parler. La carrière bancaire prépare mal à ce genre de conversation. Tout en discourant, Jacques a parachevé le ligotage de sa victime. Peu de temps après, sans avoir vraiment suivi le déroulement des opérations (mais peut-être a-t-il piqué un petit roupillon), Lelièvre se retrouve comme promis suspendu à l'intérieur d'un empilement de pneus fixés par des cordes le long d'un conteneur. Il revoit son bureau de Garges, directorial et bien chauffé, les jambes de sa secrétaire, les deux téléphones, le poster de Cortina d'Ampezzo, les alignements de chiffres sur les registres de comptes, et la rassurante laideur du paysage qu'il pouvait contempler derrière la baie en verre fumé ; il revoit les poissons dans l'aquarium de Lola qui semblent l'avertir de quelque chose. Tout au fond, l'eau clapote, lugubre. J'espère que vous êtes bien installé, dit une voix au-dessus de lui. Dites-moi vite où je dois aller.

Quelques injures finissent par s'extirper des lèvres du banquier, pareilles à de grosses limaces. Les règles du jeu ont-elles vraiment été respectées ? Ce n'est pas possible. Que s'est-il passé, entre le bureau de Garges et ce puits étroit et nauséabond ? Un déraillement, une fatale série d'injustices. Pourtant, il faut bien se rendre à l'évidence, c'est à lui de jouer, et il n'a qu'une carte à abattre : la vérité. Il n'est plus vraiment habitué. D'autres limaces sortent à contrecœur de sa bouche.

— Les négatifs, dans un emballage étanche, à l'intérieur d'un cubitainer de vin de l'Hérault, en haut du placard de la kitchenette.

Il donne l'adresse, précise avec quelles clés ouvrir la porte de l'immeuble et celle du studio. Un studio misérable. Moi qui possédais un superbe pavillon, pourvu d'une cheminée qui ne fumait pas. Une série d'injustices. Même été marié, injustice initiale. Cette peau de vache m'a quitté dès la première bourrasque.

— Tout le reste, y compris l'enregistrement, dans une consigne de la gare du Nord.

— J'avais compris, indique Jacques, qui a trouvé la clé rouge de la consigne dans une poche du manteau. Et comment puis-je être sûr que vous n'avez pas fait de doubles, dissimulés ailleurs ?

Lelièvre meugle de nouveau, en agitant faiblement la tête en signe de dénégation. Jacques fait mine de le croire. Il reprend pied sur le ponton, commence à s'éloigner vers la voiture lorsqu'un vagissement plus aigu en provenance du pare-abattage lui fait rebrousser chemin.

— Dans la cave, marmotte l'otage. Un vieux poêle à bois. Le tiroir à cendres. La clé de la deuxième consigne. Les doubles.

Jacques approuve. Vous avez raison, on n'est jamais trop prudent.

Quand il revient, moins de deux heures plus tard, il semble très satisfait. Lelièvre, que le froid et la peur ont aidé à reprendre ses esprits, gigote désespérément en voyant son bourreau se pencher par l'ouverture. Le sparadrap qui emprisonne ses lèvres empêche l'expression détaillée des sentiments qui l'agitent.

— Eh bien, je crois que j'ai tout. C'est un plaisir d'être en affaires avec vous, monsieur Lelièvre. Malheureusement, je ne vais pas pouvoir tenir mes promesses. Je dois vite rentrer à Paris, comprenez-vous. Tous ces nœuds seraient trop longs à défaire. Comme vous disiez tout à l'heure, rien n'est jamais acquis à l'homme. Vous verrez, tout ira très vite. Avec un peu de chance, la première collision sera la bonne. Finis les soucis d'argent ! Vous êtes un veinard, Lelièvre. Pensez à ceux qui restent dans ce foutoir.

40

Farem tot petar

— Je t'entends mal, là.

— Je suis dans une cabine. Il souffle un zef à décorner les buffles. La côte d'Azur, tu me la copieras. Depuis que je suis à Nice, il n'arrête pas de flotter.

— Je suis sûre que tu exagères. Dis donc, Chris, ça n'a pas l'air d'aller…

— Ça va, ça va… Enfin non, ça va pas.

— Ton boulot ?

— Oh, mon boulot… Je traduis en français les textes des journalistes. Ils écrivent aussi bien qu'ils pensent, à *Nice-Morning*. Mais bon, y a pire. Les salles de profs, par exemple. Tu sais, je n'en suis toujours pas revenu. Pas un pour me soutenir quand j'ai été viré ! Un maître auxiliaire, tu penses. Même pas capésien, sûrement pédophile, franchement acti- viste… On est de gauche, mais on sait se tenir. Leur syndicat, c'est pas un syndicat, c'est une administra- tion soviétique. Aussi efficace, aussi démocratique. Sans ta carte, tu peux crever. « Vous qui entrez ici, quittez toute espérance » : Dante a dû mettre les pieds dans une salle des profs, un jour. Ce tract, là, « Apprenons à faire l'amour », je ne sais toujours pas qui l'a mis dans mon casier, et sur les tables des élèves, mais c'est forcément un de mes collègues. Un stal, évidemment, voilà leurs méthodes… Tu aurais vu cette bande de faux-culs au conseil de discipline… Le dégoût dans leurs yeux… Mais t'en fais pas, tout ça leur sautera à la gueule, un jour ou l'autre. Farem tot petar, comme on disait au Larzac.

— Bon, bon. Tu ne me dis pas comment va le petit…

— Karl ? Il bouffe comme un chancre, il braille, il pionce. J'aimerais être à sa place.

— Bénédicte ?

— Heureuse, apparemment. Mais elle veut qu'on prenne deux appartements séparés. Tu vois le genre.

— Ça passera, va. Elle gueule, mais elle t'aime.

— Elle m'aime, oui. Mais elle dit qu'elle veut réfléchir, c'est ça qui est grave. Réfléchir ! C'est la première fois que ça lui arrive.

— Fais pas ton malin, crétin de macho. Profite de ta chance avec Karl. Il a sa couleur d'yeux définitive ? Et l'eczéma, c'est fini ? Qu'est-ce que vous faites de lui, dans la journée ?

— Il va dans une crèche de riches, pleine de futurs cacous à gourmettes et de futures pouffes recrépies au fond de teint. Merde, je voudrais vivre à Paris, Lola. Il ne se passe rien, ici. Aux manifs, on est trente. Les bourgeois s'indignent contre les sérigraphies d'Ernest Pignon-Ernest collées dans les rues, et ils laissent un gangster proxénète bétonner la

288

ville. Pour m'achever, je vais au ciné. J'ai vu *India Song* et *Jeanne Dielman*, c'est te dire si je suis déprimé. Et il paraît que Godard se met à la vidéo ! Heureusement qu'il y a Franco pour nous faire rigoler, avec les tuyaux qu'ils lui ont fourré dans tous les trous, parce que sinon il y aurait de quoi se flinguer. J'espère que l'agonie va durer longtemps, c'est un rayon de soleil quotidien. Toi, tu vas ?

— Oui. Très bien. J'ai encore eu des nouvelles de mon fils.

— Raconte !

— Il est très bon élève. Il paraît qu'on le donne en exemple dans toute l'école. Amelia m'a envoyé une photo de sa classe. Elle est un peu floue, mais j'ai pleuré pendant trois jours. Si tu voyais comme il est beau… Bon, il faut que j'arrête, parce que je sens que je vais recommencer.

— Des nouvelles de Nico ? Toujours chez les tondus ?

— Toujours. Il m'écrit. Il a l'air heureux.

— Grand bien lui fasse. J'espère qu'il prie pour nous, Nico. Ça lui fera du bien sans nous faire de mal. Michel, Fonfon ?

— Ça va. Michel vit toujours avec moi, tu sais.

— Ouais. Passons. Je ne sais pas pourquoi, mais ça m'énerve. Il nous a tous eus, ce petit rusé.

— S'il te plaît, pas de scène…

— Je plaisantais, vieille peau. Il fait toujours du bruit avec ses machines ? J'espère que ça lui rapporte un peu. Et Fonfon ?

— Des projets de cerfs-volants qui l'absorbent beaucoup. Il continue de bosser avec des météorologues.

— On croit rêver. C'est le plus cinglé de nous tous, et il va finir fonctionnaire.

— Chris, on fait une fête rue des Canettes, le 24. Ambroise sort de prison. Tu sais, l'ami de mon père. Tu ne pourrais pas venir ?

— Il faut que j'en parle à Béné. Dès qu'elle aura fini de réfléchir…

— Viens avec elle. Vous pourriez sortir, je m'occuperais du petit…

— L'échalote, il faut la prendre grise. Comme ça. Petite, ronde et dure comme une bille, explique Frank à Fonfon en pleurant. Je n'arrive pas à faire comprendre ça à mes cuistots. Ils préfèrent la grosse, genre cuisse de poulet, bougres de feignasses. Bien plus facile à éplucher, évidemment.

Ils sont assis face à face, dans la minuscule cuisine de la rue des Canettes. Ils épluchent des échalotes grosses comme des groseilles que Frank a trouvées à Rungis, un vrai supplice pour les glandes lacrymales. Les épluchures tombent sur *Libération*, qui relate à la une les exploits de la bande à Baader. Fonfon a un joint coincé à la commissure, sur lequel il tire régulièrement.

— Au fait, sanglote Frank. Deux millions cinq cent mille.

— Deux millions de quoi ? demande Fonfon, en essuyant imprudemment ses larmes avec la paume de sa main mouillée de jus d'échalote.

— Deux millions cinq cent mille rivets. La Tour. Dix-huit mille pièces d'acier, et deux millions cinq cent mille rivets d'assemblage. Ah ah. Tu croyais m'avoir.

Mais Fonfon ne peut pas l'entendre : il a la tête sous le robinet, et tente d'éteindre le feu de ses yeux à grands jets d'eau froide. Le joint trempé pendouille à ses lèvres, lamentable.

Ce matin, avec Lola et Michel, ils sont allés chercher Ambroise à sa sortie de prison. Il a voulu aller voir tout de suite ses poissons, et qu'on le laisse seul avec eux. Tout à l'heure, on dîne pour célébrer la libération, en petit comité puisque Nico bien sûr ne viendra pas, ni Chris, qui attend toujours que Béné ait fini de réfléchir.

De Rungis, Frank a également rapporté un splendide brochet, qu'il pochera au dernier moment dans un simple bouillon, et servira avec un beurre d'échalotes biblique. Le raffinement dans la simplicité. En entrée, des bouchées à la reine préparées par le cuistot du Nautilus, et pour dessert un gâteau façon Lola, on peut craindre le pire.

— Tu es sûr qu'il voudra manger du poisson, Ambroise ? s'enquiert Fonfon, qui depuis tout petit déteste les arêtes.

— S'il n'est pas content de la cantine, il n'aura qu'à retourner d'où il vient. Du brochet ! Le roi des rivières ! Maître Esox ! À la table des empereurs de

Chine, on méprisait le poisson de mer, réservé à la populace. Seul était noble le poisson d'eau douce. Je donnerais tous les turbots de l'Atlantique pour un brochet. Ce qui prouve que dans le fond, j'aurais pu être empereur de Chine. Bon, sérieux, parle-moi encore de ton projet, là, tu sais.

Tout en préparant la purée de céleri, Fonfon rappelle les grandes lignes de son plan. Frank l'écoute en sirotant un verre de sauvignon. Fonfon a de grandes ambitions aérodynamiques. Quand on vise une carrière dans le cerf-volant, il faut faire preuve d'imagination et de compétences. Tout d'abord, battre le record du monde d'altitude, rien de moins. Le record actuel, réalisé en Autriche en 1919, tient toujours. Neuf mille sept cent quarante mètres, à l'aide d'une chaîne de huit cerfs-volants.

— Attends… Presque dix kilomètres ?

Ça plane salement, côté Fonfon.

— Et alors ? On va faire mieux. Je t'explique comment.

Il a inventé l'engin, dessiné les plans. Reste à le construire. L'idée géniale est de supprimer la structure. Le cerf-volant nouveau se présente comme une série de cylindres en nylon cousus côte à côte. Vingt cylindres de six mètres de long, quarante centimètres de diamètre. Soixante mètres carrés de voilure, une force exponentielle de deux mille trois cents kilos de traction par mètre carré.

Frank regarde le garçon, songeur. Ce type-là est peut-être un génie. Dire qu'on pourrait le prendre pour l'idiot de la famille. Possible aussi, remarque.

— Excuse-moi, Fonfon, mais il sert à quoi, ton cerf-volant ?

— Le record, je te dis. Avec ça, on anéantit la suprématie des ballons-sondes. Plus chers, irrécupérables. Après, je suis embauché par une grosse boîte, je me fais des couilles en or, je te rachète ton restaurant.

— Et comment tu le fais homologuer, ton record ?

— L'engin embarque un baromètre à aiguille tout bête, qui enregistre la pression, donc l'altitude. Je fais constater par huissier. J'aurais pu m'attaquer à un autre record, remarque. La durée de vol, cent quatre-vingts heures à battre. La taille : mille quatre cent trois mètres de long, tu vois le boulot, un truc d'Américains, ça. La vitesse, cent quatre-vingts kilomètres heure, record français, mais techniquement c'est plus compliqué.

— Attends, attends. Tu parles comme si c'était fait. Mais les cordes ? Dix kilomètres de corde !

— Pas dix, quinze. Parce qu'il faut compter avec la courbe de fléchissement du câble. C'est pas un problème. Le vrai problème, c'est l'argent, conclut Fonfon avec son regard par en dessous, genre cocker.

Quinze kilomètres de câble ! Frank se marre, là. Ça va peser un âne mort, ton truc. Sans compter l'encombrement.

Réponse immédiate : huit cent trente-cinq kilos pour le câble principal. Quatre cents kilos pour les deux filins directionnels. Ça tient dans une camionnette, facile.

— J'ai fait les calculs à partir d'une force de tractage de trente-trois kilos au mètre carré de voilure, type Parafoil ou Stratoscope. On fait des câbles nylon très robustes. Un diamètre de 0,8 suffira.

Frank siffle, admiratif, et plutôt inquiet sur la question du financement. Fonfon n'y arrivera jamais tout seul. Je ne peux rien faire. À moins. À moins de demander à Jacques… C'est un brave garçon, plein aux as, il ne sait pas quoi inventer pour rester en contact avec moi depuis que ma fille l'a laissé tomber… Me fait un peu pitié… Tous les lundis, il vient prendre le café, presque en cachette, en profitant du jour de congé de Lola… Il m'a déjà proposé plusieurs fois de l'argent. Pour le restaurant, je ne veux pas dépendre de lui, mais pour Fonfon… Il m'a déjà aidé, en finançant l'achat du brevet pour l'ascenseur éolien. Fonfon croit que c'est moi, bien entendu. Qui sait, avec ses idées loufoques, si ce gamin n'a pas en effet un grand avenir devant lui ?

— Tu as une idée de ce que ça coûterait, cette blague ?

Fonfon, qui était en train de rouler un nouveau joint, s'interrompt pour extraire de la poche arrière de son jean une feuille couverte de chiffres parfaitement alignés. Il avait prévu son coup, le petit saligaud.

— Presque rien. Une rigolade. Mes copains météo me procurent des toiles de parachutes déclassés. Pour l'assemblage, je me fais aider par le cordonnier de la rue du Dragon, il me prête sa machine à coudre le week-end, il veut bien me filer un coup de main, même. Pour le câble, je me suis renseigné dans plusieurs corderies, j'ai choisi la plus sérieuse.

— Ta ficelle, tu la stockes comment ? Tu n'as pas peur de faire des nœuds ? Je sais bien qu'il n'y en a que quinze kilomètres, mais quand même.

— Par E.D.F., je peux récupérer deux grosses bobines en bois qui servent pour les câbles électriques, montées sur des triangles de ferraille. Les deux filins directionnels seront enroulés sur la même bobine.

— Je suppose que tu as aussi prévu la source de financement ?

— Ben… répond le cocker.

— Je vois. Faut que j'étudie la question. Goûte ce sauvignon, là, au lieu de fumer tes saloperies.

Un voile de mélancolie flotte sur la cène. Ambroise a été installé en bout de table — une planche posée sur tréteaux, recouverte d'un tissu teint. Au centre du plateau, maître Esox exhibe sa membrure translucide. Des fleurs partout, que Michel et Fonfon sont allés chercher cet après-midi rue de Buci, plus pour Lola que pour Ambroise, sans doute. On a bien mangé, beaucoup bu. Même le gâteau de Lola, apparemment à base de sable et de charbon de bois, a été honoré. Ambroise a pleuré à trois reprises, et ce n'était pas à cause des échalotes.

La première fois parce qu'il se sent victime d'une injustice : lui qui a été un héros de la Résistance n'a toujours pas compris que même les Compagnons de la Libération sont tenus de respecter la loi. Et de Gaulle, il la respecte, peut-être, la loi ? Ben oui, théoriquement, même de Gaulle est tenu de respecter la loi. Même Chaban, même Guichard, même Pasqua ? Je me marre, tiens. Un comble ! Il a passé cinq ans à faire sauter des trains, à attaquer des banques, à piller des épiceries, pour cela on l'a félicité et couvert de médailles, et du jour au lendemain il aurait fallu qu'il change de manières. Il ne demandait pas d'autre médaille, mais au moins qu'on le laisse faire ses petites affaires ! À chacun son métier ! Franchement, ça dérangeait qui ?

La deuxième fois, c'était à cause du fils de Lola. C'est ma faute… Je n'arrêtais pas de penser à lui, en prison. Si Lola n'a pas réussi, c'est à cause de moi. Lola a posé la main sur la sienne, avec des gestes doux de la tête. Mais non, Ambroise. Tu n'y es pour rien. Et rien n'est perdu. Je le retrouverai, tu sais, on le retrouvera, on rattrapera le temps…

Bien sûr, elle aussi s'est mise à pleurer. Fonfon faisait des dessins de la pointe de son couteau dans un fond de beurre d'échalotes, Frank réduisait en miettes une tranche de pain, Michel prenait sous la table les jambes de Lola entre les siennes. Les ombres de Chris et de Nico rôdaient.

La troisième fois, c'était après le dessert. Peut-être un effet du charbon de bois, mais plus sûrement de la petite mirabelle de Lorraine servie dans des verres à moutarde. Dès la première gorgée, Ambroise a repris du poil de la bête, il s'est mis à chanter des chansons bizarres apprises en prison, puis *Le chant des partisans*. Ses poings martelant le plateau d'aggloméré faisaient s'entrechoquer les couverts et les verres, évoquant à s'y méprendre le cri sourd du pays qu'on enchaîne. Hélas, on ne sait par quel détour sournois de la pensée, il en est venu à évoquer les poissons de son aquarium, et la vue des restes du brochet a fait jaillir une nouvelle fontaine. L'aquarium a subi des pertes, il faut dire, en son absence. Lola a eu beau s'occuper sérieusement des bestioles, elle ne les aimait pas d'amour. Et ça compte, l'amour, en la matière, oh, beaucoup plus qu'on ne l'imagine. Ces deux enchelyophis gracilis, si gais, si pimpants, quand j'y pense, et mon amphiprion percula, je vois leurs petits corps tout mous, leurs petites arêtes, dans une poubelle…

— N'y pense plus, Ambroise, tu te fais mal…

— Je ne te reproche rien, tu sais, ma petite, mais je ne peux pas m'empêcher…

La mirabelle remontait directement dans le canal lacrymal, débordait dans le delta des rides, inondait la nappe…

Il y a une ou deux éternités, un enfant a pris racine dans mon ventre. Lola regarde tout ce temps, le voyage à Cuba, l'argent mis de côté, les risques pris, la sale gueule de Lelièvre qui d'ailleurs a mystérieusement disparu de la circulation, les rencontres, les rires avec les garçons, les caresses, la vie tendre, ces fleurs partout qui continuent malgré tout de s'épanouir, pauvres fleurs sans pouvoir, dérisoires explosions de couleurs dans le plomb des années, et toujours ce fil tendu qui la relie à une île lointaine… J'irai te chercher, Petit-Jean, personne ne m'en empêchera…

La nuit gagne. Chacun va aller bercer ses petites douleurs. Les grandes, ce n'est pas la peine, elles ne dorment pas.

41

Bien sûr il a dit non

El Prado, le 26 novembre 1975

Chère Céline,

Je l'ai vu ! Je l'ai vu, Céline. Cela a pris beaucoup de temps, mais je devais m'organiser avec prudence... Je suis allée à l'école, La Escuela Elementar Cumpleaños de la Decisión de Patria o Muerte est un établissement modèle de la capitale. Votre Ramón a beaucoup de chance, car il dispose des meilleures conditions d'enseignement possibles. Les écoles cubaines sont pauvres, elles manquent de matériel, même si les professeurs sont toujours excellents. Je ne sais pas par où commencer. J'ai d'abord rencontré la directrice de l'école. C'est une femme de cinquante ans, très forte, elle a beaucoup d'autorité. Heureusement, je peux me déplacer dans les établissements scolaires du pays, car j'appartiens à un groupe de réflexion sur la pédagogie institué par le ministère de l'Éducation. J'ai dit que je faisais une étude sur la composition sociologique des classes, sur l'apprentissage du vocabulaire selon l'origine géographique des enfants, etc. J'ai assisté à une journée dans la classe de votre Ramón. C'est un beau garçon de sept ans, il rit beaucoup — et même un peu trop, parfois ! Il apprend bien, il répond aux questions. Il doit avoir beaucoup d'amis. Je n'ai pas pu lui parler, ni poser trop de questions à l'institutrice. Il a les yeux noirs et les cheveux aussi. Je n'arrive pas à le décrire, et malheureusement je ne peux pas prendre de photos de lui seul !

Amelia

El Prado, le 13 mars 1978

Chère Céline,

Je comprends votre impatience, mais je dois rester prudente. Je n'ose pas garder vos lettres, j'essaie de me souvenir de vos questions, mais j'oublie ! Je ne peux pas non plus donner trop de courrier à la personne de l'Ambassade de France, qui est très gentille mais qui doit faire attention. Ramón a beaucoup grandi. Il n'a pas dix ans et pourtant il est le plus grand de sa classe, ou presque. Il est heureux comme doit l'être un enfant, sa santé est bonne. Dans la cour de récréation, personne ne l'attaque. J'ai peur de faire ce que vous me demandez, Céline. Mais j'essaierai. Je vous embrasse.

Amelia

El Prado, le 3 octobre 1978

Chère Céline,

Quand je repense à toutes ces lettres que je vous envoie et que je reçois de vous, je me dis que je suis folle. Tant de risques et si peu d'espoir ! Mais je suis sûre pourtant que nous avons raison. Je ne sais pas si une solution juste pourra être trouvée, je sais simplement que je ne peux être complice quand on arrache un enfant à sa mère.

Amelia

El Prado, le 8 février 1979

Céline,

J'ai fait ce que vous me demandiez. Je lui ai parlé. Ramón avait le droit de savoir.

Le matin, son père l'accompagne à l'école, mais le soir il ne vient pas le chercher. Votre fils est souvent avec des camarades, aussi cela n'a pas été facile. Il a fallu attendre longtemps. Il passe par un petit jardin, calle Lazarillo de Tormes. C'est là qu'il se sépare de ses amis. Je suis venue plusieurs soirs de suite. Et puis ce soir, enfin, il était seul. Il m'avait déjà vue en classe, il n'a pas eu peur de moi. Nous nous sommes assis sur un banc. J'essaie de retrou-

ver les mots de la conversation, mais c'est très difficile. Je ne voulais pas non plus rester trop longtemps. Je lui ai dit : Ramón, tu es capable de garder un secret ? Un secret très important, qui te concerne. Si je te le dis tu ne dois en parler à personne, ni à ton père, ni à ta famille, ni à tes amis.

Il a réfléchi, et puis il a dit oui. Je lui ai montré la photo que vous m'avez envoyée. Je lui ai dit tu reconnais ton père, Ramón ? Même après dix ans son père n'a pas tellement changé, et il a dit oui. Et cette dame, avec lui ? Bien sûr il a dit non. Derrière vous on voit la tour Eiffel. Je lui ai expliqué que la photo a été prise par un photographe de rue, comme on en trouve à La Havane. Ramón a reconnu la tour Eiffel. Alors je lui ai dit qui était cette femme que son père tient par l'épaule. Il n'a rien dit. Il est resté silencieux longtemps. Il ne me regardait pas. Il est parti. C'est un lourd secret pour un si petit homme. Je voudrais tant savoir si ce que je fais est bien. Je le crois. Vous me dites que vous reverrez votre fils. Je veux espérer que cette histoire connaîtra une fin heureuse et juste. Mais comment en être sûre ? Je vous serre les mains, je vous donne tout mon courage.

Amelia

42

Dans le pré bleu

Ces parkings souterrains sont d'un lugubre, franchement. L'homme moderne ne sait pas quoi inventer pour se punir. La haine de soi. C'est notre lot. Jacques marche à pas vifs dans le parking, une mallette à la main. Le serrurier le suit avec sa caisse à outils en soufflant.

— Désolé de vous avoir dérangé en pleine nuit, mais vraiment je ne sais plus ce que j'ai fait de ces clés. J'espère que vous ne dormiez pas.

— Non, non, ment le serrurier. De toute façon, c'est mon travail, vous savez.

Ils arrivent devant la porte du garage. L'homme se met à l'ouvrage. Il y a deux serrures, hélas, et pas de la camelote. Ça risque de vous coûter bonbon… Vous ne voulez vraiment pas chercher encore ?

— Impossible, je dois être à Nancy dans quatre heures. Allez-y.

L'autre sort son attirail, cherche en vain une prise électrique pour brancher sa meuleuse, finit par le faire sur le plafonnier à l'aide d'une douille voleuse.

Il approche le disque du premier barillet, met la machine en route, s'arrête.

— Qu'est-ce qu'il y a ? Foutez-moi ça en l'air, mon vieux, je n'ai pas le choix.

— C'est que… Voilà… Excusez-moi, mais qu'est-ce qui me prouve que vous êtes bien le propriétaire de ce garage ?

Jacques sourit, lève les yeux au ciel. Allons, tout n'est pas perdu, même chez l'artisan parisien subsiste un fond d'honnêteté.

— Je peux vous dire ce qu'il y a à l'intérieur. Une camionnette blanche, portant l'enseigne du restaurant Nautilus, dont je suis le gérant. Des étagères chargées de provisions : bocaux, conserves. Vous voulez voir mes papiers ?

— Non, non, laissez. Je vois bien que vous n'êtes pas le genre ! Je disais ça comme ça…

La meuleuse fait jaillir une gerbe d'étincelles, dans un vacarme infernal, mais il est deux heures et demie du matin, l'endroit est désert. Jacques a repéré les lieux un peu plus tôt dans la journée, il n'était pas certain de retrouver l'endroit. Il n'y est venu qu'une fois avec Frank, à qui il avait demandé de l'emmener un matin à Rungis, prétextant qu'il désirait connaître cette ambiance si particulière. Frank n'était pas chaud. Il craignait qu'au retour Lola ne les voie ensemble. Il déteste les embrouilles sentimentales. Mais Jacques est un serrurier de l'âme humaine, il n'a pas eu de mal à le convaincre.

S'il se prive d'une nuit de sommeil, c'est que la grande aventure fonfonnesque est pour demain.

Frank l'a informé du mirifique projet ; il ne pouvait guère tenir son ex-beau-fils à l'écart, vu que c'est lui qui a payé les quarante-cinq kilomètres de câble nylon. Quarante-cinq kilomètres ! Un pactole. Qu'est-ce qu'il ne faut pas faire pour défendre l'esprit d'entreprise ! Déjà, Jacques a financé le dépôt du brevet de l'ascenseur éolien ; un ami avocat s'est chargé de la transaction afin que son nom n'apparaisse pas. Frank est persuadé que le jeune surdoué va faire fortune avec le brevet d'aile volante, un modèle révolutionnaire qui devrait intéresser les météorologues du monde entier. Les gens sont d'une naïveté déprimante, se dit Jacques en entrant dans le garage, après le départ de l'artisan.

Les deux bobines sont bien là, dans la camionnette. Les triangles métalliques qui les soutiennent et leur permettent de tourner librement sur leur axe ont été boulonnés au sol du véhicule. Il s'agit de ne pas se tromper, maintenant. Mais ce serait difficile : les câbles directionnels sont beaucoup plus minces que le câble de traction, qui seul l'intéresse. Jacques n'a pas de perceuse. Je travaille à l'ancienne, moi, avec une tarière magnifique achetée au Bazar. C'est une sorte de gros tire-bouchon, muni d'une mèche de dix millimètres, un diamètre légèrement supérieur à celui du câble — pour plus de sécurité, si l'on peut dire. Jacques repère l'endroit où il lui faudra percer le bois de la grosse bobine. L'accident doit survenir lorsque l'engin aura pris de la hauteur, entre six et huit mille mètres. Donc, percer aux deux tiers du rayon, à peu près. Au travail, docteur. La tarière s'enfonce sans la moindre difficulté, sur un air sifloté des Frères Jacques. *On perce !* Percer le bois, entamer le câble si possible sans le sectionner, retirer ensuite la tarière, boucher le trou avec de la pâte à bois artistiquement salie, et mes amis conquérants de l'impossible n'y verront que du feu, d'autant que la bobine est déjà percée, vérolée et tachée de peinture sur toute sa surface.

Puis Jacques va chercher sa propre automobile, la place devant le garage, et vide le contenu des étagères dans le coffre et sur les sièges, afin de faire croire à un vol. De nos jours, on n'est plus en sécurité nulle part. Les cambrioleurs sont prêts à risquer la prison pour quelques bocaux de foie gras.

— Risquer la prison pour quelques bocaux de pruneaux à l'armagnac ! Tu me diras, il n'y a qu'un gardien pour tout le parking, et il est saoul vingt-quatre heures sur vingt-quatre, alors ces fumiers ne risquent pas grand-chose. Mais pourquoi moi, nom d'un chien ? Le seul garage fracturé, il faut que ça tombe sur moi !

Depuis qu'ils ont quitté Paris, avant l'aube, Frank ne décolère pas.

— Heureusement qu'il ne leur est pas venu la lubie de me piquer la camionnette, on aurait l'air fin !

Ils roulent sous un ciel de couleur incertaine dans la première lueur du jour. Franconville, Magny-en-Vexin, Fleury-sur-Andelle, Rouen, Maromme,

Barentin, Yvetot : on approche. Bientôt le plus infime patelin s'affublera présomptueusement d'un nom en -ville : Ypreville, Bermonville, Fauville-en-Caux, Ourville, Colleville, Grainville-la-Teinturière… On a rendez-vous à sept heures à Saint-Martin-aux-Buneaux, au nord-est de Fécamp, avec maître Galbrun, huissier de justice, qui témoignera de la validité de l'exploit.

Un grand type maussade les attend en effet devant l'église. Sous les cheveux qui partent en une fumée de boucles cendrées, des yeux globuleux en mouvement permanent flottent comme des balles de ping-pong sur la peau carmin.

L'emplacement choisi par Fonfon au cours d'un repérage pourrait être parfait. Un détail cloche, cependant. On lui a pourtant certifié que l'endroit n'est presque jamais déventé, or seule une petite brise conduit sans effort un maigre troupeau de nuages qui se dandinent, pépères, dans le pré bleu.

Déconfits, les deux étrangers prennent à partie l'indigène, comme s'il avait oublié d'ouvrir une porte pour créer un courant d'air.

— N'ayez crainte, ça va souffler. Ça souffle tout le temps, ici. Ça souffle et ça crache, je peux vous le dire. Saleté de pays.

Maître Galbrun, originaire de Bolbec, au sud de Fécamp, à trente kilomètres de là, prétend que le climat de par chez lui est beaucoup plus sain. Moins de vent, moins de pluie, et du meilleur calva. Hélas, les exigences de la profession l'ont contraint à l'exil, ce qui le rend amer.

— C'est l'heure de la renverse, c'est pour ça que c'est calme. Avec la levée du jour, le mouvement d'air s'inverse, à cause que la terre se réchauffe plus vite que l'eau. Mais vous allez voir, pour le vent, pas de souci !

Huissier de justice, pas agrégé de grammaire. Et en effet, la brise ne tarde pas à prendre son travail au sérieux. Les nuages sautent, hop là, hop là, sous ses coups de fouet. Le grand vent se lève, et selon maître Galbrun, absolument dégoûté, il y en a pour la journée. Jusqu'à la prochaine renverse, en fait, et ce sera reparti dans l'autre sens, allez donc. Bon, vous l'installez, votre bouzin ?

Mais Fonfon ne l'a pas attendu. Il a ouvert en grands les vantaux de la camionnette, sorti le sac qui contient l'aile volante afin de la déployer sur le sol. Il fixe l'engin au câble principal, accroche un filin directionnel à chaque extrémité. Il faut faire vite, avant que le vent soulève la chose et la rende incontrôlable. Le baromètre à aiguille, tout d'abord. Fonfon l'installe dans un berceau de lacets qui devrait lui assurer une stabilité correcte. Maître Galbrun est prié de prendre note de tous les détails de l'installation, de la pression indiquée par le baromètre, et de toute information qu'il jugera utile.

C'est Frank qui tiendra les deux câbles directionnels. Il a eu droit à un cours théorique, et à quelques séances d'entraînement sur des engins de dimensions plus modestes. Chacun des deux câbles est assujetti par un *coinceur filant*, sorte de puissante pince à linge métallique que l'on maintient ouverte pour laisser filer, et qu'on lâche pour bloquer. Les deux coinceurs sont fixés aux poignets par des lanières en cuir longues de trente centimètres. Resté dans la camionnette auprès de la bobine principale, Fonfon dispose lui aussi d'un frein, plus puissant ; c'est un cylindre de métal autour duquel le câble de traction effectue plusieurs tours à la sortie de la bobine, et dont on peut diminuer à volonté la liberté de rotation.

La phase de décollage est délicate. Il faut éviter que la toile de nylon ne vrille, et négocier avec la brise, hop là, hop là, un décollage en douceur.

Tout d'abord, la voilure renâcle. Les boudins parallèles se tordent, enflent et se dégonflent dans un désordre lamentable, on dirait une chamaillerie de lombrics. Puis le grand appareillage blanc prend des allures de raie manta, il ondule sur l'herbe rêche que le vent coiffe avec constance. Un petit soubresaut, un mouvement plongeant qui se transforme en cabriole, de nouveau un plongeon sinueux, une dernière hésitation, une série de claquements et de gémissements, et c'est l'envol. La toile vibrante de puissance contenue commence à s'élever.

La tension du filin est effrayante. Frank maintient tant bien que mal l'équilibre entre les deux extrémités où sont fixés les câbles directionnels qu'il agrippe. Une traction trop forte, un lâcher exagéré, et c'est la vrille. Est-ce le vent, l'air vif de la mer, l'excitation du record à battre, le caractère inhabituel de la situation, la gorgée de calvados bue tout à l'heure au goulot de la flasque tendue par l'huissier ? Un sentiment d'exaltation l'envahit. L'aile volante lui transmet ses vibrations dans chaque bras, il la sent au bout des rênes comme un animal endiablé et joueur.

Maître Galbrun observe d'un œil morne ce quinquagénaire excité tirant sur les deux fils de son jouet. Pas de doute, l'air d'ici rend les gens malades. On ne verrait pas ça à Bolbec.

Fonfon, dans la camionnette, surveille le défilement du câble principal. Il ne faut pas lâcher trop vite, l'aile risque à tout moment de déventer et de s'écraser. Ne pas non plus trop retenir : on a encore du chemin à faire jusqu'au sommet, et il faut profiter des conditions favorables.

De temps à autre, Frank lâche un peu les poignées de ses coinceurs : soudain ralentis, les câbles directionnels se tendent, il sent une force formidable trembler dans tout son corps, prête à l'emporter. Il desserre alors le frein, laisse l'aile filer en direction d'Alpha du Centaure. Le grand rectangle éclatant est maintenant à cinq ou six cents mètres, il n'a plus les dimensions monstrueuses de l'engin naguère étalé au sol comme une méduse échouée, c'est un drap de printemps, un étendard qui claque fièrement dans le souffle océanique, déjà il échappe aux lois terrestres, aux navrantes contingences, il perce hardiment l'épaisseur du temps et des soucis humains. Si tout va bien, d'ici une demi-heure il aura disparu, on distinguera difficilement l'endroit où les câbles s'enfonceront dans la couche brumeuse tandis que tout là-haut, à une altitude inimaginable, l'aile conti-

310

nuera sa progression en plein soleil, dans des contrées où il fait encore plus beau qu'à Bolbec.

Galbrun s'est assis sur une pierre. Il remâche des pensées tristes sur le sens de sa vie. L'expérience tentée par ces deux zigotos, loin de le distraire, le renvoie à l'absurdité de son existence. Est-ce donc pour assister à ces gamineries que je me suis arraché à la terre natale ? Le vent, insensible aux douleurs des huissiers, coiffe ses cheveux en cornette.

— Cinq mille mètres, annonce Fonfon, qui comptabilise le défilement des repères placés tous les dix mètres sur le câble en nylon.

Presque vingt fois la tour Eiffel, jubile Frank qui garde les yeux levés au ciel. Les trois câbles forment une courbe gracieuse, un arc élégant qui va se perdre dans l'azur.

Ce qui se passe dans les secondes qui suivent, Fonfon essaiera de le reconstituer bien des fois, plus tard. Un enchaînement implacable d'événements minuscules : tout d'abord, il observe, au passage du câble principal sur le cylindre du frein, une déchirure de la tresse de nylon, dont quelques brins seulement semblent intacts, comme si un rongeur vorace s'était d'un coup de mâchoire taillé une portion. Le réflexe est instantané : la main droite de Fonfon actionne le frein, tandis que l'autre agrippe le câble avec la volonté illusoire de le retenir en cas de rupture. La force de traction est telle qu'il serait impossible d'interrompre d'un coup le déroulement du fil.

C'est de toute façon inutile. Un claquement sec se fait entendre. La rotation de la bobine s'interrompt, le câble glisse dans la main gantée de Fonfon. Au même instant, Frank se retourne. Il a entendu la détonation, il voit le câble principal s'envoler en lui fouettant au passage cruellement le cou. Fonfon pousse un hurlement. Là-haut, l'aile volante soudain libérée fait une embardée, bondissant de plusieurs mètres en une fraction de seconde avec sa triple traîne. Fonfon voit les deux coinceurs échapper aux mains de Frank. Les pinces, retenues par les lanières en cuir à ses poignets, se referment d'elles-mêmes sur les deux filins directionnels, hors d'atteinte, et Frank est brutalement soulevé à deux mètres du sol. Galbrun hoche la tête en revissant le bouchon de sa flasque. Rien ne lui aura été épargné. À quoi rime la vie, si loin de Bolbec ?

Fonfon a bondi hors de la camionnette. Il tente en vain d'attraper une jambe de Frank, qui crie et se débat, filant à toute vitesse en rase-mottes au-dessus de la campagne normande. Le vent l'emporte dans la direction opposée à la falaise, mais d'autres dangers le guettent : tout d'abord le pignon d'une grange en ruine, qu'il heurte violemment avant d'être tiré à travers une haie d'épineux. L'engin, livré à lui-même, entame une chute rapide, mais le vent continue de le pousser de l'avant. Frank roule sur le sol, sa tête se cogne contre un rocher, il rebondit mollement, traverse une mare dont il ressort couvert de lentilles d'eau, vient se planter dans une clôture de barbelés, bras en avant. Le cerf-volant tire, les barbelés grincent, les piquets vacillent, mais Frank est prisonnier. Peut-être voit-il dans un dernier éclair Fonfon approcher en courant, cisailler les lanières de cuir avec son opinel, mais rien n'est moins sûr. Son cœur s'est arrêté de battre depuis un moment. Il ne souffre pas des pointes d'acier enfoncées dans sa chair, des plaies diverses que la course a ouvertes sur son visage, sur ses mains et ses bras, ses épaules, ses jambes. Il ne souffre plus de rien, ni de l'absence de sa femme et de son petit-fils, ni de la douleur de sa fille, jamais plus il ne protestera contre le prix de la viande ou le taux des emprunts. Pas besoin d'être médecin pour comprendre que Frank est désormais peinard.

43

N'importe quoi qui chauffe

So long, Marianne. Ce pauvre Leonard Cohen semble se faire peu à peu à la perspective de devenir moine bouddhiste. C'est la nouvelle tendance à La Ribambelle : Jacqueline a pris sa retraite avec le petit pactole abandonné jour après jour par les dégénérés du quartier. Max et Paulo, les actuels tenanciers, font régner dans l'établissement une atmosphère résolument mélancolique bien en phase avec cette époque qui se rabougrit dans des relents d'encens refroidi. Une chaîne japonaise diffuse en boucle les clapotis électroniques de Tangerine Dream, Ashra Tempel, Klaus Schulze ou Kraftwerk, les tubes défoncés des Pink Floyd, les ritournelles déjantées de Can, la belle voix de chevrette égarée de Nico, leur égérie, leur fée, leur icône. Max et Paulo sont allés la voir en concert dans la cathédrale de Reims, et ce fut la révélation. Elle était assise au milieu du transept, devant un petit orgue de Barbarie dont elle tournait la manivelle avec une régularité mécanique tout en faisant déferler dans la nef les échos de ses complaintes monocordes. Immobile, livide, le visage encadré de longs cheveux noirs, elle était la madone caravagesque digne d'offrir leur emblème à ces années plombées. La cathédrale était jonchée de milliers de corps entassés, enlacés dans l'hiver champenois ; l'ange du portique souriait de plus belle, sans doute gagné par la fumée des joints qui formait des strates d'étoupe au ras des vitraux. Michel assistait lui aussi au concert, mais il ne connaissait pas Max et Paulo à l'époque, lesquels traînaient avec une bande agitée du Front Homosexuel d'Action révolutionnaire.

Vieux souvenirs, déjà, que les deux patrons tentent régulièrement de ranimer en offrant un verre à Michel. Mais Michel n'a pas la fibre nostalgique. Surtout ce matin. Il est assis face à son frère, près de la vitre embuée, ils attendent Lola. Elle n'a pas voulu qu'ils l'accompagnent chez le notaire. Depuis l'accident elle n'arrive plus à parler à Fonfon. Elle voudrait ne plus le voir, mais Michel ne cède pas : il doit les protéger tous les deux d'une rancune injuste.

— Elle a raison, tout est de ma faute, je suis un pauvre mec, une loque humaine.

Fonfon puise sa conviction dans un malheur démesuré.

— Pierre-Yves m'a proposé un boulot de perchman à La Mongie. Vérifier que les mickeys sont correctement assis sur le tire-fesses, c'est bien assez con pour moi, non ?

— La ferme. Il faut essayer de comprendre ce qui s'est passé. On reprend dans l'ordre. Le câble. Tu es vraiment sûr qu'il ne peut pas avoir cédé spontanément ?

— Spontanément ? s'énerve Fonfon. Huit millimètres de section ! Impossible. C'est un défaut de fabrication. Il faut faire un procès.

— C'est ça. Je te rappelle que les gendarmes se sont contentés de constater la rupture du fil, et qu'ils ont conclu à une erreur de manipulation. Ils t'auraient peut-être pris au sérieux si tu n'avais pas été fiché comme dangereux excité, depuis ton esclandre à la tour Eiffel. Quand es-tu allé chercher le câble ?

— Deux jours avant, directement à l'usine de Pontoise. J'étais allé porter les bobines vides une semaine plus tôt.

— Et la camionnette est restée dans le garage pendant ces deux jours ?

— Oui. Frank s'en était fait prêter une autre pour aller à Rungis. D'ailleurs, il s'est fait casser son garage.

Fonfon raconte la découverte du cambriolage. L'événement était sorti de sa mémoire ; il se sentait tellement excité en partant pour la Normandie qu'il n'avait prêté qu'une attention distraite aux jérémiades de Frank.

— Qui pouvait être au courant de ton projet, à part Frank ?

— Personne. C'était un secret entre nous deux.

— C'est Frank qui a tout payé ?

— Évidemment. J'ai pas un rond, moi. Il a payé aussi l'enregistrement des brevets. Il pouvait, avec le restaurant. Et m'engueule pas, c'est lui qui a proposé. J'ai rien demandé.

— Tu as des certificats, pour les brevets ?

— Non, ils doivent être dans ses papiers.

Robert Wyatt succède à Nico avec un *Rock Bottom* insinuant et retors, comme pour saluer l'entrée de Lola. Défaite, Lola. Cernes bistre, joues pâles, regard las. Fonfon s'est levé, prêt à partir. Michel le prend par la manche, lui intime l'ordre de se rasseoir. Elle embrasse Michel. Puis se tourne vers son frère, soupire et passe une main dans les cheveux du garçon, dont la peau affiche soudain diverses couleurs non répertoriées.

Elle s'assoit, commande à Max un remontant, n'importe quoi qui chauffe. Elle a mis la robe rouge vif, qui est à tomber par terre. S'il vous plaît, ne me demandez rien, j'ai juste envie de boire quelque chose de fort, ensuite j'irai dormir.

Lola est rentrée à pied de chez le notaire, malgré le froid humide et bien qu'il soit installé à perpète, du côté de Michel-Ange-Molitor. Des chiffres dansaient une farandole infernale sous son crâne, un vol d'étourneaux piailleurs. En toile de fond, un visage, celui d'un enfant aux cheveux et aux yeux noirs, un enfant de sept ans. Les chiffres, en tournant, brouillent ses traits, les rendent flous, incertains. Un million cinq cent mille, c'est la somme qu'elle est parvenue à amasser en bons anonymes au porteur grâce à ses différentes manœuvres, par l'intermédiaire d'un agent de change — déduction faite des frais divers et des mensualités de Lelièvre. Presque de quoi, selon les calculs d'Ambroise, monter l'opé-ration qui lui permettra de récupérer son fils. Beau-coup de travail, beaucoup de risques, mais pour finir, l'espoir de respirer de nouveau normalement, bientôt. Or le notaire lui a donné un sacré coup de gourdin.

— Mon père était criblé de dettes, voilà de quoi j'hérite, explique-t-elle à Michel un peu plus tard.

Il est venu la rejoindre en début d'après-midi chez Frank, où elle était partie classer des paperasses. Il a apporté des sandwiches, mais elle ne mange rien. Fonfon a préféré rester rue des Canettes.

— Soit je revends le restaurant, et je laisse le per-sonnel se débrouiller avec les repreneurs. Toutes les chances qu'ils mettent en place leur propre équipe, c'est ce qui se fait habituellement. Soit je renfloue l'affaire sur mes propres économies, j'y investis beaucoup de temps et d'énergie, avec l'aide de Phi-lippe, le premier chef de rang, qui m'est totalement dévoué. Il est là depuis le début, il est très efficace, respecté des autres, sérieux comme un pape. Je veux dire plus sérieux qu'un pape. Ce qui permet de garder ces gens qui ont pour la plupart soutenu mon père pendant vingt ans. Dans les deux cas, je paie des droits de succession monumentaux, je suis presque à sec, il n'y a plus qu'à recommencer... C'est à se tordre de rire, non ?

Dans le cagibi qui servait de bureau à Frank, elle a commencé à classer les monceaux de papiers, factures, traites, registres. Heureusement, Frank était ordonné, et l'amoncellement répond à une logique. Michel lui donne un coup de main. Vers quatre heures, Lola s'endort sur le canapé du salon, une liasse de feuilles de paie à la main.

Michel en profite pour faire quelques vérifications dans le cagibi. Il veut en avoir le cœur net : comment Frank a-t-il pu financer les idées géniales de mon petit frère, s'il était fauché ?

Tout d'abord, les relevés de comptes bancaires. L'achat de quarante-cinq mille mètres de câble ne devrait pas passer inaperçu. À un ou deux francs du mètre, disons, ça fait une somme repérable. L'achat des brevets également. Dans le compte professionnel, rien n'apparaît. Salaires, fournitures, grossistes de Rungis, blanchisserie, électricité, menuiserie, réparations, loyer, tout semble normal, mais aucune dépense importante qui puisse correspondre. Ce n'est à vrai dire pas très surprenant : Frank a dû payer sur son compte personnel. Le problème, c'est que son compte personnel est souvent débiteur, comme le compte professionnel. On y trouve bien des agios dans la colonne débit, mais nul achat de câbles, nul versement à la Chambre de Commerce et d'Industrie au titre de dépôt de brevets. Dans les factures, de la viande, du poisson et cent autres denrées plus ou moins comestibles, mais de nylon, pas trace. Hypothèse : une double comptabilité. Des registres cachés, des sommes en liquide qui circulent dans l'obscurité. Pas moyen de s'en assurer : il a beau fouiller, rien qui paraisse équivoque, pas de cahier couvert de hiéroglyphes ou de phrases codées. Peut-être au restaurant ? Pas très prudent. Et puis était-ce vraiment dans le tempérament de Frank ? L'homme semblait plutôt honnête, un peu trop, même, pour réussir dans les affaires. Alors ?

Sur une étagère, dix-huit agendas reliés en plastique noir, rangés année par année depuis 1957. De quoi est fait le quotidien d'un petit restaurateur français fils d'immigrés italiens ? De pas grand-chose de remarquable. Rendez-vous chez le dentiste, le médecin, le banquier, beaucoup de noms propres, des anniversaires. LOLA en majuscules tous les 10 mars. SIMONE les 14 novembre.

En juin 61, MARIAGE LOLA. À partir de septembre 61 commence à apparaître régulièrement une simple initiale, ici ou là : « J. ». Février 62 : « J. — Simone 15 h », suivi d'un numéro de téléphone : BAL 3817. Balzac 3817. La numérotation a changé depuis, les lettres ont été remplacées par les chiffres correspondants. Les rendez-vous entre J. et Simone, sans doute la mère de Lola, se font réguliers et fréquents. Jusqu'à ce jour marqué de plusieurs traits noirs, où le prénom de Simone apparaît pour la dernière fois. Michel ouvre l'agenda de l'année dernière. J. est toujours présent, chaque lundi. Et là : « Voir J. brevets F[n]. » Tiens. Qui est ce J. ? Demander à Lola quand elle se réveillera. J'ai d'ailleurs un moyen de vérifier tout de suite. Michel décroche le téléphone, compose le BAL 3817 sur le cadran rond, qui émet un cliquetis paisible en tournant sur lui-même. Une voix de femme lui répond :

— Cabinet du docteur Apostolos, j'écoute…

Il raccroche. Voyons. Appelons les renseignements. Si je ne me trompe, en téléphonant à la corderie de Pontoise, on devrait me dire que c'est le docteur Apostolos qui a réglé la facture. Une commande de quarante-cinq mille mètres, ils ne doivent pas en avoir tous les jours.

— Je m'en souviens, bien sûr, répond une secrétaire. Que désirez-vous savoir précisément ?

— Je ne retrouve pas la facture. Elle a bien été réglée par M. Apostolos ?

— Ce nom ne me dit rien, attendez, je cherche… Non, il s'agit de M. Philippe Chardon. Chèque 2308 de la banque Lazard. Maître Chardon, je vois. Un avocat, je suppose.

Voilà autre chose. Essayons à la chambre d'Industrie.

— Un brevet d'ascenseur éolien. Non, ce n'est pas vraiment un ascenseur… Non… Une invention aéronautique, c'est cela. Deux mois, environ. Oui. Le brevet a dû être déposé au nom de Apostolos… Vous êtes sûr ? Chardon ?

Tous ces chardons feraient le bonheur d'un âne. Lola dort toujours. En attendant qu'elle se réveille, Michel décide d'aller inspecter la camionnette. Fonfon l'a rapatriée au garage, dans le sous-sol de l'immeuble. Le garage ne doit pas être difficile à reconnaître : la serrure est défoncée.

Le local est pourvu d'une lampe tempête, à l'aide de laquelle Michel étudie les deux bobines boulonnées sur le plancher arrière. En passant ses doigts sur les flancs de la plus grosse bobine, marquée de trous, de cicatrices, de marques diverses, il fait une découverte intéressante : un trou a été rebouché avec de la pâte à bois, qui est encore molle. Il a sans aucun doute été percé lorsque la bobine était déjà garnie, car son emplacement correspond précisément au niveau du câble restant enroulé autour de l'axe. Une mèche de perceuse a suffi à couper le câble à cet endroit. Certainement pas dans un but homicide, le résultat étant bien aléatoire. Mais alors pourquoi ? Pour nuire à Fonfon ? Absurde. Fonfon ne ferait pas de mal à une mouche, du moins dans son état normal. On ne l'imagine pas entouré d'ennemis. Frank était-il visé ? Mais Frank n'était pas vraiment impliqué dans le résultat de l'expérience. Il n'y avait pas même investi un centime.

Dans l'appartement, il trouve Lola réveillée. Elle a repris son classement en essayant de ne pas penser que bientôt il lui faudra jouer de nouveau la comédie des déguisements et des arnaques, au risque de se faire prendre et d'hypothéquer définitivement les chances de revoir Petit-Jean.

— Tu connais un docteur Apostolos ?

Lola secoue la tête, sourcils froncés. Non. Connais pas. Attends... *Jacques Apostolos* ?

— Jacques, ou Jules, ou Jérémie. Tu le connais ?

— Oh, un petit peu, juste. C'est mon mari. Pourquoi ?

With a little help from my friends, chante McCartney. Michel a reçu un coup sur le derrière du crâne, qui le fait vaciller. Ton mari. Son mari, elle a dit mon mari, nom de Dieu. Lola mariée.

Après quelques explications, il faut remettre en place les pièces du puzzle. Lola extrait d'une armoire vitrée un album de photos.

— Je n'ai aucun cliché du voyage de noces, tu m'excuseras, mais mon père a dû conserver ceux du mariage.

Sur les photos, Lola Volponi dans tous ses états. À six jours, au sein ; à six mois, dans un couffin ; à six ans, sur la plage de Montalivet ; à seize ans, pilotant un kart.

— Ah, voilà celles du mariage. Tu es sûr que tu veux les voir ?

Sous chaque vue, Frank a calligraphié une légende optimiste. On sent dans les pleins et les déliés le fier produit de l'école de Jules Ferry.

Sortant d'une mairie dont Michel ne veut même pas savoir le nom, Lola en robe blanche sous une pluie de riz. On croirait un rêve. *Notre* Lola ! Et le mari, agaçant à force d'être beau, et ténébreux, et sûr de sa proie. Le couple en cadre plus serré… Le baiser sur les marches… De plus en plus serré… Michel est de nouveau pris de vertige.

— Ce type… Ce type, c'est Jacques Apostolos ? Ton mari ?

Lola ne comprend pas l'ébahissement de Michel. Ça ne se voit pas, que c'est mon mari ? Un peu rêveuse : il était mignon… J'avais presque oublié son visage…

— Je le connais.

— Tu connais Jacques ? Qu'est-ce que tu racontes ? Je ne l'ai pas vu depuis quinze ans. On n'a jamais vécu ensemble.

— Moi, je l'ai vu. Un soir. Il sortait de l'atelier de Nico. Il a eu l'air gêné, et il a filé. Quand j'ai demandé à Nico qui c'était, il a changé de sujet. C'était lui. Une tête qu'on n'oublie pas. Je t'assure.

Une pièce de plus au puzzle, mais je ne suis pas Sherlock Holmes, moi. Réfléchissons. Et ils réfléchissent ensemble.

— Quelle est sa spécialité, au docteur Apostolos ?

— Psychiatre. Tu comprends pourquoi je me suis tirée.

Michel se presse le crâne, dans l'espoir d'en faire sortir quelques gouttes de vérité.

— Tu savais que ton père le voyait régulièrement ?

— Tu dis n'importe quoi.

— Regarde ses agendas. Tous les lundis. Et davantage. Ta mère a eu des problèmes psychiatriques, entre 1962 et 1964 ?

Lola réfléchit. Ces dates correspondent aux premiers mois de sa grande fugue. Maman a très mal supporté le départ de sa fille unique. Cela s'est mal terminé, mais a-t-elle eu recours à l'aide d'un médecin ? Aurait-elle choisi Jacques, si elle l'avait fait ? Je ne crois pas.

— À moins qu'il ne lui ait proposé ses services, en bon gendre… Lui aussi frappé par le grand malheur…

324

— Je ne comprends pas où tu veux en venir. Tout ça se mélange…

Michel presse encore un peu. D'abord la mère. Puis Nico. Fonfon. Le père. C'est l'entourage de Lola qui est frappé, lentement. On veut la couper de tous ceux qu'elle aime. Chris ? Lui aussi a été touché. Y aurait-il un rapport avec Jacques ? Heureusement, finalement, que le fils de Lola est à Cuba, hors d'atteinte.

— Autre chose… Connais-tu un Philippe Chardon ?

— Il était témoin de Jacques à notre mariage. Qu'est-ce que tu vas me sortir, encore ?

Lola ne parvient visiblement pas à assimiler toutes les informations dont elle est bombardée depuis quelques minutes.

— C'est lui qui a payé le câble de Fonfon. Et l'enregistrement des brevets. J'ai cherché dans l'annuaire, tout à l'heure, j'ai trouvé un avocat portant ce nom. J'ai appelé son cabinet, j'ai raconté que je cherchais un homme de loi que m'avait conseillé le docteur Apostolos, mais je n'étais plus certain du nom… On m'a répondu que c'était la bonne adresse, que maître Chardon est bien l'avocat de Jacques Apostolos. Ton mari l'utilise comme prête-nom.

— Qu'est-ce qu'on doit faire ? Je suis paumée, là.

— D'abord, boire un coup, manger un morceau. Ensuite, aller au Gibus. Soirée exceptionnelle avec Siouxsie and the Banshees, Lords of the New Church et Johnny Thunders. Ça nous changera de l'harmonium, ajoute Michel qui n'a pas apprécié la cérémonie funèbre à l'église. Après il sera temps de réfléchir.

44

Et ces grelottantes étoiles

Lola hurle qu'elle ne sait pas, qu'elle ne sait pas, qu'elle ne sait pas.

Elle tourne sur elle-même, cherche à quoi se raccrocher, elle casserait bien quelque chose. Michel pense qu'elle devrait se calmer, calme-toi, Lola, mais elle rien du tout.

Elle était au restaurant quand Jacques a appelé. Ces temps-ci, en vérité, elle est toujours au Nautilus, si ce n'est la nuit, quelques heures. Elle doit faire face aux innombrables problèmes d'organisation, aux casse-tête administratifs, juridiques, humains posés par la transition. Philippe, le premier chef de rang, l'assiste avec un zèle qui frôle l'abnégation. Il faut voir comme il la regarde.

Coup de téléphone, lundi matin, à l'heure du café. Elle est penchée sur une table jonchée de papiers, de listes, de numéros à rappeler d'urgence marqués en rouge et soulignés trois fois, quand la sonnerie retentit. Cette voix venue d'un âge lointain, cette voix charmeuse, légèrement nasillarde, elle ne l'a pas reconnue.

Il a fallu que la voix prononce un nom, décline une identité, pour qu'enfin elle revoie le visage de Jacques, ce jeune homme dans un train, les premières randonnées, le baldaquin de neiges éternelles sous lequel ils avaient fait l'amour, la rupture et la fuite sur le quai de la gare de Lyon, fugue de noces, et ma vie qui soudain part sur d'autres rails. *Destins, destins impénétrables Rois secoués par la folie Et ces grelottantes étoiles De fausses femmes dans vos lits...*

— Répète-moi exactement ce qu'il t'a dit.

Lola tourne toujours, à la recherche d'un axe. Elle ne sait plus. Cette voix d'outre-vie, celle d'un autre destin qui aurait pu être le sien... Madame Apostolos... Ce qu'il m'a dit ? Il m'a déshabillée. Chaque phrase, chaque mot prouvait qu'il n'a jamais cessé de m'observer.

— Mais comment ? Michel, dis-moi comment ? Il sait tout. Il connaît chaque instant de ma vie. Il connaît vos prénoms, il sait ce que vous faites. Il m'a parlé de mes parents.

— Lola... Pourquoi a-t-il appelé ? Il voulait quoi, Lola ?

— Il me déshabillait. Je sentais ses mots sur moi. Il parlait de ma vie comme si elle lui appartenait. Mais surtout... Surtout, il a parlé de Petit-Jean. Il a parlé de mon fils ! Je ne comprends pas, Michel, je ne comprends pas... Il m'a parlé de mon fils, il sait où il est... Il m'a parlé de Pedro, le père de mon fils, il dit qu'il le connaît...

— Calme, Lola. Dis-moi ce qu'il voulait.

— Il va lui faire du mal ! Il a fait du mal à tant de gens autour de moi…

Lola s'est assise, elle est tombée plutôt sur une chaise. Sa gorge est encombrée de sanglots secs.

— Il veut nous voir.

— Il veut *nous* voir ?

— Il veut nous voir. Tous les deux. Il veut parler avec nous. Entre personnes raisonnables. Trouver un arrangement.

— Un arrangement ?

— Arrête de répéter tout ce que je dis. Il habite avenue Junot. Une belle maison qui me plaira. Il est sûr qu'elle me plaira, sa belle maison.

— Lola. Tu m'écoutes ? Lola, il faut…

— Non.

— … prévenir la police.

— Non. Tu ne comprends pas. Il va faire du mal à mon fils. Je t'interdis de prévenir qui que ce soit.

Monsieur le docteur Apostolos possède une très magnifique maison sur l'avenue Junot, protégée par des grilles antiques et des arbres pareils à des cèdres du Liban, en tout cas des machins centenaires et odorants qui lui donnent des airs de villa romaine. Ça nourrit son homme, la folie des autres. L'avenue Junot est déserte. À cette heure, on dîne en bonne compagnie, ou on regarde « Le grand échiquier » à la télévision, en sirotant un fond de cognac XO. Rostropovitch discute de l'avenir de l'humanité

328

avec Menuhin, les archets arrachent des larmes à la France.

La grille du jardinet n'est pas verrouillée. La porte d'entrée ne le sera pas non plus, selon les indications du docteur. Des rideaux sont tirés à toutes les fenêtres, mais on distingue ici ou là des rais de lumière. Ils entrent, referment la porte derrière eux, et n'entendent pas le cliquetis furtif des serrures magnétiques qui s'enclenchent.

Les voilà dans un vestibule assez vaste, dont les murs sont entièrement recouverts de boîtes vitrées contenant des insectes et des papillons.

— Bonsoir, dit Jacques, qui vient d'entrer par une porte latérale.

On dirait que les années n'ont pas pu imprimer leurs marques sur son corps. Le regard toujours aussi bleu, les traits fins, une élégance naturelle et triste, c'est tout Jacques. Si ce n'est cette dureté qu'il n'avait pas, cette moue figée des lèvres dans un sourire qui n'a rien de gai.

— Nous n'avons pas beaucoup de temps. Dis ce que tu as à dire.

— Impatiente, toujours. Tu devrais réfléchir à ce que ton impatience t'a rapporté, Marie-Laurence.

Il ne regarde pas Michel.

— Prends exemple sur ces hexapodes. Ils étaient là avant nous, ils seront là quand nous aurons cessé d'enlaidir la planète. Ils ont le temps.

— Je ne m'y connais pas en insectes, Jacques, mais je sais ce que c'est qu'une mouche à merde.

Michel, mains dans les poches, a le regard fixé sur les parements du dallage en marbre.

— Tu n'as aucun intérêt à m'injurier, Marie-Laurence. Sais-tu que les mouches dont tu parles peuvent percevoir jusqu'à trois cents images par seconde, contre les vingt-quatre images de notre petit cinéma portatif ? Elles voient nos ampoules électriques clignoter lentement, elles nous plaignent d'être si lourds et lents…

Michel étudie distraitement les boîtes vitrées : cloportes, scolopendres, scarabées, fourmis géantes, papillons, araignées, horreurs velues ou luisantes, fantaisies répugnantes de la création.

Jacques ouvre une porte, invite les visiteurs à le précéder dans un large couloir.

— Tu vas contempler le résultat de quinze ans d'efforts, d'attentions, d'études, de voyages. C'est un privilège rare.

Au bout du couloir, une porte s'ouvre sur une immense véranda séparant la maison du jardin. Dehors, d'épaisses frondaisons de troènes et de cyprès abritent de tout vis-à-vis. Des ampoules spéciales diffusent sur l'endroit une lumière bleutée. Dans un décor de pierres, de branches et de fleurs en massifs, des centaines de papillons volettent, éclaboussent d'éclats diaprés l'espace clos. Des brumisateurs maintiennent une humidité qui fait perler sur les vitres de longues traînées d'eau. Il règne ici une touffeur tropicale. Certains papillons sont immenses : explosions de couleurs et de formes. D'autres paraissent minuscules, points bondissants, blancs ou beiges, comme portés par un pinceau.

— Ma volière. J'y passe au moins deux heures par jour, quoi qu'il arrive. Ils réclament des soins constants. J'essaie de créer entre eux un peu d'harmonie. Mais dans le fond, l'harmonie… N'est-ce pas, Lola ? Les rapports entre les êtres vivants consistent plutôt en une multitude de petits marchés cruels et vitaux. Il faut que je te parle de ton fils.

Lola est soudain glacée. Jacques indique trois sièges en bois disposés autour d'un petit bassin. Il place Michel sur le plus éloigné, Lola en face de lui, et s'assoit. Il soulève une pierre au bord du bassin, découvre une petite famille de cloportes.

— Détends-toi, Marie-Laurence. Je ne risque pas de te mordre.

Jacques repose la pierre doucement. Derrière lui, un gigantesque machaon aux ailes bleu électrique se cogne obstinément à la paroi vitrée.

— Ton fils est beau, il est en bonne santé. Je sais que tu as reçu une photo. Heureuse mère ! Sais-tu que j'ai rencontré le père du petit ? Pedro Delgado. Après m'avoir quitté, tu t'es toujours entourée d'hommes insignifiants, translucides. Des moucherons. Quel gâchis… Le moucheron cubain m'aura au moins permis de ne jamais perdre ta trace. Il a des moyens que je n'ai pas, beaucoup de petit personnel… Jusqu'à ces derniers jours, il te faisait surveiller, me transmettait des informations…

Michel s'absorbe dans l'écoute du papillon : le rythme des chocs contre le verre, le battement de l'air, sur un fond de crissements, de craquements, de bourdonnements, de chuintements qui semblent monter de partout.

— Mon fils, dit Lola d'une voix sourde. Dis-moi ce que tu sais.

Entre menace et supplique, la voix de Lola tremble.

— Je suis désolé pour ton père, Marie-Laurence.

Michel soudain pousse un hurlement. Une douleur lacérante vient de lui traverser la cuisse. Il se lève, secoue son pantalon, frappe du plat de la main sur sa jambe. Lola se précipite vers lui. Qu'est-ce que tu as ? Qu'est-ce que tu as, Michel ?

— Tu ferais mieux de rester à distance, Marie-Laurence, dit Jacques. Je crains qu'un malheur ne vienne de se produire.

Lola recule d'un bond : elle vient de voir dégringoler à toute vitesse le long de la jambe de Michel une bestiole cauchemardesque qui ondule jusqu'à la chaussure et glisse sur le sol. Un mille-pattes géant, brun et jaune, long de trente interminables centimètres. Elle le voit filer entre les cailloux du bassin, où il disparaît.

Michel, livide, regarde sa cuisse, puis Jacques, qui joue la confusion.

— Ah, je n'aurais jamais dû vous donner ce fauteuil. Je savais bien, pourtant, que mon chilopodia y avait élu domicile. Maudite distraction.

Michel retourne le fauteuil : un logement a été évidé, de toute évidence récemment, dans la barre extérieure de l'assise. La scolopendre y était sans doute logée.

— Je vous conseille de ne pas trop vous agiter, désormais. On m'a envoyé cet animal d'une île perdue dans l'océan Indien. Cent soixante dix-sept paires de pattes : ça ne se refuse pas. Mais notre ami chilopodia a comme chacun son petit défaut : il mord. Il est porteur d'un venin puissant, à base d'acide cyanhydrique, de cyanure si vous préférez, associé à un cocktail de principes actifs absolument imbuvables. C'est très embêtant. Bref, je ne voudrais pas vous ennuyer avec un exposé technique, mais il n'est pas impossible que nous ayons à déplorer votre décès dans les heures qui viennent.

Michel sent la nausée monter. Il a du mal à respirer, l'espace autour de lui se met à tourner comme un disque, des points lumineux s'agitent en tous sens, papillons ou phosphènes. C'est sans doute un effet de la peur, la vision de la bête d'épouvante, ce serpent à pattes vif et sinueux, le poison ne peut pas avoir agi aussi rapidement.

Lola entraîne Michel vers la porte. Il faut sortir, vite, trouver une ambulance, un taxi, un hôpital. J'aurais dû m'en douter. On ne discute pas avec un dément.

— Vous partez déjà ? Hélas, toutes les portes de la maison sont bloquées par un circuit magnétique assez efficace. Le déblocage s'effectue par un bouton que vous voyez là, sur le mur, mais je ne sais pas ce qui m'a pris ce matin, j'ai sectionné les fils. Le surmenage, sans doute. Tu me donnes trop de travail. Et les vitres sont blindées… C'est que cette volière est un véritable trésor, voyez-vous, de grands spécialistes viennent du monde entier pour la visiter. Je ne voulais pas qu'un simple bris de verre risque de laisser pénétrer le froid et tue mes papillons. Eh bien, nous voilà dans de beaux draps. Mon Dieu mon Dieu.

Jacques s'amuse comme un fou, précisément. On le croirait ivre. Lola a ramassé un caillou, elle s'approche de lui.

— Fais-nous sortir. Tout de suite.

— Arrête, tu me fais peur, répond Jacques avec un sourire ravi.

Lola lève la pierre, avance encore. Jacques est pris d'une sorte de rire, un rire presque immobile venu des régions les plus noires et les plus désespérées. Michel s'est laissé glisser sur le sol. Assis, l'œil atone, il observe la scène.

— Ah, mais où avais-je la tête ? L'antidote ! braille Jacques d'une voix de fausset en se frappant le front. J'allais oublier l'antidote ! Tu as envie de sauver ton ami, c'est bien naturel ! Je vais te donner l'antidote.

Lola baisse le bras.

— Mais pas tout de suite. Nous pouvons tout de même prendre le temps de bavarder un peu, entre époux, non ? Ton fils. Comment s'appelle-t-il, déjà…

— Jean.

— Ah non. Ce n'est pas ainsi qu'on l'appelle dans sa famille. Ce serait plutôt… Ramón, voilà. Je ne nie pas avoir songé à lui nuire, à une époque. Mais il est loin, mon bras n'est pas assez long. Et puis il y a son père. Très aimant, très protecteur. Et j'avais besoin de son aide pour te surveiller. À vrai dire, ta souffrance me suffisait, du moment qu'elle était longue et variée.

— Je suis venue pour entendre ça ?

— Qu'est-ce que tu croyais, Marie-Laurence ? Que j'allais te procurer un moyen facile de récupérer cet enfant ? Si je ne t'avais pas attirée en parlant du petit, tu ne serais pas venue voir ton mari, méchante. Je voulais juste te rencontrer, causer un peu.

— Donne-moi l'antidote, maintenant. Tu paieras tout ça, je te le jure.

— Tu as raison, il faut en finir. L'antidote, donc. Suis-moi. Nous allons abandonner quelques instants notre pauvre ami scolopendrisé.

— Ne fais pas ce qu'il te dit.

Michel s'est relevé, il parle d'une voix ferme.

— Franchement, vous ne devriez pas bouger. Vous activez la pénétration du venin dans l'organisme. Les premiers effets ne vont pas tarder à se faire sentir : troubles de la respiration, nausées, vomissements, perte de connaissance. C'est assez lent et douloureux, dit-on. L'acide cyanhydrique inhibe les processus d'oxydation cellulaire au niveau de la cytochrome oxydase, comprenez-vous. Je connais bien le chilopodia. Il vous tuerait un bœuf, le petit polisson. Donc, ne bougez pas, nous n'allons pas loin, regardez. Vous ne nous perdrez pas de vue. Méditez quelques instants sur la brièveté de la vie.

Il désigne un renfoncement dans le mur, une alcôve large de deux mètres et profonde d'autant, aux parois couvertes d'une boiserie claire. Dans la paroi de bois, à hauteur de poitrine, un coffre-fort de taille imposante est encastré. Jacques s'adosse au mur, juste en face, et indique les quatre roues nicke-lées et crantées.

— Compose le code. L'antidote est à l'intérieur.

— Je ne connais pas le code !

Michel s'est approché de l'entrée de l'alcôve. Il est de plus en plus blême, il grelotte. Il demande à Lola de ne rien faire : c'est un piège, ce type est fou, sors de là — mais elle ne l'écoute pas.

— Marie-Laurence, tu veux qu'il meure ? Ouvre ce coffre.

— Mais je ne connais pas ce putain de code ! hurle Lola.

— Réfléchis un peu…

La main de Lola s'approche des boutons. Un nombre à quatre chiffres. Que je connais. Sauver Michel. Et si le coffre était vide ? S'il contenait un nid de ces vipères à cinq cents pattes tout droit sor-ties de l'enfer ? Quatre chiffres.

— Comme tu es décevante, Marie-Laurence. Je t'aide : c'est une date. Maintenant, tu devrais te dépêcher, monsieur va commencer à souffrir, on ne peut guère espérer d'embellie.

Une date. Je ne sais plus. Notre rencontre.

— Ne touche pas à ce coffre, Lola.

336

Notre première rencontre. En 1960. Aucune idée de la date. C'était au printemps, rue Censier. Salopard. J'ai couché avec ça. Et j'ai aimé, le pire.

— 1960 ?

Jacques, adossé à la paroi de bois, regarde ces épaules, cette nuque. De ma vie je n'ai rien su retenir, à part quelques papillons. Tout se termine. La porte va s'ouvrir, elle donne sur un autre monde où nous serons à jamais unis.

— Tu y es presque. Cherche mieux.

Notre mariage. Juin 1961. À l'église ! Un comble. Faire plaisir aux parents. Quel jour du mois ? Début du mois, nom de Dieu j'ai oublié le jour de mon mariage. Le huit ? 8.6.61.

— 8661 ?

— Comme c'est triste, murmure Jacques. Le plus grand jour de ma vie, le seul… Et tu ne t'en souviens pas. Le *sept* juin 1961, Marie-Laurence. Pour le meilleur et pour le pire. Le pire est passé. Reste le meilleur. 7661, vas-y… Tu n'as plus rien à craindre… Je t'assure que l'antidote est là, à portée de ta main !

L'antidote à tout. Jacques a récupéré ce coffre datant de la dernière guerre, fabriqué pour des dignitaires nazis en plusieurs exemplaires. Un bijou de serrurerie et d'armurerie. Ces gens-là avaient des idées. Le coffre possède un double code. Si l'on ne compose que les quatre chiffres permettant le déblocage de la serrure, un dispositif placé dans le fond actionne brutalement l'ouverture de la porte en grand et lâche une sorte de long carreau d'arbalète, sublime javelot, dans la poitrine de l'intrus. Un peu désuet, mais original. On avait la fibre médiévale, en ces temps de feu et de sang. Toi et moi, unis à jamais, épinglés comme un grand papillon, deux ailes inséparables. Et l'autre qui nous regardera partir corps contre corps en cherchant de l'air, c'est d'un drôle. Ouvre la porte, ouvre, mon épouse, libère-nous !

Michel ne dit plus rien. Appuyé à l'entrée de la niche, il se sent parcouru de frissons, de vertiges. Il ne sait pas où est son salut.

7661. La première roue cliquette. 7… Un jour de pluie et de vent en rafales, sur le parvis il fallait tenir son chapeau.

La deuxième. 6… Le mois de juin. On a pris le train gare de Lyon. Neiges éternelles au-dessus de nous, je les voyais par la fenêtre pendant que Jacques… Oh non.

Troisième roue. Ces petits clics, tu les entends, Michel ? Où étais-tu, en 61 ? C'est incroyable, tout me revient : putsch à Alger, ratonnades à Paris, Gagarine autour de la Terre, Kennedy élu, la baie des Cochons, Anquetil gagne le Tour, construction du mur de Berlin, j'aimais lire les journaux, à l'époque. Je me souviens de tout, sauf du jour de mes noces ! Deux jours après le mariage nous sommes allés voir *L'année dernière à Marienbad* qui venait de sortir. Il pleurait de rire, je me demande vraiment pourquoi. Jacques était-il déjà un monstre ? Notre première dispute, à propos de quoi. D'un État du sud des États-Unis qui avait demandé à un juriste et à un scientifique de prouver une fois pour toutes la supériorité de la race blanche. Jacques pensait qu'ils avaient tort : pour lui la race noire était supérieure, car plus proche des animaux. La dernière roue tourne.

4, 3, 2… Qu'est-ce qui nous attend là-dedans, la mort ou la vie ? Elle se retourne, regarde Jacques. Ce sourire. Puis Michel.

1.

À l'instant précis du dernier déclic, Lola veut revenir en arrière. Tout ça ne peut pas être arrivé. Je ne veux pas. Tout est allé dans le mauvais sens. Je me suis trompée sur tout.

Instinctivement, elle se déporte sur le côté au moment où la porte du coffre s'ouvre violemment, la projetant à terre. En tombant, elle a entendu un bruit sourd, puissant. Elle lève la tête, voit Michel, les yeux agrandis par la surprise.

Elle se redresse. Jacques, lui aussi, a les yeux grands ouverts. Il la regarde. Mais avec l'engin qui lui traverse la poitrine et le maintient cloué au mur, il est peu vraisemblable qu'il la voie, désormais.

Michel vomit dans le bassin, tandis que Lola tape en vain sur les vitres à l'aide d'une pierre. Le Triplex s'étoile, mais les couches feuilletées de verre et de matière plastique résistent. La porte paraît inviolable. Lola court dans la lumière bleutée au milieu d'un malstrom affolé de papillons, de libellules, de lucioles. Faire vite. Le coffre était vide, naturellement. L'antidote, quelle abrutie. Dans le plafond de verre, des vasistas peuvent s'entrouvrir, mais hors d'atteinte. Elle actionne malgré tout la manivelle de commande : un courant d'air froid pénètre à l'intérieur de la véranda, et d'un seul coup des dizaines de papillons, aspirés par convection, s'échappent de leur geôle en une scintillante spirale. S'appeler epicauta ruficeps, afficher royalement vingt-cinq centimètres d'envergure comme ce thysania agrippina brésilien ou trente de longueur comme cette libellule géante de Bornéo, être né pour les débordements splendides de la jungle et finir gelé sur le trottoir de l'avenue Junot, quel sort navrant. Un nuage de couleurs poudrées s'échappe dans la nuit parisienne, qu'une brise glaciale éparpille devant la très magnifique demeure de feu le docteur Jacques Apostolos.

Fonfon, qui vient de garer la camionnette du Nautilus à cheval sur le trottoir, hâte le mouvement. Il a d'abord cru à des morceaux de papiers, tracts ou prospectus. Mais si de nos jours on fait des tracts dans cette soie pourpre, dans ce velours bleu nuit, dans ce brocart doré, c'est que les temps ont bien changé depuis Mai. Des dizaines de papillons éclatants jonchent l'asphalte, merveilles de broderie animée. Beaucoup palpitent encore, comme en signe d'adieu.

Il a trouvé le mot de Michel, tout à l'heure, rue des Canettes. Pourquoi lui indiquait-il cette adresse, ce nom ? Pourquoi lui demander de venir les attendre devant cette maison ? Fonfon n'a pas l'habitude de discuter les ordres du grand frère.

Il pousse la porte du jardinet, hésite à sonner, se décide à faire le tour de la demeure. Derrière, un jardin touffu planté de troènes et de cyprès, sur lequel donne une véranda éclairée de bleu, vaste et mystérieuse, une serre tropicale aux vitres en partie embuées, et à l'intérieur une silhouette familière : Lola qui court en tous sens et finit par tomber en arrêt devant lui, hébétée, une pierre à la main.

TROISIÈME PARTIE

1981-1988

45

Œdicnèmes criards

L'argent !

L'argent, se dit Angélique Martin en retirant sa perruque et en soupirant devant le miroir, l'argent a une odeur de maquillage et de transpiration.

L'argent est estimable quand on le méprise, se souvient Véronique Doucelin qui a lu Montesquieu au lycée — mais elle n'a pas l'intention d'en convaincre M. Bénavent, directeur d'une succursale strasbourgeoise de la banque Hervet, avec qui elle a rendez-vous.

L'argent, bon serviteur et mauvais maître, vient le soir et s'en va le matin, murmure Laetitia Campanile avant de quitter l'appartement de la rue des Canettes, en déposant un baiser sur l'épaule de Michel endormi. Inutile de le réveiller : il ne l'aimerait pas en rousse, surtout avec ces lunettes serties de strass et ce tailleur canari.

Je me ferai précéder d'une infanterie de nouveaux francs, aucun obstacle ne nous résistera, marmonne Marie-Odile Féroé, en vissant une plaque gravée à son nom sur l'étroit local marseillais dont elle a signé tout à l'heure le premier bail de location. Je traverserai l'Océan sur un vaisseau de grosses coupures.

L'argent, explique une banquière lilloise à sa visiteuse, une blondinette à l'allure austère et déterminée, n'est qu'un des paramètres de la réussite. Volonté, énergie, organisation : voilà l'essentiel. Mais j'ai compris que vous n'en manquez pas, et le Crédit Agricole vous aidera dans votre entreprise, je tenais à vous l'annoncer, mademoiselle Gaignard.

Merci, merci. Les mois ont passé, et les années. 1980 ! La roue s'est affolée, depuis la nuit des papillons où Michel a été déposé par Fonfon et Lola aux urgences de Lariboisière. Une semaine entre la vie et la mort. L'enquête policière a conclu à la folie et au suicide du docteur Apostolos : longuement interrogée, Marie-Laurence Volponi n'a finalement pas été inquiétée, et le drame de l'avenue Junot a été peu à peu effacé des mémoires par les marées successives des tragédies spectaculaires. Depuis plusieurs mois, Lola a constaté la fin des filatures. Elle s'y était presque habituée ; elle vérifiait systématiquement qu'elle était filée, jouait parfois avec ses suiveurs, parvenait souvent à les semer. Pedro s'est lassé, semble-t-il, de fouiller dans sa vie. Il sait qu'il a gagné, il croit qu'il a gagné. Même Lelièvre a disparu. Il ne réclame plus ses petits mois. Il a dû trouver une autre victime, à moins qu'il n'ait succombé à une explosion de foie sur le front de l'anisette.

On vit désormais séparément. Chris à Nice, Nicolas dans sa retraite de Brenne, Fonfon dans les Alpes de Haute-Provence où il participe à des expérimentations scientifiques dans une base météorologique. Michel est désormais un créateur de sons réputé, il travaille aussi bien pour l'industrie, qui lui demande de créer le son de fermeture des portières pour les berlines de luxe, que pour la chaîne de radio culturelle, où il restitue au millidécibel l'ambiance du marais poitevin ou du marché d'Aligre. On se téléphone de temps à autre, on s'écrit, on se voit plus rarement. Chris est venu avec son fils passer une semaine rue des Canettes, en 79 ; Fonfon était là, lui aussi. Une semaine de foire, de rires, de pleurs, et pour Lola de pouponnage. L'été, il arrive qu'on se retrouve ici ou là, pour quelques jours.

Où sont-elles, la communauté rêvée, la vie dissolue et indissoluble, la grande fiesta cosmique ? Le voile d'amitié universelle, de tendresse et de fleurs qui semblait avoir tout enveloppé à la fin des années soixante s'est déchiré. On ne rêve plus du grand tout, de la fraternité contaminante, de l'autorité morte. Le pouvoir des fleurs n'est plus ce qu'il était : désormais cultivées dans des serres aseptisées, elles n'ont plus de parfum. La planète valse dans sa robe rouge sang. Grandes valses des guerres et des coups d'État, des terreurs et des révoltes, du Kippour au Chili, de Bagdad à Buenos Aires ; valses amères des désillusions, de Lip à Manufrance, du

Larzac à Creys-Malville ; valses joyeuses des triomphes provisoires, de la loi Veil à Paris aux Iraniennes rejetant le tchador à Téhéran ; valses macabres des morts particulières, dansez Groucho Marx et Carrero Blanco, Mao et Gabin, Malraux et Golda Meir, dansez John Lennon et Paul VI, Jacques Brel et Aldo Moro, Claude François et Hans-Martin Schleyer, Mesrine et Yvonne de Gaulle, à la prochaine on change de cavalier ; vieilles valses des pouvoirs : le shah s'en va, Khomeyni arrive, Pol Pot s'enfuit, Sihanouk revient, Mao s'éteint, Deng ressuscite ; valse déglinguée des noms nouveaux pour les amoureux de la mer, *Torrey Canyon, Olympic Bravery, Amoco Cadiz…*

Lola n'a pas dansé, elle n'a même pas eu le temps d'écouter la musique qui a fait valser l'univers jusqu'à cette année 1980. Le Nautilus toujours entre deux eaux, les opérations multiples destinées à renflouer les coffres où s'entassent les bons au porteur m'ont tout juste laissé le temps de survivre et de ne pas me faire prendre. Mais cette fois nous y sommes. Printemps 1980, l'argent est prêt, Ambroise a ressorti ses plans, contacté ses amis, rien ne m'empêchera d'aller vers mon fils.

C'est une ancienne abbaye au cœur de la Brenne, pierre sèche et tuiles plates, cour carrée entourée de bâtiments vaguement rénovés où vivent une vingtaine de personnes, moines et laïcs, qui forment la communauté. Une chapelle s'élève un peu plus loin, à droite du chemin. L'abbaye et ses dépendances dominent un grand pré en pente où paissent des vaches. L'ensemble donne l'image d'une lutte jamais gagnée contre la précarité et le délabrement. Gouttières de travers, sacs d'engrais bouchant certaines ouvertures, végétation maladive et anarchique, bidons débordant d'eau de pluie. Ceux qui vivent ici sont dans le même état, ils pallient tant bien que mal les ravages des jours, posent des étais qui menacent de s'effondrer et qu'ils remplacent de justesse.

Pour parvenir là, il faut suivre un chemin forestier qui serpente entre les étangs, les bâtiments en ruine envahis par les ronces, enfoncer les pieds dans la boue des ornières.

— Je peins, dit Nico. J'écoute de la musique. J'essaie de comprendre. J'accueille les visiteurs. Il en vient beaucoup, nous ne sommes que sept permanents. À part le frère Martin et deux autres moines, je suis le plus ancien, maintenant.

Ils marchent lentement, côte à côte, ils s'éloignent de l'abbaye en direction du bois. Nico ne porte pas de robe de bure, mais un pantalon en velours côtelé, une chemise en coton gris, des sandales usées et tachées de peinture. Les moines sont libres de s'habiller comme ils le veulent, en dehors des cérémonies.

— C'est merveilleux, dit Lola.

Une auréole de hérons tournoie au-dessus d'eux. Lola demande des nouvelles du jeune organiste dont Nico lui parlait dans ses lettres. Il n'en a plus fait mention depuis quelque temps. Les lettres aussi se sont espacées. James est parti. Il avait le sentiment de s'enterrer dans cette Brenne spongieuse et trouble. Son départ a été un déchirement, mais Nico se sent heureux. Les gens qui viennent ici sont riches de leurs errances, de leurs désespoirs, de leurs défaites, ils ne sont pas appauvris par les certitudes, ils ne sont pas en paix.

— Tu parles comme un vrai curé, dis donc, petit père.

Derrière une haie, quelques oiseaux se mettent à émettre des cris de gorets bronchiteux. Des œdic-nèmes criards, explique Nico. Une sorte de courlis aux yeux globuleux dont les derniers spécimens ont trouvé refuge en Brenne.

— Ils volent très mal, nichent au sol et ont beaucoup de prédateurs. Un peu comme moi autrefois, ajoute-t-il en souriant. Je ne m'attendais pas à ta visite, Lola.

Elle ne répond pas. Elle se laisse gagner par la mélancolie des lieux. Où qu'il se porte, le regard trouve l'eau. Pays aux mille étangs, où les lavandières viennent la nuit laver les âmes des défunts. Un martin-pêcheur trace un trait scintillant au ras de la surface. La nature s'ébroue lentement avec des bruits de mer. Ils marchent longtemps, presque sans rien dire. Parfois Nico montre une plante cachée dans l'eau d'un fossé, une grenouille, le sillage d'une nageoire de carpe. D'anciennes sensations remontent en eux, l'amitié confiante mêlée de tristesse, un peu amère, comme le vin coupé d'eau.

Maintenant ils sont assis à l'extrémité d'un ponton moussu, jambes pendantes. De grosses meules de nuages roulent sur le monde.

— J'ai besoin de toi, Nico.

Meules énormes, perdant leurs mèches noires sur la terre dépeuplée.

— Je suis venue te chercher.

Nico décline le verre de bandol que Chris lui a pourtant en ricanant présenté comme du vin de messe. Il ne boit pas, ne fume pas. Comme ça, les bagages seront moins lourds. Ils sont installés tous les trois sur une terrasse du cours Saleya, à Nice. Olives, petits farcis, pissaladière, et une carafe d'eau plate pour notre ami tondu.

La descente en voiture sur Nice avec Nico a été lente et douce, à travers l'Auvergne et le Dauphiné, une halte pour la nuit près du lac de Serre-Ponçon, et le lendemain la traversée du Mercantour et l'arrivée sur la Promenade. Nico n'avait pas vu la mer depuis des années.

— La mer, la mer…, tempère Chris. Me donnent des boutons, avec leur mer et leur ciel bleu. Savent pas parler d'autre chose. Comme si le soleil les rendait plus intelligents et enviables ! Tellement enviables qu'il n'y a que les malades et les vieux qui viennent s'installer ici. Et les mafieux. Et quelques vieux mafieux malades. Bon, on part quand ?

Nice-Morning se passera de ses services autant qu'il le faudra. Peuvent bien le virer, d'ailleurs. Il ne reste ici qu'à cause du petit Karl, qui vient d'entrer en CE2. Karl vit avec sa mère du côté de Cimiez. Bénédicte n'est toujours pas décidée à reprendre la vie commune. Elle continue de réfléchir. Quand ça la prend, elle ne fait pas semblant.

Chris n'a pas hésité à dire oui. La seule chose qu'il redoute, c'est que les Cubains ne lui parlent que de leur saloperie de ciel bleu et de leur putain de climat. Mais bon, le séjour sera bref, si tout se passe bien… Et on n'y va pas pour tailler des bavettes avec les natifs…

Dans la voiture, sur l'autoroute, on écoute des compilations préparées par Michel : Blue Oyster Cult, Pat Benatar, Cheap Trick, Foreigner, Kiss, Ted Nugent, Whitesnake, Van Halen, Fela Anikulapo Kuti, les tout jeunes Iron Maiden et l'enregistrement d'un concert de UFO à Osaka en 1972, une perle ; on beugle en chœur les punkeries de Ian Dury : *Sex and drugs and rock'n'roll*, et frère Nicolas n'est pas le dernier à les entonner. Plié en deux, le petit moine, comme si la fumée de tous les joints passés lui remontait à la cervelle. La musique est plus froide, les temps ont changé, plus métalliques et agressifs, les derniers pétales du feu d'artifice libertaire sont retombés en cendres.

Au passage, on prend Fonfon dans les Alpes, et Cuba n'a qu'à bien se tenir.

— Les billets sont pris, annonce Ambroise. Je partirai deux jours plus tôt avec Chris pour m'occuper des bateaux. Nous nous retrouvons à George Town le 14.

Debout devant l'aquarium, une canette à la main, *Messieurs, mettez vos montres à l'heure*, on dirait l'ex-général-président Eisenhower, par exemple, ce demi-dieu de la guerre qui a conçu et dirigé, à la demande du jeune Kennedy, la glorieuse opération de la baie des Cochons du 17 avril 1961, donnant les dernières consignes à ses officiers.

Ambroise a distribué à chacun une pochette contenant les instructions, les cartes marines, les cartes terrestres au 1/25 000, les points de rendez-vous, les longueurs d'ondes pour les appels V.H.F. Du travail de professionnel. Je n'ai pas fait tous ces mois de cabane pour rien, les enfants.

Le plan est rigoureux, il a été élaboré en liaison avec les petits copains de Tercero, le gangster marxiste unijambiste, qui pour l'occasion a repris du poil de la bête — question d'honneur, après le honteux échec d'il y a dix ans. L'argent de Lola n'a pas été inutile : ce sera une opération commando de luxe.

— À George Town, îles Cayman, nous prenons livraison de deux bateaux en location pour une semaine. Pour votre instruction, Cuba ressemble à un poisson qui saute, regardez. Les îles Cayman sont situées à trois cents kilomètres plein sud de cet arc de cercle. La Havane se trouve sur la façade nord, face aux côtes américaines. La Floride est à deux cents kilomètres. Petit détail d'importance :

Fonfon, tu es bien sûr que tu as ton permis ? N'essaie pas de m'enfler, ce n'est pas le moment.

Fonfon lève les yeux au ciel. Il a son permis, oui, depuis cinq ans qu'il est dans le Midi, et il pilote aussi habilement les hovercrafts que les cerfs-volants. Préfère pas répondre. Ambroise, pour sa part, se targue de posséder un diplôme de capitaine de la marine marchande, obtenu dans des conditions mystérieuses du côté de Noisy-le-Grand. Cela dit, il a réellement navigué, et à toute vitesse, quand il trafiquait un peu les cigarettes en Méditerranée.

— Pourquoi deux bateaux ? demande Lola.

— Je n'ai pas envie de finir ma vie dans une taule castriste, malgré tout le bien que me dit Tercero de ses copains barbus. Imagine qu'on tombe en panne, ou qu'un bateau soit repéré et confisqué. On se retrouve cloués sur l'île, et plus aucun moyen d'en sortir, à part l'avion, très risqué. Bien. Deux bateaux, donc, deux équipes dont une en couverture, avec des points de ralliement. Deux Arcoa 10/60. De bons rafiots, vitesse de croisière quinze nœuds. On embarque des vivres, du fuel. Fonfon et Nico restent dans l'archipel des Canarreos, aux environs de Cayo Largo, à une trentaine de kilomètres en mer, sur le premier Arcoa. En cas de contrôle, ils sont censés pêcher le gros, les bateaux sont équipés. Nous avons des rendez-vous radio V.H.F. sur 253.7 trois fois par jour, tout est marqué sur vos documents. À ces courtes distances, pas besoin de passer par le réseau B.L.U., trop surveillé. Pendant ce temps, Lola, Michel, Chris et moi nous filons à bord du deuxième bateau. On débarque Lola et Michel à proximité d'un chemin côtier, à l'est de Cienfuegos. Là, ils sont pris en charge par des amis cubains. Prévoir de bonnes chaussures de marche, une camionnette vous attendra à dix kilomètres de là. Chris et moi, nous partons planquer l'Arcoa dans la zone marécageuse située à l'ouest de Playa Girón, entre la baie des Cochons et le golfe de Cazones.

— Tranquilles sous les palétuviers roses, apprécie Chris. Les caïds de la mangrove. Alligator rôti à tous les repas.

— Sardines en boîte et raviolis, ouais. Je résume : rendez-vous le 14 à George Town. On dispose de la journée du 15 pour nous familiariser avec les rafiots, la radio, mettre au point les détails d'intendance, réviser les plans. Départ le 16. La nuit tombe vers 18 h 30. Nous avons cent soixante-douze miles à parcourir, soit environ douze heures de navigation plein nord. Fonfon et Nico nous lâchent en route. Ils restent prêts à venir nous ramasser en cas de pépin.

La magnifique assurance d'Ambroise dissimule un tourment affreux : il n'a toujours trouvé personne pour s'occuper de l'aquarium en son absence.

Quinze jours plus tard, il est beaucoup plus calme : ce problème majeur a pu être résolu, et il verse un fond de rhum dans chaque verre pour étrenner la vaisselle du bord. La fatigue du voyage se dissipe dans le vent tiède qui souffle sur le port. On a quitté Paris sous la pluie froide d'avril, on se retrouve dans une infusion d'odeurs tropicales. On aurait pu rêver d'un lieu plus charmant que cette marina bétonnée pour parvenus frimeurs, mais on n'est pas là pour faire du tourisme.

— Michel et Lola, les amis cubains vous emmèneront chez eux, une ancienne rhumerie en pleine cambrousse, dans la région de Jaruco, à trente kilomètres de La Havane. De là, départ tôt le matin. Rendez-vous avec Amelia. Elle t'attendra dans le parc Lénine, près des balançoires. Elle te montrera l'école de ton fils, c'est elle qui doit le prévenir de ta venue. Tu le rencontreras le soir, à la sortie, sur le chemin du retour. Tu disposes de deux jours pour le convaincre de te suivre et de garder le secret. Un plan d'enlèvement est aussi prévu, plus compliqué… À toi de voir, ma petite.

Lola avale cul sec son verre de rhum. À moi de voir.

Je suppose que dans le fond tout ça n'existe pas. Je vais me réveiller dans un autre rêve, où je serai mère de famille et fonctionnaire, mariée à un brave gars natif de Joinville-le-Pont.

Tout ça n'existe pas, non, ni cette nuit peuplée de cauchemars dans les craquements des coques qui se balancent dans le port, ni ce départ comateux au petit matin, ventre vide, ni le port de George Town qui s'éloigne et se fond dans la brume, ni ces grandes vagues sombres qui secouent deux Arcoa blancs creusant leurs sillons de part et d'autre du méridien 81, en direction du nord.

46

Volponi vs Delgado

Le rêve continue. Si on m'avait donné le choix, je ne suis pas sûre que j'aurais choisi celui-là. Oh, le voyage en mer, interminable et nauséeux. Lola l'imaginait turquoise, dans la tiédeur des alizés, avec si possible quelques dauphins accompagnant joyeusement la route vers Petit-Jean sous le rire des mouettes. Hors c'est plutôt cela : vent et pluie, courtes lames noires secouant les deux bateaux comme des maracas, peur de perdre le cap, peur de perdre Fonfon et Nico qui pourtant se débrouillent comme des chefs — mais il faut dire que Fonfon est un ami du vent, et que le peintre-moine a des accointances encore plus prestigieuses —, peur de ne pas tomber au bon endroit, de se faire prendre par les garde-côtes, peur de tomber à l'eau, peur d'avoir fait tout ça pour rien, peur surtout que quelqu'un me voie vomir agrippée lamentable au garde-corps en inox. Puis l'arrivée de nuit dans l'archipel des Canarreos : on distingue les cailloux noirs faiblement éclairés par la lune dans la galopade affolée d'un troupeau de nuages. Les deux bateaux se suivent désormais à faible allure. Quelques controverses par V.H.F. entre Fonfon et Ambroise sur la précision du cap, vite réglées, il faut le dire, au bénéfice du plus jeune. Puis la séparation à quelques encablures de la côte.

On voit l'Arcoa blanc des deux garçons se dissoudre sur la gauche ; ils prendront quelques heures de repos à l'abri d'une crique, sur l'un des innombrables cayos dont est saupoudré l'archipel des Canarreos, pour être à tout moment disponibles en cas de besoin.

Un peu plus tard, la lumière clignotante d'une torche sur la côte : nous sommes attendus. Il est trois heures du matin quand le canot des Cubains aborde l'Arcoa. Chris et Ambroise disparaissent à leur tour à petite allure, en direction du marécage, palétuviers, soleil de plomb, raviolis et sardines à l'huile. Voilà Michel et Lola à pied d'œuvre sur la terre cubaine. C'est une opération presque sans faute — si l'on excepte un accostage mal négocié entre les rochers : tout le monde a été trempé, mais qu'importe, l'eau est chaude. Une très longue randonnée silencieuse, ensuite, le long d'un sentier tortueux, jusqu'à une camionnette qui emporte toute l'équipe vers Jaruco et un sommeil de quelques heures.

Retrouver les odeurs qu'elle avait oubliées, l'air sucré qui balaie les cannes et les palmiers, c'est une souffrance. Un rêve, un court-circuit de la raison, une aberration logique. Quand tout sera fini, nous irons tous vivre en Finlande ou en Ingouchie, loin des mensonges tropicaux et de ces tortures.

Un rêve, encore, quand elle voit devant elle la silhouette d'Amelia, à côté des balançoires du parc Lénine, comme trois notes de piano : pantalon blanc, chemisier blanc, chevelure et lunettes noires.

Devant un cafecito, Lola retrouve les nuances particulières du castillan local, mouillé de créolismes, d'inflexions sinueuses, de mots doux. C'est à cause de la langue espagnole que sa vie a pris un cours si étrange, à cause de ces inflexions précisément qu'elle est tombée dans les bras de Pedro. Pourquoi, mon Dieu, ne pas avoir étudié quelque bon gros patois nordique, comme les élèves sérieux ?

Amelia est plus belle que dans son souvenir. Elle a mûri, elle n'a plus cette dure maigreur d'autrefois, la pierre de son regard s'est enveloppée d'un peu de velours noir. La gamine gentiment fanatique d'il y a dix ans, qui brûlait de faire éclater aux yeux du monde les mérites de la pédagogie socialiste-caraïbe, a aujourd'hui un mari costaud et deux petites filles. La maternité l'a rapprochée de Lola. Amelia ne pouvait pas ne pas être là aujourd'hui. Au fil de leur correspondance s'est nouée entre elles une fraternité inaltérable.

Il n'y a pas eu d'effusions. Gorges nouées, mains dans les mains, et on s'éloigne vers un endroit plus abrité. Amelia a pu prendre sa matinée, sous prétexte d'une tournée d'inspection des écoles, puisque ses compétences et son énergie lui ont valu de ne plus exercer l'enseignement qu'à temps partiel, et de consacrer le reste à l'éducation des maîtres et à la modernisation du système scolaire. Lola revoit la petite institutrice modèle, désemparée dans les toilettes de la maternelle, il y a dix ans.

— Nous avons le temps. Il faut attendre la sortie des classes.

Amelia raconte que le climat dans l'île est tendu. Les relations avec les États-Unis ont connu une détérioration sans précédent depuis quelques mois, due au fléchissement à droite de l'administration Carter. À Miami, les émigrés s'organisent avec le soutien massif de la C.I.A., qui a installé là-bas sa plus grosse base au monde : cent vingt mille agents permanents. Les attentats sur l'île, les détournements d'avions, le matraquage radiophonique, les émigrés revenant à Cuba pour y répandre le mythe de l'eldorado capitaliste, la misère dans laquelle l'embargo maintient le pays poussent les Cubains à des tentatives désespérées, parfois violentes. À la fin de l'année dernière, novembre et décembre 1979, plusieurs ambassades de pays d'Amérique latine ont été occupées par des candidats au départ. En janvier de cette année, une douzaine de Cubains sont entrés de force dans l'Ambassade du Pérou, incitant d'autres concitoyens à pénétrer dans les Ambassades vénézuélienne ou argentine afin d'y réclamer l'asile. Le problème a pu être résolu, le gouvernement cubain ne s'opposant pas au départ de ceux qui obtiennent un visa. Mais la situation reste explosive. L'embargo prive les gens de tout, de médicaments, de nourriture, du strict nécessaire, rage Amelia ; et quand ils n'en peuvent plus, quand ils veulent partir, on les fait passer pour des opposants politiques persécutés. Il y a des opposants politiques persécutés à Cuba, ajoute-t-elle à voix basse en fixant Lola. Je ne veux pas le nier. Mais…

Lola secoue la tête, pose doucement deux doigts sur sa bouche. Je ne suis pas en état d'entendre ni de discuter. Je vais revoir mon fils. J'ai peur. J'ai peur, Amelia.

Elles passent le reste de la matinée à marcher, côte à côte, dans les ruelles de La Habana Vieja. Des airs s'échappent des fenêtres, un sonchangui d'Orquesta Revé, un songo de Los Van Van, une salsa de la Sonora Ponceña… Elles marchent le long du Malecón balayé d'embruns vanillés, tournent sans but, sans paroles. En haut de sa coupole, La Giraldilla, Doña Inés de Bobadilla, figée dans une éternité d'attente face au détroit de Floride, guette son mari Hernando de Soto, parti dans les bayous chercher la fontaine de jouvence. La pauvre, personne n'a osé lui dire que les cannibales n'ont fait qu'une bouchée de son époux, et elle attend, elle attend.

Plus l'heure approche, plus Lola se sent rongée par une sombre sensation. J'ai été folle. Cette île va nous dévorer. Ce sera bien fait, il ne fallait pas venir. Son ventre lui fait mal. De temps à autre Amelia passe un bras autour de ses épaules. Tout ira bien, Céline. Elle a du mal à l'appeler Lola.

Et puis l'école est là, devant elle. Ramón se trouve derrière une de ces fenêtres ouvertes, à copier un exercice ou réciter une leçon. C'est un établissement assez vaste, récent, à la cour plantée d'arbres encore jeunes. L'architecte n'a pas forcé sur les prouesses stylistiques, mais on n'en demande pas tant. La planète danse sous mes pieds une salsa bizarre. Le vent léger souffle toujours.

Des balles de soleil rebondissent sur les murs, sur l'asphalte, dans un froissement gai de feuillages. Amelia a disparu. Elle a prononcé quelques mots, serré vivement l'épaule de Lola, et elle est entrée. Lola se retrouve seule, tremblante sur un banc à cent mètres de la cour d'école, elle ne sait plus ce qu'elle attend. Elle a de plus en plus mal au ventre, à travers les verres teintés elle voit un monde d'algues, des poissons cyclistes, des voitures américaines qui ressemblent à des cachalots, et soudain elle entend les cris des enfants, des dizaines, des centaines, des milliers de cris d'enfants qui forment un essaim sonore, l'enveloppent, son ventre se retourne, des milliers de cris comme autant de morsures, c'est la sortie, c'est maintenant. Elle est obligée de fuir en courant jusqu'à un café proche où elle s'enferme dans les toilettes pour se vider. Combien de temps passe ? Impossible à dire. Tu ne peux pas rester dans ces toilettes, Lola. Tu ne peux pas faire ça. Il est dehors, avec Amelia. Il t'attend. Il va partir, il va disparaître. Amelia est allée le voir dans la cour à la sortie de la classe. Elle a dû prendre un prétexte pour rassembler quelques enfants, leur faire des recommandations hautement civiques, puis les libérer et retenir Ramón au dernier moment sous un motif quelconque. Et quand ils ont été seuls : Delgado Ramón, ta mère est là, dehors, elle veut te parler. Amelia l'avait informé depuis longtemps de l'existence de cette femme, sa mère, une autre mère, ailleurs, mais il n'arrive sans doute pas à imaginer que d'un seul coup elle puisse se matérialiser dans l'air de La Havane. Ma mère ? Il a eu plusieurs mères. Elles sont restées vivre avec M. Delgado pendant des périodes plus ou moins longues. Elles étaient d'humeurs et de formes variables. Fausses mères, plus ou moins gentilles marâtres, plus ou moins lointaines ou indifférentes, comme son père, cette énigme redoutable, cet homme qui n'a jamais eu envers son fils le moindre geste d'affection. Mais là, maintenant, tout de suite, ma mère ? Lui aussi a mal au ventre.

Quand Lola sort du bar, elle est éblouie par les taches de soleil en rafales. Elle s'est passé de l'eau sur le visage, essayons de ne pas trembler, de ne pas tituber, soyons une mère vaillante. Dans un film tourné avec les moyens adéquats, par Robert Benton, disons, *Volponi vs Delgado*, on verrait les deux protagonistes, la vaillante maman et son fils de douze ans s'approcher l'un de l'autre dans un ralenti aérien : sur l'avenue des feuilles volent, quelques passants intrigués se retournent dans des lueurs de crépuscule bien qu'on soit en milieu de journée, un violoncelle sanglote dignement, une petite étincelle apparaît au coin de l'œil de l'enfant, une amorce de sourire, la mère s'est arrêtée en suspens à dix centimètres du sol, bientôt les bras vont se tendre, les lèvres s'ouvrir, les corps se serrer, les larmes couler.

Mais pas aujourd'hui. Aujourd'hui, la pellicule tressaute, la bande-son crache et racle, l'air est épaissi par des fumées d'échappement et la poussière d'un chantier proche, la bouche de la mère se crispe dans un rictus indigne d'Hollywood, et il n'est pas impossible qu'elle trébuche dans la seconde qui vient sur le pavement disjoint du trottoir.

Une tache blanche et floue, à côté d'Amelia. J'ai de la poussière dans l'œil. Arrête de trembler, idiote. Avance.

Ramón la regarde. Il a les yeux de son père. Caboche brune, cheveux ras. Chemisette blanche. Qu'est-ce que je vais lui dire ? Je n'ai rien préparé ! Ils ont très peu de temps, Amelia les presse, on ne doit pas rester là. Elle les entraîne dans une rue adjacente, les laisse avancer seuls devant.

Trouver les mots. Ne rien brusquer. C'est la première fois que je parle à mon fils de douze ans. Ses jambes la portent à peine.

Et comme par miracle, les mots arrivent, fluides, doux, précis.

Plus tard, allongée sur un matelas dans la grande rhumerie désaffectée des environs de Jaruco, elle cherchera à se remémorer ces instants, en vain. Elle tentera de raconter à Michel ce qu'elle a ressenti, et l'expression du visage de l'enfant, et les mots qui sont sortis d'elle. C'est tellement difficile à croire. Je ne sais pas, Michel, je ne me souviens plus... Nous étions là, l'un près de l'autre, dans cette rue moche, Amelia cinquante mètres derrière, j'ai commencé à lui parler...

— Et lui ? Qu'est-ce qu'il t'a dit ?

Lola secoue la tête. Elle ne sait plus. Les mots n'étaient que la musique du film. Elle était en liaison directe avec le cœur et le corps de son fils. J'ai dû lui raconter notre histoire, son histoire. Lui parler de vous, de ma vie, de la France, de son père. Sais plus. Lui dire qu'il a le pouvoir de me dénoncer. Je lui ai donné rendez-vous dans deux jours, comme convenu. J'ai mis ma vie entre ses mains. Il peut très bien demander à son père de s'occuper de mon cas, prison, torture, fer rouge, sac et corde. Il ne le fera pas, Michel. Il va venir. Sais plus ce qu'il a dit, non... Il a une voix éraillée, c'est drôle... Je ne le voyais pas si grand... Tout le monde a envie de partir d'ici, même les gosses. Il a le droit de vivre bien, lui aussi, de vivre normalement, de vivre près de sa mère. Il viendra avec nous... Encore deux jours...

Lola s'est endormie. Michel reste près d'elle, adossé à la cloison de bois, dans la grande pièce vide où les amis cubains les ont installés. Mieux valait ne pas dormir à La Havane, où chaque pâté de maisons est pourvu de son délateur appointé. Par V.H.F., il est parvenu à joindre les deux bateaux, aujourd'hui.

Tout va bien. Chris se plaint de la nourriture, de la chaleur, des moustiques et d'Ambroise qui l'oblige sans arrêt à jouer au poker, et qui triche. Fonfon et Nico pêchent et plongent, ça change de la vie monastique.

Il pose sa main sur la joue de Lola. Dehors, un vent fort s'est levé, chargé d'une pluie qui mitraille les tôles.

47

La mangrove s'ennuie

La mangrove s'ennuie. D'après Chris, on dirait la France juste avant Mai 68 : les crocodiles ne devraient pas tarder à attaquer. Rien à signaler, a annoncé Ambroise ce matin sur 253.7. Fonfon et Nico, en revanche, observent beaucoup d'agitation dans les eaux territoriales cubaines. Qu'est-ce que ça veut dire ? Abilio, qui pilote la camionnette sur la route de la capitale, explique la situation à ses passagers, Lola et Michel, à moitié endormis. Un autre ami cubain, Nestor, chantonne en regardant défiler le paysage.

Depuis plusieurs semaines, comme l'a déjà expliqué Amelia, des candidats à l'émigration envahissent les ambassades d'Amérique latine, qui par provocation ou sur pression des États-Unis leur accordent l'asile politique. Hier, Fidel a répliqué en retirant toute protection militaire à l'Ambassade du Pérou. Vous voulez des réfugiés ? Vous allez en avoir. Tous ceux qui le désirent peuvent demander un visa. Allez-y, les gars ! Résultat, conclut Abilio hilare, ce matin l'ambassadeur du Pérou s'est réveillé avec dix mille Cubains sous ses fenêtres, dans le parc, résolus à partir à Lima. Puisqu'on crève la dalle ici, tentons notre chance dans un pays que l'oncle Sam ne poursuit pas de son affection de mygale. Dix mille ! Et il en arrive toujours !

— Ne t'inquiète pas, amor, tout ça est plutôt bon pour nous, nous allons profiter de la confusion, ajoute le chauffeur en tapotant le genou de Lola. Et Fidel est allé plus loin, poursuit-il.

— Fidel va toujours plus loin, ricane Nestor, la tête appuyée contre la vitre.

— Il a décidé d'ouvrir le port de Mariel. Ceux qui veulent partir le peuvent. En ce moment même, des centaines de bateaux arrivent de Miami pour chercher les émigrants. Il n'y aura pas de place pour tout le monde ! D'autant que Fidel a vidé les prisons, Mariel est plein de malfrats et de serial killers. Poum, poum ! Ça fera toujours ça de moins à nourrir, et quelques emmerdements supplémentaires pour les Yankees. Notre ami Carter a promis que l'Amérique ouvrirait ses bras et son cœur à ceux qui cherchent la liberté, c'est drôlement gentil, non ? On prévoit cent mille départs.

Lola n'a pas dormi de la nuit. Cent mille départs, mais un seul lui importe. Un seul petit émigrant aux yeux noirs. Il ne va pas vers Miami. Il prendra place à bord d'un Arcoa 10/60 de couleur blanche, à destination de Cabo Catoche, au Mexique, via les Canarreos. Six cents kilomètres de traversée, vingt et une heures de mal de mer. Il faudra que j'essaie de ne pas être ridicule devant mon fils.

Michel, comme d'habitude, ne dit rien. Il écoute les sons qui se mélangent dans la calebasse de l'habitacle. Une polyphonie étrange, un concert tendance heavy metal, avec réminiscences des riffs de Steve Hunter et des percussions éclatantes de Johnny Badanjek dans *Welcome to my nightmare*.

On a rendez-vous à une heure avec Amelia. Ensuite, on va chercher Petit-Jean à l'école (*on va chercher Petit-Jean à l'école !* Lola se pince). Je dois m'habituer à l'appeler Ramón. Abilio et Nestor ne peuvent pas rester à La Havane. Ils doivent rendre la camionnette à Jaruco cet après-midi ; les véhicules sont rares, le carburant encore plus. Un bus emmènera Lola, Michel et Ramón jusqu'à Playa Grande, sur la côte sud, via San José de las Lajas et Nueva Paz. Ils seront pris en charge par des amis, là-bas. Ensuite, douze kilomètres à pied par des chemins on ne peut plus vicinaux jusqu'au point de rencontre, où le bateau viendra les chercher.

Amelia, pantalon et tee-shirt jaunes, les attend à l'endroit prévu.

— Tout se passera bien. Ramón t'attend à la sortie. Pauvre gosse, il ne sait plus trop où donner de la tête, mais il a conscience que son avenir sera meilleur en France qu'ici. Il a gardé le secret. C'est un vrai petit homme, ton fils. Un vrai Cubano... Je lui ai promis que tu lui laisserais voir son père aussi souvent que possible...

369

Lola ne répond pas. Elle préfère ne pas imaginer la réaction de Pedro. Peut-être faudra-t-il se cacher, changer d'identité… Elle a déjà pris contact avec le lycée franco-espagnol de Paris. Elle consacrera tout l'été à enseigner le français à son fils. Apprendre sa langue maternelle à douze ans, c'est original. Tout ira bien, tout ira bien. Il est énergique, mon bonhomme, il va de l'avant, il est décidé, Amelia me l'a dit. Tous les gamins d'ici rêvent de partir, comme leurs parents. Cette île a été coupée du monde, l'embargo s'est abattu sur le pays comme une plaie sans fin et sans remède, chacun sait dès l'enfance que le seul salut est dans la fuite. On peut vivre sans voir son père, non ?

Abilio et Nestor sont repartis, après avoir reçu la somme convenue en dollars. C'est Amelia qui récupérera Ramón à la sortie de l'école, après la cantine. Il vaut mieux qu'il ait le ventre plein, ce petit, il va faire de l'exercice. Lola et Michel attendent un peu plus loin. Michel porte un sac rempli de provisions et d'habits de rechange pour Ramón, procurés par les amis.

Il arrive, un cartable informe à la main. Pas un sourire. Il est pâle, il a les yeux cernés.

Comme avant-hier, la pellicule est rayée, le film surexposé, la bande-son stridente, le défilement trop rapide, les acteurs à côté de la plaque. On a rêvé de ces instants pendant si longtemps, on les imaginait suspendus hors du temps des hommes dans un éther de douceur et d'amour ; cependant le réel sale et flou s'impose durement.

Ramón accepte que Lola l'embrasse, il regarde Michel avec méfiance, et fait des efforts visibles pour donner l'apparence d'un qui domine son destin. Tout se passe vite, trop vite. Il faudrait pouvoir observer le moindre détail, prendre le temps de tout noter, de tout comprendre, faire provision de ces secondes, être absolument disponible et d'une fraîcheur d'âme intacte — sans parler de celle du corps, qui renâcle et qui sue, ces oreilles qui bourdonnent, ces yeux qui larmoient, ces muscles qui se crispent, cette fatigue qui s'infiltre dans chaque geste, cette sensation d'évoluer dans un léger brouillard qu'on éprouve souvent en voyage.

Amelia presse le mouvement. Il ne faut pas rester dans ce quartier. Je vous emmène à la station d'autobus.

On fait la queue pendant une heure pour pouvoir monter dans la guimbarde surpeuplée. Amelia ne peut pas attendre avec eux. C'est une page qui se tourne : on voit sa silhouette jaune se perdre dans la foule après un dernier adieu. On ne sait pas si on se reverra. Cette fois, le sort en est jeté.

Lola et son fils se partagent une place assise, à l'arrière. Michel est debout dans l'allée centrale, au milieu du bus, comprimé entre quelques passagères. Pas besoin de parler la langue pour comprendre leurs compliments assez explicites sur ses yeux et sur cet adorable petit nez occidental qui leur tire des rires mouillés. On traverse le centre, on longe le

Malecón avant de s'engager dans d'interminables faubourgs. De temps à autre, le bus s'arrête pour laisser descendre un ou deux passagers ; à la longue on finit par respirer un peu mieux.

Lola pose une main sur le genou de son fils. Ça va ? ¿ Estás bien ? ¿ Todo a puesto ?

Elle n'en mène pas plus large que lui. ¿ No tienes miedo ? Il secoue la tête, d'un geste qui pourrait signifier : pas plus peur que toi. Lola sort de son sac des photos qu'elle avait préparées en prévision de ce trajet. Photos de Paris, de la tour Eiffel, de la nouvelle mode du roller lancée par les gamins sur l'esplanade du Trocadéro. Photos du restaurant, de Michel avec elle rue des Canettes : images rassurantes d'un couple protecteur, d'une vie sans soucis, sans cannes à sucre et sans *bloqueo*, une vie dans les étages nobles de la planète, abondance discrète, nourriture saine, facilités de paiement. Photos également des amis, Fonfon et ses cerfs-volants, Chris et Nico, Paris encore — regarde la Ville lumière, la plus grande et la plus belle ville du monde juste avant La Havane, ta ville désormais. Le gamin observe les clichés sans émettre de commentaire. Ça te plaît ? Nous voyagerons en France. Et en Europe, aussi. Il faut que tu connaisses Barcelone et Madrid. Et Londres, Rome, Palerme, Amsterdam… Tu n'auras pas le temps de t'ennuyer, tu verras. On va rattraper le temps perdu, on s'amusera bien.

— Mon père sera très en colère.

Il a dit cela comme on dirait : il va pleuvoir. Son père ! Eh bien qu'il soit furieux, pense Lola, ce bourreau, espion, kidnappeur, traître et lâche, kagé-biste tropical, servile apparatchik, castré castriste, gifleur de femmes, mafieux paranoïaque, voleur d'enfants, démolisseur de douze ans de ma vie, sois furieux et ne t'avise plus jamais de toucher à mon fils !

— Je serai en quelle classe ? demande Ramón.

— Il faudra sans doute que tu reprennes en sixième. Tu apprendras très vite le français, nous travaillerons tous les jours. À ton âge, ce n'est pas un problème.

— J'aurai une chambre à moi ?

Le voyage se poursuit, de question en question posées telles des bornes kilométriques. Hormis une remarque narquoise sur la prononciation de Lola, l'enfant ne commente jamais les réponses, il se contente d'enregistrer les données de sa vie à venir. Ses sourcils se froncent sur ses yeux noirs, il essaie de voir Paris à travers le dossier du siège de devant. Lola parvient à lui soutirer quelques informations sur la façon dont se sont déroulées ces douze années loin d'elle. En creux se dessine la silhouette glaciale de Pedro. Il ne l'a pas aimé, ne lui a pas pardonné d'être né d'une petite-bourgeoise dégénérée. Lui, rigide et sévère, sûr de son autorité, de son droit et de ses principes. Amelia a dû faire preuve d'infinies persuasion et patience pour dénouer le fin maillage de médisances et de mensonges dont Pedro a entouré l'image de Lola. Il a dit à Ramón que plus tard il ferait des études d'ingénieur, pour être utile au pays. Utile au pays ! Ingénieur, pour faire la fierté de son crétin de père ! Tu feras bien ce que tu voudras, quand le temps sera venu de choisir. Il l'a même mis en pension à neuf ans, pendant deux années scolaires, à la mort de la nounou Matilda. C'est cette Matilda qui a tenu lieu à mon Ramón de mère, de père, de famille. Je ne la connaîtrai pas. Tu as souffert, et je n'étais pas là. Lola mesure le gâchis, évalue ce qui reste à reconstruire ensemble. Rien n'est jamais perdu. Elle essaie de le faire sourire, elle voudrait tellement être une mère comme il faut, mais comment savoir ce qu'il attend ? Tu me préfères jeune et gaie, ou sérieuse et guindée ?

Pour l'instant, Ramón n'attend plus rien, nez de clown ou bonnet de nuit. Il s'est endormi sans crier gare, sa tête s'est posée doucement sur l'épaule de Lola.

Douze ans. Douze ans que j'attends ce moment. Je ne devrais pas pleurer, c'est idiot.

Le bus traverse maintenant des zones moins urbanisées, des moutonnements d'un vert intense. Lola redoute de découvrir un barrage militaire à la sortie de chaque tournant. Il suffirait d'un rien pour tout faire rater. Un contrôle de routine, un retard inopiné — panne de moteur, roue crevée, qui sait. Il est peu probable que l'alerte ait été donnée à La Havane. On ne s'apercevra de l'absence du gamin que ce soir. Habituellement il rentre seul chez lui, et son père arrive en général assez tard. Il y a bien la sœur de Pedro, qui vient presque chaque jour et pourrait s'inquiéter, mais elle ne se soucie guère de lui. Et les recherches seront sans doute centrées sur la capitale, principal lieu d'accès et de sortie de l'île. Comment irait-on imaginer que l'enfant se trouve avec sa mère sur la côte sud, au milieu des marais ? Si tout se passe bien, dans quelques heures nous serons à bord du bateau. Et quand bien même pour une raison ou pour une autre le rendez-vous avec le premier Arcoa ne pourrait avoir lieu, un deuxième point de ralliement est prévu avec Fonfon et Nico, dans une rade située dix kilomètres plus à l'est dans le golfe de Cazones.

Le bus s'est vidé progressivement de ses passagers. Michel est venu s'asseoir derrière Lola. Une caresse dans le cou : je suis là, tout ira bien.

Ils arrivent à Playa Grande alors que le jour baisse déjà. Quand il s'est réveillé, tout à l'heure, Ramón a posé cette question qui a laissé sa mère sans voix : « Et si je n'aime pas la France ? »

On dirait qu'il fait plus chaud ici qu'à La Havane. À la descente du bus, une vague moite les enveloppe comme un linge. La dénommée Daina est là, comme prévu. Pas loin de cent kilos de pure énergie cubaine, sirop de canne et rhum. La mère de cette femme a dû fauter avec un cyclone. Daina tient l'hôtel Balcón de los Cochines, normalement réservé aux autochtones. Ils se retrouvent assis dans la petite salle commune, autour d'un mojito additionné semble-t-il de poudre à fusil. Daina ne parle pas, elle hurle ; elle ne rit pas, elle barrit ; elle ne pose pas les verres, elle les écrase sur la table. Ramón la regarde avec stupeur. À dix heures, le fils de Daina emmènera les voyageurs sur le sentier. Il faudra faire bien attention, le terrain est plein de pièges. Des trous, des terriers, des pierres glissantes. Il ne faudra pas quitter la lampe du petit des yeux.

Le petit en question, Raúl, a les bras gros comme des jambons, et il a oublié d'arrêter de grandir. À l'heure dite, on quitte discrètement le Balcón par l'arrière-cuisine, après un repas de cochinito et de bananes frites, tandis que Daina s'agite aux fourneaux pour les clients du restaurant.

Le sentier escarpé longe la côte. Dans la clarté de la lune, on distingue parfois des piscines naturelles où le faisceau de la lampe traque des poissons multicolores qui enchanteraient Ambroise. Le pauvre, dans son marigot, n'a eu droit ces jours-ci qu'à des poissons-chats, engeance visqueuse et blafarde, que Chris pêchait par désœuvrement avec les lignes trouvées à bord. À l'heure qu'il est, le bateau a dû quitter son repaire pour rejoindre le point de rendez-vous. Aucune liaison radio n'a été possible aujourd'hui : le poste V.H.F. est resté à la rhumerie, on ne pouvait pas emporter cet engin encombrant, et il était convenu qu'on le laisserait en cadeau aux amis d'ici. Nous voilà condamnés au succès.

Malgré son poids, le fils de Daina file comme un cabri. Ramón trottine sans se plaindre. Lola observe son visage sombre, songeur. Que peut-il bien se passer là-dedans ? Que restera-t-il, plus tard, de cette marche dans la nuit ?

Et si je n'aime pas la France ?

Au bout de deux heures, Raúl propose une halte. Michel sort du sac des fruits secs, des biscuits, de l'eau minérale. Chacun reste absorbé dans ses rêveries. Dix minutes, et on repart. Le sentier se fait plus étroit, suivant les échancrures de la côte. Vue féerique sur la baie. Il faut faire attention à ne pas mettre les pieds dans les trous, à ne pas trébucher dans les racines qui serpentent en tous sens, être attentif aux tressautements de la lampe torche. Ramón ne parle pas, ne pose pas de questions. Il avance, vaillante petite chèvre, tête baissée dans les odeurs sauvages.

Après avoir longtemps monté, le sentier redescend progressivement vers la mer. On aperçoit, de l'autre côté d'une anse, une presqu'île herbeuse et plate, au ras de l'eau, sur laquelle se dresse une chapelle, face à un petit ponton.

— Santo Angel del Buen Viaje, indique Raúl. C'est là que vos amis doivent vous attendre.

C'est là, en effet, mais on ne distingue pas l'Arcoa. Sans doute est-il caché par le bâtiment. La petite troupe progresse à pas redoublés.

Une demi-heure plus tard, arrivés à la chapelle, force est de constater que l'endroit est désert.

Michel arpente le rivage, les yeux fixés sur l'horizon. Lola et son fils attendent, adossés au mur de la chapelle. Il a été convenu qu'en cas d'absence du bateau on retournerait à Playa Grande ; de là on rejoindrait le deuxième point de ralliement. Nous n'en sommes pas encore là : on préfère croire que Chris et Ambroise ont eu un contretemps, peut-être un problème mécanique, et qu'ils ne vont plus tarder. Raúl est allongé un peu plus loin, sur l'herbe moussue, placide mégalithe.

Et si je n'aime pas la France ? Pourquoi dis-tu ça, mon fils, voyons, tout le monde aime la France. Les Cubains, les Berbères, les Eskimos, les Zoulous, tout le monde. Même les Anglais, imagine-toi. Et tu ferais exception ?

Et si je n'aime pas la France ? La question taraude Lola. Vite, quitter cette île. Elle est certaine qu'une fois à Paris toute inquiétude se dissoudra. Que fait ce satané rafiot ? Cette nuit qui n'en finit pas.

Elle sent la main de Ramón soudain sur la sienne.

— Mamá ?

C'est la première fois qu'il l'appelle ainsi. *Mamá.* Elle se tourne vers lui, mais il fuit son regard. Et puis, dans un murmure :

— Je crois que je ne veux pas venir en France.

Une main de géant comprime la poitrine de Lola. Pendant une longue minute, elle est incapable de répondre. Puis elle le serre contre lui, doucement.

— Tu as peur… Bien sûr, tu as peur, dit-elle en lui passant une main dans les cheveux. Mais ce n'est pas si loin, la France, ce n'est pas si différent ! Et si c'est ton père que tu crains, tu as tort. Je m'expliquerai avec lui dès que nous serons à Paris. Je lui écrirai, je lui téléphonerai. Tous les pères veulent le bonheur de leur fils.

Ramón hoche la tête. Il ne semble pas convaincu. Lola non plus, à vrai dire. Mais elle sait qu'une fois sur le territoire français, son fils sera à l'abri. Il est né à Paris, il a la double nationalité. Cuba n'est pas en mesure de créer un incident diplomatique en faisant un scandale ou en récupérant le gamin de force. Ne me dis plus jamais ça, Petit-Jean, ne me dis plus jamais que tu ne veux pas venir en France, je te jure que tu seras heureux... Tu me crois ? Je te supplie de me croire.

La grande nuit cubaine remue autour d'eux, balayée de vent et d'odeurs, pleine de bruits qu'on peine à reconnaître, cris d'oiseaux, bourdonnements d'insectes, comme celui qui persiste en ce moment, écoute, c'est un hanneton, tu crois ?

Ce n'est pas un hanneton, c'est un moteur de bateau. Michel se met à courir le long de la berge vers le ponton.

— Les voilà !

Les voilà. Tu entends, Petit-Jean, Juanito, mon enfant ? J'en étais sûre. Ne dis plus jamais ça. Viens, levons-nous. Plus jamais, je t'en prie.

On distingue en effet l'Arcoa, qui a fait son apparition dans un décor nocturne que la lune éclaire en vraie professionnelle. Il est entré dans la baie en provenance de l'ouest. Mais il avance à toute petite allure, et son apparence semble changée.

— Qu'est-ce qui se passe ? demande Michel. Il est trop bas sur l'eau. Ils sont en train de couler, ou quoi ?

En effet, le bateau se traîne à la surface en ahanant, et la ligne de flottaison est nettement submergée. On dirait qu'ils ont embarqué le manuscrit du dernier discours de Fidel.

Le moteur vient d'être coupé. Le bateau continue sur son erre. On entend des voix à bord, des cris. À cette distance, impossible de distinguer ce qui se passe. Des ombres s'agitent sur le pont, les cris redoublent. Un moment plus tard, on voit l'annexe du bateau, un petit zodiac, se détacher et foncer en direction du ponton tandis que l'Arcoa se remet en marche, et repart vers le large avec des dandinements d'obèse.

— Trente-cinq, dit Ambroise. Avec nous, ça faisait trente-sept. Les requins commençaient à se frotter les nageoires.

Chris poursuit son récit.

— Sans qu'on s'en aperçoive, le bateau avait été repéré. Un type est venu en barcasse ce matin, l'air aimable, et comme des imbéciles on l'a laissé monter à bord. Sous la menace d'une arme, il nous a confisqué les clés, il a bousillé la radio. On venait juste de vous appeler. Difficile d'avoir des explications, ce crétin ne parlait pas un mot d'anglais. Il est reparti avec Ambroise en otage.

— Des types qui ne savent même pas jouer au poker.

— Ils ont rappliqué un peu plus tard. La barque faisait des navettes, elle me les amenait trois par trois. J'ai essayé de leur dire que le bateau est prévu pour huit, mais va donc expliquer ça à des gens qui

380

ont l'habitude de mettre toute une famille sur un seul vélo. Ambroise est arrivé avec la dernière fournée.

— Mais qui sont ces types, enfin ?

— Des gens qui veulent quitter l'île. Comme nous.

— À la différence qu'ils y sont nés, et qu'ils attendent ça depuis vingt ans. C'est une envie rudement pressante. On a fini par tomber sur un gus qui parlait français, un professeur d'université visiblement reconverti dans des activités moins spirituelles. Il paraît qu'à Mariel, l'affolement est à son comble. Fidel a fait ouvrir le port, des dizaines de bateaux assurent le transfert vers l'Amérique, mais ils sont surchargés et pas assez nombreux. Cent vingt mille partants, au dernier comptage ! Par ailleurs, le contrôle, côté cubain, reste assez strict. Ils ne laissent pas partir n'importe qui. Nos pirates ont essayé de passer, mais ils ont été refoulés. Priorité aux droit commun. Comme ils avaient été prévenus de la présence du bateau dans le marais, ils ont décidé de saisir l'aubaine : on pique un bateau, on rejoint la côte nord et on profite de la confusion générale pour aller à Miami au milieu de l'armada, c'est le plan. Ils ont organisé le coup à trois, les autres sont des passagers payants. Les enfoirés, j'ai cru qu'ils allaient nous jeter par-dessus bord. On a réussi à convaincre les chefs de nous abandonner ici avec l'annexe.

— Ils ne sont pas sortis de l'auberge. Ils doivent contourner l'île par l'ouest, rejoindre la noria en face de La Havane, de l'autre côté, traverser le détroit… Ça fait une trotte, avec un rafiot aussi maniable qu'une enclume, dans une mer farcie de récifs.

Il faut décider maintenant de la marche à suivre. Pour rejoindre l'autre point de rendez-vous, on dispose du zodiac. Ce sera plus discret et plus rapide que le trajet par la route tel qu'il avait été prévu dans le plan de repli.

— Vous êtes sûrs qu'on tient tous là-dessus ?

— T'inquiète. Il est prévu pour six, on sera cinq, dont un enfant. Et on a largement assez de carburant.

— Il faut y aller, dit Michel en sortant de sa poche de quoi payer Raúl.

Cinq, dont un enfant ?

Il s'est rassis, l'enfant, le dos contre le mur de la chapelle. Sa mère, accroupie face à lui, les mains sur les siennes, lui parle à voix basse.

Ils se souviendront l'un et l'autre de ces minutes qui enflent, cette bulle qui les exclut du monde, capable de contenir et de nourrir deux vies entières, capable aussi de les détruire tant chaque instant à venir risque de paraître vide en comparaison. Jamais sans doute il ne sera possible de retrouver cette communion parfaite qui prélude à la séparation. Les mots qui s'échangent continueront de tourner indéfiniment comme les boules de chardons poussées par le vent dans les vallées montagneuses, ils continueront sans relâche à griffer et blesser.

Le zodiac s'éloigne du ponton, sur lequel se tient Petit-Jean, la main dans celle du géant Raúl. Lola ne sait plus comment cela a été possible. Elle a oublié les cris de son fils, sa terreur au moment de monter sur le zodiac, je veux rester, je veux rester, elle a oublié qu'il lui demandait pardon, elle a oublié qu'elle s'est agrippée à lui, qu'elle a voulu le forcer à venir, qu'elle a perdu la raison. Il a eu peur soudain de ce départ dans l'inconnu, peut-être s'est-il souvenu de tout ce que Pedro lui avait dit sur sa mère, peut-être n'a-t-il pas eu le courage de quitter son enfance, ses amis, le carcan rassurant des routines. Sa mère criait, sa mère voulait l'emporter, sa mère suppliait et pleurait. Raúl s'est interposé, il ne pouvait accepter qu'on emmène l'enfant contre son gré. Michel a prononcé des phrases raisonnables, tellement raisonnables qu'elle a eu envie de le tuer, cela aussi elle l'a oublié. Et les autres, atterrés, qui ne pouvaient rien dire. Quelques secondes, tout perdu. Douze années de lutte et d'espoir.

Le moteur fait un bruit de tissu qu'on déchire, elle voit la silhouette de son fils rapetisser, ils ne font pas de signe, ils ne se quittent pas des yeux, longtemps encore elle fixera un point invisible de la nuit. Elle ne sent pas les mains de Michel sur ses épaules.

Plus rien à dire ni à penser, retournée comme un gant, peau à vif.

Un hurlement tourne en elle sans pouvoir s'échapper. Il ne se taira plus.

48

Maracaibo, 1988

Le port de Maracaibo est l'un des plus laids du monde mais, grâce à l'afflux d'ingénieurs pétroliers et de fripouilles internationales, on y trouve des restaurants où il est possible de manger autre chose que les sempiternelles arepas de maïs fourrées avec n'importe quoi.

— Des fourmis frites, par exemple. Ou des piranhas grillés. À moins que tu choisisses le ragoût de singe, suggère Pedro, plein de bonne volonté paternelle. C'est délicieux.

— Je vais prendre un pabellón criollo, répond froidement Ramón, qui s'est cantonné à ce plat simple, robuste et sans surprise depuis leur arrivée au Venezuela.

Trois jours dans cette ville défigurée par les parvenus de l'or noir, trois jours à traîner sous le haut patronage des derricks plantés sur le lac, à attendre un rendez-vous mystérieux, trois jours pour la première fois dans la compagnie pesante de son père, qui contre toute évidence s'évertue à lui vanter le charme et le pittoresque de l'antique cité coloniale, du Paseo de las Ciencias objectivement hideux, de l'insipide plaza Bolívar, de la Casa de Morales et de son pittoresque balcon de bois, le tout dans une atmosphère comparable à celle qui doit régner à l'intérieur d'une cocotte-minute, le gaz carbonique en plus, sous les avalanches sucrées d'une gaita de supermarché déversée par les haut-parleurs. Seul moment d'étonnement : la vision du crépitement d'éclairs, le premier soir, dans un ciel sans nuages ni tonnerre, au-dessus du gigantesque pont Rafael Urdaneta tendu sur le détroit unissant le lac à la mer — un phénomène magnétique que les maracuchos attribuent à saint Antoine sans la moindre preuve.

— Arrête de faire cette tête. Demain, j'ai mon rendez-vous, c'est confirmé. Ensuite les vraies vacances commencent, je t'emmène plonger à Chichiriviche.

Quelle idée, aussi, de traîner son gamin de vingt ans en mission ! Sans compter que c'est interdit : il a fallu tricher un peu avec les copains du service des passeports. Mais c'était le moment ou jamais, je n'ai pas eu beaucoup de temps pour m'occuper de lui. Il faut qu'il connaisse son père, tout de même. Et ce petit crétin ingrat fait la trogne sous prétexte qu'on reste coincés à Maracaibo. La ville est pourtant pleine d'attraits, si on regarde bien. Et le climat, exceptionnel. « Le révolutionnaire authentique accepte toujours les apprentissages que lui propose la vie : ils seront utilisés le moment venu », a dit Fidel dans un discours célèbre, et Pedro se répète in petto le précepte, en frappant la table de son index tendu.

Mais allez donc faire comprendre ça à un gosse sombre et rétif comme Ramón. Tient ça de sa mère. Ce mauvais caractère, ce manque d'intérêt pour l'autre, cet individualisme petit-bourgeois génétiquement incrusté. Sa mère ! Pedro, en 1981, a enquêté sur la brève disparition de son fils, volatilisé pendant deux jours de l'école, retrouvé endormi sur un banc dans un faubourg de La Havane. Il ne lui a pas fallu beaucoup de temps pour comprendre ce qui s'était passé. Cette vipère était prête à m'enlever mon fils, voilà ce qu'elle voulait faire, dans son incroyable vanité. Elle avait des appuis dans la place. Des complices. Des hooligans, des bandits, ou des idiots. Comme cette pauvre écervelée d'Amelia Huydobro, la petite institutrice au grand cœur. Un peu de prison et sa mutation dans un recoin poussiéreux de Palma Soriano lui auront mis du plomb patriote dans la cervelle.

L'après-midi, promenade dans le centre-ville : le Paseo, la Casa de Morales, la plaza Bolívar, el Saladillo, la Casa del Gobierno, mais dans un ordre différent d'hier. Pedro marche en parlant, pathétiquement enjoué, flanqué d'une ombre revêche. À midi, pabellón dans un restaurant typique : vitres fumées, musique industrielle, clientèle pétrodollarisée, cadres à chemisette blanche et poupées Barbie caribéennes — à vous faire regretter la misère cubaine. Mais en vérité Ramón ne regrette rien. On peut même dire que depuis hier soir, Maracaibo lui apparaît comme l'antichambre du paradis, bien qu'il n'en laisse rien paraître. Dans la chambre d'hôtel, tandis que son père était allé téléphoner dans une cabine publique — toujours ces ridicules manies d'espion à la petite semaine —, le jeune homme a fait une découverte qui lui ouvre bien des perspectives.

Pedro, à leur arrivée, a pris une chambre à deux lits, sans doute pour de mesquines considérations relatives au remboursement des frais, ou encore pour dissimuler la présence de son fils avec lui lors d'une mission secrète. Ce qui a permis à Ramón de vivre pour la première fois dans l'intimité paternelle, expérience instructive entre toutes, et de s'intéresser au contenu de la mallette fauve qui ne le quitte pas depuis leur départ de Cuba — sauf, justement, lorsqu'il descend téléphoner. Ramón a remarqué dès leur arrivée à l'hôtel que son père en cachait la clé dans sa trousse de toilette, en fouillant celle-ci à la recherche d'une lame de rasoir. Hier soir, donc, il a descendu la mallette dissimulée sur le haut de l'armoire, et a exploré son contenu. À la faveur d'une nouvelle éclipse paternelle, il est maintenant en train de vérifier qu'il n'a pas rêvé.

« La chance est chauve sur le derrière du crâne », a écrit quelque part Vladimir Ilitch Oulianov. À moins que ce ne soit le camarade Cienfuegos. En tout cas, tu as intérêt à lui empoigner la tignasse tant qu'elle est devant toi car, une fois qu'elle t'a dépassé, il est trop tard.

Voilà ce que c'est que d'avoir bénéficié d'une éducation cent pour cent socialiste, se félicite Ramón en vérifiant le contenu de la mallette.

Approche un peu, chère Fortune, que je t'agrippe les tifs.

Comme hier, le premier compartiment est bien vide, mais quand on soulève la cloison centrale, on comprend l'attachement de Pedro à ce modeste bagage. Ce sont bien des billets verts, en petits tas strictement alignés, coupures de dix et cinquante dollars sous bracelets de plastique blanc, pareils aux ronds de serviette de l'internat rangés dans un casier de bois à l'entrée de la cantine. À première vue, de quoi vivre tranquille à Cuba pendant une ou deux vies.

Ou bien, autre solution, vivre moins tranquille et pendant moins longtemps, mais *ailleurs*.

Ramón pense à cette île où il a le sentiment d'avoir gâché vingt ans de jeunesse. Le mois dernier, son amie Celia l'a quitté pour un jeune Cubain plus gai, plus insouciant. Plus que du chagrin ou de la rage, c'est de la mélancolie qu'il en a éprouvé. Il n'a jamais su rencontrer les gens qu'il lui fallait. On dirait que ceux qui l'approchent ont peur de lui, peur des abîmes sombres qu'ils devinent dans son regard. Il est vrai que la fuite avortée avec sa mère a installé en lui une douleur lancinante. Il n'en a jamais parlé à personne. Il n'a jamais revu Amelia. La seule réaction de son père, lorsqu'on a retrouvé le jeune fugitif, a été de le placer en internat. Ramón rumine, depuis, des rêves furieux de départ, avivés par la rupture avec Celia. Pedro a dû le sentir, et penser qu'un séjour à Caracas pouvait calmer la démangeaison du voyage. Cela aurait pu marcher, sans cette mallette aux promesses innombrables.

À la réception, la jeune femme derrière le comptoir lui lance un joyeux « À ce soir ! ».

— Hasta luego, señorita, répond le beau jeune homme brun à la mallette fauve, avec un sourire qu'elle ne lui avait jamais vu. Jusque-là, elle préférait le père.

Et maintenant, direction le port. Je ferais mieux de ne pas traîner.

— Si seulement tu étais un plaisantin, mon pauvre Delgado. Mais tu n'as jamais su rigoler, dit le comandante Benito Palacios qu'on n'a jamais entendu beaucoup rire non plus, mais qui est le supérieur hiérarchique du *pauvre Delgado*. Je suppose donc qu'il faut prendre au sérieux ce que tu es en train de me raconter.

— Je n'en reviens pas.

— L'important, c'est que ton fils revienne, lui. Il sait ce que contient la mallette ?

— Bien sûr que non. Il a dû voir l'argent, rien de plus, et ça lui a tourné la tête. J'ai demandé de l'aide à la police vénézuélienne. Ils ont mis Maracaibo sens dessus dessous. Il n'est nulle part.

— Il a dû prendre un bus ou un taxi pour Caracas. Où pourrait-il avoir envie d'aller ?

— Mais… nulle part. Il n'a jamais manifesté l'envie de quitter Cuba.

— Alors pourquoi l'as-tu emmené là-bas, pauvre crétin ? hurle Palacios en tapant sur son bureau avec un cendrier. Est-ce que tu ne serais pas en train de nous enfler ? Est-ce que ton chérubin ne serait pas parti vendre les contrats pour ton compte à *Time Magazine* ou à Reuters ? Réponds, Delgado ! Est-ce que je ne vais pas retrouver ma tronche à la une des journaux occidentaux la semaine prochaine, pendant que ton fils fera une foire d'enfer à Trinidad and Tobago avec notre pognon et celui des paparazzi ?

— Tu déconnes, Palacios, murmure Pedro atterré.

— Je déconne, admet le comandante soudain apaisé. Puisque tu n'es pas un traître, je vais te le dire, moi, ce qu'a fait ton crétin de fils, qui est aussi un fils de crétin. Je ne sais pas où il se trouve en ce moment précis, mais je pense, j'espère, que dans peu de temps on le retrouvera à Paris.

— À Paris ? répète la toute petite voix de Pedro.

— Chez sa mère, pauvre imbécile. Tout ce que nous pouvons espérer, désormais, c'est qu'il soit parti retrouver sa mère. Ne me dis pas que tu n'y avais pas pensé. C'est en tout cas notre seule chance de récupérer les contrats qu'il détient sans le savoir, avant que Sellars ne s'énerve vraiment. À propos, je l'ai eu au téléphone, tout à l'heure.

— Écoute, Palacios, tout va s'arranger. Pas d'affolement.

— Sellars m'a demandé de t'envoyer dans un bagne particulièrement épouvantable, et si possible de te faire dévorer par les caïmans au cours d'une simulation d'évasion.

— C'est injuste. Il n'a jamais eu à se plaindre de moi.

— Il aura à se plaindre de toi, hurle de nouveau Palacios, quand la presse du monde entier révélera que des entreprises américaines traitent en sous-main avec le gouvernement cubain au mépris du sacro-saint embargo ! Et tu voudrais que nous restions calmes ?

— Ne crie pas. Laisse-moi faire. Je vais récupérer cette mallette et ces contrats. Pas de problème. Et mon fils par la même occasion. Tu vas voir ce que tu vas voir. Je vais y aller, moi, à Paris.

— Tu vas y aller, toi, à Paris, soupire Palacios, qui semble très accablé. Tu vas y aller, toi, à Paris. Récupérer ces contrats.

— Oui oui, confirme Pedro. Tu peux me faire confiance.

— Bien sûr. Je peux te faire confiance. Est-ce que tout n'a pas marché comme sur des roulettes, jusqu'à présent ?

— J'ai besoin d'une bonne équipe. Trois, quatre hommes. Laisse-moi faire.

— Une bonne équipe, sous les ordres d'un chef pareil, que ne saurions-nous espérer ?

— Je te les ramène, moi, ces contrats. Et je ramène mon fils. Il va comprendre sa douleur, le petit salaud.

— Écoute, Delgado, souffle Palacios. Tu feras ce que tu voudras, avec qui tu voudras. Tu as conservé des copains à notre ambassade à Paris, tant mieux pour toi, ils t'aideront peut-être. Mais écoute-moi bien. *Je* vais partir à la recherche de ton crétin de fils. *Je* vais récupérer cette putain de mallette. Si *tu* le trouves avant moi, tant mieux. On récupère les contrats, on met ton fils en taule pour quelques années, tout va bien. Je ne te veux pas vraiment de mal, Delgado. Mais si *je* le trouve avant toi, alors tu peux dire adieu à ton fils et à ton poste. J'attacherai moi-même le bloc de béton à ses chevilles avant d'envoyer le petit Delgado nourrir les langoustes par quarante mètres de fond. Et j'achèterai moi-même la machette avec laquelle tu passeras le restant de tes jours à couper des cannes à sucre dans une exploitation modèle. Tu m'entends, Delgado ?

Delgado entend, et pour cause : Palacios s'est remis à hurler.

Les voyages déforment la jeunesse. Le corps de Ramón, au fil des heures, a épousé le galbe des parois métalliques du cagibi dans lequel il doit passer les soixante-cinq jours de traversée à bord d'un porte-conteneurs suédois qui fait route vers Rotterdam. Deux fois par jour, le marin qu'il a soudoyé à Maracaibo lui apporte de la nourriture et vide le pot de peinture qui lui sert de seau hygiénique. Au milieu de la nuit, il vient le chercher pour l'emmener sur une coursive déserte où il peut respirer l'air du large, de plus en plus frais au fur et à mesure qu'on approche de l'hiver européen, pendant une demi-heure, puis retour au cagibi. Au milieu d'une obscurité vibrante et nauséabonde, il se laisse prendre dans les filets d'un sommeil poisseux d'où émerge parfois la figure de sa mère, impalpable et fugace, un nuage de cendres que le vent tente d'emporter, yeux de charbon, lèvres de braise, ces lèvres qui bougeaient pour lui sur une plage de Cuba, qui lui racontaient la vie en France, l'incroyable liberté de la vie à Paris dans les années soixante-dix, un Eldorado d'amour et de gaieté — mais d'où venait alors cette tristesse dans son regard ? Savait-elle déjà que son fils refuserait de la suivre ? Il repense aussi à ses possibles beaux-pères, étranges zozos, étranges oiseaux, si peu semblables aux hommes de Cuba. Quelques heures et déjà ils le considéraient sinon comme leur fils, du moins comme un petit frère qu'on chahute et qu'on couvre de tendresse aga-çante.

Plus d'une fois il se demande ce qu'il fait au fond de ce rafiot puant, la tête posée sur la mallette en guise d'oreiller, dans le toum-toum sourd des moteurs, loin de son pays, loin de ses rares amis et des seins de Celia, suspendu au-dessus de trois kilomètres d'une eau noire et salée peuplée de monstres marins. Parfois il entend des pas sur les planchers de tôle, des appels, des cris, des rires. Ramón a peur, il se sent seul, il se souvient des histoires véridiques et très contemporaines de passagers clandestins qu'on jette à la mer sans autre forme de procès. Il craint aussi que le marin ne prévienne certains de ses camarades, et qu'ils se mettent en tête de le dépouiller. Qui le défendrait ?

Aucun de ces désagréments ne lui sera infligé. Sa colonne vertébrale conservera peut-être à jamais une forme hélicoïdale, mais c'est sain et sauf qu'il entre dans le port de Rotterdam, un matin de décembre qui sent bon le pétrole et la vase. Une journée d'attente, encore, avant que le marin puisse l'extraire de sa cachette et le guider vers une issue discrète, à travers un dédale de conteneurs, de grumes gigantesques, des montagnes de marchandises non identifiables, sous des ponts transbordeurs vastes comme des cathédrales.

À Rotterdam, le jeune globe-trotter pourra acheter des vêtements chauds, et se restaurer. Il est riche — un peu moins, déjà, depuis qu'il a payé au marin une rallonge extravagante pour les frais d'hôtellerie et de restauration. Et il a tout son temps.

Le lendemain, après une vraie nuit dans un vrai lit, il passe devant une agence de voyages qui propose des trajets en bus directs pour Paris. Bientôt, il verra enfin se profiler dans une brume épaisse la silhouette rêvée de la Tour.

Bien entendu, Pedro et Palacios sont déjà dans la Ville lumière ; le premier a établi son quartier général dans l'appartement d'un collègue, avenue Latour-Maubourg, l'autre à l'Ambassade ; mais ils n'ont aucun mérite d'être allés si vite, ils sont venus en avion.

49

On s'amusait à s'abuser

— N'oublions pas ces paroles du président Mao, qui n'a pas dit que des conneries : « Notre attitude devant la guerre est la même que devant tous les désordres : primo nous sommes contre, secundo nous n'en avons pas peur. » Et il disait encore ceci, qui nous intéresse…

— Je crois que je vais prendre le foie gras en entrée.

— Vous avez vu Rocard à la télé ? Non, je rêve. Sapé comme un plouc. Pourrait travailler son image, merde, on a l'air de quoi ? Si on veut rénover le Parti…

— Vous m'écoutez, oui ? Le président Mao poursuivait…

— Tu nous bassines, avec le président Mao. On n'est plus des gamins. On est en 88, t'es au courant ?

— Ouais. Je sais, je sais, on est en 1988 et tu es inspecteur général de l'Éducation nationale. Un peu grâce au président Mao, si je ne me trompe, qui t'a appris à gérer tes contradictions. Enfin, de Mao tu as au moins conservé le col. J'aime beaucoup ton complet, camarade. C'est de la soie sauvage ?

— Oui, oui. Le magasin à côté de chez Patek Philippe, tu sais, où tu as acheté ta montre à complications. Deux cent mille balles, on m'a dit. Elle doit être vraiment compliquée.

— En tout cas, moi, je n'ai jamais prôné le travail aux champs pour les intellectuels.

— Bon, les gars, on n'est pas là pour s'engueuler, mais pour préparer l'avenir. Qui prendra du foie gras ? Je le connais, il est extra.

— Juste une minute. Le président Mao faisait donc remarquer…

— Faites-le taire, quelqu'un. Il est pire qu'Emmanuelli.

—… que la Première Guerre mondiale a donné naissance à l'Union soviétique : deux cents millions de socialistes…

— Vous connaissez l'histoire de la mère de Brejnev qui vient voir son fils dans sa nouvelle datcha ?

—… La Seconde Guerre mondiale a donné naissance au bloc de l'Est, neuf cents millions de socialistes.

— Elle voit les cuillères en vermeil, les tableaux, les tentures, les cristaux, la vaisselle splendide, les serviteurs…

— Allez, quoi, laissez-le finir…

— Et le bon gros Brejnev lui demande : « Alors, elle te plaît, ma datcha, petite mère ? »

— Donc Mao conclut que si les impérialistes persistent à vouloir déclencher une Troisième Guerre mondiale, c'est tout leur système qui sera balayé par l'arrivée de centaines de millions de nouveaux socialistes.

— « Elle me plaît, bien sûr, mon fils, c'est tellement beau… Mais dis-moi… Tu n'as pas peur que les communistes reviennent ? »

— Finalement, je vais plutôt prendre la salade de rougets. Je fais du lard, moi.

— C'est ça, le socialisme à la française, mon vieux.

— Eh bien je pense que Mao, sur ce point, n'avait pas tort. Socialiste discutable, mais grand visionnaire. Regardez la physionomie de la planète. Irrésistiblement, le bloc de l'Ouest s'enferre dans une attitude agressive et paranoïaque vis-à-vis de l'Est, plus monolithique que jamais…

— Tu es sûr de ce que tu dis, là ? Gorbatchev…

— Tu ne vas pas avaler ses salades staliniennes à la sauce transparente ! L'U.R.S.S. n'est pas près de changer, crois-moi. Les accords de Washington entre Gorby et Reagan, ce n'est pas la paix pour demain, c'est un nouveau Yalta.

— Dites, le serveur attend la commande, décidez-vous !

— Tout de même, ils viennent de réhabiliter Pasternak…

— Il paraît qu'ils ont un meursault du tonnerre. Me demande où ils cachent leur cave. Sous le Champ-de-Mars ?

— Si on parlait sérieusement, un peu ? J'aimerais qu'on discute de la réunion du bureau exécutif. Je n'arrive pas à croire que Lionel refuse de se représenter au secrétariat national. On va se retrouver avec Mauroy, bonjour la jeune garde ! Si le courant C persiste dans ses manœuvres groupusculaires, non seulement il risque d'affaiblir les courants A et D, mais il donne la main objectivement à qui nous savons. Or de cela nous ne voulons pas. Je me trompe ?

— Attends, attends. La motion « Socialisme pour après-demain » est une opération de division. On ne va pas tomber dans ce panneau ! Tu peux être sûr que Tonton...

— La politique planétaire, vous vous en foutez, quoi.

— Puisque c'est ça, je décide pour tout le monde, on va pas y passer la nuit. Quatorze salades de rougets avec du meursault 81, ensuite quatorze filets de biche, pommard 78. Pour les desserts, on avisera. Hop, c'est réglé.

— Fasciste ! Tu faisais pareil quand tu étais au Parti des Travailleurs ! J'aime pas le poisson, merde ! On est dans un camp de rééducation, ou quoi ? Garçon, annulez un rouget, mettez-moi un foie gras. C'est quand même dingue, ce truc.

Chorégraphie du petit personnel qui s'affaire en silence autour de la table, installe les couverts à poisson, les seaux à glace, les bouteilles d'eau minérale en attendant l'entrée théâtrale du sommelier. Il y a du monde dans la salle, ce soir, comme chaque soir. Des couples, plusieurs familles de touristes américains, quelques Coréens méritants venus à Paris profiter de leurs cinq jours de congés annuels, et là-bas trois types taciturnes installés dans un coin, ainsi qu'un jeune homme seul, un peu plus loin, qui n'a pas touché le kir royal servi d'office. Il se prénomme Ramón. C'est un beau garçon brun d'une vingtaine d'années, dont la présence et l'allure détonnent dans cet établissement rarement fréquenté par sa génération. Il observe avec attention chaque détail de la décoration, la vaisselle, les nappes, les serveurs, et tente de happer des bribes des conversations. Il a changé de place tout à l'heure pour pouvoir embrasser la salle du regard. Sa colonne vertébrale, malgré un voyage transatlantique à fond de cale, semble modérément gondolée.

Son père s'est opposé à ce qu'il apprenne le français au lycée, aussi a-t-il eu du mal à choisir sur la carte ; il a simplement indiqué le plat le plus cher, par curiosité. Il se trouve que pour lui l'argent n'est pas un problème, ces temps-ci, et il est curieux de voir ce que le cuisinier de sa mère propose aux Crésus en goguette. Il ne comprend pas davantage ce qui agite la bruyante tablée de quadragénaires, là. De temps à autre, le mot « socialisme » le fait sursauter, sans pour autant lui donner le mal du pays.

Retenu par une étrange crainte, il a mis longtemps à se décider à venir. C'est aussi ce que se disent les trois malabars basanés qui déjeunent et dînent ici depuis deux jours : il a mis le temps, le salopard. L'un d'entre eux se nomme Palacios, et il a l'air d'autant moins commode qu'il est en train de ruiner son peuple en frais de mission : l'endroit est d'un luxe écœurant. Lorsqu'il a vu s'installer le jeune homme, tout à l'heure, son visage est resté impassible, mais à travers ses lèvres immobiles le message est parvenu aux deux gorilles en train de laper leur consommé d'écrevisses : le petit connard pointe enfin son nez.

Les trois Cubains se sont mis à manger plus lentement. Palacios est furieux : il fallait que ce crétin et fils de crétin arrive justement le jour où un escadron de sociaux-démocrates véreux se réunissent ici pour définir la stratégie de leur parti de merde. Oh tu ne perds rien pour attendre. Pas question de créer un incident diplomatique. De toute façon, socialistes ou pas, Palacios n'envisageait pas de sauter sur le paletot du gamin en plein restaurant, mais cela ne va pas lui faciliter la tâche : ces gens-là n'aiment rien tant qu'alerter les journaux en prenant des airs de perruches scandalisées, avant de retourner à leurs petites combines.

Encore heureux que cet imbécile de Delgado ne s'en mêle pas, se dit-il, il ne manquerait plus que lui.

À ce moment précis, justement, au niveau du sol, Pedro Delgado s'extrait d'une Renault 8 beige qu'il vient de garer avenue de la Bourdonnais, à deux pas du Champ-de-Mars. Il est accompagné de deux camarades. Des sportifs, visiblement.

Cependant le comandante Palacios n'a pas le temps de penser davantage à son crétin de subordonné. Il vient de voir la patronne s'approcher de la table du petit. Une femme magnifique, comme il les aime : brune et mûre, allure déterminée, formes pleines, pas de ces jeunesses arrogantes à la peau trop fraîche qui prennent leur inexpérience pour une vertu et leur adolescence pour un laissez-passer : de la fleur de serre qui vous fane entre les doigts. Alors que celle-ci est une plante aux racines fortes, pleine encore de sève, experte à coup sûr dans la rage comme dans la douceur, tout ce qu'il aime, Palacios. Comment ce nain de Delgado a-t-il fait ? La vie est riche de mystères.

Elle a reconnu son fils. Comme ils se regardent, ces deux-là ! La mère a des pâleurs de lys, elle appuie sa main gauche sur le dossier d'une chaise, vacille légèrement comme une fleur sous le vent de juin, tend l'autre main vers celle du garçon, qui hésite à se mettre debout, elle va tomber, non, elle se redresse, s'assoit enfin alors que son fils se lève... Absolument charmant. Et ce sourire ! Allons, n'oublions pas que c'est une patronne, une belle sirène capitaliste, une vampiresse prête à sucer le sang du prolétariat de l'hôtellerie. Avec quel genre de lance-pierre paie-t-elle tous ces pauvres types costumés comme des pingouins, qui triment afin de permettre à des gros pleins de soupe cousus de dollars et à des sociaux-démocrates à la mie de brioche de se bâfrer en paix ? Sourire sournois, pervers, masque trop avenant de la sauvagerie ploutocratique. Mais enfin, sourire délicieux, il faut bien l'avouer.

D'ailleurs, tiens, elle ne sourit plus. Son visage s'est figé, colère ou terreur, que se passe-t-il ? Elle regarde (*Oh non*, gémit Palacios) Pedro qui vient d'entrer et qui s'approche, le con, de la table des tendres retrouvailles.

Pedro Delgado a laissé ses deux amis sportifs au bar, près du vestiaire. Il avance vers la table, en rajustant les pans de son veston d'un air décidé. Lola vient de le reconnaître. Tiens, ma femme et mon fils semblent terrassés par la surprise.

Surpris, Palacios l'est aussi, et fortement déçu, mais il n'est pas homme à se laisser dominer par les événements. Ce crétin de Pedro Delgado s'est assis à leur table, il leur parle. Il faut agir.

— Vous deux, vous allez au bar, avec les hommes de Delgado. Vous les surveillez, vous barrez la sortie.

Ramón, mal à l'aise et furieux, a lâché la main de sa mère.

— Une grosse, grosse, grosse connerie, répète Pedro en espagnol à l'intention de son fils.

— Allons, papa, on se calme. Quelques milliers de dollars, ce n'est pas ça qui va mettre Fidel en difficulté, avec ce que lui rapporte le trafic de drogue. D'ailleurs, j'ai déjà presque tout dépensé.

Sur son cagibi flottant, à bord du porte-conteneurs hollandais, le jeune homme a eu l'occasion de lire et relire une enquête instructive sur Cuba, publiée dans un vieux *Página 12* argentin, sa seule distraction pendant la traversée.

— Petit con, répond Pedro, qui n'a pas vu son chef arriver dans son dos.

— Que veux-tu, c'est ton fils, explique Palacios, posant une main sur son épaule et s'introduisant dans la conversation avec beaucoup de naturel, tout en prenant un siège.

Le cerveau de Lola est en état de surchauffe. Elle a trop de visites, ce soir. Il serait souhaitable qu'elle prenne rapidement une initiative. Elle cherche, mais ne voit pas laquelle.

— Ramón Delgado, tu vas me suivre gentiment, annonce Palacios à mi-voix. Nous devons nous parler. Ne suscitons pas de scandale dans cet honorable établissement. Tu ne voudrais pas causer de tort à ta mère, si ? Toi, le père, tu nous laisses. Tu peux considérer que tu as perdu. Efface-toi du paysage.

— Excusez-moi, souffle Lola en se levant, l'air nauséeux.

Elle disparaît en cuisine, abandonnant à la table trois chiens de faïence assez bien imités. Debout près du bar, quatre autres molosses surveillent la scène de loin.

— Minute, Palacios, tempère Pedro, lui aussi à voix basse. J'étais arrivé avant toi. Laisse-moi régler ça avec mon fils. Il n'y aura pas de problème.

— On dirait que tu n'as pas compris ce que je viens de dire. Je te donne une minute pour dire adieu à ton fils et pour dégager. Prépare-toi à avoir une fin de vie assez ennuyeuse.

— J'ai peut-être mon mot à dire, rappelle Ramón.

C'est une conversation vaine qui s'installe alors, dans le brouhaha ambiant. Les clients, tout autour, continuent de bavarder, de rire ou de préparer le pro-chain scrutin. Ramón guette la sortie, mais elle est bloquée par quatre compatriotes de carrure respec-table. Pedro tente de puiser dans son éducation de cadre du Parti les trésors d'éloquence dont il a grand besoin face à un Palacios aussi compréhensif qu'un portail de goulag.

Décidé à en finir avec ces palabres, Palacios vient d'ailleurs de faire signe à ses deux collaborateurs d'approcher. La difficulté sera d'entraîner le gamin au-dehors sans qu'il se mette à hurler, mais après tout tant pis. On ne va pas faire la fermeture. Lola quant à elle n'a pas réapparu.

— Jeune homme, tu vois mes deux amis, là, qui approchent ? Tu vas sortir avec eux sans faire le malin. Delgado, indique à tes assistants qu'ils n'ont aucun intérêt à provoquer un esclandre s'ils tiennent à revoir un jour leur île natale. Tu sais de quoi je suis capable.

Les assistants en question ont emboîté le pas à ceux de Palacios, et c'est alors que toutes les lumières s'éteignent.

Cris de surprise dans la clientèle. La pénombre est soudain traversée par une clameur, que Ramón n'identifie pas immédiatement. C'est un mugisse-ment choral, un appel discordant venu de la loin-taine enfance, quand il était assis, seul, à la table de la cuisine dans la maison de La Havane. La lumière s'éteignait, comme ce soir. La cuisinière, la femme de ménage et le jardinier surgissaient alors dans le halo doré des bougies, figures luisantes et noires qui le faisaient pleurer. Leur chant venait tout droit de l'enfer et rien ne servait d'appeler au secours son père, qui rentrait trop tard le soir pour participer aux repas de son fils et à ce genre d'âneries. Ce soir le même air, soudain, la gorge qui se noue de nouveau, la même vapeur tremblante et dorée dans laquelle flottent des visages, mais ils ne sont pas noirs, ce sont des figures rondes et pâles comme des boules de pâte à pain, certaines surmontées d'un ridicule chapeau blanc en forme de tuyau. Tout le personnel est là, formant un mur autour de la table où Palacios et Pedro, interdits, écoutent résonner l'hymne des années qui passent, tandis qu'on dépose cérémonieusement devant eux un gâteau encore congelé sur lequel brûlent quelques bougies disposées à la va-vite. Dans la salle, c'est un tonnerre d'applaudissements et de cris joyeux. Certains convives de la grande tablée, sur la gauche, ont entamé *L'Internationale*, mais leurs camarades de parti les ont vite fait taire. Ramón sent une main le tirer en arrière. Il trébuche, tombe assis par terre. Deux mains l'ont pris sous les aisselles, l'aident à se relever, le guident dans l'obscurité. Trente employés encerclent maintenant la table qu'ils dissimulent aux regards des dîneurs, continuant de beugler leur *Happy birthday* dodécaphonique, couvrant de trilles affreux les cris des deux Cubains qui tentent en vain de se lever, maintenus solidement assis sur leurs chaises. Les quatre hommes de main, à l'extérieur du cercle, essaient de percer la muraille humaine pour parvenir jusqu'à leurs chefs, mais ils ont fort à faire. Certains clients commencent à protester : ils sont gentils, avec leur anniversaire, mais maintenant on voudrait bien revoir le contenu de nos assiettes.

Quelques minutes plus tard, au rez-de-chaussée, Lola et son fils sortent en courant de l'ascenseur de service, après l'avoir bloqué, et franchissent la petite porte grillagée que Lola referme à clé derrière eux. Il y a une ou deux éternités, elle se souvient d'avoir franchi cette porte en compagnie de quatre zozos en état d'ébriété lysergique, après leur avoir annoncé qu'elle attendait un enfant. Celui-là, justement, qui court à côté d'elle, et qui est drôlement baraqué pour un enfant. Le temps passe comme en rêve. Mon père vivait encore, c'étaient des années insouciantes et fausses. On s'amusait à s'abuser.

Ils traversent le Champ-de-Mars, foncent sans se retourner, arrivent essoufflés dans le parking souterrain. La main de Lola tremble un peu, mais elle parvient à ouvrir la porte du garage. Une minute après, les pneus de la camionnette hurlent dans la montée en spirale qui mène à l'air libre. Une fois la Seine traversée, on emprunte un itinéraire en zigzag jusqu'à être sûrs qu'on n'est pas poursuivis.

— Il faut prévenir Michel. Cherche une cabine téléphonique, demande Lola à Ramón, qui ne tarde pas à lui en signaler une, à un carrefour.

Rue des Canettes, le premier endroit où ne va pas tarder à débarquer une horde de Cubains furibonds, le téléphone ne répond pas.

— Il doit être au studio.

On n'a plus de pièces. Cap donc sur la place de Clichy. En chemin, Lola explique à son fils que Michel a monté son propre studio de sons.

— Tu te souviens de Michel ?

Il se souvient, oui, de cet homme taciturne qui lui prenait parfois la main sur un chemin escarpé entre Playa Grande et Santo Angel del Buen Viaje. Aujourd'hui, il est créateur de sons. Il travaille pour des groupes de musique, des industriels, des publicitaires. Il occupe une partie de ses journées et de ses nuits à enregistrer les bruits les plus étranges, puis à les passer au mixer dans sa cuisine électronique. Il est souvent en voyage, à la recherche de sonorités inédites.

Ils sonnent en vain, frappent sur la porte épaisse qui de toute façon est prévue pour ne pas laisser passer le moindre bruit.

— Ne restons pas là, dit Lola. Si ton père débarque, on est faits comme des rats.

Il est possible que Pedro connaisse cette adresse, bien qu'elle soit récente. Quant à l'autre patibulaire, celui qu'il a appelé Palacios tout à l'heure et qui semble être son collègue, on voit tout de suite que c'est un nuisible.

Ils se postent en faction dans la camionnette, un peu plus haut dans la rue en sens unique. Lola surveille l'arrière, Ramón l'avant. Dès qu'on aperçoit Michel, on l'embarque et on file.

— On file, mais où ?

Lola ne répond pas, bien qu'elle ait une idée.

Un peu plus tard Ramón signale que quelqu'un sort de l'immeuble.

Il ne faut qu'un quart de seconde à Lola pour reconnaître Michel, qui sort tranquillement de chez lui, quelques secondes de plus pour gicler hors de la camionnette et le rattraper.

— Tu étais dans le studio ? On est restés une heure à sonner !

Michel n'a pas eu le temps de respirer, le voilà sur la banquette d'un véhicule qui démarre à fond de train en direction du périphérique. Il avait débranché la sonnette, comme souvent lorsqu'il travaille, pas de quoi se mettre en rogne. Et d'abord qu'est-ce qui se passe ? Je peux savoir où on va, là ?

50

La vie est chère, je trouve

Réfléchissons, se dit Pedro Delgado, les doigts sur la clé de contact de la R8 beige.

Quand la lumière s'est rallumée à la fin du chœur d'anniversaire, tout à l'heure, Pedro a dû constater que ce salopard de Palacios avait disparu, ainsi que Lola et Ramón. Il ne restait qu'une bande de cuistots goguenards en cercle autour de lui et des deux abrutis qui maintenant se taisent sur la banquette arrière, vexés comme des chiens à qui on a pris la température par voie rectale.

Réfléchissons. Je ne sais pas comment Palacios s'est débrouillé pour s'échapper, il a toujours un temps d'avance sur tout, je le déteste, mais le premier endroit où il sera allé car il est malin et efficace, c'est la rue des Canettes. Inutile donc de perdre mon temps.

Pedro a révisé ses fiches concernant Lola et ses proches, qu'il avait fait mettre à jour avant son arrivée en France. À part Michel, avec qui Lola semble mener une vie quasi conjugale désormais, il ne reste plus grand monde à Paris des anciens amis.

Quelques nouvelles relations, mais le travail du restaurant l'accapare trop pour pouvoir les cultiver. Ma petite épouse mène une vie rangée, en somme. Le prénommé Chris croupit dans le Sud-Est, où il reste pour ne pas s'éloigner de ses enfants qui vivent avec leur mère. Fonfon n'a pas été interné dans un asile, il a même un poste de technicien dans une station météorologique des Alpes de Haute-Provence. Nico se drogue désormais au pain azyme dans une communauté pour toxicomanes repentis, perdue dans un marécage du centre de la France. Lola ne sera pas allée si loin, à l'improviste. Elle aura préféré se cacher à Paris. Reste donc une hypothèse : Ambroise. Le vieux filou est un père pour elle. Il dispose encore d'un réseau de connaissances dans les milieux louches de la capitale. Il est la personne adéquate, celle qui peut tirer d'affaire deux fuyards en danger de mort. Car ces deux imbéciles sont en danger de mort, ils l'ont sans doute compris rien qu'à voir la physionomie riante de mon chef, le comandante Palacios, prêt à mettre ce foutu pays à feu et à sang pour récupérer les contrats dissimulés dans la doublure de la mallette et faire disparaître toute trace de la bavure. Donc, Ambroise. Et vite, ajoute-t-il à voix haute en tournant la clé de contact.

Si Lola et mon fils ne sont pas chez Ambroise, on pourra toujours faire parler le vieux, sûrement au courant de quelque chose, et le prendre ensuite en otage. Excellente monnaie d'échange, qui devrait permettre de griller Palacios au cas où je retrouverais les fugitifs avant lui : la mallette contre le grand-père. Ensuite, retour à Cuba avec les plans. D'abord sauver ma peau. Mais je jure sur la casquette de Fidel que certains ne perdent rien pour attendre.

Réfléchissons, se dit Palacios, après avoir consulté attentivement son carnet de notes. Je ne sais pas comment ce crétin de Delgado se sera tiré d'affaire, le pauvre garçon a toujours un temps de retard, mais le premier endroit où son flair remarquable le guidera, c'est rue des Canettes. Autant de gagné pour moi, car je suis bien certain que cette Lola, qui visiblement n'est pas née de la dernière pluie, évitera logiquement de rentrer chez elle.

Il met en marche le moteur de la 504 bleu marine de location. Palacios a eu facilement accès, en tant que supérieur hiérarchique, à tous les dossiers de ce crétin de Pedro. Et il a découvert des éléments intéressants concernant les vieux amis de sa femme. De sa jolie femme. De son ex-femme. L'un d'entre eux, en particulier.

Lola sous-estime les services de renseignements cubains. Elle pense que Pedro a perdu tout souvenir de l'existence de Nico et de sa communauté de Brenne, oubliée du monde et même des services de télécommunications : pas de téléphone, une simple boîte aux lettres à l'entrée du chemin, à plus d'un kilomètre des bâtiments habités, peu de visites, à part celles des hérons attirés par les trois étangs dont la communauté assure l'entretien et l'empoissonnement. Le premier dealer est à perpète, ce qui facilite le sevrage. L'endroit idéal pour aller se mettre au vert.

La camionnette blanche frappée de l'emblème du Nautilus fonce en direction d'Arpajon. Ensuite ce sera Orléans, Blois, puis les petites routes vers Azay-le-Ferron et Mézières-en-Brenne.

— Il n'y a pas de carte, annonce Michel après avoir fouillé dans le vide-poche. Tu es sûre de retrouver le chemin, de nuit ?

— J'espère. J'y suis allée plusieurs fois, tout de même.

Chaque chose en son temps. Pour l'instant, pied au plancher, plein sud.

Et maintenant, Ramón, passons aux explications. Dis-moi comment tu as réussi à fâcher autant de Cubains à la fois.

— Je leur ai piqué de l'argent.

— De l'argent ? Beaucoup d'argent, alors.

— Une pleine mallette. Mais ça part drôlement vite, dis donc, il en reste à peine la moitié. La vie est chère, je trouve. Je crois aussi que je me suis fait avoir pour le prix du voyage. Si mon père me rattrape, il me coupe en morceaux.

— D'où vient ce fric ? s'enquiert Lola qui regrette vraiment de ne pas avoir pu prendre en main l'éducation du petit kleptomane.

— Mon père devait le donner à quelqu'un, au Venezuela. Une mission secrète. Je suis parti avec, dit Ramón avec un grand sourire.

Lola et Michel sont consternés.

— Tu pourrais au moins lui rendre ce qui reste, ça le calmerait un peu, non ?

— Ça m'étonnerait. D'abord la traversée, ensuite les faux frais, l'hôtel à Paris, tout ça…

Ramón évite d'évoquer la chambre qu'il a prise un soir au Crillon, et l'inoubliable dîner qu'on lui a servi sous des dômes d'argent. S'il doit rembourser ce qui manque, il en a pour trois ou quatre vies de salaire cubain. Or papa est très coléreux. Et puis il y a l'autre, là, le Palacios. Il a l'air sévère.

— Et tu l'as cachée où, cette mallette ? demande Michel, d'un ton très las.

— Je ne l'ai pas cachée ! Elle est au vestiaire.

Lola manque de s'étrangler. Elle fait préciser : oui, Ramón parle bien du vestiaire du restaurant. Quand il est arrivé pour dîner, un employé lui a pris d'autorité son bagage. Les quatre Cubains armés jusqu'aux dents ont fait le pied de grue à un mètre de ce qu'ils cherchaient.

— Ils vont revenir là-bas. Ils vont fouiller et tout foutre en l'air. Vite, une cabine.

Mais les cabines téléphoniques en état de fonctionnement ne courent pas la route à quatre voies entre Montlhéry et Étampes. À Étréchy, la camionnette emprunte la bretelle de sortie.

— Madame Volponi ? répond Philippe, le maître d'hôtel que Lola appelle chez lui, sans se douter que Palacios, loin devant, traverse la Sologne à vive allure. Non, je ne dormais pas. J'étais très inquiet pour vous. Je ne voudrais pas m'immiscer, mais ces messieurs d'Amérique latine m'ont paru très nerveux.

— Philippe, il faut absolument que vous retourniez au restaurant. Tout de suite.

— Bien, madame, dit Philippe, qui se ferait volontiers égorger pour Marie-Laurence Volponi, mais elle ne le lui demande jamais.

— Dans le vestiaire, vous trouverez une mallette.

— Je sais, madame.

— Vous savez ?

— Nous avons trouvé cet objet après le départ des clients. Je me suis permis de l'ouvrir, car elle n'était pas verrouillée, et le contenu m'a fait penser que cet objet n'était pas étranger aux désagréments de la soirée.

Mon idiot de fils n'avait même pas fermé la mallette à clé. Je rêve, pense Lola qui a monté des coups autrement tordus et qui ne s'est jamais fait prendre. Toute une éducation à revoir, vraiment. Je m'y emploierai, si on m'en laisse l'occasion.

— Je l'ai mise en lieu sûr, madame, ne vous inquiétez pas. Je vous la restituerai dès votre retour. J'ai également prévenu M. Ambroise que vous aviez des soucis. J'espérais vous trouver chez lui.

— Vous lui avez parlé de la mallette ? demande Lola, anxieuse.

— Non. J'ai pensé que M. Ambroise, en l'occurrence, n'était pas du meilleur conseil. Si je peux me permettre.

Cher Philippe. Dieu sait quel plan catastrophique Ambroise aurait conçu pour nous tirer d'affaire.

Dans la nuit humide de décembre, la camionnette dépasse la pancarte d'Orléans. Au même moment, la 504 de Palacios s'engage, en pleine Brenne, dans le chemin qui mène à l'ancienne abbaye. Plus au nord, à hauteur d'Étampes, le moteur d'une R8 beige s'égosille sur la route à quatre voies. À son bord, trois Cubains à l'air mauvais et un vieux bandit mutique arraché à ses chers poissons.

51

Picasso période rouge

Bien sûr, réfléchit Palacios qui a garé sa voiture face au porche de l'abbaye, on pourrait entrer, tirer dans le tas, et attendre l'arrivée des autres, comme le suggère finement mon camarade assis sur la banquette arrière. Mais d'une part je ne pense pas que cette tactique puisse favoriser la cause cubaine auprès du monde occidental, ni m'offrir des perspectives d'avancement vraiment fameuses. D'autre part, si jamais le fils de ce crétin de Delgado et sa mère ne viennent pas se réfugier ici, contrairement à mon intuition, mieux vaut s'emparer du nommé Nicolas Delaunay vivant, pour le cas échéant détenir une monnaie d'échange. Fidel ne nous a-t-il pas enseigné que la prudence peut être révolutionnaire ? Subséquemment : circonspection, gants de velours et pas de loup.

— Je viens…, commence Palacios dès l'ouverture du judas dans l'énorme portail en bois délavé.

Mais le judas se referme aussitôt. Dans la lumière faiblarde d'une lampe de poche, on a eu le temps d'apercevoir un œil bleu qui se braquait successivement sur chacun des trois visiteurs. Palacios serre les dents, les deux autres évaluent la résistance du portail. Cependant, quelques secondes plus tard, un bruit de serrure et un grincement de gonds annoncent qu'il ne sera pas nécessaire de défoncer.

— Nous venons…, reprend Palacios — mais l'autre ne le laisse pas terminer : il a levé la main à la façon d'un chef apache.

— Je sais, dit le jeune sachem, longue barbe et cheveux emmêlés, vêtu d'une robe beige salement rapiécée. Ne dites rien. Soyez les bienvenus. Vous avez trouvé votre maison.

Les deux gorilles, gênés, se regardent comme si on avait prononcé devant eux de graves obscénités. Palacios prend un air pénétré. Nous voilà dans la place, c'est toujours ça de gagné. Le frère a refermé la porte derrière eux, et soudain il n'est plus là. Les trois arrivants sont seuls dans une salle d'attente en pierre nue, avec pour tout mobilier un vieux banc et un crucifix en bois noir.

— Il est passé où ? s'inquiète un gorille.

— C'était peut-être pas un vrai, avance l'autre.

Palacios lui jette un regard noir.

— Vous deux, vous restez là, ordonne le chef en désignant le banc. Je vais faire le tour du propriétaire. Vous ne tapez sur personne. Pas de scandale. Nous sommes des voyageurs en quête de repos spirituel.

Bien qu'ils se sentent plutôt reposés sur le plan spirituel, les deux autres opinent avec prudence.

— On peut fumer, quand même ?

Mais Palacios ne répond pas. Il s'est à son tour évanoui, empruntant une des trois portes qui donnent sur la pièce. Il avance le long d'un couloir éclairé par deux meurtrières, descend quelques marches, en remonte d'autres, suit toujours le couloir qui, construit sans doute par un architecte fou ou très indécis, sinue sans raison. Une porte s'ouvre sur la gauche. Il pénètre dans une pièce qu'une batterie de casseroles cabossées suspendue non loin d'une gazinière apparente vaguement à une cuisine. Deux congélateurs ronronnent, un frigidaire perclus de rouille émet des couinements, sur des étagères s'entassent des légumes terreux, des appareils ménagers vraisemblablement récupérés dans la poubelle d'un brocanteur, des gamelles de toutes tailles, des piles d'assiettes en pyrex, des tabliers, des torchons. Quelques jambons, saucissons et saucisses sèches pendouillent à une tringle.

Deux moines côte à côte, de dos, s'affairent au-dessus de la grande table. Quand les deux moines se retournent, surpris par le bruit des pas, Palacios s'avise qu'il s'agit en vérité d'un seul moine, dont la bure XXL recouvre à grand-peine la vaste carcasse. L'homme arbore un casque de cheveux blancs qui lui descendent sur les épaules, une barbe assortie et un sourire jovial au milieu d'une face ronde, d'un joli rose vif.

Sans savoir comment, Palacios se retrouve assis à table devant un grand bol de café fumant allongé d'office d'une dose possiblement mortelle d'alcool de prune, qui répand dans la pièce son arôme puissant. Bientôt un énorme sandwich constitué de deux tranches de miche farcies de fromage de chèvre arrive en renfort. Nicolas, qu'il a demandé à voir, est semble-t-il occupé pour un moment. Sans doute une messe, ou une de leurs conneries.

— La paix de l'âme commence par la satisfaction du corps, affirme l'énorme, qui n'a pas dû trouver cette maxime dans saint Augustin.

Prenons notre mal en patience, se propose le Cubain en avalant plusieurs gorgées de liquide. La première est redoutable : une traînée de kérosène en flammes se répand le long de son œsophage. Comparé à ça, le rhum de Matanzas ressemble à du sirop d'orgeat. Mais dès la deuxième gorgée, la brûlure devient supportable ; puis le tube digestif totalement anesthésié accueille sans douleur les gorgées suivantes. Il les appelle, même. Pendant qu'il se restaure et sent monter en lui comme promis la paix de l'esprit, il écoute frère XXL vanter les mérites de Nicolas, du distillat de prune, des chèvres locales et du vénérable cochon, à ses yeux la créature la plus noble et la plus utile jamais sortie de la main de Dieu. Pour attester ses dires, il dépose devant l'invité un pot rempli de rillettes, dont il étale une épaisse couche sur une tranchasse large comme deux mains : le beurre de goret, base de l'alimentation autochtone — source de santé et de longévité, c'est un fait attesté par de nombreux écrits.

Ces lieux maintenant paraissent avenants et empreints de sérénité bienfaisante au voyageur fourbu. Tout paraît si simple, soudain ! Pourquoi courir, en effet, pourquoi s'épuiser en vaines recherches ? L'homme a-t-il besoin d'autre chose que d'un peu de calme et d'une nourriture saine ?

— Dieu est dans les petits riens, confirme frère XXL en versant une ultime giclée de prune dans le bol vide de Palacios. Pour rincer, explique-t-il.

Finalement ce machin se boit comme de l'eau. On est bien, ici.

Heureux de voir un paroissien aussi bien disposé, celui qui se présente maintenant comme frère Martin décide de faire connaître à son hôte quelques spécialités locales. Les filets de carpe fumés, pour commencer. Ce sont les carpes de nos étangs, je les fume moi-même. Et le magret de héron séché.

— Du magret de héron ? marmonne Palacios, légèrement pâteux, le regard en vrille.

Frère Martin explique que ces bestioles pullulent, d'autant qu'elles sont protégées depuis quelques années. Les hérons occasionnent des dégâts considérables à la pisciculture. Alors de temps en temps, couic.

— Couic ?

Les grosses mains de Martin, dans un geste de torsion, confirment. Ce n'est pas la chose à raconter à Palacios, qui dans sa jeunesse policière a traqué le braconnier dans la mangrove. Il se redresse à demi sur son siège, sa main cherche un pistolet dans une poche, mais ne le trouve pas. À vrai dire, elle ne trouve pas la poche. Ce café était vachement fort. Il se souvient de ce braconnier qu'il avait surpris avec deux ibis rouges dans sa gibecière. Ils les vendent à des empailleurs, ou font un trafic avec les plumes. Certains touristes aussi sont prêts à payer très cher pour manger de l'ibis rouge. Ce n'est pas meilleur que du poulet, mais ça sort de l'ordinaire, n'est-ce pas. Salauds. Bousilleraient le patrimoine national sans le moindre état d'âme. Palacios lui avait posé le canon de son fusil sur le front. Très envie d'appuyer sur la détente. Poum, et hop, le corps de ce fumier à l'eau, les crocodiles mangent trop rarement du braconnier. Et puis, finalement, il ne l'avait pas tué. On n'est pas des barbares, tout de même. Simplement tiré une balle dans le pied, pour qu'il ne recommence pas. Palacios est un être plein de mansuétude, en particulier ce matin. Il va même goûter ce magret de héron, après tout. Fidel n'en saura rien. Pas mauvais, dis donc, pas mauvais du tout, et ça se marie très bien avec ce revigorant distillat de prune dont le frère Martin vient de lui resservir un godet.

Bon, ce n'est pas tout. Je vais quand même aller chercher le dénommé Nicolas Delaunay, car mine de rien je suis en mission, articule enfin Palacios en repoussant sa chaise. L'autre, qui s'est dédoublé pour de bon cette fois, répond par deux larges sourires. Il n'a rien compris à ce que disait son invité, car Palacios a parlé en espagnol. Problème passager de connexions neuronales, ça s'arrangera en marchant, d'autant que marcher n'est pas compliqué : il suffit en gros d'appuyer une épaule contre le mur et de glisser vers l'avant en posant sans s'énerver un pied devant l'autre. Un jeu d'enfant, même si le couloir est beaucoup plus sinueux que tout à l'heure. Au bout, un escalier de pierre s'envole jusqu'à l'étage, et Palacios s'envole avec lui.

Une porte s'ouvre sur une vision. En un éclair il revoit la Vierge apparue un jour dans la nef du Sagrado Corazón de Jesús à La Havane, baignant dans la lumière qui se déversait en cascade d'un vitrail. C'était une Vierge en chair et en os, ruisselante de couleurs pures au milieu de la nef déserte, ruisselante et nue, ¡ milagro ! — la première apparition dans la vie de Palacios, et la seule jusqu'à aujourd'hui. En suspens dans l'épée de clarté au milieu de la nef elle avait incendié l'esprit de l'adolescent et remué son corps durant plusieurs longues secondes, et ce souvenir devait l'accompagner toute sa vie durant, bien qu'il se fût rendu compte, passé le premier choc, qu'il ne s'agissait pas exactement d'une Vierge descendue droit du Ciel pour se révéler à lui dans sa fulgurante nudité, mais d'une prostituée de Guanabacoa venue dans l'église profiter d'un peu de fraîcheur. La jinetera n'était même pas nue. Seules ses épaules retenant deux minces bretelles d'une robe couleur chair offraient au regard une peau veloutée comme les pétales de l'amaryllis, disons, ou d'une orchidée rare, en tout cas d'une fleur hors de prix ; pour le reste elle était vêtue assez honnêtement, mais toute sa vie il devait conserver gravée dans sa mémoire l'image d'une Vierge en gloire, parfaitement à poil, descendue spécialement à Cuba pour le rencontrer, lui, Palacios.

Et voici qu'elle est là, de nouveau, au milieu des marécages de Brenne, éblouissante dans la clarté matinale que tamise un vitrail encrassé, enveloppée d'un nuage de chaleur montant de deux poêles à mazout. Pas tout à fait la même, à bien y regarder, mais Palacios a du mal à fixer son attention, ce matin. Ces vieilles bâtisses ne sont pas stables. La réalité a quelque chose d'ondulant et de fourbe qui fausse la perception. La Vierge d'ici est plus… enfin moins… en tout cas elle est différente. Assise sur le bureau, les jambes croisées. Dans la nef, mais à tout prendre ce n'est pas une nef, tout juste une salle de dimensions respectables, une dizaine de types sont en train de prier. Mais non, ils ne prient pas. Ils tiennent devant eux un grand missel, mais non, ce n'est pas un missel. Ils ne prient pas, ils dessinent sur de grandes feuilles d'un air appliqué, et d'un seul coup Palacios comprend ce qui différencie la Vierge du Sagrado Corazón de Jesús de celle d'aujourd'hui. D'abord, autant qu'il s'en souvient, la première n'avait pas de poils sur la poitrine. D'autre part, elle n'avait pas au bas du ventre, au croisement des cuisses, cette chose, ce machin, enfin ça. Mais qu'est-ce qu'il a mis dans mon café, ce salaud de moine, je n'arrive pas à rassembler mes idées, ce matin. Bref, ce n'est pas une Vierge, Palacios, ressaisis-toi, c'est un mec à poil, tout simplement. On vit une époque vraiment dégueulasse. Ces Occidentaux se croient tout permis.

Le comandante Palacios est tombé en plein cours de dessin. Tous les matins, les pensionnaires de la communauté se rassemblent pour dessiner d'après modèle. Il s'agit moins de produire des œuvres d'art que de retrouver sa propre vérité à travers les formes que l'univers offre au regard. Quelque chose comme ça. Nico dirige cet atelier très prisé. Chaque matin, c'est un pensionnaire différent qui prend la pose, et la séance donne lieu ensuite à une discussion collective.

Mais ce ne sera pas le cas ce matin.

Ce matin, la séance de dessin est interrompue par une détonation effrayante. Palacios tire à balles réelles, dans le plafond pour commencer. Pas question de laisser cette orgie se poursuivre sans intervenir. Le moment est venu de reprendre nos esprits. Le temps, depuis notre arrivée dans cet endroit, s'est distendu de façon maléfique. Palacios a le sentiment d'avoir été victime d'un sortilège, mais c'est bien fini. Debout tout le monde ! Je cherche le dénommé Nicolas Delaunay. Toi, rhabille-toi, et vite. ¡ Maricón ! Le premier qui a un geste déplacé, je lui fais un stigmate au milieu du front.

— Je suis Nicolas Delaunay, fait le professeur, un quadragénaire en jean et tee-shirt, qui se tenait debout au milieu de l'allée. Vous devriez ranger votre arme.

Nico a perdu la maigreur d'autrefois, son teint n'est plus crayeux. Ses cheveux sont courts désormais, il n'a plus de barbe. Et il semble un peu agacé.

— Viens ici, dit Palacios. Approche.

Une fois que Nico est près de lui, il le retourne, passe un bras autour de sa gorge, pose le canon du pistolet sur sa tempe, dans la pure tradition. Il se sent dégrisé, d'un seul coup. L'action dissipe les brumes pernicieuses de l'alcool de prune.

— Tout le monde descend. Vous passez devant, tous. Direction la cuisine. Si l'un d'entre vous fait l'idiot, je transforme votre professeur en Picasso période rouge.

Frère Martin semble ravi d'accueillir la troupe des visiteurs. La situation n'est pas habituelle, mais il a toujours accepté de bonne grâce ce que la vie lui proposait. Il réfléchit déjà à la façon dont il pourra réconforter ces gens en émoi. Un petit cordial, pour commencer. Palacios a récupéré trois moines au passage. Alertés par le remue-ménage, ils étaient imprudemment sortis de leurs trous.

Toute la communauté est rassemblée dans la cuisine. Parfait. On vérifie les issues : les seules ouvertures sont des soupiraux munis de barreaux en fer forgé, et la porte massive donnant sur le couloir. Il quitte la pièce, verrouille la porte à l'aide de l'énorme clé, qu'il met dans sa poche. Elle est aussi lourde qu'un pistolet. Il n'a gardé avec lui que Nico, lequel préfère ne pas opposer de résistance. Je ne sais pas ce que veut ce type, mais il n'a pas l'air fin.

Maintenant, Palacios doit rejoindre ses deux compères, abandonnés dans le vestibule il y a longtemps. Après s'être un peu perdu, il finit par retrouver son chemin. Rico et Manuel sont exactement là où il les avait laissés. Pas tout à fait dans le même état, cependant. L'œil vitreux et la bouche molle, ils regardent leur chef arriver. L'idée qu'il va falloir se lever, courir, obéir à des ordres, utiliser peut-être des armes leur est visiblement désagréable. Ils ont eu droit, eux aussi, à l'élixir du frère Martin, qui les a acquis à une philosophie plus sereine de l'existence. Malheureusement pour eux, Palacios, après avoir traversé une phase semblable, a recouvré son état d'excitation naturel.

— On fonce à la voiture, on emmène ce zèbre. Remuez-vous, nom de Dieu !

Maintenant, il s'agit de jouer fin. La dizaine de prisonniers enfermés dans la cuisine mettront un certain temps avant de sortir et de donner l'alerte. Si Lola et son fils débarquent, comme Palacios le prévoit, ils seront aussitôt informés que Nico est prisonnier.

Palacios arrache une feuille à un cahier qui traîne sur une table basse, et la tend à Nico. Écris. Il lui dicte un numéro de téléphone où on pourra le joindre à Paris, en vue des négociations.

— Et tu signes lisiblement, s'il te plaît.

On laisse le message bien en vue, et on retourne à Paris. ¡ De prisa ! Les autres ne feront aucune difficulté pour rendre la mallette, afin de revoir leur petit copain. D'autant que le crétin de fils de Delgado aura claqué une bonne partie des dollars, et qu'il ignore ce que contient la doublure. Allez, on file.

Peut-être pas tout de suite, cependant : deux coups viennent d'être frappés au portail.

Suivis de trois autres coups, impatients.

Palacios fait signe à Rico et Manuel de se placer de part et d'autre de la porte. Il serre Nico contre lui, le pistolet posé à hauteur de la veine jugulaire, et après s'être dissimulé dans une encoignure, ordonne à Manuel de défaire le loquet.

Quelqu'un pousse le lourd panneau de bois, pénètre dans la pièce sombre.

Michel, suivi de Lola et de Ramón, s'avance sans méfiance et sans arme, un peu surpris par le silence et l'obscurité du lieu. Dans leur dos, la porte se referme.

52

C'est peut-être le Paradis

Le Ciel, pas chien, fait parfois des cadeaux même à ceux qui ne croient pas en lui. Voilà que le gamin lui tombe tout cuit dans le bec ! Pour commencer, se débarrasser de la mère et de son compagnon. Palacios leur dessinerait bien à chacun un troisième œil au milieu du front, en remboursement du temps qu'ils lui ont fait perdre. Mais il faut éviter le sang, laisser le moins de traces possible. Toute cette affaire est assez fatigante pour ne pas en rajouter. Palacios décide d'abandonner Lola et Michel dans l'abbaye, ainsi que Nico, dont il n'a plus besoin.

Une fois les trois amis jetés dans la cuisine avec les autres, on quitte en vitesse l'abbaye. Palacios, en passant, loge deux balles dans le radiateur de la camionnette du Nautilus. Ça soulage, et ça évitera les complications si quelqu'un cherche à nous poursuivre. Ramón se retrouve à l'arrière de la 504 entre Palacios et Rico. En route ! Manuel, au volant, décide de faire étalage de ses talents de conducteur. Les roues font voler des mottes de terre, et l'automobile rebondit d'ornière en ornière, de flaque en flaque, jusqu'à l'entrée du chemin — où brusquement, sous l'effet d'un coup de frein violent, le capot semble s'enfoncer dans le talus central.

C'est qu'en face, au détour du dernier virage dans le sous-bois, vient d'apparaître un autre véhicule.

Une Renault 8 beige, pour être précis, qui fait halte à quelques mètres de la Peugeot. Les portières de la R8 s'ouvrent d'un coup. Trois hommes en bondissent et se jettent en roulant dans les fourrés avoisinants. Un dixième de seconde plus tard éclate le premier coup de feu, aussitôt suivi de plusieurs autres. Pedro, soucieux de ne pas abîmer son fils dont il a reconnu la silhouette à l'arrière de la 504, a ordonné à ses hommes de viser les pneus, pour empêcher les autres de faire marche arrière. Cependant Palacios, Rico et Manuel répliquent sans discernement par un feu nourri qui arrose les buissons et la voiture d'en face, dont le pare-brise explose.

Derrière le pare-brise, il y a Ambroise. Pedro a laissé son prisonnier sans consigne ni protection. À l'arrière de la Renault, le vieux forban a d'abord du mal à analyser les événements en cours. Il n'aura pas le temps de se jeter au sol, encore moins de prier. Une balle vient de pénétrer dans son oreille gauche, au moment où il se tournait de côté, et a creusé son nid dans un cerveau encore tout empli de plans mirifiques et douillets : escroqueries à l'assurance, trafic de fausses factures, installation de bandits manchots dans les maisons de retraite. Le vieil homme ne reverra pas Lola, sa presque fille, petite sœur des poissons rouges, consolation de ses vieux jours. Ses yeux se ferment une dernière fois sur une vision d'abbaye et de fleurs : c'est peut-être le Paradis.

— Arrêtez de tirer ! hurle Pedro à ses hommes.

Impossible de sortir à découvert sous peine de se faire canarder. Et il ne peut plus utiliser ses armes, de peur de blesser son fils. Palacios, comprenant son avantage, ordonne un repli immédiat sur l'abbaye. Tenant toujours Ramón contre lui, il sort de la voiture et bat en retraite vers le bâtiment, encadré par Rico et Manuel qui arrosent au jugé les alentours.

Quand la porte de la cuisine a été refermée derrière eux, Lola, Michel et Nico ont découvert une bande de moinillons apeurés, de toxicomanes mal repentis et de braves gars de passage en quête de vérité supérieure, tout un petit monde que le café miraculeux du bon frère Martin commençait à peine de ramener à son état ordinaire d'hébétude mystique.

À peine entrée, Lola cherche une issue. Pas question de laisser son fils aux mains de l'épouvantable Cubain — dans sa tête l'expression sonne comme un pléonasme.

— Il y a bien une autre sortie, non ? demande-t-elle en examinant les soupiraux.

— Là-bas, confirme Nico. Derrière ce tas de chiffons.

Nico montre un recoin où, contre la paroi de pierre, s'amoncellent des tissus divers : tabliers de cuisine ou de jardinage, sortes de nappes, sacs en toile de jute, qui dissimulent l'entrée des celliers.

Tollé chez les prisonniers : Martin leur avait affirmé le contraire. Pour la bonne cause, plaide le gros moine : tous ces gens avaient besoin avant tout d'un réconfort, et sortir n'était pas prudent. Martin déteste quitter sa cuisine, et il a du mal à imaginer qu'on puisse souhaiter être ailleurs qu'entre ces murs bienveillants garnis de casseroles et de bocaux, sous ce plafond d'où pendent les saucisses comme des fruits de Paradis. Le malheur de l'homme vient de ce qu'il ne sait rester immobile dans un garde-manger. Toujours il veut aller ailleurs, et le silence éternel des espaces infinis, fatalement, l'effraie.

Les celliers forment trois pièces en enfilade, inutilisées, dont la dernière donne accès par un escalier étroit et raide à la cave principale. Une fois dans la cave, on peut remonter jusqu'à la grande salle à manger.

Pas une seconde à perdre. On n'a pratiquement aucune chance de rattraper les ravisseurs de Ramón avant Paris, où ils vont forcément l'emmener pour récupérer la mallette. Mais sait-on jamais ? À la faveur d'une panne, d'un incident de parcours, la situation peut se renverser. Il faudra toutefois un sacré coup de piston des divinités adéquates, car le moteur de la camionnette ne saurait rivaliser avec celui de la 504 qu'ils ont aperçue devant l'abbaye en arrivant.

— On dirait que la chasse est ouverte, dit soudain Michel.

Tout le monde tend l'oreille. On entend en effet des détonations, au-dehors. Il ne faut pas rester coincés ici. Lola précipite le mouvement vers les celliers et la cave. Au moment où la troupe des évadés émerge dans la salle à manger, on entend malgré l'épaisseur des murs claquer la lourde porte d'entrée et retentir la voix de Palacios.

— Ils sont revenus, dit Michel. Quelqu'un a dû les empêcher de rejoindre la route.

— Peut-être la gendarmerie, hasarde Nico.

— Ils vont chercher à se cacher à l'intérieur du bâtiment. On est mal…

— Il faut sortir. Gendarmes ou pas, ceux qui sont dehors sont nos alliés.

— Et Ramón ? s'inquiète Lola.

— Pour l'instant ils n'ont aucun intérêt à lui faire du mal. Allons-y.

En file indienne, la petite troupe en civil et en bure avance le long du couloir. Nico fait office d'éclaireur. On entend un bruit de course dans l'escalier, puis plus rien. Les nouveaux arrivants sont à l'étage. Tout le monde se retrouve sain et sauf dans le vestibule.

Nico ouvre le judas, observe attentivement. Tout a l'air calme.

— On ne voit rien. Ils doivent être planqués en face, dans le sous-bois.

Sur l'identité de ce « ils », toutefois, il reste un peu perplexe : pas le moindre gyrophare en vue. Qui sont ces embusqués ?

432

Lola enlève le chemisier blanc qu'elle portait sous un gros pull irlandais. Les pires salauds ne tirent jamais sur une femme désarmée, brandissant qui plus est un drapeau de paix — en tout cas dans les films. Ils auraient l'impression de tirer sur leur mère, ou leur petite sœur. Les autres entrevoient une poitrine dynamique, vite recouverte par le pull. Avant qu'ils aient le temps de l'en empêcher, Lola ouvre la porte et brandit son fanion.

À peine a-t-elle fait un pas qu'une main d'homme s'abat sur elle, saisit son pull entre ses deux seins et le tord avec violence. Elle est attirée au-dehors et se retrouve avec le canon d'un pistolet planté sous le menton, le visage de son agresseur presque contre le sien. Il se tenait contre la porte, à l'extérieur, invisible du judas.

— Encore toi. Il faut toujours que tu encombres ma vie, dit Pedro.

— J'allais dire la même chose, gargouille Lola, à demi étranglée.

— Où est mon fils ?

D'un signe de la tête, elle indique qu'elle n'en sait rien. Cela fait vingt ans qu'elle ignore où est son fils. C'est l'histoire de sa vie.

Placés de part et d'autre de la double porte, arme au poing, les deux collègues de Pedro observent la scène, attendant des ordres. Dans l'encadrement, Michel et Nico restent immobiles.

— Tout est de ta faute, dit-il en la lâchant. S'il lui arrive quelque chose, tu n'auras pas le temps de beaucoup pleurer, je te le jure. Va-t'en. Et va-t'en loin, avec tes zouaves. Il pourrait y avoir des balles perdues d'ici peu. Palacios a dû se planquer à l'intérieur.

Bientôt Michel, Nico et Lola suivis de la petite troupe de moines se retrouvaient à l'abri du sous-bois, tandis que les trois Cubains disparaissent dans l'abbaye, sur laquelle un piteux soleil verse une lumière d'étain. Bientôt midi, c'est fou comme le temps passe.

Le bâtiment ne tarde pas à recracher les trois hommes dans un vacarme de détonations et de balles sifflantes. L'un d'entre eux semble amoché, il traîne la patte, soutenu par les deux autres. Ils ont pris soin de refermer le lourd vantail, dont le chêne séculaire n'est pas près de se laisser traverser par un morceau de plomb.

Le blessé est installé à l'abri d'un tronc d'arbre mort. Il fait des grimaces pas jolies à voir, prononce des gros mots, transpire abondamment et perd un peu de sang. Il a été touché à la fesse droite. Un moine infirmier lui prodigue des soins rudimentaires.

— Il faut encercler l'abbaye, ordonne Pedro. Surveiller la moindre issue. Ils sont foutus de s'évader par un soupirail.

Pedro a retrouvé son instinct de chef de guerre. Avant d'être sous-fifre de Palacios, il a dirigé une armée. C'était il y a longtemps, dans une cour de récréation. Une longue et riche expérience, car il a beaucoup redoublé. Il se fait décrire le bâtiment en détail par les moines, suppute les moyens de fuite, met en place un cordon de surveillance avec consignes strictes. Un homme tous les cent mètres, coup de sifflet à la moindre alerte. Deux estafettes sont chargées de parcourir en permanence le cordon afin de transmettre d'éventuelles informations.

— Je ne sais pas siffler, se désole frère Martin.

— À part les litres de prune, ricane un mauvais soldat.

Pedro soupire, presse la main sur ses yeux, tandis que le blessé grelottant de froid supplie qu'on lui tire dans la fesse gauche afin de soulager la droite. Le dispositif finit par se mettre en place. Lola, Michel et Nico n'y participent pas. Ils ne veulent pas perdre de vue la camionnette, qui sera selon eux l'objectif prioritaire des preneurs d'otage. Pedro, lui, a tout de suite repéré dans la calandre les deux trous d'aération non prévus par le constructeur, beau travail de Palacios.

D'ailleurs, c'est sa voix qu'on entend maintenant. On ne distingue pas précisément d'où elle vient. Sans doute d'une fenêtre aux volets entrouverts, au premier étage.

— Delgado, sombre crétin, tu m'entends ?

Tout le monde s'aplatit au sol.

— Écoute bien, Delgado. Je ne répéterai pas. Si tu tiens à revoir ton fils sous sa forme habituelle, je veux une voiture en état de marche, réservoir plein, d'ici une heure montre en main. Montre en main, Delgado. Et débrouillez-vous pour enlever les deux carcasses qui encombrent le chemin. C'est entendu ?

— Ne fais pas l'imbécile, Palacios. Tu n'as aucun intérêt à faire du mal à Ramón. Il est le seul à savoir où est la mallette.

— Mes deux amis se sont retirés avec le cher petit. D'après eux, il manquait de couleurs. Ils ont été formés à bonne école, tu sais. Ils savent faire parler les fils de crétins. Déjà trois minutes de passées, Delgado.

— Dites à vos hommes d'arrêter, crie alors Lola, qui s'est levée et avance en direction de l'abbaye. Mon fils ne sait pas où sont vos foutus billets. Il avait laissé la mallette au restaurant. J'ai demandé par téléphone à un ami de la mettre en lieu sûr, moi-même j'ignore où elle est maintenant. Relâchez Ramón, qui ne vous sert à rien, je vous aiderai à la récupérer.

Une détonation, et une balle vient tondre l'herbe aux pieds de Lola. Mais elle ne provient pas de l'abbaye : c'est Pedro, furieux, qui a tiré, en lui intimant l'ordre de revenir en arrière et de cesser de faire des promesses idiotes. Lui-même a un violent besoin de la mallette s'il veut pouvoir tenter un retour en grâce auprès des autorités cubaines. C'est à lui qu'elle a été volée, après tout. Il ne se la laissera pas dérober une deuxième fois.

— Cinquante-trois minutes, Delgado !

Franchement énervé, Pedro s'enquiert des possibilités de trouver une automobile avant une heure dans ce trou perdu. Nico indique que Victor, le garagiste de Mézières, à sept kilomètres d'ici, pourra sans doute en prêter une, il le connaît bien. Mais il faudra s'y rendre à vélo : le seul véhicule de la communauté est en réparation, justement chez Victor.

Une demi-heure plus tard, Nico arrive au village. Il ne peut chasser l'image du sourire d'Ambroise, qu'il a vu en passant à côté de la R8. Un sourire apaisé, tranquille, comme s'il avait enfin trouvé la martingale imparable.

Le temps de réveiller Victor qui fait la sieste, de le convaincre de prêter son véhicule, et il repart à fond de train vers l'abbaye, à bord d'une 4L vert olive qui lâche tous les dix mètres un pet de fumée noirâtre.

53

Les nuits de Cuba n'ont pas
cette odeur de caveau

Pour la première fois depuis le Moyen Âge, l'abbaye est en état de siège. Des feux ont été allumés pour lutter contre la fraîcheur et l'humidité, on discute en tapant du pied et en tournant sur soi-même à proximité des flammes comme des chiches-kebabs. Nico ne sera pas long. On a poussé les voitures sur les côtés du chemin. Le blessé, allongé sur un anorak près d'un foyer, est déjà cuit du côté gauche.

L'arrivée de la 4L soulage les assiégeants. Qu'on en finisse ! Frère Martin a promis à tous, pour plus tard, un café bien chaud et un petit en-cas.

La voix de Palacios, dégringolant du ciel plombé, rendue plus menaçante encore par un accent à couper au couteau, écrase ces rêves modestes.

— Vous vous foutez de moi ? Vous croyez que je vais repartir à Paris là-dedans ? Il fallait rapporter une charrette à bras, tant qu'à faire.

— C'est tout ce que j'ai pu trouver, explique Nico, les mains en porte-voix. On est dimanche.

Un coup de feu, une balle qui s'écrase dans la terre molle : Palacios s'énerve.

— Ton copain garagiste n'avait rien d'autre à te prêter ? Je suis de très mauvaise humeur, tu sais. Je crois bien que je vais arracher une ou deux oreilles au fils du crétin.

— La 4L marche très bien. Elle est increvable, plaide Nico, mais un nouveau tir un peu plus rapproché le fait taire.

— Ton copain a au moins de quoi réparer des pneus. Alors voilà ce que tu vas faire. Vous démontez les roues crevées de la 504. Tu les apportes au garagiste, qu'il les remette en état. Et tu reviens ici en quatrième vitesse. Arrange-toi pour qu'il reste discret, aussi, parce que je suis très, très nerveux.

Une nouvelle attente commence. Frère Martin promet monts et merveilles pour tout à l'heure, quand cette pénible affaire sera terminée : on dirait un député des Bouches-du-Rhône en période électorale. Lola, mutique, reste immobile, un bras passé sous celui de Michel, les yeux fixés sur les bâtiments.

Près d'un feu, Pedro écoute les explications d'un moine, qui lui donne un cours de pisciculture : un bon révolutionnaire ne perd jamais une occasion de s'instruire. À ses pieds, le camarade blessé au combat pleure doucement sur sa fesse perdue.

Frère Hervé règne sur les trois étangs de l'abbaye. On y élève carpes, anguilles et brochets. Chaque année, les étangs sont vidés, le poisson expédié en grande partie à l'étranger. Justement, la pièce d'eau principale, non loin d'ici, l'étang de la Mer Noire, est en cours de vidage. On a ouvert la bonde avant-hier. Demain matin — si Dieu nous prête vie — nous transborderons les quelques tonnes de poissons dans les camions de la pêcherie locale, munis de grands bacs à eau.

— J'espère que vous pourrez assister à cela, ajoute frère Hervé, flatté par l'attention du Cubain. C'est un spectacle intéressant.

L'étang est vaste, mais peu profond, continue le moine pédagogue. Lorsqu'on ouvre la bonde, les poissons vont se réfugier à proximité de celle-ci, dans une cuvette circulaire plus profonde, qui reste en eau. Les bestioles entassées font un raffut du tonnerre. On met alors en place un filet sur le pourtour, que les membres de la communauté, debout dans l'eau glacée, resserrent progressivement. Au milieu, des pêcheurs munis de grandes épuisettes attrapent les poissons, et remplissent de vastes bassines qu'on remonte sur la berge. Là, des tables sont dressées sur lesquelles on trie les bêtes en fonction de la taille et de l'espèce, avant de les plonger vivantes dans l'eau des camions. Au moment où nous parlons, le fond de l'étang affleure déjà, et les poissons sont pour la plupart dans la cuvette.

Plus loin, Lola se serre contre Michel. Il ne lui a pas annoncé la mort d'Ambroise. Tout à l'heure, en faisant les cent pas le long du chemin, il a découvert le corps du vieil ami sur la banquette arrière de la Renault, souriant aux rares anges qui traînaient par là. Il l'a tiré hors de la voiture, l'a allongé sur le tapis de feuilles mortes et recouvert d'une couverture trouvée dans le coffre.

Nico revient à la nuit tombante. Les pneus étaient irréparables, il a fallu aller en chercher au Blanc chez un collègue de Victor qui a accepté de rompre la trêve dominicale. On s'affaire autour de la 504 sous l'œil suspicieux de Palacios, sorti avec ses deux gorilles armés qui encadrent Ramón et maintiennent les canons de leurs 9 mm sur ses tempes.

Pedro est sous pression. Si Palacios récupère la mallette, mon destin est tout tracé. Noir, le destin. Sans parler de la vie de Ramón, qui ne vaudra plus très cher non plus.

Il ne peut rien faire, pourtant. Impossible même de répliquer aux flots d'insultes ricanantes dont le submerge son chef. En quelques minutes, à la lueur des lampes à pétrole récupérées dans l'abbaye, la voiture est sur ses roues neuves, prête à foncer vers la capitale.

Ramón est installé à l'arrière, entre ses deux gros chaperons. Avant de prendre le volant, Palacios crève les pneus de la 4L : c'est une manie, chez lui. Claquements de portières, grognement furibond du moteur, et la 504 démarre, aspergeant l'assistance d'une boue collante et glacée en signe d'adieu. Le faisceau des phares dessine sur les frondaisons une fugace ligne brisée. Pedro semble ivre de colère. Suivi de son subordonné, il court comme un dératé à la poursuite du véhicule : il espère pouvoir arraisonner une voiture sur la route. C'est ce qu'on appelle le sursaut du dernier espoir, car les routes de

Brenne, une nuit d'hiver un dimanche, sont aussi dépeuplées que l'univers mental d'un militant pro-albanais de la grande époque.

Eh bien, comme l'a dit un jour Fidel, à moins que ce ne soit son frère, on a toujours tort de désespérer. Il n'y avait sans doute qu'une automobile en mouvement à cette heure dans toute la Brenne, et elle est justement là, au milieu du chemin. C'est un break Volvo de couleur claire qui avance prudemment en évitant les ornières en direction de l'abbaye. Palacios, au volant de sa Peugeot, pousserait bien un rugissement de rage : c'est la deuxième fois aujourd'hui qu'on l'empêche de regagner la route. Il n'a jamais vu un chemin aussi encombré, ¡ maldición ! Qui sait encore quels emmerdements contient cette bagnole ? Il décide de foncer.

Un coup de volant sur la droite, et la 504 bondit dans un fourré, évite de justesse le tronc d'un hêtre, gravit un monticule moussu qui la renvoie sur le flanc de la Volvo, réussit enfin à passer en force. À l'arrière, les crânes des passagers heurtent le plafond avec des sons de tambour mou.

Pedro et son acolyte, pistolets au poing, se ruent sur la Volvo qui a pilé. Les deux Cubains, parfaitement synchrones, ouvrent les portières avant, agrippent les deux passagers et les éjectent dans les broussailles ; un quart de seconde plus tard, le break fonce en marche arrière à la poursuite de la 504 dont on voit encore les feux rouges, deux cents mètres plus loin.

— Ça frotte, bordel ! crie Palacios.

Au cours de l'accrochage avec l'autre voiture, l'aile avant a été enfoncée et frotte contre une roue. Coup de frein. Palacios descend comme une furie, parvient à détordre l'aile en poussant un braiment d'âne cubain. Pendant ce temps, la Volvo sautille à toute allure en marche arrière vers son objectif, et le comandante a juste le temps de regagner son siège. Une poussée brutale fait faire un bond à la 504, qui gagne le bitume de la route en zigzaguant vers la gauche. Les moteurs poussent des cris lamentables, les pneus lancent des youyous perçants. La Volvo, pilotée par Pedro, repart à la charge en marche avant, donne des coups d'épaule familiers à sa collègue, qui résiste un moment et se maintient tant bien que mal dans l'axe de la chaussée. Puis la 504 décroche brusquement en virant sur la gauche à la faveur du chemin suivant. La poursuite reprend en terrain cahoteux. Les pluies des dernières semaines ont rendu le sol incertain, les voitures lancées à fond tanguent comme des bateaux ivres.

Pendant ce temps, sur le chemin de l'abbaye, Lola et ses compagnons ont vu apparaître dans le halo des lampes à pétrole les deux occupants de la Volvo, hagards et méfiants, le visage et les mains griffés par les fourrés au milieu desquels ils ont été éjectés sans ménagement.

— Qui a dit qu'on s'ennuyait, à la campagne ? dit Chris en se frottant le crâne.

— C'est ce qui s'appelle être accueillis, renchérit Fonfon.

— Qu'est-ce que vous faites là ? demande Lola en se précipitant à leur rencontre.

— C'est à la fois très simple et très compliqué…, commence Chris, tout en se laissant embrasser.

Mais les rugissements des deux voitures qui se pourchassent, montant de la forêt proche, coupent court aux explications.

— On dirait qu'ils sont sur le chemin de la Mer Noire, dit Nico.

Et la petite troupe de foncer, au pas de course, dans la nuit noire diluée à grand-peine par quelques lampes tressautantes.

Palacios a du mal à maintenir son véhicule au milieu du chemin. Il a l'impression de descendre une piste de bobsleigh, bien qu'il ait rarement pratiqué ce sport à Cuba. Impossible de ralentir, malgré les dangereuses sinuosités du tracé : ce serait l'enlisement assuré. Derrière, la Volvo, plus poussive, semble perdre du terrain. Avec un peu de chance, pense le comandante, on trouvera moyen de repiquer vers la route et de semer ce crétin de Delgado plus collant qu'une mouche.

Malgré sa grande clairvoyance, toutefois, le comandante Palacios élude imprudemment certaines réalités topographiques. Ce premier virage, par exemple, dans la courbe duquel, surpris, il est contraint d'accélérer à fond en dérapant, pour ne pas se trouver pris dans le piège de glaise. Suivi aussitôt d'un deuxième virage, presque à quatre-vingt-dix degrés sur la droite, et malheureusement situé dans une pente descendante. Les pneus neufs de la 504, à la sortie de la première courbe, ont accroché sur de la pierre, et le véhicule a été propulsé vers l'avant dans la descente. Le chemin se redresse à l'entrée du virage à angle droit, formant un tremplin. Lorsque Palacios s'avise de mettre la barre à tribord toute, il est trop tard : les roues avant ont déjà légèrement décollé du sol, et ne peuvent plus guère influer sur la trajectoire qui se poursuit, aussi rectiligne que la marche du prolétariat en direction du socialisme.

Profitant de l'élan, la Peugeot effectue un saut vers l'inconnu durant lequel, bien que dès lors le temps se contracte affreusement, le comandante Palacios prend à cœur de s'injurier sans retenue. Car il a vu, dans la lueur jaune des phares que soutient en fond de scène le projecteur tamisé de la lune, l'immense étendue vaseuse qui luit, et juste devant, le cercle d'eau sombre, grouillant de promesses mauvaises, à quoi se réduit désormais l'étang de la Mer Noire vidé pour les besoins de la pisciculture. Manuel et Rico ont glapi, Ramón ouvre de grands yeux sur sa jeune vie trop tôt interrompue dans cette variété glaciale de mangrove. Avant d'atterrir dans l'eau, la voiture heurte avec une violence terrible la maçonnerie en béton qui protège le mécanisme de la bonde. Les têtes de Ramón et Manuel s'entrechoquent, tandis que Rico se retrouve sans savoir comment à l'avant, le front planté dans le tableau de bord et le nez pissant des flots de sang. Palacios est le plus atteint. Le choc l'a projeté en avant, et son bassin, en percutant le volant, semble avoir été brisé en un certain nombre de morceaux. On va mourir, pense tristement Ramón.

Mais on ne meurt pas aussi simplement, sans souffrir ni pleurer, ce serait trop facile. La 504 s'est aplatie sur l'eau noire. Elle semble vouloir flotter un moment, puis se résout à s'enfoncer.

— Qu'est-ce qu'on fait ? demande Rico en s'asseyant normalement, tandis que Manuel reste tétanisé.

— Ta gueule, répond le chef sans presque desserrer les dents.

Ses mains sont crispées sur le volant. Le pot d'échappement émet quelques bulles sonores, puis s'éteint. Le regard de Palacios reste planté dans l'eau écumante. Il voit sa mort s'ébattre sous la forme d'animaux luisants qui évoluent dans le faisceau spongieux des phares, dix centimètres sous la surface : des centaines de bêtes noires agitées d'une joie frénétique. Les phares s'éteignent. Dans l'habitacle obscur, les bruits du naufrage succèdent à ceux du moteur : gargouillis funèbres, froissements, claquements des queues de carpes contre la tôle.

L'eau arrive maintenant à hauteur des fenêtres. Rico fait connaître son intention de ne pas disparaître noyé, alors que la berge est à trois mètres à peine. Il faut ouvrir les vitres doucement, laisser l'eau pénétrer dans l'habitacle et s'extirper de ce cercueil.

— Peux pas bouger, annonce Palacios.

Le moindre mouvement provoque des douleurs fulgurantes. Étrangement, la voiture ne s'enfonce plus : on a eu la chance d'atterrir à l'endroit le moins profond. L'eau arrive à la moitié du pare-brise. À hauteur d'yeux, la surface scintillante d'éclats de lune apparaît hérissée de nageoires qui la sillonnent en tous sens. Palacios aimerait donner des ordres, mais lesquels ?

Rico n'attend pas. Il abaisse la vitre, et l'eau gelée se déverse à l'intérieur. Palacios serre les mâchoires, ferme les yeux, il n'aime pas du tout cette sensation, oh non, il n'aime pas du tout cette situation. Tout est de la faute de ce crétin de Delgado. Je me demande comment je vais pouvoir récupérer cette satanée mallette. Veux pas mourir avant.

L'eau monte rapidement, elle atteint son ventre, sa poitrine, et c'est comme une poigne de givre qui enserre soudain son corps. Rico s'extrait de la voiture sans se préoccuper des autres. Il déteste l'eau froide.

— On s'en va, chef ? supplie Manuel.

Il serrait le bras de Ramón pour l'empêcher de bouger, mais le jeune homme vient de se dégager brusquement et de suivre Rico dans les remous inquiétants. Palacios ne dit rien. Il secoue la tête mollement. Tout cela est difficile à croire. L'eau lui arrive maintenant à hauteur du cou, et le niveau se stabilise. Manuel se décide : j'y vais, chef. Je trouverai un moyen de vous sortir de là.

Mais dehors, il y a du monde. Rico, le premier, a été accueilli par Pedro et par son acolyte, qui l'ont immédiatement hissé sur la berge, désarmé, ligoté et jeté dans le coffre de la Volvo arrivée sur les lieux trente secondes après l'accident. Manuel ne tarde pas à suivre le même chemin. Quant à Ramón, on le laisse s'installer à l'avant, et on lui accorde le droit de mettre le chauffage. Ce petit imbécile ne perd rien pour attendre. Mais que fait Palacios ? Il a l'intention de passer la nuit dans sa baignoire roulante ?

Pedro confie la garde des prisonniers à son assistant, et prend place à bord d'une petite barque en plastique amarrée au plot de béton. Silencieusement, il approche de la voiture dont le toit luisant ressemble à une carapace de tortue. Avec la crosse de son pistolet, il frappe à la vitre du conducteur. Le visage de Palacios flotte, ballon blafard, dans la clarté lunaire. Il trouve la force de tourner la manivelle pour ouvrir : il a quelque chose à dire à Pedro.

— Delgado. Pauvre crétin. Tu vois ce que tu as fait.

Sa voix est faible, toutefois, gutturale et peu convaincue.

— Ne reste pas là, Palacios. Allez, viens, tu vas attraper un rhume, dit Pedro en l'invitant d'un mouvement du canon de son arme à sortir de la voiture et à grimper dans l'embarcation.

— Je ne peux pas bouger. Va chercher du secours. Je te ferai bouffer tes couilles, crois-moi.

Pedro semble préoccupé. Il réfléchit un instant.

— J'ai une autre solution. Un fonctionnaire cubain périt une nuit dans un accident de voiture, après s'être perdu en forêt. On le retrouve le lendemain

matin mort de froid dans l'eau glaciale d'un étang.
Qu'est-ce que tu en dis ?

— Crétin, dit Palacios d'un filet de voix, les yeux
à demi fermés.

— C'est un deuil, pour moi. Je perds un père. Tu
m'avais tout appris.

Pedro explique à son chef les avantages que présente malgré tout cette mort accidentelle. Il pourra
donner à leurs supérieurs sa propre version des faits.
Mon fils, stupide garnement, avait volé une mallette
sans savoir ce qu'elle contenait. Palacios l'a récu-
pérée, et au lieu de la rendre il comptait faire faux
bond à la patrie bien-aimée en vendant les contrats
aux services français. Moi, Pedro Delgado, j'ai
déjoué ce plan ignoble et récupéré la mallette. Sans
l'argent, hélas. L'autre avait déjà tout planqué. Le
traître est mort en s'enfuyant.

— Rico et Manuel vont te faire la peau, souffle
Palacios. Tu vas voir.

— Je vais leur proposer de partager avec mes
hommes les dollars qui restent. Même à quatre,
voilà un silence assez bien payé, pour des fonctionnaires cubains.

Crétin, crétin, crétin, pense Palacios, mais il ne
sait plus à qui ces mots s'adressent. Pedro est parti.
Le voilà seul au milieu de la nuit cisaillée de bruits.
Il entend la Volvo s'éloigner. Tout s'éloigne, tout
s'en va. Nuit peuplée de bêtes froides. Le comandante a toujours les mains serrées sur le volant. Des
poissons ont pénétré dans l'habitacle, grosses carpes
affolées qui viennent se cogner contre sa poitrine,

brochets puissants, anguilles vives et sinueuses qui glissent le long de son cou. Le froid anesthésie la douleur de son bassin. Il y a quelques heures j'étais en pleine forme, sûr de mon droit et de mes gestes, c'est à peine croyable. Finir si vite. Palacios, Palacios ! Tout ça pour rien. Des images consolantes affluent pour atténuer sa peine. Il revoit les vagues qui se brisent le long du Malecón, les promenades avec ses parents dans le parque Céspedes, les premiers baisers sous les porches de La Habana Vieja, tant de beuveries avec tant de copains, une vie si bien commencée. Comme un regret lui parviennent les odeurs mêlées d'un double corona n° 3 Hoyo de Monterrey et d'un verre de « ron » méchamment épicé. Tout ça pour rien. Les nuits de Cuba sont si douces, elles n'ont pas cette odeur de caveau.

Enfin, ultime récompense, il aperçoit la Vierge du Sagrado Corazón debout sur l'épée de lumière, tournant lentement aux accents d'une milonga dans la nef envahie d'ibis rouges.

Pedro, sur le chemin du retour à bord de la Volvo, rencontre Lola et sa petite troupe. Après quelques minutes de palabres, la voiture repart vers l'abbaye ; mais c'est maintenant Ramón qui est au volant. Sa mère est installée à l'arrière, sous la menace du pistolet du dernier lieutenant cubain encore en état de marche. Manuel et Rico, trempés et vexés, sont toujours ficelés dans le coffre. Un moine est monté à bord, avec pour mission de rapporter de l'abbaye une longue et solide corde dans les meilleurs délais. Delgado et le reste de la troupe attendront au bord de l'eau.

Pedro sait que vers sept heures du matin, les paysans des environs embauchés pour la pêche de l'étang arriveront. Beaucoup d'ennuis en perspective, si la voiture de Palacios marine toujours dans son jus poissonneux. Il a renoncé à faire croire à un accident. Il faut sortir la voiture de là, et faire disparaître très vite les traces compromettantes.

À quatre heures du matin, grâce à un travail d'équipe digne de tous les éloges, la 504 est enfouie sous des monceaux de paille dans une dépendance désaffectée. On ne devrait pas la retrouver avant une bonne cinquantaine d'années. Au prix de quelques bronchites, des volontaires encouragés par la pétoire de Delgado se sont mis à l'eau, et il n'a pas été trop difficile, avec dix bonnes paires de bras, d'extraire le véhicule de l'étang à l'aide de la corde. On l'a ensuite poussé au petit trot jusqu'à sa dernière demeure, Palacios trônant au volant, regard vitreux et moue dégoûtée, peut-être à cause de l'anguille qui, emprisonnée dans sa chemise, n'a pas été libérée en même temps que les autres poissons, et se contorsionne contre la peau froide dans son épais mucus.

Chaque chose en son temps. Pour ma part, annonce Pedro, je remonte à Paris dès que possible à bord de la Volvo, avec mon fils et mes quatre amis cubains.

Manuel et Rico n'ont pas fait trop de difficultés pour accepter le marché que leur proposait Pedro. De toute façon, Palacios est mort, Dieu ait son âme, ou toute autre personne intéressée ; et mieux vaut jeter un voile pudique sur leurs exploits de ces dernières heures. De retour à Cuba, ils entérineront mordicus la version du camarade Delgado, et feront dans les mois qui viennent un usage prudent de leur rétribution. Rico aura quelques frais de pharmacie pour cicatriser sa fesse aussi endommagée que son amour-propre.

Tout cela suppose bien entendu que la mallette soit retrouvée, mais la discussion avec Lola et Ramón a été encourageante : tous deux n'ont qu'une hâte, c'est de voir disparaître cet objet de leur vie, ainsi, disons-le, que le pesant señor Delgado. Philippe sera prévenu dès ce matin par téléphone, et il remettra la chose à qui la lui demandera. Quand la camionnette sera retapée, Lola, Michel, Chris et Fonfon remonteront à Paris ensemble, comme au bon vieux temps. Nico reste ici, le retour au siècle ne le tente pas.

Reste à résoudre le problème des corps. Les corps, sur cette terre, sont toujours un problème. Palacios et Ambroise doivent être ensevelis ici. On leur a trouvé un emplacement reposant, dans le petit cloître en ruine : un carré d'herbe de dix mètres sur dix, avec au milieu une fontaine à sec. Demain, on le retournera sur toute la surface pour ne pas laisser apparaître les deux fosses, et au printemps on sèmera un gazon neuf.

Après avoir donné ses consignes, Pedro s'en va avec ses hommes. Ramón, hélas, part avec eux.

À Paris, tout se passe très vite. La Volvo se gare en bas de chez Philippe. Pedro et Manuel, assez énervés, grimpent chez le maître d'hôtel, qui les attend. Ils laissent Ramón dans l'automobile, sous le regard cyclopéen d'un parabellum tenu par Rico, postérieurement handicapé. Une erreur de plus dans la vie de Pedro. Il a toujours considéré son fils comme un incapable, pour cause d'héritage génétique défectueux, côté maternel. Or il a sous-évalué la détermination du gamin, bien décidé à ne jamais retourner dans son île natale. Non qu'il ait été infecté par le virus affreux de l'anticommunisme, mais voilà : il a très envie de posséder une paire de Nike. Et aussi un blouson Chevignon, des chemises Marlboro Classic, un vélo tout-terrain, un réveil électronique, un lecteur de disques compacts et quelques dizaines d'autres objets indispensables qu'il a contemplés dans les vitrines et les rayons des grands magasins depuis son arrivée en Europe. Il a aussi très envie de se nourrir exclusivement désormais de hamburgers américains, autrement savoureux que le manioc en salsa ou le picadillo, et ce n'est pas un parabellum qui l'empêchera de réaliser ses projets. Papa, encore une fois, sera très colère. Quant à maman, il y a fort à parier qu'au cours des mois qui viennent il lui arrivera de regretter d'avoir dépensé une telle énergie. Elle pensait retrouver un fils, elle récupérera un ado revêche et habité par une soif de consommation aussi déprimante à observer que difficile à guérir. Elle y parviendra sans doute mais c'est une autre histoire, qui commence en ce moment précis où Ramón, calmement, ouvre la portière de la Volvo, salue son geôlier qui éructe et menace, et s'éloigne tranquillement sur le trottoir encombré. Il n'a pas eu peur : il savait que Rico ne tirerait pas. Pendant ce temps, là-haut, comme pris d'un pressentiment, Pedro, à qui le brave Philippe vient de remettre la mallette, décide de lui prodiguer un acompte sur les gnons qu'il n'est pas sûr, en vérité, de pouvoir donner à son costaud de fils. C'est injuste, mais ça fait du bien, explique-t-il à Philippe en lui pochant un deuxième œil. Un peu plus tard, un avion emportera à jamais les trois Cubains et leur mallette. Rico, déjà blessé de la fesse et du moral, arbore maintenant un faciès aussi coloré que celui de Philippe, car son chef, de plus en plus énervé, ne lui a pas laissé le loisir de s'expliquer sur la disparition de Ramón. Pedro Delgado sera encore plus énervé dans quelques heures, lorsque la police cubaine l'aura à son tour assaisonné et jeté dans un cul-de-basse-fosse, car l'affaire des contrats volés, on ne sait comment, est remontée en haut lieu. L'avenir, pour ce pauvre père, est bien sombre.

Après le départ de Ramón et des Cubains, deux trous profonds ont été creusés dans le cloître de l'abbaye. L'enterrement de Palacios est expédié :

une simple bénédiction, avant que quelques pelle-tées de terre de Brenne viennent obscurcir à jamais le regard du comandante. C'est l'inconvénient de mourir en terre lointaine : on y est chichement pleuré. Frère Martin s'est occupé de l'anguille qui tentait de s'échapper par une manche.

Vient le tour d'Ambroise. On l'a roulé, le vieux copain, dans un drap blanc. La communauté s'est rassemblée autour de la fosse. Des lampes tempête sont tenues à bout de bras, les visages se balancent comme des lampions dans l'air froid, au milieu des panaches de buée. Chris, au cours d'une brève oraison funèbre, affirme que la nation reconnais-sante devrait élever une statue au plus lamentable filou que la terre ait porté : le récit de sa vie exem-plaire suffirait à donner aux générations à venir le goût de l'honnêteté. Nico, pour sa part, promet de remettre le bassin en état et d'y installer des pois-sons rouges. Lola ne dit rien. Elle cherche la main de son fils, j'ai le vertige, retiens-moi, je pourrais tomber, mais son fils n'est pas là, il est de nouveau loin, il est de nouveau confisqué par son père. Ce qu'on met en terre cette nuit c'est moi, c'est moi, c'est ma vie, ces années passées à me battre, je n'ai rien vu, Ramón, je n'ai rien vu. Je suis fatiguée. J'ai tellement voulu ta présence, j'ai usé tant de nuits à rêver de toi, je suis une vieille chemise trop portée qui se déchire au moindre geste. Lola revoit Ambroise au parloir, les mèches blanches en pétard sur le crâne, ses yeux langoureux quand il évoquait l'aquarium, ses projets stupéfiants et grandioses.

Qu'aurait fait mon père sans un tel ami pour l'inquiéter et lui compliquer l'existence ? Mon père, l'homme raisonnable mort dans un accident de cerf-volant… Je ne sais pas ce que j'ai fait de tout ce temps. J'aurai cinquante ans dans deux ans, et j'ai l'impression que je dois commencer de zéro. La paix est arrivée, enfin. Je vais pouvoir vivre avec mon fils, vivre chaque journée comme une fête douce, dormir chaque nuit sans hurler sur le cœur qu'on m'a arraché.

Voilà, c'est fini. Quel que soit le défunt, le bruit des bêches dans la terre est toujours identique. Michel a passé un bras sur l'épaule de Lola. Les trois garçons, devant, marchent côte à côte. Inutile de perdre du temps à dormir. On s'achemine vers le réfectoire où frère Martin a préparé un en-cas sérieux : la journée, a-t-il prédit, sera rude.

REMERCIEMENTS

Ce roman n'existerait pas sans l'aide apportée par Philippe Chauvet, qui m'a assisté dans la construction de l'histoire et la recherche documentaire tout au long de mon travail d'écriture. Nos rencontres régulières et nos discussions sur le récit en cours ont permis à cette histoire de se développer dans des directions inattendues. Qu'il en soit ici affectueusement remercié.

Merci également à Catherine Raynaud et Guillemette Martin pour la documentation sur certains épisodes de l'histoire récente du gauchisme, à Lise Gaignard et à Jean-Christophe Rufin pour leurs lumières sur les ressources des psychotropes, à Yveline et Jean-Louis Bouquard, pour avoir partagé leur science des cerfs-volants.

Merci à Didier X pour ses suggestions avisées à propos des arnaques bancaires...

Merci enfin à Laurent Voulzy et à Alain Souchon, qui m'ont aimablement autorisé à utiliser le titre d'une de leurs chansons.

PREMIÈRE PARTIE :
1968

DEUXIÈME PARTIE :
Les années 70

DU MÊME AUTEUR

Aux Éditions Gallimard

LES EMMURÉS, *roman*, 1981. Prix Fénéon.

LOIN D'ASWERDA, *roman*, 1982. Prix littéraire de la Vocation.

LA MAISON DES ABSENCES, *roman*, 1984.

DONNAFUGATA, *roman*, 1987. Prix Valéry-Larbaud.

CONCILIABULE AVEC LA REINE, *roman*, 1989.

EN DOUCEUR, *roman*, 1991. Prix François-Mauriac (Folio, *n° 2529*).

LE ROUGE ET LE BLANC, *nouvelles*, 1994. Grand prix de la Nouvelle de l'Académie française (Folio, *n° 2847*).

DEMAIN LA VEILLE, *roman*, 1995 (Folio, *n° 2973*).

PORT-PARADIS, *roman*, en collaboration avec Philippe Chauvet, 1997.

DON JUAN. Adaptation du scénario de Jacques Weber, 1998 (Folio, *n° 3101*).

PREMIÈRE LIGNE, *roman*, 1999. Prix Goncourt des Lycéens (Folio,
n° 3487).

LE VOYAGE AU LUXEMBOURG, *théâtre*, 1999.

LE POUVOIR DES FLEURS, *roman*, 2002 (Folio, *n° 3855*).

Aux Éditions Christian Pirot

RABELAIS, *essai*, 1992.

GENS D'À CÔTÉ. Sur des photos de Jean Bourgeois, 1992.

Aux Éditions du Cygne

RICHARD TEXIER, MON COUSIN DE LASCAUX. Sur des
peintures de Richard Texier, 1993.

Aux Éditions Champ-Vallon

ÉCRIVERONS ET LISERONS. Dialogue en vingt lettres avec Jean
Lahougue, 1998.

Aux Éditions Le Temps qu'il fait

LES DIEUX DE LA NUIT. Sur des peintures et objets de Richard
   Texier, 1998.

Aux Éditions National Geographic

LA LOIRE, MILLE KILOMÈTRES DE BONHEUR, 2002.

Composition Imprimerie Floch.
Impression Novoprint
à Barcelone, le 18 avril 2003.
Dépôt légal : avril 2003.

ISBN 2-07-042826-5 / Imprimé en Espagne.